3.0

Della stessa autrice:

La separazione
Il profumo delle foglie di tè
La figlia del mercante di seta
Il silenzio della pioggia d'estate
Il segreto del mercante di zaffiri
La sorella perduta

Titolo originale: *The Tuscan Contessa*
Original English language edition first published by Penguin Books Ltd, London

Traduzione dall'inglese di Tessa Bernardi
Prima edizione: giugno 2020

ISBN 978-88-227-227-4047-2

www.newtoncompton.com

Realizzazione a cura di The Bookmakers Studio editoriale, Roma
Stampato nel giugno 2020 presso Puntoweb s.r.l., Ariccia (Roma)

Dinah Jefferies

La ragazza nel giardino degli ulivi

Newton Compton editori

1

Borgo medievale di Castello de' Corsi, Toscana
29 giugno 1944, ore 19.15

Sulla piazzetta dominata da persiane chiuse, balconi e coppi in cotto grava una pesante cappa d'afa, l'aria è impregnata di fumo e gli abitanti del posto già dormono o si sono nascosti. Le uniche voci sono quelle delle rondinelle, ma quando un grosso corvo dalle ali nere spicca il volo dall'alto della torre merlata, si leva uno schiamazzo assordante. Arriva un altro corvo. Poi un altro ancora. "Tre corvi", pensa l'anziana. Tre sono un presagio di morte. Li conta sulle dita prima di bere un sorso di vino annacquato, seduta su una seggiola davanti alla porta di quella che un tempo era stata la casa di suo figlio. Malgrado sia una serata mite, si avvolge uno scialle di lana sfilacciata attorno alle spalle e reprime uno sbadiglio. «Vecchie ossa», mormora.

Gli antichi edifici in pietra che circondano la piazza risplendono nella luce dorata: le case, un paio di botteghe, il palazzo nobiliare con le sue grandi finestre a battente e i cornicioni sporgenti dai quali d'inverno gocciola l'acqua piovana. E poi l'unica porta ad arco che dà accesso al borgo, abbastanza alta e larga da permettere il passaggio di un cavallo e di una carrozza. Le rose cremisi piantate in un vaso d'argilla e poi abbandonate a se stesse si arrampicano fino al primo piano del palazzo e il loro profumo inebriante aleggia nell'aria del tardo pomeriggio. Fra non molto comincerà a calare il sole, una morbida palla che ancora brilla nel cielo azzurro, e l'orizzonte si tingerà di rosso.

È un raro momento di pace, ma la quiete è infranta da un grido che riecheggia in tutta la piazza. Un paio di persiane scure vengono sbattute. Una si spalanca e una giovane donna si affaccia alla finestra, allarmata, lo sguardo fisso sulla piazzetta. "E adesso? Cosa può essere successo?". E l'anziana alza gli occhi come se già lo sapesse, anche se non c'è niente da vedere a parte qualche piccione che svolazza verso la cisterna al centro della piazza.

Un alito di vento smuove le foglie piatte di un fico e un ragazzino entra di corsa dall'enorme porta nella cinta muraria, poi strilla di nuovo mentre si lancia all'inseguimento di un cane bianco con tre zampe, che stringe tra i denti la crosta di pane del bambino. Girano attorno alla cisterna finché il bambino non scivola su un fico, e l'anziana ride vedendo scappare il cane. «Ti è andata bene, bestiolina», sussurra, e sì che conosce sia il bambino sia sua nonna, Carla.

Una donna vestita di blu entra nella piazza e si ferma in vista della torre. Lancia un segnale a un'altra figura femminile e le indica un punto alla sua destra. «Prova da quella parte». Non appena questa scivola via e svanisce tra le ombre di un androne, la donna in blu si incammina verso la torre, fermandosi giusto un istante quando sente il rombo di un motore. Di certo non possono essere i tedeschi, non a quest'ora. Gli Alleati, allora? Si attarda soltanto un secondo per farsi il segno della croce, poi prosegue.

Ma in quel momento, un momento che le rimarrà per sempre impresso nella memoria, sente un grido soffocato. Guarda su, schermandosi gli occhi dal sole, e l'incredulità pervade tutto il suo essere. Sullo spalto merlato in cima alla torre c'è una donna che dà le spalle alla piazza. Con il capo chino, se ne sta semplicemente seduta lì; non si muove, non si guarda attorno. Passano alcuni secondi. Si alza un'altra folata di vento e, lanciata una seconda occhiata alla torre, la donna vestita di blu aggrotta la fronte, disorientata, non è sicura di aver visto bene. Esclama a gran voce: «Fai attenzione!». Non riceve risposta. Era solo un'ombra o lassù c'erano due persone? La donna in blu urla di nuovo, ma ormai sta succedendo tutto troppo in fretta e la figura in cima alla torre si sta sbilanciando pericolosamente all'indietro. Cade qualcosa, si gonfia, svolazza, fluttua sospinto dal vento. La donna vestita di blu sta correndo, non ha mai corso tanto veloce in vita sua, inciampa e si fa lo sgambetto da sola. Vede il foulard di seta adagiarsi a terra e, con il cuore in gola, fa uno scatto verso la porta della torre.

2

Castello de' Corsi
Sette mesi prima, novembre 1943

Con un misto di struggimento e speranza, Sofia contemplava la Val d'Orcia, dove le pendici brune delle colline sfumavano di vallata in vallata e il cielo, violaceo e rischiarato in controluce dal sole al tramonto, sembrava trattenere il respiro. In lontananza, il Monte Amiata vegliava su di loro, solitario e meditabondo, mentre le foglie ramate delle vigne e delle querce, che rifulgevano caparbiamente nei loro ultimi giorni di gloria, non facevano altro che accrescere il suo desiderio di recuperare ciò che avevano perduto. Si stava avvicinando l'inverno, ma Sofia continuava a sognare le calde notti estive, quando, sdraiati a terra ad ammirare le lucciole e a bere vino rosso direttamente dalla bottiglia, si faceva solleticare le dita dei piedi nudi dall'erba secca.

Un tempo amava quelle esperienze liminali, quei pochi istanti in cui il mondo si velava, diventava magico, impossibile; amava i minuti che separavano sonno e veglia, perché né l'uno né l'altra potevano reclamarla. Riusciva a credere che stessero ancora camminando mano nella mano negli uliveti polverosi, fantasticando e facendo progetti per il futuro senza minimamente sapere cosa li attendeva.

Mentre la sera si tingeva d'inchiostro e cominciava a insinuarsi nel salottino, Sofia tirò a sé le persiane cigolanti, sbattendole con talmente tanta violenza da far tremare il telaio della finestra, dopodiché chiuse anche i vetri e si voltò a dare una rapida occhiata all'ambiente. Quando si accovacciò davanti al caminetto per gettare un altro ciocco di legno sul fuoco, sentì il profumo intenso e confortante dei sigari di Lorenzo, poi lanciò un altro sguardo al divano di velluto celeste sbiadito su cui era seduto, con i due cani addormentati ai suoi piedi. Nelle ore più tranquille, la casa viveva anche le sue ore più buie, ed era allora che le sue paure la perseguitavano. Le ombre nella stanza mutavano a seconda del guizzare delle fiamme, vive e mostruose nel loro allungarsi quasi fino al soffitto, per poi ridursi quando il fuoco si indeboliva. Ma riusciva comunque a vederle brillare nei suoi occhi grigi e gentili. Non sapeva cosa pensasse o provasse. Angoscia, sì, ma quel leggero nervosismo che gli si leggeva in faccia era una novità. Diede un colpetto sulla seduta del divano e Sofia si stiracchiò prima di andare ad accoccolarsi accanto a lui.

Nel momento in cui le passò le dita tra i capelli per tirarglieli indietro e scostarglieli dal viso, lei provò una strana sensazione, come se stesse perdendo alcune parti di sé; parti di lui, anche.

«Ecco, ora sì che riesco a vederti», le disse.

«Mi vedi di continuo», replicò lei, poi gli disse di aver pensato ai campi di papaveri.

«Oh?»

«Quanto vorrei che fosse maggio, così sarebbe già tutto finito».

Lui fece una smorfia, dubbioso. «Potrebbe non essere così».

«Li ho sognati. I papaveri». Non aggiunse, però, che i petali dei papaveri si erano sciupati e che le corolle dei fiori grondavano sangue.

Prendendole una mano per esaminarle le unghie spezzate, lui addolcì il tono. «Questo sporco incrostato sotto quel che resta delle tue unghie non è vernice, vero?»

«Ho fatto giardinaggio».

«Ah, già. Be', io invece stavo pensando a Firenze».

«Intendi prima?»

«Quando frequentavi l'accademia di Belle Arti e io studiavo alla facoltà di Agraria».

Sofia sorrise al ricordo della diciannovenne spensierata di un tempo.

«Era il 1920», aggiunse lui. «E tu sei ancora la stessa».

«Piccola? Pallida? Sciupata?»

«Nient'affatto». I suoi occhi sprizzavano allegria, divertiti. «Elegante. Bella come sempre. Tu non cambi mai, mentre io sto ingrigendo». Si passò una mano tra i capelli sale e pepe.

«A me piacciono così».

«Ma ultimamente non dipingi più come un tempo, vero?»

«Da quando è iniziata la guerra, ma adesso ho ricominciato».

Si rintanarono nel silenzio, ciascuno con le proprie riflessioni. Sofia desiderava ardentemente rievocare quei primi tempi, ricordarsi chi era realmente l'uomo seduto al suo fianco, chi era lei, persino, ma non riusciva a trovare le parole. Lo osservò con attenzione, ma lui sorrideva e basta, e si chiese se non stessero pensando alla stessa cosa. Nella quiete assoluta, sentiva il ticchettio dell'orologio di suo nonno che sovrastava il crepitare del fuoco e scandiva lo scorrere dei secondi, allontanandoli sempre di più a mano a mano che il silenzio si protraeva.

«Secondo te…», le disse a un certo punto, come se le avesse letto nel pensiero.

«Cosa?»

«Non importa». Scosse la testa. «Stavo solo… pensando».

«A cosa?»

«Be'… lo sai…».

Lei si accigliò, dubbiosa. Lo sapeva?

«A noi», le spiegò.

«Oh, certo…».

Lo lasciarono cadere nel vuoto, quello strano frammento di conversazione, e lei sperava che stessero per tornare su un terreno più sicuro. Alla fine, fu lui a riprendere la parola.

«Sofia, è da un po' che volevo dirtelo... cioè, stavo aspettando il momento giusto per parlartene. Ma... ecco, non c'è un momento giusto per farlo, quindi tanto vale che te lo dica e basta».

«Continua». Sentì la nota di apprensione che le incrinava la voce, mentre lui, nel frattempo, si grattava il mento con aria distratta.

«Il punto è che dovrò andare via», andò avanti.

Sofia si ritrasse e si spostò sul divanetto di chintz, di fronte a lui, ripiegò le gambe sotto di sé e cercò di non apparire troppo ferita. «E quindi, cosa c'è di strano? Sei sempre *via*».

Lui fece una smorfia. «E faccio sempre ritorno».

«Vuoi dire che stavolta non tornerai?», gli domandò, allarmata al pensiero di doversi occupare da sola dell'intera proprietà.

«No, voglio dire che forse stavolta dovrò stare via più a lungo».

«Molto più a lungo?»

Annuì. «Ma non partirò subito».

«Cosa andrai a fare?»

«Niente di particolarmente complicato. Non c'è nulla di cui preoccuparsi».

Ma il tono che aveva usato era troppo scanzonato, quindi era quasi sicura che stesse mentendo. «Dimmelo», si impuntò.

Lui lanciò un sospiro. «Di recente mi è stato chiesto di passare delle informazioni che potrebbero tornare utili agli Alleati».

«E non è estremamente pericoloso?».

Sostenne il suo sguardo e ne ebbe la conferma. Certo che era pericoloso. «Ma continuerai anche a lavorare al ministero?»

«Chiaro».

Poi si alzò e, con la coda dell'occhio, Sofia gli vide tirare fuori dalla tasca un pacchettino marrone, piccolo ma voluminoso. Inclinò la testa, indicandogli di appoggiarlo sul tavolino da caffè.

«Non vuoi vedere cos'è?», le chiese.

«Dopo».

«Sarai al sicuro qua al Castello?», le domandò allora, e lei notò la viva emozione che gli faceva brillare gli occhi.

Quella era una domanda da prendere sul serio. Lorenzo si stava figurando l'alta cinta muraria e la loro casa, non un vero castello, ma la residenza padronale di un piccolo borgo fortificato del tredicesimo secolo, con un'unica porta per entrare o uscire, e mura nelle quali nessun nemico era mai riuscito ad aprirsi una breccia. Finora.

«Al sicuro? Noi? Forse».

"Ma non i nostri maiali", pensò. "Né i tacchini, le galline, le anatre, le faraone, i cinghiali e il bestiame". Era infastidita dai furti avvenuti nelle loro trentadue fattorie e rifletté sulla posizione isolata di ciascun podere, attorno al borgo e giù nelle piane. Facili prede.

«Quest'anno non avremo salsicce». E se dal tono di voce risultava amareggiata, poco le importava.

«Ma hai nascosto un po' di provviste, giusto?»

«Qualcosa sì, ma ci sarà ben poca carne per noi o per i contadini. Perché secondo te non facciamo altro che mangiare coniglio?».

Lui sorrise, cercando di sdrammatizzare. «A me il coniglio piace».

«Meglio così, allora».

Chinò il capo e rimase a fissarsi le mani per qualche secondo.

«Cosa c'è?», le chiese.

«Niente». E, sapendo che non gli aveva ancora detto della lettera, cambiò argomento. D'altronde, probabilmente non sarebbe successo niente e allora sarebbe stato un bene non avergli dato una preoccupazione inutile. «Cosa intendi farne della tua tessera?».

Dopo aver preso fiato, Lorenzo le rivolse uno sguardo deluso. «Di nuovo con questa storia?».

Sofia si risentì. «Be', visto l'armistizio con gli Alleati…».

Seguì un altro istante di silenzio, stavolta più breve.

E lei perseverò: «Ma le cose *sono* cambiate, no?».

Allora lui piegò la testa da un lato, poi dall'altro, come se si stesse sgranchendo il collo. «È complicato».

Aveva ragione. Lì, dove vigeva la legge marziale tedesca, doveva portarsi dietro la tessera del partito fascista. Ne andava della sua incolumità.

«A sud, nei territori riconquistati dagli Alleati, le cose sono cambiate», aggiunse. «Ma sai come stanno le cose da quando i nazisti hanno occupato la maggior parte del Paese. O sei con loro o sei contro di loro, non c'è una via di mezzo».

«Così continueranno a pensare che sei dalla loro parte».

Lei sperava che se la portasse dietro senza dare nell'occhio. E lo capiva. Davvero. Era un argomento di cui a lui non andava di parlare, un tasto dolente per entrambi dal 1932, quando tutti i dipendenti statali erano dovuti sottostare al tesseramento fascista per non perdere il loro posto di lavoro. Non lo aveva mai capito fino in fondo perché non aveva bisogno di un impiego, non con le entrate garantite dalle proprietà terriere e dai loro investimenti, ma lavorava al ministero delle Politiche agricole ed era la sua passione per la terra a motivarlo. Si era lasciato conquistare dalla bonifica integrale di Mussolini, ossia il recupero e il risanamento di intere zone precedentemente abbandonate o inutilizzabili. Bastava guardare la Val d'Orcia e la lungimiranza con cui era stata coltivata quando Lorenzo era diventato il vicepresidente del consorzio locale. Da un paesaggio brullo e polveroso, la valle si era trasformata in terra fertile, con raccolti abbondanti e frutteti in fiore.

Ciononostante, non poteva neppure fare a meno di pensare a suo padre, uomo colto e dotato di una grandissima intelligenza, che aveva rifiutato il tesseramento e adesso viveva insieme a sua madre in un appartamento ai piani alti di un palazzo rinascimentale nel centro di Roma, con risorse appena sufficienti per tirare avanti.

«Lo so a cosa stai pensando», disse Lorenzo con un sorriso mesto.

Ricambiò il sorriso. «Ma davvero?».

Lui si alzò e allungò le braccia. Sofia gli andò incontro e si cullarono in un abbraccio.

«Allora, cosa c'è in quel pacchetto?». Lanciò un'occhiata al tavolino da caffè.

Lorenzo sbatté le palpebre, poi la fissò. «È solo una piccola pistola».

«*Cristo!*». Ne era piuttosto sconvolta. «Da quando te ne serve una?»

«A dire il vero, io ne ho già una. Quella è per te».

«Credi che ne avrò bisogno?»

«Può darsi».

«E pensavi di darmela così, come se fosse una scatola di cioccolatini?».

Non le rispose. Una pistola, per l'amor del cielo! Decise che ci avrebbe pensato dopo.

Lui si tirò indietro per guardarla negli occhi. «Hai gli occhi più scuri che io abbia mai visto e la voce più bella del mondo».

Sofia rise. «Stai cambiando argomento… e, comunque, lo dici sempre».

«Come dico sempre che potrei passare tutta la vita a cercare di sondarli e ad ascoltarti». Le sfilò i fermagli a pettine dai capelli, che le ricaddero fino alla vita come una cascata. «I tuoi genitori potrebbero venire qui. Non avrei nulla da obiettare. La situazione a Roma sta peggiorando».

«Sai che non verranno mai».

Aveva ragione lei, naturalmente. Non le raccontavano tutto, ma Sofia aveva capito che erano coinvolti in qualcosa. E a Roma "essere coinvolti in qualcosa" stava diventando giorno dopo giorno sempre più rischioso.

«Carla è ancora qua?», le sussurrò all'orecchio prima di mordicchiarle il lobo.

Lei sentì il solito fremito. Quello, perlomeno, non era andato perduto. «È andata da sua figlia, a mettere a letto il piccolo Alberto. Starà via per ore. Chissà cosa starà combinando», disse, anche se lo sapeva benissimo.

Per un attimo si immaginò Carla, curva sotto la pioggia, che correva sull'acciottolato di una delle strette viuzze del borgo, diretta verso le piccole case in pietra addossate le une alle altre che riposavano all'ombra dell'alta torre campanaria. Le mura le comprimevano, come se si stessero sostenendo a vicenda, nello stesso modo in cui ormai dovevano fare tutti loro.

«Giulia?», chiese Lorenzo.

«È andata a casa. Abbiamo questo posticino tutto per noi».

Vide il suo sguardo addolcirsi.

«In tal caso, metterò un altro ciocco sul fuoco. Tu, intanto, togliti il vestito. Ho bisogno di sentire la tua pelle».

Sofia rise di nuovo. «Davanti al camino?».

E più di ogni altra cosa, al di là della guerra, al di là della sopravvivenza, al di là del vincere o perdere, o del chiedersi cosa avrebbero messo sotto i denti, era ciò che desiderava anche lei. Era l'unica cosa che rendeva tutto sopportabile, perché temeva che un giorno o l'altro, sedendosi a sorseggiare il solito caffè d'orzo davanti a suo marito, non sarebbe più riuscita a vederlo per ciò che era realmente o a capire cosa fosse diventato.

Tolse due cuscini dal divano di velluto e la vecchia coperta di ciniglia che nascondeva un punto dove il tessuto si era rovinato. Poi si spogliò e si distese sul tappeto che copriva le antiche piastrelle decorate a fuoco del pavimento, e da lì scrutò Lorenzo, che si stava togliendo i vestiti. Alto e slanciato, le spalle rischiarata dai bagliori del caminetto.

«Anche i calzini». Indicò i suoi piedi.

Lui rise ma si diede per vinto, poi scivolò sotto la coperta. Lei rabbrividì. Fuori dalle loro mura fortificate, i fantasmi di quella guerra si stavano radunando e crescevano di numero. Li stavano osservando anche in quel momento, gelosi, alla spasmodica ricerca di un modo per tornare al calore delle loro vite? O a farla rabbrividire era il freddo? Era una sera di novembre e il tepore del fuoco scaldava soltanto un lato del suo corpo.

Lorenzo le massaggiò vigorosamente la schiena e la fece ridere di nuovo.

«Guarda che non sono mica uno dei tuoi cani».

Le baciò la fronte, poi la punta del naso. «Me ne ero accorto».

Non appena si furono scaldati, fecero l'amore e fu impetuoso. Era sempre stato così. Non si erano ritrovati a soccombere ai pericoli dell'abitudine né al distratto disinteresse che poteva sfociare nell'infedeltà. Anzi, la scintilla che era scattata tra loro si era trasformata, si stava ancora trasformando, in un legame più profondo e razionale. E lo sapevano entrambi che il contatto umano, il rapporto affettivo o l'amore, comunque lo si volesse chiamare, era l'unica cosa che li avrebbe aiutati a superare tutto. Sofia sospirò e, a ogni nuovo tocco delle labbra di Lorenzo, i suoi pensieri iniziarono a svanire, finché non si abbandonò alla sensazione dei loro corpi che si muovevano insieme, come era giusto che fosse. Sarebbe andato tutto bene. Per forza.

3

Roma

Maxine Caprioni prese la sua borsa con i vestiti e lasciò la scialba stanza in via dei Cappellari nella quale aveva alloggiato. Una volta fuori, tirò su il collo di lana per proteggersi dal freddo. Il cappotto, di un marrone demodé, era un soprabito da uomo con le tasche molto larghe, perciò se lo era avvolto attorno al corpo e aveva allacciato la cintura. Imboccò a passo spedito la strada priva di illuminazione, tenendo gli occhi ben aperti per evitare le pozzanghere. Sentendo raspare, si voltò a controllare. Disseminate per strada c'erano pile maleodoranti di rifiuti abbandonati, e fece una smorfia alla vista di una famiglia di ratti che rovistava in mezzo alla sporcizia. Si rimise in cammino, attraversando il quartiere di Campo de' Fiori, caratterizzato da viottoli angusti, piazzette e chiese secolari. Poi proseguì verso via del Biscione, non troppo distante dal ghetto ebraico, ormai spettrale. Non appena ebbe svoltato l'angolo, un urlo la inchiodò sul posto. Fece un respiro profondo, poi, senza pensarci due volte, nascose la borsa tra le ombre di un vicolo e si precipitò verso il suono. Se le andava a cercare? Forse, o più probabilmente, come avrebbe detto sua madre, la sua era una vocazione naturale, lo stesso istinto che la portava a salvare un gattino in difficoltà o un bambino preso di mira dai compagni.

Girato l'angolo, si fermò giusto in tempo per evitare di travolgere due uomini con le giacche costellate di mostrine: sulle maniche, sui baveri, sul davanti. Sotto si intravedevano gli inconfondibili colletti scuri. Camicie nere che prendevano a calci un anziano, il cui bastone da passeggio giaceva in mezzo alla strada, lontano dalla sua portata. Li osservò con il cuore in gola perché a ogni calcio sferrato con violenza schernivano l'uomo indifeso, poi uno dei due gli sollevò la testa e lo prese a pugni in faccia. Un terzo uomo – che, come gli altri, non poteva avere più di diciassette anni – raccolse il bastone da passeggio e, ridendo, se lo spezzò sulla coscia. L'anziano, che era finito in una fossetta di scolo, sanguinava copiosamente e piagnucolava mentre provava a proteggersi la testa con le mani; li stava implorando di risparmiarlo. Maxine soppesò le varie alternative. Se fosse intervenuta, forse avrebbe ricevuto lo stesso trattamento, ma se non l'avesse fatto, l'uomo sarebbe quasi certamente morto per le ferite riportate.

Quei teppisti avevano carta bianca ed erano liberi di scorrazzare per le strade della città, sia prima sia durante il coprifuoco, e se la prendevano con chiunque incrociassero sul loro cammino. Controllò l'orologio. Mancavano ancora quindici minuti allo scattare del coprifuoco.

«Ehi, ragazzi!», richiamò la loro attenzione mentre slacciava la cintura del cappotto, poi gettò indietro la testa e scosse con aria provocatoria i lunghi ricci castani affinché le ricadessero su una spalla. «Vi andrebbe di bere qualcosa?».

I tre giovanotti si interruppero per lanciarle un'occhiata.

«È tardi per andarsene in giro», tagliò corto uno di loro.

«Tranquilli, c'è ancora tempo». Era italiana di nascita e il suo incarnato olivastro e gli espressivi occhi ambrati le conferivano un aspetto mediterraneo. Doveva soltanto sperare che l'educazione newyorkese non influisse tradendola al momento di tirare fuori il suo accento toscano. Si avvicinò senza alcuna premura e si slacciò i primi due bottoni della camicetta. «Guardate, quel bar è ancora aperto». Indicò il locale all'angolo opposto.

Esitarono, poi uno di loro allungò una mano. «Documenti?».

Frugò nella borsetta e tirò fuori la nuova carta d'identità e la tessera del pane. Aveva dovuto lasciare il passaporto americano a un ufficiale di collegamento britannico.

«Offro io», disse prima di avviarsi, ancheggiando, poi si voltò a guardarli e sfoderò un sorriso, felice di essersi messa il rossetto color ciliegia. A ventinove anni, essendo cresciuta a Little Italy e poi a East Harlem, Maxine aveva già avuto a che fare con simili brutti ceffi.

Uno dei tre, forse il capetto del gruppo, assentì con un cenno della testa e, dopo aver dato un ultimo calcio all'anziano ormai silenzioso, iniziò a seguirla, imitato dagli altri due.

La seguirono all'interno del bar e ordinarono del vino. "E adesso?". Raccontò una barzelletta e riuscì a farli ridere, ma nel frattempo stava prendendo le misure a ciascuno di loro.

Sentì di nuovo la voce di sua madre: "Sei troppo impulsiva, Maxine. Non ti fermi mai a riflettere".

Aveva ragione. Uno dei tre ragazzi le aveva cinto le spalle con un braccio e le accarezzava il collo mentre cercava di attirarla a sé, l'altra mano appoggiata a peso morto sulla sua coscia. Probabilmente pensavano che fosse una prostituta. "Vattene via", le sussurrò sua madre.

Ordinò un secondo giro di bevute, accompagnate da grossi cicchetti di brandy, e lanciò uno sguardo all'orologio appeso al muro. I minuti passavano lentamente.

Presto avrebbe lasciato Roma per recarsi in Toscana, dove l'avrebbero messa in contatto con i principali gruppi di resistenza della zona, sempre ammesso che ci fossero divisioni partigiane affidabili. Nessuno in Inghilterra glielo aveva saputo dire con certezza. In caso di verdetto positivo, sarebbe diventata un collegamento tra gli Alleati e il movimento di resistenza. Era un'operazione ad alto rischio e per gli inglesi si era rivelato pressoché impossibile trovare italiani disposti a tornare in patria come agenti SOE per assistere i partigiani nelle attività di spionaggio, sabotaggio e ricognizione. Lei, invece, aveva colto al volo un'occasione che le avrebbe permesso di identificare le caratteristiche strategie della resistenza.

Il suo addestramento, a differenza di quello ricevuto dagli agenti SOE inviati in Francia, si era ridotto al minimo indispensabile, come non aveva mancato di puntualizzare il suo ufficiale di collegamento, Ronald. In fin dei conti, l'Italia era un Paese occupato solo dai primi di settembre, e Maxine era stata chiamata a rapporto da Ronald poche settimane dopo, a ottobre. Erano stati precipitosi, questo dovevano riconoscerlo, ma avevano bisogno di agenti sul campo e bisognava affrettare i tempi.

Il ragazzo le stava stringendo la coscia. Si divincolò dalla sua presa mentre continuavano a chiacchierare del più e del meno, poi cercò di sorridere in modo quanto più possibile cordiale. L'immagine dell'anziano riverso al suolo e la rabbia per il trattamento che gli avevano riservato la spronavano a tenere duro. Quindi avvertì farsi strada un'idea: poteva funzionare, e poteva essere la sua unica opportunità. Vide che il giovanotto la stava fissando, così si fece coraggio e gli accarezzò la guancia. «Faccio un salto al bagno».

Lui la guardò con diffidenza.

Si era premurata di andare a controllare gli ingressi posteriori di tutti i locali; una rapida via di fuga poteva sempre tornare comoda. E sapeva anche di dover evitare la zona attorno a via Torquato Tasso, dove i nazisti avevano stabilito il quartier generale delle SS e della Gestapo. Da lì doveva distare almeno una quarantina di minuti a piedi. Evitando le toilette, scivolò nel cortile sul retro, si sbucciò le mani per scavalcare il muretto che lo separava da quello della porta accanto, superò una rete tagliata e sbucò nel vicolo che correva parallelo alla strada. Recuperò la borsa con i vestiti che aveva nascosto in precedenza, corse dall'anziano, lo aiutò a rimettersi faticosamente in piedi e si fece spiegare dove abitava. Grazie al cielo, il palazzo era vicino alla sua meta.

«Dobbiamo fare in fretta», lo incalzò con un filo di voce. «Verranno a cercarci».

Cominciarono a muoversi, ma l'uomo, così debole sulle gambe, riusciva a malapena a trascinarsi e a ogni passo non faceva altro che lamentarsi. Provò a zittirlo, ma avanzavano con penosa lentezza e, quando girarono l'angolo, per fortuna incrociarono la strada che stava cercando. Alle loro spalle si levò un grido, che riecheggiò per le viuzze deserte. "Oh, cielo!". Erano quei ragazzi. Possibile che fossero già usciti dal bar?

Superarono diversi edifici e arrivarono davanti a un palazzo identico a tanti altri, con il tipico portone borchiato e riccamente intarsiato, solo un po' più sfarzoso. Era quello? Non lo sapeva, ma doveva essere vicino. Con le camicie nere ormai sulle loro tracce, decise di spingere il portone. Grazie a Dio, si aprì. Aiutò l'anziano a varcare la soglia, un po' trascinandolo, un po' spingendolo dentro di peso. Entrati nel cortile interno, appoggiò le spalle al portone e gli tappò la bocca con una mano. Aveva il fiato corto, faceva troppo rumore, e la osservava con gli occhi marroni sgranati, supplicandola con lo sguardo, chiaramente timoroso che anche *lei* potesse fargli del male. Maxine scosse la testa e, sentendo dei passi pesanti, tese le labbra. Con i nervi a fior di pelle, si mise in ascolto e li sentì discutere; i tre teppisti si stavano azzuffando a vicenda mentre si avvicinavano al palazzo. Uno insisteva affinché tornassero indietro, ma il capo dichiarò che era sicuramente andata da quella parte. Strinse i denti ascoltando a quali turpi azioni l'avrebbero costretta non appena l'avessero riacciuffata. Per quanto tempo sarebbe riuscita a far tacere l'anziano? Fiutò una leggera puzza di bruciato – non le classiche esalazioni nocive che a Roma non mancavano mai – e trattenne il respiro. I ragazzi si erano accesi una sigaretta. Stavano ingannando il tempo in attesa di incrociare qualche altro "passatempo" o sapevano che si trovava dietro quel portone? Non sarebbe riuscita a sorreggere l'anziano ancora per molto, né a evitare che ricominciasse a lamentarsi. Non aveva il coraggio di spostarlo. In strada c'era troppo silenzio e li avrebbero sentiti.

Sentiva martellare la testa per la tensione dell'attesa, ma si sforzò di fare una serie di respiri lunghi e profondi. Dopo altri cinque minuti o giù di lì, finalmente i tre ragazzi decisero di andarsene. Dentro il cortile interno, Maxine si affrettò a trascinare l'uomo verso la porta al pianterreno che le aveva indicato. Aprì una donna, che soffocò un grido alla vista del sangue sul soprabito liso dell'anziano e dei tagli e dei lividi che aveva sul volto.

«Mio Dio! Glielo dico sempre che non deve uscire dopo il crepuscolo, ma è un vecchio testone. Grazie mille per averlo riportato a casa».

Maxine mormorò che non era nulla, poi domandò: «Sa dove abitano Roberto ed Elsa Romano?»

«Nel palazzo a fianco. Ultimo piano».

Sgattaiolò fuori con circospezione ed entrò nell'edificio accanto, poi salì la scalinata di marmo fino all'ultimo piano.

Roma era nelle mani dei tedeschi dall'11 settembre. Controllavano le linee telefoniche e le stazioni radio e, con la benzina che iniziava a scarseggiare, la gente temeva che nel giro di poco sarebbe mancata persino l'elettricità. Anche se con un annuncio l'avevano proclamata "città aperta", promettendo che le loro truppe non si sarebbero mai riversate in centro, Maxine sapeva per certo che non era vero. Li aveva visti marciare avanti e indietro lungo via del Corso al solo scopo di intimidire i civili.

Quando la porta si socchiuse, sussurrò la parola d'ordine e venne fatta entrare in un vestibolo in penombra da una signora di mezz'età con i capelli ingrigiti, che poi le fece cenno di seguirla. Mentre percorrevano il corridoio, la donna le disse che era Elsa e la condusse in una stanza illuminata solo da candele e lampade a olio. Erano riusciti a renderla accogliente malgrado avesse il soffitto alto e facesse freddo. Maxine aveva i brividi. Un tempo doveva essere stato un ambiente sfarzoso e, benché la mobilia avesse un aspetto trascurato, era chiaro che da quelle parti i soldi non erano mancati. Si guardò attorno e contò cinque paia di occhi che la osservavano con diffidenza. Era naturale che di primo acchito non fossero propensi a fidarsi di lei.

«Salve», disse, poi posò la borsa a terra, si legò i capelli e andò a sedersi sull'unica sedia disponibile di fronte a un lungo tavolo da pranzo, sul quale avevano sparpagliato alla rinfusa dei fogli spillati insieme.

La donna stava esaminando i suoi graffi. «Le tue mani?».

Maxine se le pulì sui pantaloni. «Non è niente. Scusate il ritardo. Ho avuto un piccolo contrattempo e l'ho scampata per un soffio. Sono Maxine. Io…». Stava per spiegare cos'era accaduto, ma si rese conto che sarebbe stato meglio tacere.

Alcuni presenti tra gli uomini e le donne radunati a tavola annuirono.

Un signore dall'aria distinta le sorrise. Tuttavia, notò un tremore sia quando si presentò sia quando le porse la mano. «Io sono Roberto, il marito di Elsa», disse, «e questo è il nostro appartamento. Ci siete stata caldamente raccomandata. Do per scontato che non vi abbia visto nessuno, dico bene?».

Maxine non si pronunciò. Elsa sembrava abbastanza tranquilla e sicura di sé, mentre le mani di suo marito tremavano anche mentre raccoglieva i fogli. Quando il suono di una mitragliatrice fece vibrare la stanza, tutti i presenti si scambiarono una serie di sguardi angosciati.

Elsa scosse la testa. «Non sono vicini».

Forse no, si disse Maxine, ma era davvero un bene che fosse diretta in Toscana.

Quei fogli, le spiegò Roberto, erano le pagine già pronte di una pubblicazione clandestina stampata a livello locale dai membri del Comitato di Liberazione Nazionale, del quale lui, Roberto Romano, faceva parte.

«Abbiamo formato il Comitato quando i tedeschi hanno sopraffatto le nostre truppe schierate a difesa della città a Porta San Paolo», disse, «e poi hanno imposto la legge marziale nazista».

«Adesso», aggiunse Elsa, «diffondiamo le notizie apprese da Radio Londra. Sai che ne hanno proibito l'ascolto?».

Maxine confermò con un cenno del capo.

«E diramiamo le istruzioni ai partigiani usando organi di stampa clandestina come "L'Unità" e "L'Italia Libera"».

«E le macchine tipografiche?»

«Questa è un'informazione che possiedono in pochi».

Maxine osservò i volti dei presenti assembrati attorno al tavolo. Sembravano per la maggior parte intellettuali, tranne un uomo. Ogni cosa in lui, dai lunghi capelli scuri all'aspetto piuttosto trasandato, faceva pensare a un partigiano. L'unica eccezione era il completo elegante che aveva indosso. Forse era stato un soldato? L'uomo si rese conto che lo stava fissando, inarcò le sopracciglia e le fece l'occhiolino. Maxine sostenne il suo sguardo. Aveva due occhi incredibili, con le iridi color caramello che brillavano piene di intelligenza e vitalità. Occhi pericolosi, pensò, conturbanti. Aveva un viso spigoloso, e notò un bastone da passeggio appoggiato alla sua sedia. C'erano così tante anime smarrite che si nascondevano a Roma, inclusi soldati britannici, prigionieri di guerra scappati o rilasciati dai soldati italiani che non combattevano più al fianco dei tedeschi. L'uomo a quel punto la stava praticamente scrutando. Non sembrava un fuggitivo britannico.

Dopo un istante, Maxine capì che Roberto stava aspettando una sua risposta, o forse si attendeva che facesse qualcosa. Se le aveva rivolto una domanda, lei non l'aveva neanche sentito.

«Scusami», disse, poi raccolse un volantino, ne lesse qualche riga e lanciò un'occhiata a Roberto. «Vuoi che li prenda io?»

«Be', perché no, visto che sei già diretta a nord».

«Al posto di una staffetta?»

«Ora come ora è complicato per i nostri normali corrieri. Dalli ai partigiani affinché li distribuiscano ovunque sia possibile. Sai già dove andare?»

«Non ancora. Il mio ufficiale di collegamento mi ha dato il

vostro indirizzo, mi ha indicato quando venire qui e ha detto che poi sareste stati voi a darmi nuove istruzioni». Non menzionò il radiofonista britannico che aveva ricevuto l'ordine di contattare una volta arrivata in Toscana. Quella era un'informazione strettamente riservata. Inoltre, le era stato detto senza mezzi termini che l'Italia non era la Francia, che lì alla resistenza mancava una rete capillare e che pertanto raggiungere l'obiettivo finale, cioè capire dove e come rifornirli di armi e munizioni, sarebbe stato estremamente difficile.

«Dovrai andare a Castello de' Corsi, in Toscana», le disse Roberto. «Cerca il palazzo nobiliare e chiedi di Sofia de' Corsi. Se le dici che ti abbiamo mandato noi, ti ospiterà a casa sua. Potrebbe esserci anche suo marito, Lorenzo de' Corsi. Potrai parlare anche con lui, ma parla prima con lei, se possibile».

«Non sa del mio arrivo?»

«Non esattamente. Spiegale il reale motivo per cui sei lì, ma non farne parola al di fuori del Castello. A *lei* puoi dire il tuo vero nome, ma per il resto non devi farti scoprire. Ti sei creata un'identità fittizia?»

«Sì. Stavo pensando di dire alla gente del posto di essere andata lì per scrivere un articolo sugli effetti che sta avendo la guerra sulla vita delle persone normali. Vedi, prima ero una giornalista. Il mio ufficiale di collegamento ha bocciato in toto l'idea, però».

«Meglio così, secondo me, soprattutto se dovessi "incappare" in qualche tedesco. Penserebbero che sei una spia», disse Roberto. Poi continuò: «Grazie al nostro Marco, qui presente, sappiamo che i partigiani in Toscana sono praticamente allo sbaraglio. Privi di addestramento, sono avventati e accecati dalla rabbia».

Al che notò che Marco, il giovanotto dagli occhi color caramello, stava annuendo con veemenza. Gli rivolse un sorriso. Quindi *era* un partigiano.

«Lavorerai con lui e ti fornirà tutta l'assistenza di cui avrai bisogno», proseguì Roberto. «Non appena ci sarà chiaro quanto sono autosufficienti questi gruppi, di quanti uomini dispongono, dove sono e da chi sono guidati, potremo girare l'informazione al tuo ufficiale di collegamento o, se riuscirai a stabilire un contatto radio con il distaccamento del quartier generale del SOE in Sud Italia, potrai comunicarlo direttamente a lui».

«Riteniamo che presto i britannici paracaduteranno radiotecnici e radiofonisti in diverse aree del Paese», disse Marco. «Dobbiamo sbrigarci a espandere le reti di comunicazione dei nostri partigiani, perché gli Alleati devono trovarci pronti».

Maxine annuì. «Farò del mio meglio».

«Da dove viene originariamente la tua famiglia?», le domandò Roberto.

«Dalla Toscana. Parlavamo sempre in italiano a casa, e in inglese a scuola».

«Non hai un accento troppo marcato. I tedeschi non saranno mai in grado di capire che sei di New York, ma la gente del posto potrebbe accorgersi di qualcosa».

Lei gli sorrise. Non gli disse che sentiva una stretta al cuore ogni volta che pensava alla Toscana e a sua madre. Lanciò un lungo sospiro. Sperava di aver preso la decisione giusta venendo in Italia. Aveva fatto di testa sua, opponendosi alle obiezioni dell'intera famiglia, ed era salpata per l'Inghilterra in qualità di corrispondente accreditata dagli Stati Uniti d'America. Poi, in un'anonima stanza d'albergo a Bloomsbury, era cambiato tutto. Avevano lasciato una lettera per lei all'agenzia di stampa presso cui lavorava, indicandole soltanto un'ora e un luogo, e il nome della persona che avrebbe dovuto incontrare. Un certo Ronald Carter. Sulla lettera era stato apposto il timbro ufficiale dell'Inter Services Research Bureau del governo inglese. Era un nome che non le diceva niente e nel corso del primo colloquio con Ronald, alto, occhi scuri, vestito in modo piuttosto ricercato, aveva continuato a brancolare nel buio. Lui le aveva detto di aver ricevuto i suoi dati dall'Ufficio immigrazione, che controllava le ondate di rifugiati costretti a lasciare la loro patria, faceva una selezione dei profughi di guerra, disciplinava la concessione dei permessi di uscita e così via.

Aveva socchiuso gli occhi e le aveva detto: «Voglio sapere qualcosa in più su di te».

Maxine aveva pensato che intendessero revocarle il permesso per lavorare in Gran Bretagna e rimandarla a casa quanto prima, ma durante il secondo colloquio esplorativo con Ronald, quando l'aveva torchiata a lungo per capire a chi andasse la sua lealtà e per sondare la sua personalità e la sua conoscenza della lingua italiana, aveva scoperto qual era il suo vero obiettivo. Anche lui era bilingue e metà della conversazione si era svolta in italiano.

«Stiamo reclutando nuove leve sia in America che a Londra, giovani cittadini italiani che abbiano l'atteggiamento e lo spirito giusto per essere arruolati, addestrati e schierati sotto copertura in Italia, il tutto in tempi brevissimi», le aveva annunciato con gravità.

Poi le aveva spiegato che, se avesse accettato l'incarico, sarebbe partita in nave insieme alle truppe britanniche per approdare nel Sud Italia, esattamente come lui. Dopodiché l'avrebbero paracadutata non lontano da Roma. I partigiani l'avrebbero portata in città, ma da quel momento in poi sarebbe stata da sola.

A seguito di quel colloquio con Ronald, era stata mandata per due settimane in una specie di accademia per paracadutisti dove aveva seguito un corso, superato a pieni voti dopo essersi lanciata tre volte da un aereo in quota. Era stato terrificante, ma anche esaltante. Dopodiché c'era stato un altro periodo di formazione, durante il quale aveva dovuto portare a termine alcuni compiti sotto copertura. Aveva mantenuto i nervi saldi, perciò eccola lì, e i suoi genitori non ne sapevano niente.

«Comunque», stava dicendo Roberto, che interruppe ancora una volta le sue riflessioni e la riportò al presente, «dovrai mettere un vestito adatto».

«Perché? Salirò in motocicletta».

«Ciò non toglie che su in Toscana ti mimetizzerai meglio con le altre donne se indosserai un vestito», disse lui. «Elsa?».

Quando Elsa si alzò e uscì dalla stanza, Maxine si sforzò di tenere a freno la propria irritazione. Per quanto fosse alta e slanciata, con delle belle gambe e un fisico per il quale qualunque ragazza avrebbe fatto follie, le risultava facilissimo non dare nell'occhio e si sentiva molto più a suo agio quando poteva farlo portando i pantaloni.

Elsa tornò con una pila di vestiti.

Roberto riempì di opuscoli una cartella di cuoio malconcio.

Non appena ebbe finito, Maxine prese sia quella che gli abiti, ed Elsa le indicò di andarsi a cambiare in camera da letto. Mentre si infilava il vestito, sentì i mormorii degli uomini e delle donne radunati nella stanza accanto, ma pur avvicinandosi alla porta non riuscì a capire cosa stessero dicendo. Si stava annodando un fazzoletto in testa quando dai piani inferiori si levò uno scalpiccio di scarponi chiodati. Poi le arrivarono il rumore assordante degli spari e quello dei pugni contro le porte dei vari appartamenti.

«In nome di Dio, cosa sta succedendo?».

Elsa si precipitò in camera. «Svelta. Scappa dalla scala antincendio e, ti prego, dai questo cofanetto a Sofia de' Corsi. È nostra figlia e vive nell'unica villa, cioè il palazzo principale, di Castello de' Corsi. Dille che suo padre e sua madre le raccomandano di ricordarsi delle caramelle. È importante».

«Certo, ma voi ve la caverete?».

Elsa gesticolò in modo evasivo. «Penso che i nazisti stiano requisendo l'edificio».

«Lo sapevate?»

«Avevamo ricevuto un avvertimento».

«Cristo, e perché non ve ne siete andati?»

«Io non ci volevo credere. Sono cose a cui non vorrebbe mai credere nessuno».

Entrambe udivano le voci stridule che sbraitavano ordini in tedesco e le donne che si mettevano a piagnucolare quando le porte delle loro case cedevano.

«Scavalca il parapetto e calati sul terrazzo del piano di sotto. Lì troverai la scala antincendio». Ficcò la cartella di cuoio tra le braccia di Maxine. «Qua dentro ci sono anche dei soldi».

«E la motocicletta?»

«È piuttosto malandata, ma la troverai dove abbiamo concordato. Recati innanzitutto al Castello, ma ricorda che tra dieci giorni dovrai farti trovare al Caffè Poliziano, a Montepulciano, per incontrarti con Marco, il ragazzo che hai conosciuto di là. Assicurati di arrivare puntuale, alle dieci del mattino». Poi le sussurrò all'orecchio una nuova parola d'ordine e Maxine le mostrò il pollice.

«C'è benzina?», domandò a Elsa.

«Sì. Vai!».

Maxine si caricò cartella e borsa in spalla, poi si avviò verso il parapetto, sopraffatta dall'eccitazione che aumentava di pari passo con il nervosismo. L'intera situazione era stranamente elettrizzante e tutto il corpo aveva iniziato a formicolarle.

4

Castello de' Corsi

Mentre Sofia stava trascorrendo la serata insieme al marito, Carla, la loro cuoca, era impegnata a sistemarsi lo scialle sulle spalle per evitare che gli spifferi le gelassero il collo e a trovare una posizione più comoda sulla sedia accanto alla porta aperta sulla più funesta delle notti. In otto si erano ammassati di nascosto in casa di sua figlia, in una delle due gelide camere da letto al piano superiore. Ora che il piccolo Alberto, di tre anni, si era finalmente addormentato, le donne si erano messe al lavoro. In un angolo, Sara filava la lana e Federica dipanava il gomitolo dal fuso, mentre le altre si erano sedute attorno al tavolo a lavorare a maglia: calzini e coperte di lana. Una lampada a olio rischiarava la stanza e il vecchio lenzuolo usato per coprire la finestra impediva alla luce di filtrare attraverso le stecche delle persiane.

Un poco alla volta, lo sferruzzare cadenzato e il ronzio della ruota del filatoio si fusero con la voce di Sara, che aveva iniziato a cantare sottovoce. Dato che erano rimaste da sole, i mariti e i figli in guerra e nessuna che sapesse dove fossero finiti, erano quei momenti in compagnia a scaldare i loro cuori. Lavorare a maglia e stare sedute assieme, le teneva unite in nome della solidarietà mentre si davano da fare malgrado il coprifuoco, perché, se non l'avessero fatto, gli uomini nascosti nei boschi sarebbero morti di freddo per il rigore dell'inverno ormai alle porte.

Da quando era stato firmato l'armistizio, i soldati che non

combattevano più contro gli Alleati avevano abbandonato i loro posti nell'esercito italiano, rischiando il tutto per tutto pur di tornare a casa. Solo che poi, quando la Germania aveva occupato l'Italia, i nazisti avevano reclamato quegli uomini come *loro* soldati, come forza lavoro, come schiavi da impiegare lì o nei campi in Germania. Molti di loro erano fuggiti tra i boschi sulle colline e si erano uniti ai partigiani. Alcuni non avevano mai voluto combattere al fianco dei tedeschi, ma la coscrizione era obbligatoria. Altri non avrebbero voluto combattere per nessuno, e molti ne avevano semplicemente abbastanza del fascismo. Orde di uomini di campagna che sostenevano in numero sempre più significativo il movimento comunista. Così, oltre al conflitto mondiale, adesso era in atto anche una guerra civile tra coloro che appoggiavano i fascisti e chi si era schierato contro di loro.

Carla lanciò un'occhiata ad Anna, la figlia più grande, venticinque anni, alta e forte, e anche snella, a differenza di Carla, che di anni ne aveva quasi cinquanta e li dimostrava tutti. Il povero marito della ragazza, Luigi, era venuto a mancare. Era annegato nel 1941, quando la sua nave, la *Zara*, era affondata. Ad Anna era stato detto che Luigi aveva preso parte a una serie di spedizioni per intercettare convogli di navi britanniche nel Mediterraneo. La *Zara*, un incrociatore corazzato costruito per la Regia Marina italiana, era stata resa inoffensiva nel corso di un raid britannico. Poi, dopo una lunga notte di scontri, era stata affondata dalla flotta inglese che navigava in quelle acque.

«Gabriella è in posizione?», domandò una delle donne più agitate.

Carla si immaginò la figlia sedicenne, già avvenente e procace, accoccolata in cucina insieme a Beni, il cagnolino a cui mancava una zampa, entrambi intenti a monopolizzare l'unico caminetto presente in tutta la casa. Gabriella l'aveva assillata affinché le permettesse di stare di guardia e, dato che i fischi che lanciava erano così acuti da resuscitare i morti, Carla aveva acconsentito.

«Hai ricevuto qualche nuovo messaggio da parte degli uomini?», chiese una delle donne ad Anna.

Tutte in quella stanza sapevano che la ragazza era una staffetta, una portaordini per i partigiani, ma Carla e Anna ne parlavano raramente. Per quanto le donne del borgo fossero tutte amiche, non ci si poteva mai fidare al cento percento. Bastava prendere Maria, la vecchia pettegola che viveva all'angolo della piazza e il cui unico nipote, Paolo, era appena partito per unirsi alle camicie nere di Mussolini. Erano la milizia volontaria per la sicurezza nazionale, non l'esercito, e adesso nessuno aveva la più pallida idea di dove fosse finito. All'inizio della guerra, molti uomini del posto si erano arruolati nell'esercito regolare o nelle forze della Marina e la gente aveva più o meno accettato la chiamata alle armi, ma la brutalità dimostrata dalle camicie nere fasciste nei confronti dei loro stessi connazionali era tutta un'altra storia. Erano disprezzate dalla maggior parte della popolazione delle campagne toscane.

«Nessun messaggio», disse Carla prima che Anna potesse rispondere, la voce aspra da donna di campagna smorzata e sommessa.

«Chi odiate di più?», domandò Federica. «I tedeschi o le camicie nere?».

Per qualche istante nella stanza calò il silenzio.

«Le camicie nere», disse Sara. «Li ho visti in paese e alla prima occhiata fuori posto prendevano tutti a spintoni. Persino le donne in dolce attesa. Giovani, vecchi, per loro non fa alcuna differenza».

«Credono di poter fare tutto quello che vogliono».

«Perché *possono* fare tutto quello che vogliono. Ma date retta a me, non abbiamo ancora visto il peggio di cui sono capaci i nazisti».

Mentre le donne bisbigliavano tra loro, i pensieri di Carla si indirizzarono sul cibo, come le capitava sempre più spesso. L'indomani avrebbe raccolto un po' di funghi per preparare un risotto con le castagne. Andare a cercare cipolle selvatiche, erbe di campo e persino qualche bacca aiutava i contadini a tirare avanti anche in tempi di magra. E Aldo, il figlio riccioluto, presto sarebbe andato a caccia degli ultimi cinghiali rimasti in zona.

Sentirono bussare forte alla porta d'ingresso, poi udirono un fischio lacerante.

«Svelte, spegnete la lampada», disse qualcuna.

Carla percepì la paura di ogni donna che si era messa in ascolto nell'oscurità più assoluta, le bocche secche, le gole serrate, mentre dalla strada arrivavano voci roche, maschili. Camicie nere, senza dubbio, uscite per divertirsi un po'. In piena notte i tedeschi non si arrischiavano a imboccare i vicoli bui di un borgo toscano.

Ma se le camicie nere ti sorprendevano ad aiutare i partigiani...

Carla sentì il rumore della porta che veniva aperta e poi richiusa, dopodiché, dall'esterno, giunse una risata maschile, sguaiata, seguita da un risolino femminile. La risata di Gabriella? No, impossibile.

5

Erano passati un paio di giorni. Sofia salutò Lorenzo con la mano, che probabilmente si sarebbe dovuto assentare per una notte o due, poi fischiò per richiamare a sé i cani, due dolcissimi bracchi italiani fulvi e bianchi, anche conosciuti come cani da ferma, benché i loro fossero davvero troppo vecchi per andare a caccia. Avevano appena saputo che l'antico comune di Chiusi, ai confini con l'Umbria, era stato bombardato dagli Alleati, e la notizia le aveva lasciato un senso di desolazione impossibile da scrollarsi di dosso. Si trovava a sud di Montepulciano, a una cinquantina di chilometri abbondanti da lì, ma insomma…

L'aria era fresca e frizzante, con un sole talmente sfavillante da fare quasi male agli occhi. Si lasciò alle spalle le mura del borgo, dove i piccioni battibeccavano tra loro, poi si addentrò nei boschi con il terreno che le scricchiolava sotto i piedi. Nelle valli sottostanti, il panorama era sommerso da un oceano di foschia bianca, tanto che le uniche cose che riusciva a vedere erano le chiome degli alberi che sbucavano come isole in cima alle colline.

Nei castagneti, le raccoglitrici si erano già messe al lavoro. La raccolta dei frutti maturi iniziava quando i rami degli alberi si piegavano sotto il peso di tonnellate di castagne, che ormai erano diventate il loro alimento principale. Le donne le mettevano a essiccare e le macinavano per trasformarle in farina per il pane, il cosiddetto "pane d'albero" a base di acqua, lievito e castagne. Oppure le arrostivano per dare un tocco di sapore in più alla miscela del caffè d'orzo. Sofia lo preferiva a quello di cicoria. Nessuno aveva più bevuto del vero caffè da quando il governo aveva fatto di tutto per bloccare le importazioni, anche se c'era chi sosteneva che in realtà la carenza di caffè fosse dovuta all'embargo imposto all'Italia dalle Società delle Nazioni. Le foglie degli alberi di castagno venivano date in pasto ai maiali e alle galline, almeno da quei pochi di loro che avevano ancora degli animali.

Lei e Carla avevano nascosto una parte delle loro provviste, non solo per chi abitava al Castello, ma anche per aiutare gli altri abitanti del borgo. Era il loro segreto. Dopo aver ricevuto quella lettera dal comandante Schmidt, Sofia aveva chiesto al figlio di Carla, Aldo, di erigere una sottile parete di cartongesso in fondo alla loro grande dispensa. Da quando aveva lasciato la scuola, Aldo era sempre stato il loro tuttofare, e adesso dietro quella finta parete stoccavano fagioli secchi, marmellate, salame fatto in casa e formaggio, ma anche cinghiale essiccato e grano. Così, se le truppe tedesche si fossero acquartierate lì, *non* avrebbero consumato tutto.

Sofia ripensò alla settimana della preparazione delle conserve, in estate, l'unico momento in cui Carla le consentiva di lavorare in cucina assieme alle sue figlie, Anna e Gabriella. Era un'occasione per contribuire in modo pratico, perché cosa c'era di meglio che offrire qualcosa da mangiare a tutti loro? Accantonati la posizione e il prestigio sociale, Sofia diventava una di loro e, anche se in genere faceva del suo meglio per incarnare il ruolo di "contessa", amava abbassare la guardia. Adorava la complicità che si veniva a creare quando preparavano i fichi, le pesche, le ciliegie e i pomodori da trasformare in conserve. Lorenzo non lo sapeva. Veniva da una famiglia di nobili proprietari terrieri con secoli di storia alle spalle ed era stato cresciuto con la convinzione che ciascuno doveva stare al proprio posto. Anche se non era il tipo da perdersi in tante cerimonie, e pur essendo un uomo veramente buono, era comunque più attento di lei a certe formalità. Per lei, che non aveva ricevuto un'educazione da gran signora, era diverso.

Avevano messo sott'olio anche peperoni, carote e cavoli, con la cucina che traboccava di vapore, di colori e dei profumi intensi del raccolto, e anche se era durato poco, in quelle giornate avevano riso e cantato insieme, arrivando quasi a dimenticare la guerra.

Quando raggiunse i castagneti, le donne erano già indaffaratissime. Con gli uomini partiti per la guerra, il lavoro toccava a loro, e ad aiutarle c'erano gli anziani e i ragazzini. La moglie di un contadino, Sara, le fece cenno di avvicinarsi e le chiese se poteva portare a casa una busta di castagne per Carla. Sofia la conosceva bene. Aveva ricevuto due lettere che la informavano di due perdite, un fratello e un figlio. Il dolore che doveva provare era inimmaginabile, eppure tirava avanti. A volte non avere figli aveva i suoi vantaggi fu la tetra considerazione di Sofia, che poi sfiorò fugacemente la mano di Sara, prese la busta e se ne andò.

Tornata al Castello, fece il giro attorno alla casa e attraversò la parte di giardino fiancheggiata da piante di agrumi e cespugli di oleandro fino al piccolo melograno che faceva la guardia alla porta della cucina. Lì venne raggiunta dal profumo del pane che stava cuocendo nel forno. Non era abituata a passare dal retro per entrare in cucina ma adesso, dato che stava dietro alla coltivazione delle verdure, soprattutto cavoli, cipolle, spinaci e finocchi, la usava più di frequente. Negli ultimi giorni Carla le era sembrata turbata e sperava che la nuova scorta di castagne le tirasse su il morale.

L'ampia cucina, con le enormi travi di quercia a vista, il pavimento di pietra antica, le credenze verde pallido allineate lungo le pareti e il grande tavolo di legno sgrossato al centro, era sempre stata un luogo rilassante e accogliente. C'erano due poltrone identiche nelle alcove ai lati del fornello e, dato che le persiane non erano del tutto aperte, lì per lì non si accorse della figura riversa su una delle sedute in pelle.

Carla, davanti ai fornelli, con i capelli tirati indietro e il solito grembiule bianco allacciato sopra un abito di lana grigia completamente sformato, aveva un'aria imbronciata.

Vedendo una porzione di impasto lasciata a lievitare sulla griglia sopra i fornelli, Sofia immaginò che la cuoca fosse ansiosa di iniziare a lavorare la pasta. Le braccia conserte di Carla, donnone in grado di farsi intendere senza bisogno di tante parole, la dicevano lunga e, di fronte allo sguardo interrogativo di Sofia, la donna levò gli occhi al soffitto.

Aldo, nel frattempo, si era piazzato accanto alla porta e si grattava la testa. «L'ho trovato fuori dalle mura del borgo. L'unica cosa che ha detto è stata "Castello", poi si è messo a farneticare come un pazzo e alla fine ha perso conoscenza».

«Castello? Noi? Secondo te stava cercando proprio noi?»

Carla arricciò il naso. «Chi, sennò?».

Sofia si voltò a guardare Aldo e dovette riconoscere, come le capitava sempre più spesso negli ultimi tempi, che si era trasformato in un vero rubacuori. Era un giovanotto di bell'aspetto, con gli occhi neri, le ciglia lunghe, le labbra piene e le sopracciglia scure. Era volenteroso e anche vivace, e ogni volta che Sofia lo vedeva si sentiva investita da una sferzata di energia.

Si scostò i ricci castani dagli occhi. «Io ho pensato che intendesse il borgo, qui da noi».

Sofia si avvicinò all'individuo sulla poltrona per osservarlo meglio in volto. I cani, un passo avanti, lo annusarono con circospezione ma, visto che non reagiva, persero interesse e andarono a sdraiarsi altrove. Gli occhi dell'uomo erano rimasti chiusi, aveva i capelli arruffati e una brutta ferita che sembrava essersi infiammata gli aveva fatto gonfiare la guancia destra. Poi notò che aveva la giacca incrostata di sangue. Quando gli chiese come si chiamava, le sue palpebre fremettero per un istante, dopodiché aprì gli occhi più celesti che avesse mai visto.

«Chi sei?», ripeté Sofia.

Lui si toccò la gola.

«Acqua, Carla. Diamogli un po' di acqua».

Seppure controvoglia, la cuoca riempì un bicchiere e lo avvicinò alle labbra screpolate dell'uomo. Mentre lui sorseggiava l'acqua, a Sofia si affollarono i pensieri in testa. E se era un disertore tedesco? Ma poi la sorprese esprimendosi in un inglese privo di qualsiasi accento.

«James», disse, la voce debole. «È il mio nome».

«Puoi dirci cosa ti è capitato?».

Lui richiuse gli occhi. Si era riaddormentato?

«Penso che sia inglese», disse Sofia a Carla.

«Proprio quello che ci mancava. Come ti stavo dicendo, vaneggiava quando Aldo l'ha trovato nel capanno della legna fuori dalle mura. Non gli sembrava che parlasse tedesco, ma non poteva esserne sicuro».

«Ha bisogno di un dottore».

Carla fece una smorfia.

«Lo so. Lo so».

La cuoca la fissava con ostinazione, ma alla fine cedette. «Direi che per il momento possiamo sistemarlo nella camera di Gabriella. E lei può venire a dormire con me. Ho la chiave di quella porta, quindi non potrà fare del male a nessuno. Aldo dormirà da Anna, come al solito. Le piace avere compagnia».

Sofia le sorrise, comprensiva. Carla era innanzitutto la moglie di un contadino, una massaia, che poi aveva preso a salire quotidianamente al Castello per cucinare per loro. Quando suo marito, Enrico, si era ammalato e non aveva più potuto lavorare, Sofia li aveva portati a vivere lì con lei, in quattro stanze di discrete dimensioni: una al pianterreno, che adesso era la camera di Gabriella, e tre al primo piano dell'ala parzialmente inutilizzata della casa padronale, che aveva una sua scala indipendente. Erano stati gli alloggi della loro precedente domestica, ma ormai si era sposata e si era trasferita in una casa del borgo, quindi erano rimasti vuoti. Ovviamente i tre bambini avevano seguito la madre, e adesso Anna lavorava per loro come governante a orario ridotto, ma abitava altrove. Enrico era un omone gioviale che non meritava di morire così giovane, e nell'anno in cui era stato malato, Sofia aveva aiutato ad accudirlo. Successivamente, visto che lei e Lorenzo non erano riusciti ad avere dei bambini, aveva riversato tutto il suo istinto materno sui figli di Carla, soprattutto su Aldo, sul quale la morte del padre aveva avuto effetti devastanti.

Malgrado l'aria solitamente scontrosa, la Carla che conoscevano tutti era un'anima buona e generosa che a volte riusciva anche a lasciarsi andare. Le immagini della cena di settembre le tornarono in mente di colpo. Lorenzo e Sofia si erano rimboccati le maniche prima dell'arrivo dei nuvoloni neri e, alla fine della settimana, stanchi e doloranti per la vendemmia, erano tornati a casa strisciando. Aldo, con una camicia bianchissima che metteva in risalto la bellezza della sua carnagione olivastra, aveva sistemato i tavoli in piazza e Carla aveva lavato e stirato le tovaglie a quadri bianchi e blu. A settembre, poco prima che arrivassero i tedeschi, ancora avevano prosciutto, mortadella, salame e formaggio di capra in abbondanza con cui accompagnare il pane e il vino. Quando qualcuno aveva cominciato a suonare il violino, la stanchezza era svanita e avevano danzato sotto un cielo trapunto di stelle. Persino Lorenzo, raggiante di felicità ed ebbro di amore e passione, l'aveva fatta piroettare ancora e ancora, fino a farle girare la testa. Carla, ridendo forte, priva di inibizioni, aveva ballato più di chiunque altro, finché Aldo non l'aveva dovuta raccattare da terra per condurla in casa, con un garbo e una delicatezza in grado di sciogliere il cuore.

I ricordi si dissolsero e Sofia lanciò un altro sguardo all'uomo seduto in poltrona. «Non ha l'aria di poter fare del male a qualcuno o andarsene da qualche parte». Passò al vaglio le alternative a sua disposizione, ma sapeva che senza un aiuto rischiava di morire. Lorenzo sarebbe rimasto a Firenze per un paio di giorni, perciò, se fossero riusciti a trovare una sistemazione per lo sconosciuto nelle prossime quarantotto ore, non ci sarebbero stati problemi. Non voleva coinvolgere Lorenzo in quella storia. Aveva troppe cose a cui pensare e probabilmente non avrebbe approvato il suo intervento.

Carla le rivolse un sorriso sardonico.

«La stanza di Gabriella. Sei sicura?».

La cuoca annuì. «Aldo ci aiuterà a portarlo in camera, dico bene, figliolo?».

Il ragazzo fece cenno di sì con la testa e Sofia scrutò ancora una volta lo sconosciuto. I capelli, sotto la sporcizia, sembravano biondi, quindi poteva tranquillamente essere un tedesco. Era anche piuttosto robusto. Era buffo, ma erano tutti così robusti. Una razza di giganti. D'altro canto, se era davvero inglese e non tedesco, forse era un prigioniero di guerra che era riuscito a scappare. Aveva un'aria talmente smarrita. Da dove veniva? Aveva famiglia? Una moglie? Dei bambini? Non poteva fare a meno di confrontare quell'uomo imponente con il marito alto, dall'ossatura minuta e i lineamenti aristocratici. Gli abiti di quell'uomo erano anonimi e sporchi, tanto che era impossibile intuirne il colore originario, anche se probabilmente la giacca era grigia e i pantaloni verde bosco. Quando gli scostò pian piano la giacca, la camicia impregnata di sangue rivelò una perdita ematica talmente spaventosa che Sofia rimase a bocca aperta.

Passò subito all'azione, spiegando cosa dovevano fare. Carla dissentì e prese a bofonchiare tra sé e sé, ma Aldo, che pure aveva diciassette anni e non era un tipo nerboruto, era abbastanza forte, e tutti e tre insieme riuscirono a portare l'uomo gemebondo, o meglio a trascinarlo, in fondo al corridoio principale e quindi nella piccola camera da letto che dava su un lato della casa.

Carla tolse la biancheria dal letto di sua figlia e distese un vecchio lenzuolo sul materasso, poi Aldo e Sofia lo sollevarono sul letto. L'uomo si lamentava, ma non riaprì mai gli occhi.

«Sicura che Gabriella non avrà da ridire in proposito?».

E quando Carla, invece di rispondere, abbassò lo sguardo a terra, Sofia rimase interdetta. Aldo le rivolse uno dei suoi dolcissimi sorrisi dispiaciuti, di quelli che lo tiravano fuori dai guai sin da quando era un bambino. Quanta vibrante vitalità brillava in quegli occhi scuri, pensò. Era sempre stato così. Poi gli vide dare un colpetto di gomito a sua madre.

«Racconta alla contessa cos'è successo», la esortò. «Diglielo».

Sofia guardò prima l'uno, poi l'altra. «Cosa?»

«Si tratta di Gabriella», continuò il ragazzo, gli occhi scuriti dall'ansia e dalla preoccupazione. «Pensiamo che abbia passato un'ora in compagnia con uno delle camicie nere che sono andate a disturbare le donne a casa di Anna la notte scorsa».

Carla lanciò un'occhiata a Sofia, come se stesse decidendo se parlare oppure no. «Questo non è il momento».

«Be', ne parleremo dopo, allora. Ma adesso, Carla, una scodella di acqua calda, per cortesia. E anche dei canovacci puliti», disse mentre si inginocchiava accanto al letto. «Aldo, puoi aiutarmi a svestire quest'uomo?»

«Contessa!», obiettò la cuoca.

Torse il collo per guardarla. «Non essere così pudica, devo capire dov'è la ferita». Ma l'idea che fosse la padrona a occuparsi della svestizione continuava a scandalizzarla e Sofia non riuscì a trattenere una risata.

«Lo spoglierò io, contessa», disse Carla. «Se non ti secca andare a prendere l'acqua, si intende. I canovacci puliti sono nella credenza a destra del lavello».

Tempo di scaldare l'acqua e tornare indietro con una caraffa e l'uomo era stato svestito.

«Ha dei lividi attorno alla spalla», disse Aldo.

«Solo sulla spalla?».

Lui confermò con un cenno del capo. «Sì, e una ferita da arma da fuoco sull'avambraccio».

Carla gli aveva coperto le gambe e le parti intime con un altro lenzuolo, che adesso stava tirando un poco più in su per coprirgli il busto.

Sofia rise di nuovo. «Ebbene, hai controllato a dovere?»

«Non c'è granché da vedere», borbottò la cuoca prima di lasciarsi scappare un risolino.

Sofia esaminò il ferito. Carla andò a prendere una bottiglia di brandy e, quando l'uomo schiuse appena le palpebre, tentarono di fargliene bere un sorso. Il proiettile era ancora all'interno della ferita, perciò, non appena riuscirono a fargli mandare giù un goccio di brandy, nella speranza che attenuasse il dolore, Sofia strinse i denti e, con il cuore in gola, si accinse a rimuoverlo prima di pulire quel disastro. Carla si era offerta di farlo al posto suo, ma Sofia sentiva di doversene occupare personalmente. Era sua abitudine aiutare a incerottare i braccianti che riportavano qualche ferita, ma non aveva mai visto niente del genere. Mentre si dava da fare, l'uomo storceva il viso. «Scusami», gli sussurrava, «scusami». E il fatto che fosse sempre più pallido la preoccupava. Non era neanche così sicura di cosa stesse facendo, ma l'istinto le diceva che dovevano pulire a fondo la ferita. Non appena ebbe terminato, Carla andò a prendere un antisettico e gli fasciò il braccio per arrestare l'emorragia.

«Ha bisogno di punti», disse Sofia rialzandosi.

«Non puoi chiamare il dottore».

«No».

Si trovavano in una posizione difficile. Del loro medico locale che abitava a Buonconvento, noto per essere un simpatizzante fascista, non si potevano fidare.

«E le suore di Sant'Anna?», suggerì Aldo. «Sbaglio o loro si rivolgono a un dottore di Trequanda?».

Sofia ripensò all'incantevole refettorio affrescato del convento e alla gentilezza della madre superiora. I conventi erano particolarmente utili negli ultimi tempi, perché era raro che i loro passaggi nascosti venissero scoperti nel corso di un'incursione nazista. E, dato che i tedeschi tendevano a trascurare le suore, a volte le loro vesti fungevano da efficaci travestimenti. L'ultima volta che aveva visto la madre superiora, avevano parlato di una ragazza del borgo che si era ribellata alla sua famiglia, era scappata di casa ed era stata ritrovata nel giardino del convento. Si erano sedute sulla terrazza a mangiare formaggio di capra e a sorseggiare un po' di vino di Montalcino mentre contemplavano le colline delle Crete Senesi, a ovest, e insieme avevano deciso il da farsi. Li avrebbe sicuramente aiutati di nuovo.

Carla era in pensiero. «E se vorrà sapere chi è? Non possiamo mica creare problemi alle suore. Voglio dire, offrire asilo a un inglese è pericoloso».

«Per ora non è necessario spostarlo. Ogni tanto farò una capatina qui da lui per vedere come sta. Se dovesse parlare di nuovo, dovrei essere in grado di capirlo».

«Contessa, tu parli inglese?», chiese Aldo.

«Certo, i miei genitori hanno insistito affinché imparassi l'inglese, il tedesco e il francese, e ho studiato a Londra per quasi un anno».

Aldo chinò il capo, infilò una mano nella tasca dei pantaloni e tirò fuori qualcosa. «Ho trovato questo all'interno della sua giacca».

Sofia buttò un occhio sul libricino e ne sfogliò le poche pagine, ma il loro contenuto non aveva alcun senso, perciò decise che per il momento l'avrebbe nascosto e uscì dalla stanza.

Faceva troppo freddo per dipingere all'aperto, soprattutto in cima alla torre merlata dove talvolta poteva soffiare un vento impetuoso, ma nell'arco dell'estate Sofia aveva terminato un paio di nuovi schizzi della torre. L'aveva disegnata talmente tante volte in passato, seduta sul muretto che circondava la cisterna al centro della piazza e dalle finestre di casa sua. Aveva disegnato anche il panorama di cui si godeva dalla sommità della torre, alla quale si accedeva tramite una ripida scala interna. Prima della guerra aveva immaginato di trasformare la stanza in alto in uno studio, ma Lorenzo le aveva fatto notare che il rischio che la bombardassero era molto elevato, quindi non aveva dato seguito al progetto. Forse un domani. Per ora doveva accontentarsi di attraversare l'ampio salone nel quale aveva esposto diversi quadretti realizzati da lei, per poi entrare in un piccolo studio con le portefinestre che davano sul roseto. Le rose continuavano a fiorire malgrado la stagione avanzata e la vista di quei boccioli le risollevò lo spirito. Sofia preferiva lavorare su paesaggi dai colori tenui e delicati, ma, invece di dipingere la torre, stavolta avrebbe portato avanti il lavoro sull'ultima tela, un ritratto di sua madre, Elsa.

Chiunque fosse l'uomo ferito, sperava di risalire alla sua identità prima che dovessero trasferirlo e che suo marito scoprisse che era stato da loro, altrimenti gli avrebbe dovuto dare parecchie spiegazioni. Se avesse corso qualche rischio o messo in pericolo gli abitanti del borgo, Lorenzo non glielo avrebbe mai perdonato.

6

Quella notte Sofia sognò la primavera, pascoli voluttuosi appena rinverditi che rifulgevano come se fossero illuminati dall'interno, e sognò di nuovo i papaveri rosso fuoco, gli ulivi argentati, la bellezza sinuosa delle Crete Senesi e gli alti cipressi scuri che tagliavano il suo campo visivo e sembravano marciare nella Val d'Orcia. A volte rivedeva persino il limitare dei sentieri costeggiati da cespi di iris viola, calendule gialle, eliantemi rosa, margherite bianche e giacinti azzurri. E quando sognava i lunghi pranzi a Pienza, dove andavano a mangiare cuori di carciofo ripieni e arrosticini di pecora, riusciva a sentire il profumo del rosmarino fresco e della mentuccia selvatica, e a vedere le farfalle celesti che volteggiavano nell'aria. Di tanto in tanto sognava di mangiare la schiacciata toscana e il formaggio fatto in casa, seduta su una coperta distesa sui prati erbosi dei giardini di San Quirico d'Orcia. Era la fame a dettare i suoi sogni. Desiderio di cibo buono, sì, di varietà, ma soprattutto desiderio che le loro vite tornassero alla normalità. A volte sognava lunghi pomeriggi d'amore carnale e gioie scanzonate, dove non c'erano schieramenti tra cui scegliere e la vita era meno complicata, ma era un'illusione, perché negli ultimi vent'anni c'era stato Mussolini.

Si svegliò sentendo una presenza in camera da letto. La sentiva muoversi e pensò immediatamente all'uomo dagli occhi azzurri. Stava soltanto fingendo di dormire? Ma no, era chiuso a chiave nell'altra stanza, giusto? Allungò una mano verso l'interruttore della luce.

«Non accendere».

Era Lorenzo, tornato prima del previsto.

Si spostò per fargli spazio nel letto e lo cercò con indolenza mentre si sdraiava al suo fianco. Si sentì stringere dalle braccia del suo meraviglioso e complicato marito e sentì il cuore batterle forte contro il petto. La figura a volte distaccata in cui si era trasformato l'uomo che aveva sposato svaniva quando facevano l'amore. Quando si abbracciavano, tornavano a essere completi e non le versioni impacciate di loro stessi che avevano adottato negli ultimi tempi. Le baciò il collo e, ancora mezzo addormentata, tra i sogni di primavera, sesso e amore, lei inarcò la schiena, come un gatto. Le sue mani le accarezzarono i seni, la pancia e le gambe, poi risalì tra le cosce. La massaggiò in cerca del punto giusto e, in quello stato di vulnerabilità e torpore, Sofia raggiunse rapidamente l'orgasmo. Rotolò sopra di lei, facendole allargare le gambe, ed entrò nel suo corpo tenendole le braccia sopra la testa.

Quando si svegliò, accecata dal sole che entrava dalla finestra, Sofia distese un braccio, ma il letto dal lato di Lorenzo era vuoto. Tastò il coprimaterasso. Freddo. L'aveva sognato? Poi vide i suoi vestiti buttati sui braccioli di una poltrona dallo schienale avvolgente. Non era stato un sogno, quindi.

Secondo Lorenzo, Sofia avrebbe dovuto essere come sua madre e come sua nonna prima di lei. Le nobili gentildonne della famiglia Corsi. Voleva che mantenesse il decoro pur mostrando un garbato interesse per le famiglie che dipendevano da loro. Non aveva gli stessi modi accomodanti di sua moglie né appoggiava apertamente la sua simpatia per i partigiani. Credeva fosse più prudente restare neutrali e la sua incolumità era ciò che lo faceva penare di più. Di conseguenza, lei non gli diceva tutto. Si era innamorato del modo in cui Sofia abbracciava la vita, della sua *joie de vivre*, come l'aveva chiamata durante la loro luna di miele a Parigi. Diceva di adorare la sua grazia, la sua eleganza, ma anche l'educazione che aveva ricevuto e l'aveva iniziata alle buone maniere. Amava il fatto che sorridesse sempre, che irradiasse felicità. Sorrideva meno, ultimamente.

Detestava la cautela che doveva usare in sua presenza, ma era certa che si sarebbe preoccupato e, a dire il vero, non stava neanche facendo chissà cosa, anche se sapeva quanto stava succedendo e non diceva niente. Sapeva che le donne stavano lavorando a maglia per i partigiani e non diceva niente. Sapeva dove si trovavano i partigiani e non diceva niente. Sapeva che Carla cucinava per quegli uomini nella cucina di casa loro e non diceva niente. E adesso sapeva del ferito dagli occhi azzurri, che poteva essere chiunque. Eppure continuava a non dire niente.

Lorenzo era vigile, rispettoso delle regole. Si diceva d'accordo quando non poteva fare altrimenti e all'inizio, come gli altri, aveva davvero creduto che Mussolini sarebbe stato un bene per il Paese. Mussolini costruiva strade, garantiva che i treni arrivassero in orario. Ma quando aveva messo un bavaglio alla libertà di stampa, tollerato la violenza delle squadre d'azione fasciste e quindi consolidato la propria stretta sul Paese… le cose erano peggiorate. E poi, nel 1925, quando si era autoproclamato dittatore e aveva creato una polizia segreta dell'Italia fascista, tutti avevano cominciato a capire cosa stava succedendo. Man mano che il potere dei giudici e dei tribunali si andava indebolendo e che gli oppositori politici venivano arrestati e sovente condannati alla pena di morte, la gente iniziava a cogliere la dura realtà. Troppo tardi. Decisamente troppo tardi. Gli amici in Inghilterra si chiedevano come si fosse potuto permettere che accadesse e dicevano che gli italiani erano stati ingannati e manipolati, perché avevano bisogno di qualcuno o qualcosa in cui credere. E invitavano i britannici a prestare attenzione. Perché se il populismo, le divisioni e l'odio erano riusciti ad attecchire sia in Italia che in Germania, la stessa cosa sarebbe potuta accadere ovunque.

E adesso Lorenzo era stato reclutato per passare informazioni agli Alleati, un compito estremamente pericoloso visto che il ministero per cui lavorava era controllato dai nazisti. Lei e il marito non parlavano più come un tempo, quindi non ne sapeva granché. Non era colpa di nessuno, si era intromessa la guerra. Aveva la sensazione che ciascuno di loro fosse stato costretto a calarsi nelle profondità della propria anima, una cosa che si poteva fare soltanto da soli. Quando non sapevi neanche se la persona che amavi più di ogni altra cosa al mondo l'indomani sarebbe stata ancora viva, eri portata ad amarla ancora di più, a volerla tenere ancora più stretta a te, ma non era possibile. Eri portata anche a volerla proteggere, ma per farlo era necessario lasciarla andare giusto un poco. Staccarsene appena. Darle spazio e modo di fare qualunque cosa dovesse fare. Aggrapparsi troppo a Lorenzo le avrebbe solamente causato più dolore quando lui se ne doveva andare. Meglio fargli credere che andava tutto bene, che lei era al sicuro.

7

Non appena girò la chiave e spinse la porta per entrare nella piccola camera da letto, Sofia venne travolta dall'odore penetrante della malattia e, quando controllò l'uomo e gli tastò la base del collo e la nuca, si rese conto che la febbre si era alzata. Scostò le coperte e diede istruzione ad Aldo di portarle uno straccio pulito imbevuto di acqua fredda, poi lo strizzò e tamponò ripetutamente viso, collo e testa del ferito. Per finire, disse ad Aldo di stendergli due canovacci umidi sul petto. Per quanto James, sempre che quello fosse il suo vero nome, versasse in condizioni critiche, dovevano trovare un modo per portarlo al convento. E, a meno che non volesse rendere Lorenzo partecipe del piano, dovevano farlo il prima possibile.

Quando tornarono in cucina, Aldo si mise a osservare Giulia, la domestica, che stava preparando il caffè e la torta per la colazione. Giulia non lavorava per loro da molto tempo. Era una ragazza del borgo che prima viveva a Pisa insieme alla nonna, ma con la guerra era tornata a stare da sua madre. Sofia non era così convinta della sua affidabilità, però le aveva concesso il beneficio del dubbio.

Aldo le lanciò un'occhiata, confuso. «Due tazze di caffè. Abbiamo visite?»

«No. Lorenzo è a casa».

Il ragazzo non riuscì a nascondere il proprio stupore. «Ah».

«Sono stata la prima a vederlo», si vantò Giulia. «Ha suonato per la colazione».

«Il conte Lorenzo si tratterrà a lungo?», domandò Carla, che proprio in quel momento stava entrando in cucina dal giardino.

«Non lo so», rispose Sofia, poi attraversò la stanza per sussurrare ad Aldo: «Puoi aspettarmi qui? Mi servirebbe una mano per spostare quell'uomo».

«Ma certo», disse lui, e si sedette a tavola per bere il suo caffè.

Mentre lo osservava, Sofia non poteva fare a meno di rivederlo pargoletto, e poi quando suo zio Gino, che faceva il carpentiere, gli aveva costruito un carretto. Come volava il tempo. Sembrava ieri che quell'angioletto di quattro anni sfrecciava attorno al Castello, finendo tra i piedi di tutti, e la dolcezza infinita delle sue scuse bastava a far sì che fosse sempre perdonato. E quanto amava quando andava ad accoccolarsi sulle sue gambe, con i capelli che gli ricadevano davanti agli occhi, e si succhiava beatamente il pollice, senza un solo pensiero al mondo. E poi quando, più grandicello, si divertiva ad arrampicarsi sugli ulivi durante la raccolta, scuotendo i rami mentre saliva sempre più in alto, finché le olive verdi e grigie non si ammonticchiavano sulla rete stesa a terra. "Io ne ho più di tutti!", esclamava ai ragazzi più grandi e agli uomini che si davano da fare con i lunghi rastrelli. Avrebbe sempre avuto un posto speciale nel suo cuore.

Quando fece un bel respiro profondo e tornò al presente, le parve che Carla volesse dire qualcosa. La cuoca distolse lo sguardo, poi le rivolse un'altra occhiata furtiva, e Sofia capì che stava aspettando che la domestica uscisse dalla cucina.

«Che cosa c'è?», le sussurrò non appena la ragazza svanì nella dispensa. «Devo andare da Lorenzo. Non ho molto tempo».

Carla incurvò le spalle e, quando risollevò la testa, Sofia vide la preoccupazione scolpita nelle rughe del suo viso.

«Carla, cosa c'è? Mi stai spaventando. Ha a che fare con Gabriella?». Si voltò per rivolgersi ad Aldo. «Ieri mi hai accennato a Gabriella e alle camicie nere, non è così? Hai detto che Carla doveva dirmi qualcosa».

Quando il ragazzo scostò la sedia per alzarsi da tavola, sua madre cambiò espressione.

«Carla?»

«Be', l'altra sera stavamo… sai… lavorando a maglia».

«So che lavorate ai ferri. Per l'amor del cielo, non c'è niente di male. L'ho sempre saputo».

«E non ti dà fastidio?».

Sofia scosse la testa.

«C'è stata un'interruzione. Non esce mai nessuno di notte, non in questo periodo dell'anno quantomeno. Gabriella era di guardia quando abbiamo sentito delle voci per strada. Abbiamo aspettato un po', poi abbiamo sentito anche lei, fuori con loro».

«Buon Dio, non le avranno fatto del male!?».

Carla fremeva. «Non credo, ma, insomma, è andata con loro. È stata via per più di un'ora».

«Pensi che l'abbiano molestata?»

«No. Conosceva uno di quei ragazzi. Non penso che sia successo chissà cosa, ma lei non ne vuole parlare. Non aveva i vestiti strappati e non aveva pianto, ma lei è così graziosa, e gli uomini se ne approfittano. Non è mai stata di molte parole, ma adesso non parla affatto e se le chiedo cos'è successo si limita ad abbassare lo sguardo. Sai che a volte è un po' una sognatrice, con la testa tra le nuvole. Non dovevo lasciarla là tutta da sola».

«Non è colpa tua. Che Dio maledica i tedeschi!».

«Non erano tedeschi, erano camicie nere», le ricordò Aldo, ringhiando. «Se mi capitano sotto tiro!».

Sofia lanciò uno sguardo alla cuoca. «Vuoi che provi a parlare con lei?».

Carla fece cenno di no con la testa. «Non ancora. E poi, come se non bastasse, ho paura che chiamino Aldo alle armi».

«Sono arrivati i fogli?»

«No», rispose lei, sconsolata, prima di voltarsi a guardare suo figlio. «Per Dio, quegli sporchi nazisti vogliono prendere i nostri bambini e mandarli a combattere la loro guerra».

Aldo raddrizzò le spalle. «Non combatterò mai per i tedeschi».

«Dice che scapperà per andare a unirsi alla resistenza», aggiunse sua madre con la fronte corrucciata. Scompigliò i capelli al figlio. «È una testa calda, il mio giovanotto. Sempre a sproloquiare su quei partigiani. Finirà morto ammazzato in un fosso».

«Non combatterò per i tedeschi», ribadì Aldo. «Non partirò».

Sofia lanciò un lungo sospiro. Era preoccupata per la povera Carla, come se non avesse già abbastanza pensieri per la testa. «Cerchiamo di non agitarci», disse. «Faremo tutto il possibile. Prima di tutto, però, devo scoprire quanto si tratterrà Lorenzo».

In sala da pranzo, Lorenzo si stava alzando da tavola. Le rivolse un sorriso gioviale.

«Sto per andare a controllare alcune delle fattorie più isolate», disse a Sofia. «Speravo che potessimo fare colazione insieme, ma hai tardato parecchio».

«Scusami». Si chiese se stesse cercando di farla sentire in colpa, ma accantonò l'idea, infastidita da quella sua nuova tendenza a dubitare di qualsiasi cosa.

«Le rese sono più basse del solito. Non c'è di che stupirsi, ma devo andare a verificare di persona», continuò lui senza accorgersi della tensione della moglie.

Sapeva che secondo Sofia ai fittavoli sarebbero dovuti spettare degli appezzamenti di terra a uso personale. Allo stato attuale delle cose, Lorenzo, in qualità di conte di Castello de' Corsi, era responsabile di tutte le fattorie, le cascine e le ville della tenuta. Come per ogni altra tenuta, anche da loro vigeva il vecchio sistema della mezzadria, un accordo per il quale lui forniva i poderi, gli strumenti, i macchinari agricoli e la manutenzione degli stessi in cambio della metà dei prodotti raccolti sui suoi terreni. Una volta l'anno, tutti andavano a usare il loro frangitore e, prima della guerra, Lorenzo aveva pagato i lavori per gli allacci dell'elettricità e aveva fatto arrivare l'acqua corrente in tutte le case del borgo.

«Forse è giunto il momento di cambiare qualcosa?», propose Sofia in modo piuttosto distratto.

Lui le lanciò uno sguardo. «Contadini e braccianti sono trattati equamente».

«Lo so, ma...».

Lorenzo continuava a guardarla con una faccia perplessa. «Qual è il problema? Avevamo deciso che avremmo apportato i primi cambiamenti alla fine della guerra. Lo sai. Va tutto bene?»

«Certamente».

«Sembri... non saprei. Hai un'aria un po' trascurata».

«Oh, per l'amor del cielo!», esclamò lei. «Che importanza ha?»

«Sofia, cosa ti prende ultimamente? Un attimo sei tranquilla e quello dopo mi rispondi male».

«Mentre tu sei sempre perfetto, vero?». Gli scoccò un'occhiataccia, anche se lui la stava guardando con una tale tenerezza che le venne voglia di mettersi a piangere. «Sei irascibile. Non ci sei quasi mai e, quando ci sei, sei distante. Se non ti conoscessi, direi che ti sei trovato un'amante».

Le sorrise, e questo la fece infuriare più di ogni altra cosa.

«Ormai non mi dici neanche cosa stai facendo, dove stai andando, con chi ti stai vedendo. Niente! E io cosa dovrei pensare?»

«È più prudente che tu non sappia nulla delle attività di cui mi sto occupando. E comunque, anche tu hai cominciato a comportarti in modo piuttosto evasivo, o sbaglio?», replicò lui.

Si sentì tradire dalla vampata di calore che le si stava diffondendo sul collo e rimpianse di non potergli dire dell'inglese e chiedergli un consiglio.

«Bisbigliando di nascosto con la cuoca o rispondendo a strane telefonate nel cuore della notte».

«Una volta. È successo soltanto una volta e adesso non riesco più a mettermi in contatto con mia madre. Ho paura che possa essere capitato qualcosa ai miei genitori».

«Passerò a vedere come stanno non appena tornerò a Roma».

«Quando?»

«Dopodomani. Partirò di buon'ora, ma oggi sono qua, perciò, dopo che avrò fatto un salto alle fattorie, potremmo passare tutto il pomeriggio insieme, e magari anche domani pomeriggio. Con la speranza che possa tirarti su di morale. Cosa ne pensi?».

"No", gli avrebbe voluto dire. "Non oggi". Quel giorno non l'avrebbe tirata su di morale.

«Ora», disse, cambiando argomento per porre fine al discorso, «devo sbrigare alcune commissioni. Vorrei prendere il furgone. C'è ancora un po' di benzina?»

«Devi proprio? La benzina è così difficile da reperire. Non puoi prendere un asino e il calesse?»

«È per la mia tela». Si interruppe, avvertendo una stretta allo stomaco mentre valutava se elaborare la menzogna. La sua colpevolezza era così lampante? Se ne sarebbe accorto? «Pensavo di farla incorniciare. Non voglio che prenda umidità».

«Ah, l'hai finita. D'accordo, ma sembra minacci pioggia. Perché non vai un altro giorno?»

«Preferirei togliermi il pensiero. Voglio regalarla a mia madre per il suo compleanno».

Poi lanciò un'occhiata fuori dalla finestra, ai nuvoloni foschi che si rincorrevano nel cielo.

«Be', stai attenta, allora. Quando stavo tornando da Firenze, qualunque sagoma in movimento era un bersaglio per gli aerei degli Alleati. Fatti accompagnare da Aldo».

«Lo farò. Non avremo problemi passando per le stradine secondarie».

Non c'era tempo da perdere, perciò, non appena Lorenzo se ne fu andato, Sofia si cambiò in fretta senza neanche lavarsi, si legò i capelli e si coprì il capo con un fazzoletto, come facevano tutte le donne di campagna, mentre lanciava uno sguardo alla cornice d'argento sulla toeletta che conteneva una fotografia dei suoi genitori. Pregava che fossero al sicuro. Dopo essersi fatta coraggio, percorse il piccolo corridoio laterale prima di entrare a passo svelto nella camera da letto al piano inferiore. Stavolta gli occhi dell'uomo si aprirono, più vigili del giorno prima.

«Dobbiamo portarti altrove», gli annunciò. «Qui non è sicuro».

«Grazie». Provò a sorriderle, ma la sua voce era debole.

«Sei inglese?».

Lui pronunciò qualche parola in italiano.

«La volta scorsa hai parlato in inglese».

«Sì, probabilmente ero troppo... oh, non lo so».

«Non credo che a un uomo a malapena cosciente passi per la testa di esprimersi in una lingua che non è la sua».

Le rivolse un altro debole sorriso.

«E adesso? Adesso puoi dirmi qualcosa di più?»

«Si è aggrovigliato il paracadute. Mi hanno sparato mentre scappavo. Sono riuscito ad arrivare fin qui non so come». Aveva la voce rauca e parlava con difficoltà.

«Quanto tempo fa?», chiese lei con tono gentile.

Non le rispose. Quando Sofia iniziò a ragionare sul da farsi, lui richiuse gli occhi. E se si fosse avvicinata a quel lato della casa con il furgone? Se Aldo le dava una mano a spostarlo di peso, poteva funzionare.

«Il mio cifrario?», sussurrò l'uomo. La sua voce si era affievolita ancora di più.

«Ah, giusto, ecco cos'è quel libricino. L'ho messo al sicuro».

Lui allungò un braccio e le strinse la mano.

Quando Sofia e Aldo uscirono dal davanti del palazzo, videro la vecchia pettegola che abitava all'angolo seduta su una seggiola sull'uscio di casa sua, all'ombra della torre, di vedetta. Sempre di vedetta. A novembre. E faceva un gran freddo, per giunta. Maria doveva essere la persona più malvista del borgo, poveretta. Anche se all'inizio era rimasta scioccata come chiunque altro quando suo nipote se n'era andato per diventare una camicia nera, ora nessuno sapeva da quale parte si fosse realmente schierata. Sosteneva di non avere la minima idea di dove fosse il ragazzo, ma si metteva di guardia solo perché attendeva il suo ritorno o stava studiando le mosse dei suoi compaesani? Per quanto ciascuno di loro comprendesse la sua preoccupazione, avevano qualche difficoltà a compatirla, e alcuni non vedevano l'ora che il ragazzo ricevesse un bel proiettile in testa.

Giunti nel vecchio cortile delle carrozze, Aldo aprì la porta della rimessa. Il furgoncino, tra tanti mezzi agricoli e barocci, era parcheggiato in un angolo, ingombrante, maleodorante e scomodo da guidare. Sofia fece un respiro profondo, ma poi esitò. Era così difficile capire se era la cosa giusta da fare e il furgone consumava benzina preziosa. Lanciò uno sguardo ad Aldo.

Lui le sorrise. «Stiamo facendo la cosa giusta».

Spesso sembrava in grado di leggerle nel pensiero e questo la riempiva di gioia, ma in realtà non era più possibile distinguere tra giusto e sbagliato. Quando tutto era sbagliato, facevano semplicemente quello che erano tenuti a fare, senza porsi troppe domande. Prese fiato e ritrovò la determinazione.

Lorenzo, come tanti altri uomini della sua estrazione sociale, a volte era iperprotettivo. Ma volendo essere più sincera con se stessa, più precisa, era stata soprattutto colpa sua. Era stata lei a permetterlo, all'inizio lo aveva anche apprezzato, quando forse avrebbe dovuto essere più categorica nel fargli capire che era perfettamente capace di gestire le cose da sé. Invece aveva preso a fare ciò che riteneva giusto senza dare nell'occhio, senza fiatare né fare storie. Lorenzo aveva visto che era in grado di affrontare anche le situazioni più difficili, sapeva quanto coraggio e forza d'animo possedeva, ma le era sembrato più semplice continuare a lasciargli credere di essere il suo protettore.

«Guido io?», domandò Aldo, strappandola ai suoi pensieri.

«Sì, grazie. Io starò dietro con James. Ma non possiamo metterci troppo. Devo tornare in tempo per passare il pomeriggio con Lorenzo».

Salirono sul furgone e fecero il giro per fermarsi di fianco alla casa.

Durante il viaggio di ritorno dal convento lungo un reticolo di stradicciole che percorrevano le colline, il sole fece capolino sul paesaggio bagnato dalla pioggia, facendolo risplendere e luccicare. Sofia ammirò il panoramico susseguirsi di colline grigio-azzurre sotto una trapunta di basse nubi argentate e tanta bellezza le risollevò il morale. Le dava la sensazione che la guerra, in fin dei conti, non potesse toccarli più di tanto. Come poteva quando c'erano ancora giornate così limpide e scintillanti? Istanti come quello erano fondamentali per preservare il prezioso barlume di speranza che albergava nel suo cuore. Quei momenti erano la sua fonte di gioia e ispirazione. E sapeva che prima o poi, se la preoccupazione l'avesse tenuta sveglia la notte, avrebbe potuto attingervi per immaginare un futuro migliore, un mondo dove splendeva il sole e loro vivevano in pace.

Aldo fermò il furgone e scesero entrambi a prendere una boccata d'aria e a osservare l'erba alta che frusciava al vento per qualche minuto.

«Sarà al sicuro al convento», le disse.

«Sì». Rimase in silenzio per un solo momento. Si sentiva tranquilla e rilassata con lui. «Ricordo ancora il primo giorno che sono arrivata in campagna», continuò mentre contemplavano il panorama, fianco a fianco. «Tu non eri ancora nato, ovviamente. Ero una ragazza di città, ma è bastato poco e mi sono innamorata dell'intera tenuta e di tutte le persone che ne facevano parte. Mi hanno accolta come se fossi una di loro».

«Sono tempi che mia madre rammenta spesso», disse Aldo.

«Era bello. Davvero bello».

Sorrise, sapendo che non avrebbe mai dimenticato il suo primo inverno al Castello con Lorenzo.

«Poltrivamo davanti a un bel fuoco crepitante mentre la campagna si trasformava in un luogo mistico, con la nebbia nelle vallate in basso, i cieli purpurei in alto e per finire una spolverata di neve bianchissima».

«Ah, contessa, tu sei sempre stata brava a vedere la bellezza nelle cose che ci circondano».

Sofia rise. «Perché, non la vedi anche tu?»

«Sì, ma io sono un uomo più pratico e non ho un animo così poetico».

"Un uomo", pensò lei. Era difficile vederlo come un uomo.

E in quel momento, mentre osservavano i pini e le querce, così scuri nel fitto delle aree boschive, il pensiero della pistola divenne un tarlo nella sua mente. Forse Aldo poteva mostrarle come usarla, ma sarebbe mai riuscita a puntarla contro un altro essere umano e a premere il grilletto? Era in grado di sparare per uccidere? La sola idea le sembrava assurda.

«Sai come si usa un fucile, vero?», gli domandò.

«Sì», rispose lui. «Per cacciare».

«Potresti insegnarmi a sparare?».

Aldo sorrise. «Certo, ma non ti ci vedo a dare la caccia ai cinghiali».

«No, infatti».

Ci fu un breve attimo di silenzio.

Sofia gli indicò il panorama. «Guarda quanti campi non sono stati arati tra quei boschi. Con il tuo aiuto, noi donne stiamo facendo il possibile, ma non è sufficiente».

Oltre i campi c'erano le macchie più fitte e le colline popolate da decine di uomini che erano andati a nascondersi tra gli alberi. Sperava riuscissero ancora a trovare qualche cinghiale da uccidere per cibarsene.

«Penso a quegli uomini, di notte», proseguì. «Con il gelo pungente dell'inverno ormai alle porte e nessun focolare davanti a cui scaldarsi, sono in pensiero per loro».

«Troveranno un modo per sopravvivere».

Decise di dire a Carla che le faceva piacere che cucinasse per i partigiani e che poteva attingere dalle loro provviste; era giunto il momento di fare la sua parte per aiutare gli Alleati a vincere la guerra. Mentre era assorta nei suoi pensieri, la quiete fu brutalmente infranta dal rumore assordante degli aerei da caccia che volavano in formazione compatta, diretti verso nord. Si coprì le orecchie con le mani.

«Alleati. Ti prego, fa' che siano Alleati», mormorò.

Aldo annuì. «Penso di sì».

Poi, quando iniziarono a sentire il suono distante delle bombe, Sofia rabbrividì al pensiero del malcapitato borgo che poteva essere stato accidentalmente colpito stavolta. A volte aveva la sensazione che ai piloti e ai bombardieri Alleati non importasse granché della popolazione italiana.

8

Il giorno seguente, nel momento in cui Sofia rientrò a casa dopo aver portato i cani a fare una passeggiata, scoprì che mentre era fuori era arrivata una telefonata dal comandante Schmidt, il militare tedesco che controllava la zona, per chiedere se Lorenzo fosse al Castello. Trattenne il fiato per un istante. La lettera con cui la informavano dell'intenzione di requisire il borgo le era stata inviata proprio da quell'uomo. Quando Carla gli aveva confermato che Lorenzo era a casa, il tedesco si era garbatamente autoinvitato a cena. Sofia tirò un sospiro di sollievo per essere riuscita a far sparire James. Un conto era che Lorenzo venisse a sapere che stava offrendo riparo a un nemico dei tedeschi, un altro che lo scoprisse Schmidt, soprattutto nel corso di un'ispezione della proprietà.

Aveva accolto con gratitudine l'idea di un pomeriggio di pace e tranquillità, ma adesso era già tempo di prepararsi in vista di una serata che non si preannunciava affatto gradevole. Si affacciò alla finestra per dare uno sguardo alla piazza mentre ascoltava le ultime notizie e vide i pipistrelli alzarsi in volo dalle finestre ad arco della torre e planare davanti alla linea dell'orizzonte. Poi pensò alle chiacchiere e alle smentite che si stavano propagando come un incendio incontrollato. Gli Alleati erano vicini. Sarebbero arrivati da un giorno all'altro. Se ne sentiva parlare di continuo, ma adesso giravano voci tutt'altro che positive. Gli Alleati stavano avanzando molto lentamente nelle aree meridionali della penisola e la resistenza opposta dai tedeschi si stava rivelando più tenace del previsto. Le battaglie venivano combattute e vinte, ma la ritirata dei tedeschi procedeva a passo di lumaca, dando loro il tempo di lasciarsi alle spalle terribili devastazioni.

Si sentiva abbastanza sconfortata quando Lorenzo entrò nella loro camera da letto, ma saperlo a casa la rincuorava enormemente. Dover passare un'intera serata da sola in compagnia di un tedesco non sarebbe stato piacevole.

«Radio Londra?», le chiese mentre si stava infilando l'abito di raso nero che aveva deciso di indossare. Accollato e con le maniche lunghe, le scivolava sui fianchi e le arrivava appena sotto il ginocchio, fasciandola come una seconda pelle e mettendo in risalto il suo fisico slanciato.

«Sì. Sempre meglio della propaganda fascista, anche se non sono buone notizie. Mi potresti tirare su la cerniera?».

Dopo averla aiutata, si grattò la nuca e le vide spegnere la radio. Non aggiunsero altro, ognuno troppo preso dalle proprie ansie, e il silenzio si protrasse. Mentre Lorenzo faceva avanti e indietro per la stanza, Sofia si sedette davanti alla toeletta e si mise gli orecchini con i diamanti.

«Be', facciamo le cose in grande stile», disse lui alla fine, prima di sollevarle i capelli e baciarle la base del collo. «Sei bellissima».

«Dobbiamo fare una buona impressione al comandante Schmidt», rispose lei, ma arricciò il naso.

Lorenzo rise. «Mi sorprende che ti interessi».

«Ero sarcastica».

«Lo so». Le sorrise, ma aveva uno sguardo pensieroso. «Ti ha fatto piacere passare questi due pomeriggi insieme?»

«Certo, lo sai bene».

Quando ricominciò a parlare, sembrava ancora più preoccupato. «Sei la luce della mia vita, lo sai vero? Non te lo dico abbastanza spesso».

Sofia gli restituì il sorriso, poi si tirò su i capelli e applicò qualche goccia di Arpège di Lanvin sul collo e sui polsi. «Non c'è bisogno che tu me lo dica».

«E sai che non vedo l'ora che le cose tornino com'erano prima almeno quanto te».

«Devi fare questo lavoro per gli Alleati?».

Lui annuì. «Penso di sì».

«Non potresti semplicemente lasciare il ministero?»

«Potrei destare sospetti. Sono nella posizione ideale per passare informazioni sulle scorte alimentari, le riserve di grano e via dicendo. Le truppe alleate avranno bisogno di sfamarsi, e ho sentito parlare dei piani dei tedeschi, dei loro armamenti, della capacità di mobilitare le truppe e così via. Mi spiace non poterti dire altro».

«Vorrei che fossimo soltanto noi due stasera. Vorrei che questo maledetto tedesco non venisse».

«Secondo te cosa vuole?».

Gli lanciò uno sguardo apprensivo e si pentì di non averglielo detto prima. «Potrebbero stanziarsi qua con le loro truppe. Ho ricevuto una lettera non molto tempo fa».

Lorenzo aggrottò la fronte, poi andò alla finestra e guardò fuori. Dopo un momento, si voltò a osservarla con un'aria perplessa. «Cara, perché me lo dici soltanto adesso?»

«Mi dispiace. Volevo dirtelo, davvero, ma speravo non accadesse. Hanno mandato decine di lettere simili e spesso si è concluso tutto con un nulla di fatto. Non volevo darti una preoccupazione inutile».

Lui spalancò le braccia. «Avrei potuto fare…».

«Cosa?», lo interruppe. «Cosa, Lorenzo? Non c'è niente che possiamo fare. Comunque, aspettiamo e vediamo cosa succede. Magari non si tratta neanche di questo».

«Cara, sei nervosa».

Aveva ragione. Era nervosa.

«Vieni qua».

Si alzò e andò dal marito, che la strinse forte a sé. «Andrà tutto bene».

Era sull'orlo delle lacrime.

«Sì? Anche se si impadroniranno della nostra casa?»

«Fidati di me. Troveremo una soluzione».

Poi si staccò da lei e la guardò negli occhi. «Solo una cosa, tesoro». Sorrise, ma le sue pupille si restrinsero in modo quasi impercettibile. «Quando sono passato davanti al tuo studio, la porta era aperta e ho visto che il ritratto di tua madre è ancora sul cavalletto. Non è che vuoi dirmi la verità e spiegarmi cosa hai fatto ieri?».

Furono interrotti dalla voce della domestica.

Sofia tirò un sospiro di sollievo e si voltò di scatto verso la porta. «Dopo», rispose.

9

Maxine si trovava nel gelido atrio del palazzo nobiliare di Castello de' Corsi e si guardava attorno, felice di essere riuscita a trovare la strada sterrata che conduceva sino a lì. La domestica, che le aveva aperto la porta, stava allungando una mano per prendere la borsa e la giacca dell'ospite.

«Non si preoccupi», disse Maxine, e strinse la borsa al petto con fare piuttosto impacciato.

Aveva avuto il tempo di sfogliare uno degli opuscoli durante una sosta lungo il tragitto. Aveva letto delle attività partigiane, delle possibili iniziative naziste e dei vari modi in cui la popolazione poteva fornire assistenza agli Alleati, ma non sapeva da quale parte stesse tirando il vento. Aveva notato che l'opinione pubblica si era nettamente divisa da quando era arrivata in Italia. I bombardamenti degli Alleati non erano benvisti quando c'erano vittime tra i civili ma, principalmente, la maggior parte degli uomini e delle donne italiane voleva che i tedeschi e i fascisti si togliessero dai piedi una volta per tutte.

Maxine alzò gli occhi sentendo dei passi che provenivano dalla scalinata in marmo al centro dell'atrio. Una donna minuta ed elegante, tutta occhi scuri e carnagione pallida, con i capelli corvini raccolti a lasciare scoperto il viso, stava scendendo la scala a passi lenti e misurati. Era il genere di donna che gli uomini adoravano, desideravano e si contendevano: una madonna. Maxine la fissò sentendosi enorme e fuori luogo al confronto. L'altra era vestita di nero, e gli orecchini e il girocollo di quella che doveva essere una parure di diamanti brillavano alla luce di un piccolo lampadario, mentre la mano sinistra era appoggiata con un certo ardore sul braccio di un uomo attraente e dall'aria distinta. Sembravano entrambi sorpresi di vederla in casa loro.

Fece un passo avanti, ma la domestica la anticipò.

«Questa signora è venuta a cercare la contessa».

La donna raggiunse l'atrio e le tese la mano. Sorrideva, ma senza grande convinzione. In genere Maxine si fidava del suo istinto, ma quella donna la confondeva.

«Sono Sofia de' Corsi. Come posso aiutarla?».

Aveva notato subito la somiglianza tra Sofia e la madre, Elsa. Avevano lo stesso modo elegante e composto di muoversi e parlare. La classica aristocratica servita e riverita, pensò. Distaccata, presuntuosa. Viziata. Sangue nobile, lo chiamavano, ma quella donna aveva una qualche idea di cosa stavano facendo i suoi genitori?

«Salve, mi chiamo Maxine», disse, non più a portata d'orecchio della domestica che aveva fatto una piccola riverenza e si era ritirata con discrezione. «Ho lasciato la mia motocicletta parcheggiata qua davanti. È un problema?».

Il volto di Sofia rimase impassibile.

«I suoi genitori mi hanno chiesto di spiegarle alcune cose. È una storia lunga, ma sono stata mandata qui dal governo britannico, e sua madre mi ha chiesto di consegnarle una cosa».

«Capisco». Sofia lanciò un'occhiata alla domestica e le disse che poteva andare, poi si concentrò sull'uomo e gli dedicò uno sguardo che a Maxine risultò altrettanto imperturbabile. «Questo è mio marito, Lorenzo».

L'uomo le sorrise.

«Posso offrirle qualcosa da bere?», le chiese con i modi cortesi che la nobiltà era solita ostentare.

«Grazie, sarebbe molto gradito».

«Vino rosso?»

«Perfetto».

«Intanto vogliamo andare nel mio salottino privato?», propose la contessa. «Possiamo parlare lì. Staremo più tranquille».

Non appena Sofia chiuse la porta del salotto, Maxine abbassò la cerniera della borsa e tirò fuori il cofanetto che le era stato consegnato da Elsa. «Innanzitutto, devo darle questo. È abbastanza strano. Sua madre mi ha chiesto di farglielo avere e di ricordarle delle caramelle».

L'altra scosse il cofanetto senza lasciar trapelare nulla dall'espressione del viso, anche se Maxine era certa che quelle parole contenessero un messaggio di qualche tipo.

«È stata molto gentile a farmelo avere», disse Sofia mentre la osservava con una certa perplessità. «Mi pare di capire che non è di queste parti, dico bene? Non riesco a riconoscere il suo accento».

«Posso parlarle onestamente?».

Sofia le rivolse uno sguardo circospetto e rispose senza battere ciglio. «Perché, negli ultimi tempi lo fa ancora qualcuno?».

Per alleggerire l'atmosfera, Maxine provò a sfoderare un sorriso amichevole e accattivante. «La mia famiglia è originaria della Toscana, ma si è trasferita in America. Sono cresciuta là e sono bilingue».

«Direi che ormai c'è la concreta possibilità che ogni cittadino inglese o americano venga presto reclutato. Servirà chiunque reputino in grado di nuocere al Reich e alle sue forze armate», osservò duramente la padrona di casa.

E quell'unico commento, insieme alle idee politiche della madre della contessa, incoraggiarono Maxine a credere di poterle dire tutto. «Senta, la verità è che sono un'agente speciale e sto lavorando per gli Alleati. Avevo sperato di potermi spacciare per una del posto e che l'accento americano non si notasse affatto».

Sofia inarcò le sopracciglia. «Capisco. E cosa è venuta a fare, di preciso?»

«Devo valutare il potenziale dei movimenti partigiani locali e fare da tramite tra loro e le forze britanniche. Conto di mettermi presto in contatto con un radiofonista inglese che dovrebbe trovarsi in zona».

Sofia annuì. «Ah. È possibile che sia già arrivato».

«Dove si trova?»

«Ogni cosa a suo tempo. Mia madre le ha suggerito di fermarsi qui?»

«Se non è troppo disturbo. Ha pensato che fosse la soluzione migliore, sì».

La contessa parve meditare un attimo. «Allora dovrei farle fare un giro della casa e poi accompagnarla in una stanza per gli ospiti».

«Sembra molto grande. Tre piani».

«Non è così grande. L'ultimo piano ha bisogno di essere rimmodernato, quindi non lo usiamo. Su questo piano abbiamo la cucina, la sala da pranzo, il mio studio e questo salottino, ma anche il salone principale e diverse stanze al momento inutilizzate, una lavanderia e l'ufficio di Lorenzo, naturalmente. Gli alloggi della servitù sono collegati al palazzo. Ha dei vestiti di ricambio?»

«Non molti. Comunque, suo marito mi aveva promesso un bicchiere di vino».

Sofia scosse la testa. «Non avrebbe dovuto. Stiamo aspettando l'arrivo di un ufficiale tedesco».

«Meglio che non mi faccia vedere, allora», disse Maxine prima di avviarsi verso la porta. «Immagino che la mia stanza sia al piano di sopra, giusto?»

«Sì, tutte le camere da letto e i bagni sono al primo piano».

Gli occhi della contessa continuarono a non tradire alcuna emozione, anche quando rimisero piede nell'atrio ma, proprio in quel momento, si sentì un forte colpo alla porta d'ingresso a cui seguì un coro di latrati che provenivano da un'altra direzione.

Maxine capì che era troppo tardi per fuggire. "Accidenti", pensò, o come avrebbe detto sua madre: "Mannaggia". La domestica aveva già aperto la porta e stava invitando un uomo a entrare nell'atrio. Questi batté i tacchi degli stivali e, mentre si inchinava al loro cospetto, Sofia lanciò uno sguardo d'avvertimento a Maxine.

«Comandante Schmidt», disse poi. «Sono la contessa de' Corsi e lei è la mia cara amica...».

«Massima», intervenne Maxine, ricordandosi della copertura. «Da Roma». E fece del suo meglio per sembrare a proprio agio a dispetto del senso di malessere alla bocca dello stomaco. «Io e la contessa andavamo a scuola insieme. Onorata di conoscerla».

Il tedesco le rivolse un sorriso tirato. Alto e magro, con la schiena leggermente ingobbita e lunghe dita affusolate, non era affatto giovane. I suoi capelli si stavano ingrigendo e aveva un'aria tremendamente stanca, come se il peso del mondo intero gli gravasse sulle spalle.

Sofia gli sorrise con cordialità. «Le mie scuse. Sa, la mia amica è appena arrivata e non ha ancora avuto modo di prepararsi per la cena».

La contessa fece strada a entrambi verso il salotto di rappresentanza, Schmidt la seguì con Maxine a chiudere la fila. Anche quella stanza affacciava sulla Val d'Orcia, come l'altro salottino di Sofia, ma lì c'erano quattro imponenti finestroni che andavano dal pavimento al soffitto, e alla luce del giorno la vista panoramica doveva essere ancora più spettacolare.

«Caro», annunciò Sofia, «è arrivato il comandante. Non siamo fortunati ad averlo qua con noi?».

Lorenzo, che era accanto al mobile bar, si voltò e finì di versare da bere prima di farsi avanti a grandi passi per dare il benvenuto all'ufficiale.

«Vedo che avete un pianoforte», disse Schmidt. «Spero che mi permetterete di suonarvi qualcosa».

Lorenzo gli sorrise. «Ma certo, è naturale. Anzi, deve farci questo onore. Ma prima un po' di vino, o preferisce un whisky?».

L'uomo gli indicò che avrebbe gradito un whisky, poi esaminò la stanza e alla fine si accomodò sulla poltrona di pelle marrone accanto al camino. Dopo essersi seduto, prese ad accavallare e a distendere senza posa le lunghe gambe, le mani intrecciate in grembo. Maxine si trovò disorientata dal suo atteggiamento. Aveva tutta l'aria di essere un soldato a fine carriera, pronto al pensionamento, e non sembrava affatto contento di trovarsi in Italia. Scoprire che lo compativa un po' la sorprese, ma era piuttosto scontato che tra i "nemici" dovevano anche esserci uomini che avrebbero preferito essere da tutt'altra parte.

«Spero che i bombardamenti non vi abbiano destato troppe preoccupazioni», indagò il comandante Schmidt.

«No, non qui», disse Lorenzo. «Anche se io lavoro principalmente a Roma».

«Ah, già, è impegnato a redigere un rapporto sulle scorte alimentari presenti in tutta Italia, a quanto mi risulta. Ci sarà di grandissimo aiuto. Il sostentamento delle truppe è da sempre una nostra priorità. Ma dovrà viaggiare molto, dico bene?».

Maxine notò che Sofia aveva sgranato leggermente gli occhi e le vide lanciare uno sguardo al marito senza che il tedesco se ne avvedesse. Non riuscì a decifrarlo, ma sembrava un invito alla prudenza.

«È proprio vero. Sto giustappunto pianificando le prossime tappe. Mi assenterò per alcuni giorni».

«Siete stati molto gentili a invitarmi a casa vostra». Stavolta Schmidt sorrise a Sofia. «Spero mi permetterà di tornare a farle visita, contessa. Sento la mancanza delle comodità di casa mia. Potrei persino portare il mio vicecomandante. È ancora giovane e tende a prendere molto sul serio tutto quello che fa, come in genere capita ai ragazzi, mentre io...». Si interruppe e si rimirò le mani.

«Mentre lei, comandante Schmidt?», lo incitò Sofia.

«Io sono un tipo all'antica. E forse anche un tantino più incerto rispetto a... be', rispetto alla concezione della vita, suppongo».

Maxine non sapeva cosa pensare. Cosa voleva dare a intendere? Che non approvava il Reich tedesco? Che non era un sostenitore di Hitler?

Ma Sofia stava sorridendo e rispondendo con garbo. «Qua sarà sempre il benvenuto. Deve venire di nuovo a trovarmi e suonare il piano, e vale anche per il suo vicecomandante. Ma le vostre truppe? Loro non verranno?».

Schmidt le rivolse un sorriso appena accennato. «Oh, le mie più sentite scuse, non gliel'ho detto? Le avevo mandato una seconda lettera. Forse non l'ha ricevuta? Non credo che in questo momento avremo bisogno del borgo».

Maxine non mancò di notare il piccolo sospiro tirato dalla contessa, chiaramente di sollievo.

«Be', ora spero che possa scusarci un attimo. Facciamo un salto di sopra per un rapido cambio d'abito». Fece un cenno alla presunta amica. «Non ci metteremo molto».

Maxine batté rapidamente le palpebre. Cosa diamine avrebbe indossato?

«Andiamo, cara», continuò Sofia, prendendola sottobraccio mentre si incamminavano verso la porta e davano le spalle agli uomini. «Stavolta ti ho fatto preparare la stanza verde. È quella che preferisci, vero?».

Maxine accolse quel dettaglio inventato di sana pianta senza esprimersi, anche se lo trovava apprezzabile. Quella donna, la contessa Sofia de' Corsi, sembrava un'attrice consumata.

«Un'ultima cosa, se non le dispiace», aggiunse Schmidt. «Stiamo cercando un paracadutista britannico. Crediamo di averlo ferito. È precipitato non lontano da qui, perciò mi stavo chiedendo se sapeste qualcosa in merito».

«Noi?», fece Lorenzo, palesemente infastidito dall'insinuazione. «Certo che no, altrimenti l'avrei informata immediatamente. Tu non hai sentito niente, vero, Sofia?».

Sofia fece scivolare le dita sul girocollo. Fu in quel brevissimo istante che Maxine le vide contrarre gli angoli della bocca mentre lottava per dominare un moto di ribellione che non si era manifestato in precedenza, ma durò soltanto un attimo, perché quando si voltò di nuovo verso il comandante, facendo cenno di no con la testa e sorridendo con la stessa affabilità di prima, aveva già cambiato espressione.

10

Nel gelo della notte, Sofia si svegliò senza fiato, ancora scossa dal sogno che aveva fatto. Stava stringendo la pistola. Il sogno le era sembrato talmente reale che sollevò persino la mano per controllare. Stava scappando nei boschi, inseguita da un branco di cani che guadagnava terreno. Aveva richiamato a sé i suoi bracchi, ma erano scappati via. Allora si era fermata e aveva iniziato a sparare, ma i cani non stramazzavano al suolo, non morivano, e anzi continuavano ad aumentare. Rallentò il ritmo del respiro e provò a placare il cuore che le batteva all'impazzata, poi lanciò un'occhiata al viso di Lorenzo, azzurro e spettrale alla luce della luna. Aveva il respiro pesante ed era abbastanza sicura che stesse dormendo profondamente. Scivolò giù dal letto per raggiungere il suo tavolo da toeletta, attenta ad aggirare le vecchie assi di quercia che sapeva avrebbero scricchiolato. Avanzò senza far rumore finché accidentalmente non ne calpestò una, che cigolò con un gemito quasi umano. Si sentì correre un brivido lungo la schiena e si mise in ascolto per assicurarsi che Lorenzo stesse ancora dormendo. Quando ne fu certa, trovò la vestaglia, se l'avvolse attorno al corpo e si sedette sul bordo del divanetto, tirando le ginocchia al petto in cerca di calore e conforto.

Raccolse il piccolo cofanetto che le aveva dato Maxine. Malgrado il freddo, le sudavano le mani e prima di sfiorare la superficie intagliata del portacaramelle si asciugò i palmi sulla vestaglia. Come c'era da aspettarsi, i pensieri legati a sua madre le affollarono la mente. Ore prima, quella sera, quando Maxine si era cambiata e aveva indossato una delle gonne più lunghe del guardaroba di Sofia – una sottana nera che a lei stava comunque troppo corta – e una camicetta di raso verde, le aveva spiegato che i suoi genitori erano stati costretti a lasciare il loro palazzo. Adesso Sofia era fuori di sé dalla preoccupazione. Certo, si erano fatti molti amici là poiché vivevano a Roma da una vita, e sperava che questo potesse aiutarli.

Eppure, continuava a farsi domande, ad angosciarsi, a crucciarsi.

Non sapeva più cosa pensare di Schmidt. Era complicato. Le era sembrato un uomo piuttosto onesto. Anzi, lo trovava addirittura simpatico. Non erano tutti dei bastardi, i tedeschi; bastava considerare Gerhard Wolf, per esempio, il console tedesco a Firenze. Sarebbe stato difficile trovare un uomo più deciso di lui a salvare la città. E stando a quanto le aveva riferito Lorenzo, alcuni tedeschi odiavano i nazisti quasi quanto gli Alleati. Stavolta Schmidt non era venuto con l'intento di fare a pezzi la loro vita al Castello, ma sarebbe tornato, e non sapeva se avrebbe potuto contare su una prossima visita altrettanto amichevole.

Scosse il cofanetto che Maxine le aveva portato da Roma e sentì che al suo interno c'era qualcosa che si muoveva. Caramelle? No di certo. Fece scivolare verso destra una parte del coperchio e tastò il legno in cerca del bottone che apriva un minuscolo scomparto segreto, dove sua madre era solita nascondere le sue caramelle alla violetta. Come sospettava, conteneva un foglietto ripiegato a metà, non caramelle, ma cosa c'era di tanto segreto in quel biglietto tanto da richiedere che venisse occultato?

Nel corso della lunga cena con Schmidt, l'ufficiale le aveva quasi sempre tenuto gli occhi addosso e, quando non li aveva puntati su di lei, aveva osservato Maxine. L'americana era vivace, di una bellezza genuina, con enormi occhi ambrati e splendidi riccioli castani che le incorniciavano il viso e le ricadevano sulle spalle. E quando i capelli riflettevano la luce, il colore esplodeva in un'aureola rosso fuoco. Sofia aveva notato l'innata e spavalda sensualità di quella donna, le sue curve, la bocca carnosa, l'ampio sorriso accattivante, e aveva visto quanto aveva affascinato ambedue gli uomini presenti. Persino Lorenzo era rimasto di sasso. Prima o poi lo avrebbe preso in giro per questo. Nel corso della cena, però, non aveva fatto altro che rimuginare sul contenuto del cofanetto.

Spiegò il foglietto e diede una rapida occhiata al messaggio che era stato chiaramente buttato giù in tutta fretta.

Mia cara,
sono stata contattata da alcuni amici di Firenze.

Le ombre scure della notte calarono su Sofia e le si mozzò il respiro. Amici. Quali amici?

Voglio soltanto che tu sappia che puoi fidarti ciecamente della persona che ti recapiterà questa lettera. Ti prego di collaborare con lei.

Attorno alla fine della prossima settimana ti arriverà una consegna. Potresti occupartene tu? Se sei disposta a farlo, chiama Francesco, il tuo vinaio di Montepulciano, e chiedigli quando spera di farti avere del vino. Poi qualcuno passerà a ritirare le casse da te. Abbine cura. Se non puoi aiutarci, di' a Francesco che non ti serve niente. Ricordi quando parlavamo dei modi in cui ci avresti potuto dare una mano? Abbiamo davvero bisogno di questo vino.

La tua affezionata mamma

Un'ondata di nostalgia si abbatté su Sofia, ma era per un passato ormai lontano. Frammenti, spezzoni, immagini di giornate assolate della sua giovinezza, prima di Mussolini. E, certo, ricordava sua madre insistere sul fatto che tutti avrebbero dovuto fare la loro parte e che sarebbe arrivata anche la sua occasione. "A un certo punto sarai chiamata a fare una scelta", le aveva detto con una luce sdegnata negli occhi. Ma qual era il vero significato del messaggio? Di certo non stava parlando di qualche semplice cassa di vino e, se Lorenzo avesse scoperto che stava mettendo in pericolo se stessa, o il Castello, non ne sarebbe stato affatto felice. Rabbrividì, perché aveva il sospetto che quella storia fosse in qualche modo legata a James. Ma con Schmidt che ficcava il naso dappertutto? E attorno alla fine della *prossima* settimana? Quella appena iniziata era già la settimana in questione? Non sapeva neanche quanto tempo fosse passato da quando sua madre aveva consegnato il cofanetto a Maxine.

La mattina seguente, dopo aver ispezionato il cielo in cerca di avvisaglie di pioggia e aver osservato i corvi che si radunavano in cima alla torre, fece entrare i cani nel suo studio, dove rimasero a guardarla con occhi adoranti mentre apportava gli ultimi ritocchi al ritratto di sua madre. Mentre lavorava, ripensò al biglietto nascosto nel cofanetto. Fece un passo indietro, studiò la tela e si ritenne soddisfatta, perché in un certo senso era riuscita a catturare il focoso modo di affrontare la vita tipico di Elsa. C'era qualcosa nei suoi occhi: determinazione, sì, ma non era soltanto quello. Aveva faticato a raggiungere quel risultato e forse non era neppure in grado di dare un nome all'espressione che aveva cercato di riprodurre, ma "indomita" era la parola che ci si avvicinava di più. I ritratti erano molto più complicati dei paesaggi.

Sentì bussare alla porta e Aldo entrò nel suo studio con un vassoio di caffè e biscotti, tallonato dai cani che lo annusavano. Le rivolse un sorriso e a Sofia si strinse il cuore. Ogni volta che quel ragazzo entrava in una stanza, subito il sole tornava a splendere.

«Cosa ne è stato della domestica?», gli chiese.

«Oggi Giulia non si è presentata al lavoro. Mamma ha da fare e mi ha chiesto di portarti questo».

«Grazie. Spero non sia capitato niente a quella ragazza».

Aldo si strinse nelle spalle. «E chi lo sa».

«Ti va di sederti un momento?».
Quando afferrò una sedia e lanciò uno sguardo al dipinto, Sofia sorseggiò il caffè e i cani si accomodarono ai suoi piedi, osservando i biscotti con occhi languidi.
«Mangia un paio di biscotti», disse al ragazzo prima di porgergli il piatto.
Aldo ne prese uno e continuò a contemplare il ritratto mentre lo sbocconcellava, e lei ne spezzò un altro a metà per i cani.
«Tua madre?»
«Si capisce?»
«Altroché. C'è una grande somiglianza. Hai sempre voluto essere un'artista?»
«Non lo so. Ho sempre vissuto in una casa piena di quadri, musica e libri. Immagino che questo mi abbia influenzata. E tu, Aldo? Cosa vuoi fare nella vita?»
«Voglio coltivare la terra come faceva mio padre», rispose. «Ma prima voglio combattere».
«Sei ancora così giovane. Troppo giovane per certe cose», disse lei, poi decise di cambiare argomento. «E la fidanzata? Hai già messo gli occhi su qualche ragazza?».
Aldo arrossì un po'. «Non ancora, anche se c'è una ragazza che mi piace a Buonconvento».
«Ma che bello. Parlami di lei». Gli passò di nuovo il piatto di biscotti e lui, arrossendo ancora di più, parve gradire la distrazione. Poi abbassò lo sguardo. «La conosco appena e, comunque, con la guerra non è possibile».
«Ma questo non è vero, giusto? La gente può ancora innamorarsi, o sbaglio?».
Lui raddrizzò la schiena e la guardò negli occhi. «Contessa, sto per partire. Lo sai, vero?».
Dopo la morte di suo padre, quando il ragazzo era sconvolto dal dolore, Sofia aveva promesso a Carla che si sarebbe sempre presa cura di lui, che lo avrebbe tenuto d'occhio via via che cresceva e si sarebbe assicurata che non smarrisse la retta via.

Nella prima fase dell'adolescenza era stato un po' turbolento, spariva per andare chissà dove e frequentava cattive compagnie. Lo aveva portato a Firenze perché ampliasse i suoi orizzonti, e pure a Siena, e vedere il mondo al di là delle mura del loro borgo gli aveva fatto bene.

«Suvvia, Aldo», disse. «Sai che tua madre ha il terrore che tu sparisca da un momento all'altro».

«Contessa, mi dispiace, ma devo fare la cosa giusta».

«Che sarebbe?».

Il ragazzo lanciò uno sguardo fuori dalla finestra, verso le colline coperte dai boschi dove si nascondevano i partigiani, e fu la feroce determinazione che aveva negli occhi a spiegarle esattamente a cosa si riferiva.

«Aldo, questo non è un gioco. Pensa alla tua famiglia. Hanno soltanto te. Sei tu l'uomo di casa adesso».

«E, in quanto uomo, sto pensando al bene del mio Paese».

Capì che non avrebbe cambiato idea e si morse il labbro mentre pensava a cosa dire. Ormai era davvero un uomo e riusciva a percepire tutta la forza della sua convinzione. Allungò una mano per sfiorargli il braccio e lo sguardo di Aldo si addolcì.

«Non c'è modo di dissuaderti?».

Lui scosse la testa, e lo vide smarrito e diviso tra la tristezza e la passione.

«Cosa dirò a tua madre? Non puoi aspettare ancora un pochino? Sei così giovane. Se le dico che ho parlato con te, non mi perdonerà mai per non aver insistito di più per impedirti di partire».

Quando sentì nominare sua madre, Aldo ricacciò indietro le emozioni e per un attimo rimase a fissare il pavimento. «Molto bene. Tanto non partirò subito, quindi non c'è bisogno che si preoccupi. Presto o tardi dovrò farlo, però».

«Facciamo che sia più tardi che presto, allora».

Nel momento in cui Sofia gli prese una mano, lui rialzò gli occhi.

«Aldo, sai che per me sei sempre stato come un figlio».
«E te ne sarò sempre riconoscente».
«Non voglio la tua gratitudine. Voglio saperti al sicuro». Gli strinse la mano e le si riempirono gli occhi di lacrime. «Oh, mio caro ragazzo, ti conosco da quando sei nato. Non posso proprio farti cambiare idea?».
Non le rispose.
Gli accarezzò una guancia. «Non puoi farlo per me?».
Arrossì di nuovo, angosciato. «Non posso restare, contessa. Lo sai che non posso. E in ogni caso, se non andrò, saranno i tedeschi a chiamarmi a combattere per loro».
Poi anche a lui si inumidirono gli occhi.
«Arriverà il momento, ma farò attenzione», aggiunse per rassicurarla, le pupille più scure che mai.
Sofia si strinse tra le braccia. Aldo la osservò a lungo, ma alla fine, ritrovato il solito irreprimibile sorriso, si alzò in piedi. «Ti prego, non dire niente a mia madre. Si preoccuperebbe e basta. Lasciamole credere che non partirò, almeno per il momento».
«Ma certo», disse lei, poi esitò un attimo prima di chidergli: «Poseresti per me?».
Sembrava confuso. «Per un ritratto, intendi?»
«Sì».
«Perché vorresti farmi un ritratto?»
«A Carla piacerebbe».

Dopo che Aldo se ne fu andato, Sofia rilesse il biglietto di sua madre, combattuta. Se solo avesse saputo con esattezza a cosa faceva riferimento la parola "vino", forse l'avrebbe aiutata a prendere una decisione. E se le avessero consegnato delle armi o degli esplosivi? Amava Lorenzo e non voleva provocare tensioni tra loro, ma esaudendo la richiesta di sua madre rischiava di farlo. Lorenzo si sarebbe aspettato che gliene parlasse, che gli chiedesse un consiglio, e se non l'avesse fatto l'avrebbe preso come un atto sleale nei suoi confronti. Sentiva la voce di sua madre riecheggiarle nella testa: “Fallo, Sofia, fallo e basta”. E sì, con Lorenzo di nuovo a Roma forse sarebbe riuscita a passarla liscia senza dovergli dire niente, ma presto sarebbe tornato a casa, e per quanto tempo avrebbero dovuto custodire la consegna lì al Castello?

11

Con Lorenzo lontano dal Castello si percepiva un'assenza molto più inquietante della semplice mancanza della sua presenza fisica. La casa sembrava più vuota, come se dalle stanze fosse stata risucchiata l'aria, quindi respirare era più difficile. O forse era il contrario? Forse l'aria si era impregnata troppo di qualcosa che Sofia non riusciva a comprendere, come se fosse in attesa, e non solo del suo ritorno. Era come se tutti i suoi fantasmi si fossero radunati e, dandosi di gomito, stessero sussurrando: "E adesso? E adesso?".

Sofia era seduta nel suo studiolo, con l'odore confortante delle pitture a olio e della trementina e le portefinestre che affacciavano sul giardino. Disegnare il panorama la tenne occupata per qualche minuto mentre desiderava che la vita tornasse a essere semplice come un tempo, quando la domenica pomeriggio le mogli dei contadini venivano a parlarle dei loro problemi e lei faceva il possibile per aiutarle. A volte si trattava semplicemente di procurare un paio di scarpe a un bambino, a volte di qualcosa di più grave. Un marito ammalato. La necessità di richiedere un prestito. E lei aveva sempre mediato per loro.

Ma quello era il passato e ora la questione più pressante era portare Maxine a conoscere James, perciò ripose il carboncino e il blocco da disegno, si pulì le mani su un panno e si accinse ad andare.

Dopo aver parcheggiato l'auto, le due donne proseguirono a piedi seguendo il sentiero che circondava il convento. I cani avevano piagnucolato perché volevano seguirle, ma aveva deciso che i loro latrati avrebbero potuto attirare attenzioni indesiderate. Era una giornata radiosa e scintillante, senza nuvole e meno fredda di quanto ci si potesse aspettare. La mimosa era ancora in fiore e l'aria era fresca e pulita, odorosa di un profumo ligneo, erboso e leggermente speziato, anche se Sofia era troppo distratta per rendersene conto.

«Che cosa c'è?», domandò Maxine. «Qualcosa non va?».

Sofia rise. «Qualcosa non va? Mmm... vediamo, quale potrebbe essere il problema?»

«Intendevo qualcosa in particolare».

Sofia lanciò un sospiro. «Mia madre dice che arriverà una consegna di qualche genere e vuole che me ne occupi io. Mi ha anche scritto che devo fidarmi di te».

«Be', mi fa piacere».

Sofia sollevò una mano per schermarsi gli occhi dal sole e scrutò il viso dell'americana con cui stava cercando di entrare in confidenza. «A te ha detto qualcosa? Ti ha parlato della consegna?»

«No, ma spero che questo britannico a cui stiamo andando a fare visita sia un radiotecnico».

Sofia annuì.

«Potrebbe essere il suo radiotrasmettitore, quindi?»

«Sì, può darsi».

«Allora lo paracaduteranno, non c'è altro modo».

«Ha scritto "entro la fine della prossima settimana", ma quando ti ha dato il cofanetto?».

Maxine aggrottò la fronte. «Più di una settimana fa, ormai».

«Quindi questa è già la prossima settimana».

«Sì, direi che potrebbe arrivare da un giorno all'altro. Domani andrò a Montepulciano a incontrare un capo della resistenza partigiana. Se il tuo amico britannico ci confermerà l'imminenza della consegna, potrò parlarne con lui e fare in modo che ci forniscano assistenza».

«Ha un nome il mio amico britannico».

Mentre la contessa bussava a una piccola porta verde sul retro del convento, Maxine sorrise. Fu la madre superiora in persona ad aprire.

«Come sta?», chiese Sofia.

La donna sorrise. «Si sta rimettendo in forze, grazie al cielo».

«Posso presentarti...». Sofia ebbe un attimo di esitazione. «La mia amica Maxine, anche se tutti la chiamiamo Massima».

La suora le rivolse un cenno d'intesa. «I tuoi amici sono nostri amici. Da questa parte, prego».

Le condusse in fondo a un breve corridoio e aprì un'altra porta che dava su un grazioso cortile interno. Sofia si guardò attorno e osservò le grosse conche con gli alberi di limone che in primavera si sarebbero riempiti di fiori.

«Questo cortile non è visibile dall'alto», stava dicendo la madre superiora, «e credo che l'aria fresca gli stia facendo bene. Eccolo là». Indicò un angolo riparato dove Sofia riuscì a scorgere James, che si stava rilassando con una coperta sulle gambe. «È ancora piuttosto debole, perciò cercate di non farlo stancare troppo. Vi porto qualcosa da bere».

James si voltò a guardarle mentre attraversavano il cortile. Fissò Maxine con interesse, e ancora una volta Sofia poté apprezzare l'effetto magnetico che aveva sugli uomini.

Quando lo raggiunsero, lei gli tese la mano. «Salve, io sono Maxine».

James si alzò in piedi e, palesemente estasiato, le rivolse un sorriso. «Sei americana?».

Lei sbatté scherzosamente le ciglia. «Italoamericana, in realtà».

«Be', fa poca differenza. Piacere di conoscerti».

«Dobbiamo occuparci del motivo per cui siamo venute qui», intervenne Sofia con un briciolo di altezzosità.

James si riscosse all'istante. «D'accordissimo». Poi le scoccò un'occhiata interrogativa. «Possiamo parlare liberamente?».

Lo rassicurò con un rapido cenno d'assenso. «Mi fa molto piacere vedere che hai riacquistato le forze».

«Ancora qualche giorno e mi sarò rimesso in sesto». Lanciò uno sguardo a Maxine. «Mi hanno sparato quando sono precipitato con il mio paracadute. Sofia mi ha portato qui al convento affinché potessi riprendermi».

«Una buona samaritana», osservò Maxine con un sorriso. «Sofia è fatta così».

Parlarono per un po', poi una giovane suorina portò loro un vassoio con caffè e pasticcini. Non appena li lasciò da soli, James confermò che stava aspettando una radio e che la consegna era in programma all'incirca due settimane dopo il suo lancio.

«Ho qua la posizione esatta». Prese un foglietto stropicciato da un orlo parzialmente scucito della giacca e lo mostrò a Sofia. «Non atterrerà nello stesso posto dove sono stato paracadutato io».

«Grazie. Contatterò Francesco, il mio vinaio di Montepulciano. A quanto pare, sarà lui a coordinare la "consegna", come l'ha chiamata mia madre. Maxine, forse dovresti dare questo foglio al partigiano che incontrerai domani».

Maxine prese il pezzo di carta, poi si ficcò due pasticcini in bocca. James scoppiò a ridere. «Affamata?», le chiese.

Lei inghiottì il boccone e sfoderò un sorriso a trentadue denti. «Sempre».

12

Il giorno seguente, Maxine arrivò a Montepulciano per il suo appuntamento con ampio anticipo. Era stata fortunata ed era riuscita a percorrere la quarantina di chilometri di strada, di cui molti su sentieri sconnessi, a una velocità relativamente sostenuta. Aveva persino avuto tempo di andare a trovare suo cugino Davide. Era il figlio della sorella di sua madre, che aveva sposato un buon partito, il padre di Davide grazie al quale aveva potuto dire addio alla vita di campagna. La madre non era sopravvissuta al parto, ma il padre era ancora vivo e abitava con Davide e sua moglie. Era stato felice di conoscerla, benché all'inizio l'avesse guardata con un po' di diffidenza, ma alla fine l'aveva invitata a stare da loro per ogni evenienza.

Dopo averli lasciati, Maxine andò a cercare il bar di cui le avevano parlato, il Caffè Poliziano, sulla strada principale che risaliva la collina. Quando lo trovò, tuttavia, si guardò attorno, perplessa. La strada si chiamava via di Voltaia nel Corso, come le era stato indicato, quindi era nel posto giusto, ma non aveva mai visto niente di simile. L'elegante caffetteria borghese, più adatta a una Parigi o una Vienna di inizio secolo, le sembrava un punto di ritrovo abbastanza improbabile. Temporeggiò sulla soglia del locale, osservandone le pareti specchiate, gli splendidi paralumi con le nappine e i camerieri che tenevano i vassoi d'argento in equilibrio sulle dita mentre si destreggiavano per la sala. Che fosse una trappola? Aveva lasciato gli opuscoli nella borsa laterale della motocicletta, pensando fosse più prudente che portarseli dietro – in fin dei conti, era poco probabile che qualcuno notasse una vecchia motocicletta – ma a quel punto si rese conto che forse avrebbe dovuto portarli con sé.

"Entra", si disse. "Se tentenni attirerai soltanto l'attenzione". Così scivolò all'interno del locale e si fermò davanti al bancone per ordinare una cioccolata calda e un caffè espresso, proprio come le era stato detto di fare. Il barista piegò la testa e lanciò uno sguardo in direzione della sala principale.

«Ah, sì, ha ordinato l'espresso per il gentiluomo seduto nella sala a sinistra, al tavolo accanto alla finestra. Gradisce anche un pezzo di torta o dei pasticcini?».

Maxine scrollò il capo e si incamminò verso un'ampia sala con una terrazza laterale. Non poté fare a meno di lanciare uno sguardo furtivo all'incredibile vista sulla Val di Chiana e le venne una gran voglia di potersi sedere a uno di quei minuscoli tavolini all'esterno, ma non indugiò e superò un arco dal quale si accedeva alla sala adiacente, dove riconobbe l'uomo seduto da solo al tavolo più vicino alla finestra.

Quando gli andò incontro, lui si alzò in piedi. «Sai che questa caffetteria è stata aperta nel 1868?».

Era la parola d'ordine che Elsa le aveva sussurrato all'orecchio e gli fornì la risposta desiderata.

«Non lo sapevo. È straordinario».

Le tese la mano. «Marco».

«Sì, ricordo». Probabilmente non era neanche il suo vero nome, ma accettò comunque la stretta di mano, si presentò e poi le venne il dubbio che avrebbe dovuto dire Massima. In ogni caso, Marco aveva già scoperto come si chiamava durante quell'incontro a Roma, quindi cosa ci poteva fare?

Il loro era l'unico tavolo occupato in quella sala della caffetteria, forse usata più per i pranzi che per le colazioni.

«Dunque», esordì lui. «Sei in orario».

Il suo aspetto era cambiato, i capelli più corti, la barba ben rasata, ma aveva gli stessi lineamenti spigolosi e gli stessi occhi conturbanti, color caramello. Inoltre, appoggiato sulla sedia a fianco alla sua c'era lo stesso bastone da passeggio dell'altra volta, accanto al suo cappello, un classico borsalino di feltro grigio scuro.

«Sto coordinando vari gruppi», proseguì. «Non è semplice. Abbiamo persone che si uniscono a noi per tante ragioni diverse e non tutti vanno d'amore e d'accordo».

«Ma mi potrai aiutare?».

Gonfiò le gote e fece spallucce. «Dipende da cosa mi chiedi».

«Lo sai benissimo. Devo riferire quello che stai facendo per sostenere gli Alleati. E cosa potresti essere in grado di fare in futuro».

Marco aggrottò la fronte. «Come faccio a sapere se posso fidarmi di te?»

«Mi hai vista a casa di Elsa e Roberto a Roma. Hai sentito cos'hanno detto. Ho risposto correttamente alla tua parola d'ordine. Oh, e posso *anche* mostrarti i miei documenti». Infilò una mano nella borsetta.

Lui rise. «Pensi che certe cose non si possano contraffare? Mettili via».

Stavolta toccò a lei fare spallucce. «Be', sono contraffatti, è normale. Ma stammi a sentire. *Io* sono qui per conto del governo britannico e *tu* sai cosa sta succedendo sul territorio. Possiamo aiutarci a vicenda».

«Conosci il termine GAP?»

«Ne ho sentito parlare».

«È il nome con cui sono definite le piccole brigate di partigiani: Gruppi di Azione Patriottica. Qua ce n'è uno, come in tanti altri piccoli centri urbani. Posso presentarti ai membri di questi gruppi».

Maxine si voltò sentendo un cameriere avvicinarsi al loro tavolo. Un uomo di una certa età che camminava adagio che appoggiò le tazze davanti a loro con movimenti precisi. «Tedeschi alla porta», sussurrò a Marco prima di andarsene.

«D'accordo», disse lui prima di sorridere a Maxine. «Adesso parliamo del più e del meno. I tedeschi amano questo posto».

«Non è stato un po' rischioso incontrarci qui, allora?».

Lui rise di nuovo. «Proprio sotto il loro naso. È questo il punto. Rilassati, sono ancora fuori, e comunque non sospetteranno di nulla».

Ma Maxine non si sentiva tranquilla.

Le accarezzò il dorso della mano con fare provocante. «Dico sul serio. Se sei così rigida, se ne accorgeranno. Facciamo finta di essere due piccioncini. È un posto romantico, no?».

Lei abbassò lo sguardo, poi lo risollevò per guardarlo dritto negli occhi, occhi che rispecchiavano lo stesso malcelato desiderio con cui gli uomini la osservavano regolarmente, ma che stavolta coincideva anche con un'espressione estremamente divertita. Marco era senz'altro dotato di un carisma innato, ma in quegli occhi c'era anche una profonda malinconia, qualcosa di doloroso di cui non riusciva a identificare la vera natura.

Rimasero in silenzio per un secondo o due, poi, per fare conversazione, iniziò a parlarle della cittadina e stava giustappunto ampliando il discorso, elencandole nel dettaglio cosa c'era da vedere in zona, quando di punto in bianco Maxine smise di prestargli ascolto. Quelle parole le avevano fatto scattare qualcosa in testa, scatenando una valanga di ricordi legati all'infanzia. Sua madre, sempre a parlarle della Toscana. Dopo un istante, scacciò i ricordi e osservò il partigiano.

«A cosa stai pensando?», le chiese. «Di solito le donne non si assopiscono in mia compagnia. Ora devi prendermi per mano, però».

Lei inarcò le sopracciglia, finse di imbronciarsi e, dimostrando una discreta faccia tosta, seguì il suo suggerimento. Non riusciva a capire se si aspettava che dover fingere di essere una coppia la mettesse in imbarazzo o se in qualche modo la stava mettendo alla prova.

«Così va meglio. E adesso… che ne dici di un bacio?»

«Non tirare troppo la corda», replicò lei, anche se le scappò da ridere.

Da quando in età adolescenziale aveva scoperto di esercitare una forte attrattiva sugli uomini, Maxine era diventata un'amante delle relazioni pericolose e poteva dire di essersene godute parecchie, e adesso aveva la netta sensazione che quella si sarebbe potuta trasformare nella prossima avventura. Si sporse verso di lui per parlare.

«Cos'è successo a Roma dopo che me ne sono andata?»

«Non hanno trovato niente di compromettente. L'abbiamo fatta sembrare una piccola festicciola».

«E il coprifuoco?»

«Elsa ha detto che eravamo suoi ospiti e che ci saremo trattenuti a dormire da lei».

«Cosa volevano i tedeschi?»

«Requisire il palazzo. Hanno dato un'ora a tutti gli inquilini per fare le valigie e togliersi dai piedi».

Maxine scosse la testa. «Ma è terribile. E cosa ne è stato di Roberto ed Elsa? Non sono più due giovincelli».

«Hanno amici in città».

«Sono comunisti?», domandò prima di accigliarsi. «E tu?»

«Questo ti spaventerebbe?».

Quando rise di lei, Maxine si sentì andare a fuoco le guance.

«Gli americani sono terrorizzati dal comunismo, ma qui nelle campagne siamo stanchi di non avere mai abbastanza. Quando vinceremo la guerra, cambierà tutto. Comunque no, Elsa e Roberto sono intellettuali, non comunisti. Cerchiamo di darci manforte a vicenda per cacciare via i nazisti. Non sempre ci riusciamo».

A Maxine arrivarono all'orecchio le voci tonanti e imperiose dei tedeschi che ormai erano entrati nella caffetteria e si esprimevano in un italiano tremendo e immediatamente riconoscibile. Un brivido di paura si confuse con l'eccitazione di pochi istanti prima, ma non si voltò a guardare. Continuarono a sorseggiare le loro bevande e un attimo dopo Marco si portò la sua mano alle labbra. «Ho una stanza».

«Eh?»

«Ora mi alzerò e tu farai altrettanto. Infilati la giacca ed esci in strada come se niente fosse. Io pagherò le nostre consumazioni e ti seguirò fuori. Fermati a guardare la vetrina di un negozio mentre mi aspetti, poi incamminati verso la tua motocicletta. Ti raggiungerò lì».

«Ho un cugino che vive da queste parti. Avevo in programma di andare a casa sua».

«Un'altra volta».

Maxine seguì le istruzioni ricevute e si trattenne quel tanto che bastava per stampargli un bacio sulla guancia prima di uscire dalla caffetteria. Il barista mormorò qualcosa a Marco ed entrambi scoppiarono a ridere, ma Maxine non riuscì a capire cosa si fossero detti. Sospettava che si fosse congratulato con Marco per la rapidità con cui aveva fatto conquiste. Non le importava. Era il modo in cui aveva deciso di vivere la sua vita, sempre sul filo del rasoio, sempre con un pizzico di rischio e sempre senza il benché minimo vincolo.

Uscita in strada, la attraversò per dare un'occhiata alla vetrina di un negozio che vendeva cappelli, sciarpe, soprabiti e guanti. Con l'inverno alle porte, una bella sciarpa calda le avrebbe fatto comodo, così fece un salto dentro per sceglierne una, ma continuò a tenere d'occhio la strada. Vide Marco calarsi la tesa del cappello sugli occhi mentre lasciava la caffetteria, zoppicando leggermente e sorreggendosi al suo bastone, poi si guardò attorno per capire dove fosse andata. Si godette la sua espressione smarrita solo per un attimo, dopodiché si affrettò a pagare la sciarpa e si precipitò fuori. La localizzò subito ma non le sorrise, e Maxine notò che stava lanciando alcune occhiate furtive in direzione della sua motocicletta. Il cuore prese a martellarle contro le costole quando vide che due nazisti la stavano ispezionando. Se non si fosse fermata a comprare la sciarpa, l'avrebbero sicuramente sorpresa accanto alla moto.

«Incamminati nella direzione opposta», ordinò Marco.

«E la motocicletta?»

«Hai ancora gli opuscoli?»

«Nella borsa laterale».

«Meglio là che addosso. Allontanati subito. Se non trovano gli opuscoli, dopo li farò distribuire nei paesini limitrofi. Se li trovano, abbiamo perso la moto».

Iniziarono a scendere verso valle, Maxine con le gambe che le tremavano e Marco con una zoppia più accentuata rispetto a prima. Aveva la testa incassata nelle spalle, le mani in tasca e la schiena incurvata, come se si fosse chiuso in se stesso.

Riuscirono a fare ancora qualche passo prima che una voce urlasse qualcosa in tedesco, parole incomprensibili. Maxine si aggrappò alla mano di Marco. Il tedesco le stava sicuramente ordinando di fermarsi.

«Continua a camminare», sibilò Marco.

«Ma…?»

«Muoviti».

Stava ancora tremando ma fece come le aveva detto, poi non riuscì più a trattenersi e si voltò a guardare, e vide che i due nazisti stavano risalendo la strada in direzione di un altro ufficiale, che era ovviamente colui che si era messo a sbraitare. A loro. Non a lei.

Marco scoppiò a ridere e raddrizzò le spalle.

Tutto d'un tratto, Maxine cominciò a capire. «Tu lo sapevi, vero? Sapevi che non ce l'avevano con noi».

«Be', sì», confessò lui per tutta risposta.

Gli diede un pugno sul braccio, ma alla fine rise anche lei. Marco aveva adottato quella postura ingobbita per spacciarsi per un inutile storpio, verso il quale, di conseguenza, i nazisti avrebbero mostrato ben poco interesse.

«Faremo il giro dell'isolato passando da dietro, recupereremo la motocicletta e la porteremo un po' più vicino a casa mia. Possiamo trasferire gli opuscoli nella mia borsa. Prova a comportarti in modo normale e continuiamo a chiacchierare come se niente fosse. Quando saremo in un posto più tranquillo, mi spiegherai meglio perché sei venuta qui».

Strada facendo, Maxine rifletté sulla domanda.

«È una lunga storia», disse quando raggiunsero un vicolo appartato. Ripensò alla sua famiglia e immaginò come doveva essere stato per loro. Nel lontano novembre del 1910, i suoi genitori e altri membri della loro famiglia allargata erano sbarcati a Ellis Island, New York, dalla *ss Chicago*, una nave che era partita da Le Havre. In Toscana erano stati contadini e allevatori di bestiame, ma la famiglia era cresciuta troppo e la terra non bastava più a sostentarli tutti. Alcuni erano andati a lavorare a Siena oppure ad Arezzo; altri, come i genitori di Maxine, erano emigrati con la speranza di un futuro migliore. Maxine non si era mai sentita veramente a casa nel Paese che quattro anni dopo l'aveva vista nascere e questo le aveva provocato una specie di crisi di identità. Ora, trovarsi in Toscana le faceva salire un groppo in gola. Sua madre le aveva raccontato più di una volta la storia della lunga traversata per arrivare in America, e la giovinezza di Maxine era stata dominata dalla continua nostalgia di casa della mamma e dalle entusiastiche descrizioni della sua terra natale. L'emozione della vendemmia, la dolce aria di campagna, i barattoli di conserve di frutta e pomodoro, il vino, i campi di girasoli dorati a giugno, le spighe di grano maturo a luglio e agosto. A volte credeva addirittura di aver ereditato l'occasionale tendenza alla malinconia di sua madre, e vivere la sua vita in modo tanto sconsiderato era stata una decisione cosciente per contrastare tale inclinazione.

«Allora?», la incalzò Marco. «Ti sei estraniata di nuovo. Dimmi, cos'altro ti hanno chiesto di fare gli inglesi?»

«Oh», fece lei. Quando tornò a concentrarsi su di lui, decise di fargliela breve. «Non appena avrò capito dove si trovano e quanti sono i partigiani, dovrò fare da collegamento tra loro e i britannici e quindi favorire l'approvvigionamento delle armi necessarie per rafforzare le unità partigiane da combattimento».

«Sul serio?», chiese lui, sarcastico. «E hanno mandato una donna a fare un lavoro del genere?»

«A quanto pare, non c'erano molti italiani disposti a tornare in patria».

Lanciò un'occhiata oltre la spalla di Maxine, poi tornò a guardarla negli occhi, ma non dava l'impressione di averle creduto.

«Allora, vieni a casa mia?».

Lei fece cenno di sì con la testa. «Conosci il vinaio, Francesco?»

«Certo».

«Ed è...?»

«Un brav'uomo. Puoi fidarti di lui».

«Ho le coordinate del luogo dove lanceranno una radio. Puoi trovare alcuni uomini disposti a darci una mano?»

«Naturalmente. Quando?»

«È questo il punto, non lo sappiamo di preciso. Molto presto, ma potrebbe voler dire attendere in zona per un paio di notti».

Quel pomeriggio la nebbia aveva già preso a serpeggiare all'altezza del terreno e avvolgeva la parte inferiore dei tronchi degli alberi. Senza cappello né guanti, Maxine rabbrividiva nella verde penombra del bosco e trasaliva ogni volta che gli uccelli spiccavano il volo dagli alberi con un frullio di ali, stridendo come demoni infernali. Avevano nascosto la sua motocicletta tra i cespugli e ormai Marco si voltava soltanto di rado per vedere se lo stesse ancora seguendo, anche se tra il rumore dei passi e le imprecazioni che borbottava a mezza voce mentre arrancava in mezzo al fitto sottobosco, la pelle irritata dalle spine che la graffiavano, andava da sé che riusciva a sentirla. Quando invece girava la testa per controllare come se la stava passando, l'espressione burlona che si era stampato in faccia sembrava dirle: "Sei in grado di starmi dietro?". Al che Maxine socchiudeva gli occhi e gettava indietro i ricci castani. Non gli disse che aveva appena visto un daino che la fissava. C'erano anche i lupi o dei cani selvatici? Non ne aveva idea.

Mentre avanzava, la voce di sua madre le risuonava nella testa come un nastro incessante di rimproveri. “Una ragazza per bene aspetta di avere un anello al dito. Qual è il tuo problema? Raimondo è un brav’uomo”. Non ne dubitava, ma non aveva alcun desiderio di sposare un droghiere. La moglie di un droghiere, per l’amor del cielo. E poco importava che possedesse una catena di negozi e stesse “facendo strada”. Preferiva andare dritta all’inferno, grazie tante.

Dopo qualche tempo, si avvicinarono a un folto d’alberi particolarmente fitto, nei pressi del quale Marco scostò la vegetazione rampicante per rivelare la presenza di uno stretto sentiero che conduceva a un edificio in pietra, una specie di casa colonica abbandonata che sorgeva solitaria al centro di una piccola radura.

«Stai scherzando?», domandò Maxine mentre osservava il tetto, dove le tegole mancanti mostravano la presenza di parecchi buchi.

Lui si strinse nelle spalle.

«La tua stanza?»

«È una sistemazione come un’altra. C’è anche il letto».

Lei inarcò le sopracciglia. «Che senza ombra di dubbio condividi con ratti e scarafaggi».

La guardò divertito, gli occhi contornati dalle folte ciglia scure. «Mi piacciono gli insetti… e gli animali in generale».

Maxine diede un’altra occhiata al rudere, stavolta notando le finestre sbarrate con le assi e la vernice scrostata, e storse le labbra. Era davvero sicuro che non fosse pericolante?

«Possiamo accendere un fuoco», propose Marco con noncuranza, senza badare alla sua espressione. «Se hai freddo».

«Se?».

Invece di rispondere, si limitò a scrutarla e a rivolgerle un sorriso enigmatico. Lei studiò con attenzione la sua pelle abbronzata, i capelli scuri e arricciati, gli zigomi alti. Assomigliava a un gitano. Talmente bello da fare paura e, senza dubbio, ne era anche consapevole. Gli sorrise. «Be', hai intenzione di invitarmi nel tuo castello?».

Marco inclinò la testa, e Maxine capì che le stava indicando di seguirlo. Soffocò i propri timori e varcò la soglia. La condusse oltre un atrio dal pavimento di terra battuta, superando una stanza che, a giudicare dal tavolino e dalle poche sedie rimaste, un tempo doveva essere stata la cucina. Poi, dopo aver spalancato una porta scura e cigolante con un gesto teatrale che le strappò una risata, la guidò verso il retro della casa. Ogni ambiente puzzava di umidità, di fumo stantio e, strano a dirsi, di limoni marci. Dopo che ebbe acceso una candela, Maxine si guardò attorno e studiò la piccola stanza quadrata. L'unica finestra era stata coperta alla meno peggio con un pezzo di stoffa sfilacciata, ma il pavimento in pietra sembrava abbastanza pulito. Di certo non era una sistemazione allettante, eppure, nonostante tutto, nella sua rustica semplicità la trovava romantica. Non erano lì per una cenetta intima. Più tutto intorno era ridotto all'essenziale, meglio era. Inoltre, la bellezza di Marco era ancora più selvaggia a lume di candela.

«Siediti», le ordinò mentre si toglieva il cappello e la giacca. Poi si mise all'opera e preparò un fuocherello, usando gusci di castagna per accenderlo e soffiando sulle prime fiammelle finché non divamparono. Lei intanto tastò il materasso gettato a terra. Secondo lui quello era un letto, ma quando lo esaminò più da vicino vide che non era altro che paglia infilata e pressata all'interno di una fodera per materassi. Ruvida, pruriginosa, irritante, soprattutto se si fossero spogliati.

«Hai delle lenzuola?», gli chiese, anche se conosceva già la risposta.

«Quindi sei una principessina?».

Rise. «Datti una mossa con quel fuoco o te lo faccio vedere io che razza di principessa sono».

«Sei sempre così?»

«E tu?».

Marco scoppiò a ridere, e lei rise insieme a lui. Dopodiché andò ad aprire un piccolo baule accantonato in un angolo della stanza. Tirò fuori un cavatappi, una bottiglia di vino rosso e due tazze di porcellana. «Sono un po' scheggiate, ma il vino è ancora buono».

Stappò la bottiglia, versò il vino e le porse una tazza, poi si sedette accanto a lei. I suoi occhi sembravano quasi rifulgere. Passione o esaltazione per la causa? Forse entrambe.

Improvvisamente nervosa, Maxine tracannò il vino, corposo e fruttato, e allungò la tazza per averne ancora. Lì in Toscana, senza alcun membro della famiglia a metterle un freno, era libera di essere il genere di persona che voleva. Non era necessario che Marco sapesse che aveva affinato e rifinito quella versione di se stessa finché non era quasi arrivata a credere di essere davvero diventata la donna coraggiosa e ostinatamente indipendente che desiderava essere. E se ancora non sentiva di essere arrivata a quel risultato, sapeva di dover fingere finché il sogno non si fosse trasformato in realtà. Quanto al periodico riacutizzarsi di un bisogno per il quale non riusciva a trovare un nome, al quale non voleva dare un nome, *quello* era un qualcosa che invece non voleva ammettere neanche a se stessa.

«Allora, qual è la tua storia?», domandò a Marco.

«Non c'è nessuna storia».

Maxine socchiuse gli occhi e studiò il suo viso. «Tutti abbiamo una storia alle spalle».

«Solo che a me non va di parlarne».

«Be', dimmi almeno qualcosina».

Lui aggrottò la fronte, titubante, ma alla fine gli si illuminarono gli occhi. «Posso dirti che un tempo facevo il giornalista».

«Anch'io».

«Ecco, quindi siamo uguali».

«Capisco. Ma siamo davvero uguali?»

«Sarebbe interessante scoprirlo, tu non credi?».

Quella risposta la fece sorridere, e la sua voce bassa e sommessa la stava ammaliando come se le avesse lanciato un incantesimo. Ci stava prendendo gusto.

«Per un certo periodo ho lavorato per "La Nazione", il principale quotidiano toscano», aggiunse, «ma da quando sono arrivati i tedeschi è diventato impossibile. Volevano solamente articoli che condannassero gli Alleati».

Per un po' si limitarono a bere in silenzio, finché Marco non sollevò il mento e le diede un vero e proprio bacio sulle labbra. Il suo corpo reagì allo stimolo e le venne il fiato corto. Non cercò di nascondere il desiderio crescente e fece scivolare una mano sotto la sua cintura, slacciandola e sfiorando la sua erezione. Malgrado avesse scoperto da tempo che il sesso era un ottimo mezzo con cui contrastare gli orrori della guerra, non aveva pienamente capito quanto ne avesse bisogno.

Questione di pochi istanti e Marco la baciò di nuovo, poi si lasciarono cadere sul materasso e iniziarono a strapparsi i vestiti di dosso. Era stato detto ben poco e qualche secondo dopo erano già presi dall'atto in sé.

La maggior parte degli uomini non credeva che alcune donne preferissero quel tipo di rapporto. Niente fiori né promesse d'amore. Era carnale, animale, viscerale. Pelle a pelle. Carne a carne. E quelli a cui interessava il discorso della verginità non erano il genere d'uomo che voleva Maxine. No. Molto meglio così. Nessun cuore infranto. Nessuna fedeltà da esigere, né da dover garantire.

Dopo si distese accanto a lui e osservò il modo in cui i bagliori del fuoco cambiavano l'atmosfera all'interno della stanzetta. Gli accarezzò la pelle luminosa. I graziosi giochi di luce e ombra creati dalle fiamme che guizzavano e danzavano sulle pareti li portarono a cercare una maggiore vicinanza e la fecero sentire a suo agio. Chissà come doveva essere stato quando lì dentro ci viveva una famiglia. Maxine si immaginò un marito e una moglie, magari con tre o quattro bambini che si prendevano cura degli animali mentre la mamma cucinava gustosi stufati con i prodotti del loro orto e il papà lavorava nei campi. Chiese a chi fosse appartenuta quella casa, ma Marco le disse che c'erano molte fattorie abbandonate nelle campagne, là dove tanti avevano smesso di spezzarsi la schiena nei campi solo per tirare a campare. Così capì che l'idea di vita domestica che aveva concepito poc'anzi era solo una fantasia. Doveva essere dura e triste quando arrivava il rigore dei mesi invernali, soprattutto se non c'era cibo a sufficienza.

«Ora ho bisogno di dormire». Glielo disse in modo piuttosto scontroso, e a quel punto stava già tirando su una coperta con cui avvolgere il corpo di entrambi. «Stanotte dobbiamo lavorare».

«Lavorare?»

Lui aggrottò la fronte. «Meno ne sai…».

«Ma è assurdo. Io lo devo sapere. Sono venuta qui per questo. Te l'ho detto».

Marco si tirò su, appoggiandosi su un gomito, e la guardò negli occhi mentre si grattava il mento. «Vuoi venire anche tu? Lo capisco. Ma perché? Perché ti sei offerta volontaria? Sei una bellissima ragazza americana. Non è nemmeno la tua guerra».

«Lo sarebbe stata se i miei genitori non fossero emigrati. Devo capire cosa state facendo e devo sapere dove sono i partigiani».

«È semplice. Diamo fastidio ai tedeschi. Demoralizziamo il nemico in ogni modo possibile. Li colpiamo nel loro orgoglio germanico, capisci? E la maggior parte dei partigiani si nasconde nelle foreste sul Monte Amiata. Ci sono centinaia di uomini».

«E qui?»

«Nei boschi attorno ai paesini. Qua non sono così tanti e i gruppi sono un po' allo sbaraglio, ma stiamo cercando di organizzarli».

Lei gli lanciò un'occhiata. «Ma mi lascerai venire?»

«In questa fase saresti soltanto d'intralcio. Non so neanche come tu abbia fatto ad arrivare fino a questo punto», rispose lui, scuotendo la testa. «È davvero incredibile».

«Te l'ho già detto, gli inglesi non hanno avuto molta scelta. Se mi permettessi di venire, potrei richiedere maggiore supporto per le operazioni che state portando avanti».

«Cosa di cui abbiamo senz'altro bisogno, anche se perlomeno abbiamo il sostegno dei contadini. Ne hanno abbastanza di dover cedere i loro raccolti ai tedeschi. Ma farti venire? No».

«Sono abituata al pericolo».

«No», ribadì. «E adesso lasciami riposare».

«Da dove vieni?».

Marco mugugnò, esasperato, ma non le rispose.

«D'accordo, se non vuoi dirmelo, dimmi almeno quanti anni hai».

Rotolò su un fianco e le diede le spalle.

Alla fine Maxine riuscì a scivolare in un sonno irrequieto, ma a un certo punto si ridestò sentendolo gemere. Quando gli toccò la schiena nuda, si rese conto che non si era svegliato, così si riaccoccolò accanto a lui e si riaddormentò. Si svegliò al suono di roche voci maschili che provenivano dalla cucina. Marco si tirò su di scatto, sul chi va là, ma un attimo dopo riconobbe le voci, si accese una sigaretta e si rilassò. Maxine ne osservò la brace che brillava nella stanza ormai sprofondata nell'oscurità.

«Sono loro», le disse.

Gli si aggrappò a un braccio. «Se non mi permetti di venire, vi seguirò», disse in un soffio.

Marco si accigliò. «Non dire stupidaggini. Resta qui oppure tornatene in paese. Magari la prossima volta».

Lei annuì. «Molto bene. Se è la tua ultima parola».

13

Maxine era da poco rientrata al Castello quando Sofia propose che Aldo si unisse agli uomini incaricati di recuperare l'imminente consegna. Voleva che si sentisse partecipe senza doversi allontanare da casa. Maxine la reputava una strategia rischiosa e sosteneva che ci avrebbe preso gusto e poi se ne sarebbe andato. Ciononostante, tre sere dopo, e alla seconda notte di attesa, eccolo lì. Maxine si era rannicchiata tra le ombre degli alberi al limitare della valle, con gli occhi fissi sulla piccola radura dove stava ardendo un fuoco. L'eccitazione di Aldo era palpabile. Faceva avanti e indietro senza sosta e ogni due minuti levava gli occhi al cielo.

Era una notte serena e con una visibilità eccellente, per fortuna, ma ciò significava che anche i tedeschi avevano maggiori possibilità di intercettare l'aereo e abbatterlo. Il pilota avrebbe provato a lanciare il pacco anche se le condizioni fossero state avverse, ma in quel caso l'attrezzatura avrebbe rischiato di restare incastrata tra i rami di qualche albero. Questo, tuttavia, poteva capitare anche se andava storto qualcosa o il velivolo veniva abbattuto. Stavano aspettando già da tre ore e gli uomini avevano i nervi a fior di pelle. Persino l'entusiasmo di Aldo stava venendo meno. Nessuno sapeva dire perché l'aereo non fosse ancora passato. Doveva arrivare prima che cominciasse ad albeggiare o sarebbe stato troppo tardi.

Maxine tratteneva il fiato e ascoltava i suoni della notte: gli animali che facevano frusciare il sottobosco, le ali degli uccelli che sbattevano nell'aria e il vento che smuoveva le foglie degli alberi. Sentiva odore di fumo, di vegetazione e terra bagnata, e intanto aspettava e osservava mentre l'oscurità le si chiudeva attorno.

«Perché è in ritardo?», sussurrò Aldo.

«Credo che non lo sappia nessuno».

«Non mi aspettavo che fosse un compito così noioso».

«L'attesa è sempre noiosa. Abituatici».

Quando un forte fischio squarciò il silenzio, seguito dal rumore di un motore ancora lontano, incrociò le dita e alzò gli occhi. Era una luce quella che stava vedendo nel cielo ancora nero, il primo accenno dello spuntare del giorno forse, o la stava soltanto immaginando?

«Ancora nessuna traccia dell'aereo, ma penso che ci siamo», annunciò, e sentì Aldo irrigidirsi mentre si piazzava alle sue spalle.

Per guidare il pilota sopra l'area designata, Marco e un altro partigiano cominciarono a sventolare ripetutamente le loro torce. Maxine strizzò gli occhi per mettere a fuoco l'aereo che si stava profilando all'orizzonte. Non c'erano luci accese all'interno del velivolo, ma fece due giri sopra di loro e all'improvviso riuscì a distinguere la sagoma di un paracadute lanciato nel vuoto. Trattenne di nuovo il respiro. Se l'attrezzatura si fosse schiantata al suolo, sarebbe andata in mille pezzi; ma no, il paracadute si aprì e i due pacchi iniziarono a scendere dolcemente verso terra. Il lancio era stato talmente eclatante che non riusciva a credere che i tedeschi non si fossero accorti di niente. Vide i profili scuri di due uomini che correvano a recuperare la consegna e ad appallottolare la seta del paracadute, poi con l'aiuto di Aldo portarono i pacchi alle motociclette in attesa e ce li legarono sopra. Sebbene una fosse di Maxine, Marco le indicò di salire con lui mentre un altro partigiano montava in sella alla sua moto, con Aldo seduto dietro. Poi sfrecciarono via a rotta di collo, tra gli alberi e sugli stretti sentieri tortuosi che giravano intorno alla collina e alla fine risalivano verso il Castello, dove li stava aspettando Sofia.

Prima che potessero avvicinarsi alla porta delle mura del borgo, furono raggiunti dal rumore di un veicolo che borbottava in lontananza, alle loro spalle. Una camionetta o un'auto dei tedeschi? Di già? Li avevano tenuti d'occhio? Avevano visto tutto? Nel silenzio ticchettante della notte, i rumori e le distanze erano difficili da calcolare. Vicino. Lontano. Non si capiva. Il mezzo poteva essere molto più distante di quanto sembrasse. Irrigidendosi, Maxine si aggrappò forte a Marco, che aumentò la velocità e prese una rischiosa scorciatoia tra i boschi, impraticabile per qualunque altro mezzo se non una motocicletta. Quando raggiunsero il borgo, vide che le alte cancellate erano state lasciate aperte e Sofia stava facendo avanti e indietro, l'usuale compostezza completamente svanita. Gli uomini parcheggiarono le moto e lei corse ad aiutarli a scaricare l'attrezzatura.

«Penso che stia arrivando qualcuno», le sussurrò Maxine. «Abbiamo sentito un veicolo».

Sofia parve riflettere un momento, poi indicò a tutti di seguirla fino alla porta più vicina. Dopo averla aperta, scesero cinque scalini per mettere piede nel buio scantinato in cui venivano tenute le botti con il vino.

«Qui?», chiese Marco, lanciandole un'occhiata dubbiosa. «Non nelle altre cantine sotto la casa?»

«Non c'è tempo. Questa è più vicina». Indicò una botte in fondo allo stanzone. «Quella è vuota. La stiamo usando per nascondere le provviste. Ribaltatela. Si apre da dietro. Potete infilarci dentro l'attrezzatura. La sposteremo non appena avremo campo libero».

«C'è una lampada?»

«Usate le vostre torce. Sbrigatevi».

Aldo sorresse la botte mentre gli altri due uomini la capovolgevano e facevano scivolare l'attrezzatura nel vano cavo al suo interno. La riadagiarono delicatamente sul pavimento e richiusero il pannello posteriore.

«E adesso svelti», li incitò Sofia. Restò a guardarli mentre risalivano sulle due motociclette e sfrecciavano via nell'oscurità dei boschi. Dopo qualche istante, e non senza un certo sforzo, lei e Maxine riabbassarono i cancelli.

«Dobbiamo togliere il disturbo prima che qualcuno ci veda qua fuori allo spuntare dell'alba», disse la contessa.

«Non dovremmo aspettare di vedere se arriva qualche veicolo?»

«No, meglio che trovino la piazza deserta e silenziosa», replicò Sofia, la voce tesa.

Tornarono in casa e salirono le scale.

«Vieni nella mia stanza», le disse.

In camera da letto c'erano una finestra aperta e un'unica lampada accesa. Sofia corse a spegnerla e si affacciò alla finestra per controllare la piazza. Maxine fece tamburellare il piede a terra, irrequieta, con il cuore che le batteva ancora all'impazzata per l'emozione. Alla luce della luna, vide le spalle di Sofia rilassarsi leggermente. «È tutto a posto», disse. «Non c'è nessuno».

«Posso dare un'occhiata?»

«Guarda quanto vuoi. Chiunque fosse, deve aver perso le vostre tracce». Si avvicinò al letto e tirò giù un angolo del suo coltrone.

«Non vorrai mica andare a letto?», domandò Maxine, trovando sbalorditivo che potesse anche solo prendere in considerazione l'idea di mettersi a dormire.

«No». Sofia soffocò un risolino nasale. «Non riuscirei mai a chiudere occhio, ma devo sgualcire un po' le lenzuola e infilarmi la camicia da notte. Dovrai farlo anche tu».

Maxine andò alla finestra per guardare giù verso la piazza, le mani appoggiate sul davanzale, ma non c'era nulla da vedere. Delusa da una simile caduta di stile dopo le peripezie della nottata, avrebbe voluto qualcosa di più.

«Niente?». Sofia la stava osservando con aria divertita.

Maxine sospirò e scosse la testa.

Sofia si sedette sul bordo del letto. «Verrò a bussare alla tua porta non appena farà giorno. Poi andremo a prendere un caffè in cucina».

«E il veicolo che abbiamo sentito?»

«Ripeto, deve aver perso le vostre tracce. Ora chiudi la finestra e le persiane. Se dovessi sentire qualcosa, me ne occuperò io. *Tu* resta in camera tua».

Maxine annuì e lasciò la stanza. Tuttavia, checché ne dicesse la contessa, se mai fosse successo qualcosa, di certo non sarebbe rimasta seduta in camera sua, perdendosi la scena.

Una volta in camera sua, si spogliò, indossò una vestaglia leggera e, anche se non contava di riuscire a dormire, si sdraiò sotto le coperte gelate.

Si svegliò qualche ora dopo con la luce del sole che filtrava dalle stecche delle persiane. Rabbrividendo per il freddo, saltò giù dal letto, afferrò una coperta da avvolgersi attorno alle spalle e si mise in ascolto. Dalla piazza giungevano voci insistenti che parlavano in tedesco, seguite da voci italiane più stridule. Mentre le porte venivano tempestate di pugni e gli ordini impartiti, la gente si accalcava, discuteva, obiettava. Una donna si mise a urlare e subito dopo un bambino cominciò a piangere. Cristo, erano già lì. Aprì la porta e sgattaiolò in corridoio, verso la camera di Sofia. Bussò delicatamente, poi entrò.

L'altra si era già vestita e si stava spazzolando i capelli.

«Non esci in piazza?», le domandò Maxine.

«Non ancora».

«Perché no?»

«Non mi lascerò intimidire. Tanto tra poco verranno comunque a cercarmi. Che prima perquisiscano il borgo, dove non troveranno niente».

«E poi?»

«E poi offrirò loro un caffè».

Maxine non nascose un certo sdegno. «Sempre la perfetta padrona di casa, eh?»

Sofia lanciò un sospiro, esasperata. «È ciò che si aspettano.

Non voglio che pensino che sono preoccupata. Così desterei soltanto dei sospetti».

«E se tuo marito fosse qui?»

«In quanto padrone di casa, lui naturalmente uscirebbe a controllare. È una cosa che ci si aspetta da lui, non da me». Si stropicciò gli occhi. «Ora vai a cambiarti e scendi in cucina per la colazione».

«Continuo a pensare che sarebbe più opportuno uscire».

Sofia le rivolse uno sguardo d'ammonimento. «Fa' come ti ho detto. Cosa credi di guadagnarci ad andare là fuori? Tanto se hanno in mente di fare qualcosa, lo faranno comunque. E prenditela comoda».

«Perché?»

«Sei sudicia. E comunque, ho la sensazione che ci metteranno un po'».

Tornata in camera sua, Maxine si lavò a pezzi e come meglio poté al lavandino nell'angolo. Non la tirò troppo per le lunghe. L'acqua era gelida e questo valeva anche per la sua stanza, ma quando buttò un occhio sul proprio riflesso nello specchio appeso al muro, fece una smorfia. Sofia aveva ragione. Si tolse delle strisce di fango scuro e probabilmente anche di olio motore dalle guance e vide che i capelli erano tutti aggrovigliati e scompigliati. Gli occhi brillavano troppo, lucenti e febbricitanti. Faceva troppo freddo per lavarsi i capelli, quindi si sarebbe dovuta arrangiare. Passò ripetutamente un pettine tra le ciocche e insistette con parecchi colpi di spazzola ma ben poco successo. Erano ancora un disastro, ma magari Sofia poteva prestarle un fiocco.

Ripercorse ancora una volta il corridoio a passo di marcia e bussò adagio alla porta. La spalancò senza attendere una risposta. «Oh, bene», mormorò non appena sbirciò dentro. «E *tu* come hai fatto ad arrivare sin qui?».

14

Sofia si voltò a osservare Maxine, che si era fermata sulla soglia con un'espressione di puro sconcerto stampata in faccia.

«Svelta. Entra e chiudi la porta», le disse.

Maxine le andò incontro e, inclinata la testa, piantò le mani sui fianchi. «Allora? Come ha fatto James ad arrivare qui?»

«È andato a prenderlo Aldo ore fa. Ha dormito nella stanza degli ospiti accanto alla tua».

«E adesso è nella tua camera da letto. Perché?».

Sofia fece un profondo sospiro.

«E svestito, per giunta?», continuò Maxine con un sorrisetto.

«Stavamo provando a vedere se c'era qualche vestito di Lorenzo che gli andasse bene. E comunque, non è del tutto svestito».

Maxine fece una faccia divertita. «Guarda che con me non hai motivo di fingere. Senza offesa, ma non ti credevo capace di una cosa simile».

«Oh, per l'amor del cielo!», esclamò Sofia, stizzita, perché Maxine era veramente esasperante. Poi, vedendo il lato buffo della situazione, anche lei abbozzò un sorriso. «Pensa quello che vuoi».

James la salutò con un cenno del capo. «Ciao, Maxine. Vedo che hai sempre la battuta pronta».

«Sempre», replicò lei prima di dedicargli un'occhiata civettuola. «E visto che me l'avevi chiesto, ora che è arrivata l'attrezzatura radio, sappi che sono qui per metterla in funzione. Sai, ci chiamano i Pianisti a noi operatori».

«E sai che sono arrivati anche i tedeschi? Non li avete sentiti picchiare a tutte le porte?». Maxine si rivolse a Sofia. «Per l'amor di Dio, dove pensi di nasconderlo?»

«Non ti preoccupare, so cosa sto facendo».

«Perlustreranno tutta la casa».

«Già».

«Come fai a essere così tranquilla?».

Sofia la ignorò. La verità era che la contessa era un fascio di nervi, ma stava diventando sempre più brava a nasconderlo.

«James, mettiti questi», disse mentre gli passava un maglione, una giacca e un paio di pantaloni. «Dovremo accontentarci. Maxine, prendi una pila degli abiti più caldi che trovi nel mio armadio e portali nella tua stanza. Hai così pochi vestiti di ricambio, e voglio che i tedeschi credano che stai alloggiando davvero qui».

Maxine ghignò. «Dubito che mi entreranno».

«E *io* dubito che i nazisti ti chiederanno di fare una sfilata di moda. E adesso sbrigati».

«Non vorrai chiedere a James di spacciarsi per Lorenzo, vero?»

A quelle parole, malgrado la gravità della situazione, Sofia dovette sforzarsi di non ridere.

«Vai!».

Non aveva alcuna intenzione di mettere Maxine a parte di tutti i suoi segreti, non ancora almeno, perciò aspettò che se ne andasse, e che James si fosse vestito, prima di spostare il delicato tavolo da toeletta e premere una piccola sezione della parete rivestita in legno di fronte al letto. Una porta si socchiuse lentamente, cigolando.

«Entra in questo passaggio segreto. È perfettamente isolato e nascosto. Dopo diversi metri troverai una rientranza. Il tuo cifrario è lì», gli disse. «Arrampicati all'interno della rientranza finché non mi sentirai bussare su questo pannello. Potrebbe volerci un po'. Busserò tre volte, conterò fino a tre e poi busserò di nuovo, tre volte di seguito. Vieni alla porta, fai la stessa cosa e io ti aprirò».

«Dove conduce questo passaggio?»

«Te lo spiegherò dopo. E ricorda, muto come un pesce, ti prego. Neanche un colpo di tosse. Come va la spalla adesso?».

James respinse la domanda con un gesto della mano, ma dall'espressione che aveva sul viso fu ovvio che il dolore non era ancora svanito.

Non appena si fu messo in salvo all'interno del nascondiglio, Sofia rimise a posto il tavolo da toeletta, fece scivolare la pistola nella tasca della gonna – aveva preso a portarla sempre con sé – e si guardò attorno, osservando la stanza dal soffitto alto, le assi del pavimento di legno sempre tirate a lucido, la luce soffusa filtrata dalle tendine di seta ricamata che aveva comprato a Venezia.

Cinque minuti dopo, fu Anna a salire per informarla che un capitano la stava aspettando nell'atrio.

«Grazie», le disse. «E adesso potresti andare a bussare alla stanza degli ospiti, due porte più avanti, e chiedere a Maxine di raggiungermi giù per la colazione?».

Iniziò a scendere l'imponente scalinata principale. Le ricordò che continuava a disporre di una posizione di prestigio e questo le diede un minimo di conforto. Essere ancora in grado di fare un ingresso trionfale era qualcosa a cui aggrapparsi.

«Buongiorno», disse all'ospite, fingendosi sorpresa. «Come posso aiutarla così di buon mattino?».

Era un uomo dalla corporatura massiccia, con il lungo cappotto dell'uniforme nazista che gli arrivava alle caviglie. Portava occhialetti rotondi con la montatura di corno e aveva miti occhi celesti miopi che nascondevano la sua vera natura, su questo non aveva alcun dubbio. Osservò la sua pelle liscia e priva di rughe, la fronte alta e i capelli sottili, di un biondo scuro. Fece un paio di passi verso di lei, ogni movimento lento e preciso, minaccioso, calibrato per manifestarle la sua autorità e sottolineare quanto lei fosse impotente.

«Sono il capitano Kaufmann. Credo che abbia già conosciuto il comandante Schmidt».

Sofia confermò garbatamente con un lieve cenno del capo. «Ma certo, è venuto qua a cena».

«Dobbiamo perquisire la villa».

«Fate pure, ma gradirei che i suoi uomini cercassero di non rompere niente. Abbiamo alcuni pezzi d'antiquariato dal valore inestimabile. Lei sa cosa intendo. Cimeli che la famiglia di mio marito possiede da generazioni. Oh, e anche i dipinti».

Lo vide sbirciare oltre la porta aperta del suo salottino privato, poi si voltò a guardarla con un sorriso forzato. «Se non vado errato, quella tavola con il fondo in oro è un *San Sebastiano* di Cozzarelli, giusto? È un pezzo raro».

«Sì, per mio marito è motivo di grande vanto».

«Be', non ha niente da temere. Non sono qui per danneggiare le sue proprietà, contessa».

«Questo mi fa piacere. Ma allora, se mi è concesso chiederlo, qual è il motivo della visita?»

«La notte scorsa è stato lanciato qualcosa da un aereo».

«Davvero? E cosa c'entra con noi, capitano Kaufmann?»

«Si ritiene che l'oggetto paracadutato che è stato lanciato, di qualunque cosa si tratti, sia stato portato da queste parti. In motocicletta».

Con gli occhi sbarrati, Sofia simulò stupore. «Capisco. E quando può essere accaduto, secondo lei?»

«Alle prime ore di questa mattina». Parlava in modo telegrafico, parole secche e concise.

«Oh, cielo», fece lei, assicurandosi di apparire sconvolta. «Io non ho sentito niente, ma è anche vero che ho il sonno molto profondo. Forse dovrebbe chiedere agli altri abitanti del borgo. Qualcuno avrà sicuramente sentito qualcosa».

«Infatti».

«E cosa potrebbero aver lanciato da quell'aereo? Lei cosa ne pensa?».

Lui socchiuse gli occhi per reprimere la rabbia. «Non sono qui per rispondere alle sue domande».

«Mi perdoni, ero soltanto curiosa. Ma immagino che debba essere preoccupato. Avrà il timore che possano essere armi e munizioni, o cose di questo genere».

Stavolta non le rispose perché alcuni uomini in uniforme marciarono dentro in formazione compatta e iniziarono a salire al piano di sopra sbattendo i piedi. Non appena Kaufmann si mise a sbraitare ordini, questi allungarono subito il passo. Sofia avrebbe voluto rincorrerli, seguirli in camera sua, evitare che frugassero tra i suoi effetti personali o scoprissero qualcosa, ma le probabilità che premessero il pannello esattamente nel punto giusto erano davvero esigue, no? Il passaggio segreto che attraversava gli edifici del borgo fino al primo piano della torre, nel punto dove era addossata alle case, era conosciuto da poche anime ancora in vita. Un po' come i tunnel sotterranei che correvano sotto la casa e permettevano di fuggire nei boschi, dato che in tempi recenti non c'era stata ragione di nascondersi sottoterra o di usare quei passaggi segreti.

Kaufmann aveva distolto l'attenzione dai suoi uomini e le stava puntando un dito contro. «Deve aprire tutte le dispense e i ripostigli», ordinò. «Legnaie, rimesse per i veicoli, cantine e via dicendo. E adesso, se vuole seguirmi…».

Si incamminò verso la porta, ma proprio in quel momento Maxine si precipitò giù dalle scale. «Oh, ma salve», cinguettò, civettuola, mentre sfoderava un sorriso.

Kaufmann corrucciò il viso. «E lei sarebbe?»

«Massima, ma tutti mi chiamano Massi. Sono la migliore amica di Sofia, da Roma. Sono venuta a stare qui. Roma è una tale noia di questi tempi, lei non pensa, comandante?»

«Capitano», mormorò lui, e aggrottò la fronte, sospettoso. Poi le diede le spalle.

«*Massi*», rimarcò Sofia. «Se intanto vuoi andare a fare colazione in sala da pranzo, io vado ad aprire le rimesse qua fuori per il capitano e poi ti raggiungo».

Maxine, bisognava riconoscerlo, non mostrò alcuna preoccupazione e si limitò a dire: «Non sono particolarmente affamata. Ti darò una mano. La colazione può attendere. Hai preso le chiavi?».

Sofia raggiunse il tavolinetto all'ingresso e aprì il primo cassetto. «Eccole. Andiamo».

«Cosa state cercando?». Maxine rivolse la domanda al tedesco, ma lui la ignorò.

«Stanno cercando delle armi, credo». Sofia alzò la voce in modo che il capitano potesse sentirla.

«Ohhh, che emozione! Immagina se ci fossero delle armi nascoste proprio sotto il nostro naso, Sofia».

La contessa le scoccò un'occhiataccia con cui sperava di comunicarle un: "Non esagerare, quest'uomo non è uno stupido".

Scortò Kaufmann e altri due uomini alla rimessa dei veicoli. Dopo averla aperta, spalancò un battente del portone.

«Vedo che ha una motocicletta».

«Sì, ma è dal mese scorso che siamo rimasti senza benzina. La usiamo di rado». Lanciò uno sguardo furtivo a Maxine, lieta che Marco avesse portato via la *sua* motocicletta.

Il capitano allungò una mano. «Le chiavi?»

«Là, appese al muro».

«A portata di mano di chiunque?».

Sofia inarcò le sopracciglia. «Prima dovrebbero entrare nella rimessa».

«Chi ha le chiavi della rimessa oltre a lei?»

«Il nostro amministratore ne ha una copia, e anche mio marito Lorenzo, naturalmente».

«E loro dove sono?»

«Lorenzo è a Roma, credo, mentre il nostro amministratore stava sovrintendendo ad alcuni lavoretti nella nostra casa di Firenze. Sa, in seguito al bombardamento».

«*Stava*?»

«È stato chiamato alle armi… da voi».

Le puntò gli occhi addosso. Si scrutarono a vicenda per un paio di secondi, lui con uno sguardo intenso e imperturbabile. Era magnetico, ma in modo agghiacciante, e lei si ritrovò avvinta contro la sua volontà. Alla fine, però, iniziarono a lacrimarle gli occhi e l'incantesimo si ruppe. L'aveva turbata, ed era quasi certa che se ne fosse accorto.

Poi provò a usare la chiave. La motocicletta aveva la batteria a terra.

«E quando è stata l'ultima volta che ha aperto questa rimessa?»

«Ultimamente abbiamo preso il pony e il calesse per andare a San Giovanni d'Asso, ma poi niente più».

Lasciarono la rimessa e come seconda cosa li portò a ispezionare la legnaia, nella speranza che di lì a quando sarebbero arrivati alla cantina il capitano venisse richiamato altrove. Non riusciva a tollerare la vista dei suoi uomini che spostavano la legna da ardere accatastata con cura e la gettavano a terra alla rinfusa. Temendo ciò che sarebbe potuto accadere, distolse lo sguardo e lanciò un'occhiata a Maxine, che era rimasta sulla soglia, ai suoi capelli che fiammeggiavano come se fossero rossi, illuminati dal sole alle sue spalle.

«Massima, puoi restare di guardia al posto mio?», disse. «Ho bisogno di una boccata d'aria».

Una volta fuori, alzò gli occhi in direzione della torre e dei familiari parapetti merlati e provò il travolgente desiderio di tenersi stretta la vita che conduceva lì al Castello. Possibile che stesse davvero per giungere al termine? Aveva sempre cercato di essere una persona gentile, felice di integrarsi e pronta ad aiutare ogni volta che ne aveva avuto la possibilità. Malgrado vivessero sotto il giogo di Mussolini, aveva condotto una vita agiata, da privilegiata, libera di fare quasi tutto quello che voleva. Certo, non era sempre stato tutto rose e fiori. Aveva sognato di avere dei bambini, ma dopo l'incidente di Lorenzo semplicemente non era mai successo. Non sapeva se la ragione fosse quella; anche se i medici non si erano sbilanciati e non le avevano dato alcuna risposta, forse era stato ferito in un modo inspiegabile. Era stato fortunato a uscirne vivo, a differenza del resto della sua famiglia. In ogni caso, Sofia aveva accantonato il desiderio di avere un figlio e si era dedicata a suo marito, ai compaesani, ai contadini, ai domestici e alla pittura. Amava la sua vita lì e il pensiero che potesse finire le faceva correre un brivido gelido lungo la schiena.

Se solo la notte prima avessero avuto il tempo di nascondere l'attrezzatura radio nei tunnel. Aveva vissuto al Castello per diversi mesi prima che Lorenzo gliene parlasse, ed era rimasta di stucco quando le aveva rivelato che vi si accedeva da un piccolo annesso in pietra costruito nientemeno che nel suo roseto e dal seminterrato della casa. Quando l'Italia non era ancora un Paese unificato e i nobili in guerra non facevano altro che scannarsi a vicenda, le loro fortezze sui cucuzzoli delle colline, ma anche i villaggi e i castelli, sorgevano di frequente su un complesso di cunicoli sotterranei dotati di molteplici uscite. Lorenzo le aveva mostrato la strada, conducendola nell'ampio piano interrato e in un dedalo di passaggi bui, alcove e stanze segrete, fino a una cantina scavata nelle profondità del sottosuolo. Da lì si erano introdotti nei tunnel usati come vie di fuga.

Il capitano uscì dalla legnaia e, mentre lo osservava con maggiore attenzione, Sofia provò una calma fredda e innaturale; era un uomo trattenuto, come il comandante Schmidt, nervoso, che si teneva tutto dentro, ma privo di quell'aria di rassegnazione che aleggiava attorno all'ufficiale più avanti con gli anni. Cosa non avrebbe dato per vederlo esplodere all'improvviso, per conoscere ogni sensazione, ogni pensiero, ogni emozione e ogni paura repressa di quell'uomo. Ma non sarebbe successo, non quel giorno. Quel giorno, se avesse trovato l'attrezzatura, avrebbe esultato.

Era giunto il momento. Sentendo la voce di Lorenzo risuonarle in testa – "La dignità sempre e comunque, mia cara, la dignità" – fece un respiro profondo. Il senso di calma non durò a lungo e, mentre tornava ad avere paura, si avviò verso lo stanzone dove tenevano le botti del vino.

15

Quando aprì la cantina, Sofia si sentì tremendamente vulnerabile, come se ogni fibra del suo essere fosse stata messa a nudo davanti agli occhi di tutti. I battenti della porta si aprivano verso l'interno e il capitano fu il primo a scendere i gradini insieme a uno dei suoi uomini, con Maxine al seguito e Sofia che era rimasta indietro, riluttante.

«Non ci sono luci o corrente elettrica qua dentro?», domandò Kaufmann con una smorfia mentre si voltava a lanciarle uno sguardo.

«Le lascio la porta aperta», replicò lei, trascurando di menzionare la grossa torcia appoggiata sulla mensola nascosta dal battente della porta in questione.

Il tedesco bussò sul legno di un paio di botti. «Questo giro di perlustrazione mi ha messo una gran sete». Fece per prendere una delle coppette da assaggio dal lungo tavolone appoggiato su un paio di cavalletti e si mise a ridere, una risata forzata, senza traccia di ilarità.

Non le aveva dato l'impressione di essere un uomo a cui interessava il vino. Il suo ufficiale si fece avanti, prese la coppetta, la mise sotto il rubinetto di una botte e la riempì. Porse la coppa a Kaufmann, che prima ne assaggiò un sorso, sdegnato, poi rovesciò lentamente il resto del vino sul pavimento senza mai staccarle gli occhi di dosso, prendendosela comoda per godersi il suo imbarazzo. Dopodiché passò alla botte successiva.

«Magari questo è meglio».

Stava giocando con lei? Era tutta una messinscena? O intendeva davvero assaggiare il vino contenuto in ciascuna delle sue botti, *inclusa* quella vuota? Le si seccò la bocca e, aggirando il buco nero che vide spalancarsi di fronte a sé, si concentrò sul ritmo del proprio respiro. Troppo veloce, troppo corto. Provò a domare ogni paura, e ogni speranza. Malgrado la tensione schiacciante, si sforzò di apparire noncurante, come se niente di quanto stava accadendo incontrasse il suo interesse.

La sua percezione del tempo si distorse. Mentre Kaufmann passava da una botte all'altra e l'implacabile irruzione tedesca andava avanti senza tregua, i minuti si dilatarono. Sentiva le voci degli altri uomini che andavano di porta in porta a grandi passi. Sentiva i tonfi dei loro stivali e il gracchiare dei corvi attorno alla torre. Lanciò un'occhiata all'esterno. Dalla sconfinata vastità del cielo grigio-bianco aveva iniziato a cadere una pioggerellina sottile. Rabbrividì in preda all'apprensione e osservò i verdi e i viola spenti del paesaggio distante in quella giornata cupa e uggiosa. Il freddo era pungente e si chiese se non stesse per nevicare. Maxine, nel frattempo, sorrideva. Chiese di assaggiare il vino e il capitano le porse un'altra coppetta.

«Offro io», le disse.

Sofia era troppo spaventata per parlare, mentre Maxine stava conversando sia in italiano che in inglese e azzardava anche qualche parola in tedesco. Lei li ascoltava solo in parte e cercava di non guardare Kaufmann. Maxine fece del suo meglio per trascinarlo in un dibattito sui meriti dei vari tipi di vino, ma lui continuò a rispondere a monosillabi finché non arrivò alla penultima botte. Vi si appoggiò e si voltò a guardare Sofia. Aveva le mani sudate e appiccicaticce, e la paura prese a formicolarle sulla pelle del collo perché aveva raggiunto un punto in cui stentava addirittura a capire cosa stesse provando. Quando commentò che il suo vino era appena passabile, però, la sua avversione nei confronti del tedesco divenne incontenibile. Era una cosa di poco conto, ma il vino era buono. Molto buono. Lo sapevano tutti.

Con una sicurezza incrollabile, Maxine gli indicò le ultime botti. «Ma ce ne sono ancora due da provare. Magari saranno più di suo gradimento».

Sofia non poté fare a meno di notare la luce che le brillava negli occhi, come il fatto che stava trovando elettrizzante l'intera situazione. Dio mio, stava giocando con il fuoco. Lanciò un'occhiata a Kaufmann e incrociò uno dei suoi sguardi freddi e ripugnanti, e pure lo stesso sorrisetto deforme di prima. Si sentì pervadere da un fiume in piena di sensazioni contrastanti e le si strinse lo stomaco dal disgusto. Alla faccia della calma e dell'indifferenza! Ma la rabbia era l'emozione più difficile da tenere a bada. Sofia non era famosa per essere incline a perdere la pazienza. Infilò una mano in tasca e tastò il freddo metallo della pistola nascosta nella gonna.

Quando Kaufmann raggiunse l'ultima botte, si sentì travolgere da un senso di scombussolamento. Era lì, ma era come se fosse altrove. Sembrava che il tedesco stesse aspettando una qualche parola da parte sua, e lei avrebbe voluto urlare: "No!". Avrebbe voluto sfilare la mano dalla tasca, estrarre la pistola e premere il grilletto. Ma non poteva, ovviamente. Era un'idea folle. Sua madre una volta le aveva detto: "Non possiamo sapere di cosa siamo capaci finché non veniamo messi alla prova". Sofia non pensava che si stesse riferendo a un omicidio.

«Fate pure», riuscì a mormorare invece, sperando che la voce non le tremasse troppo. Ebbe un sussulto involontario e Maxine spalancò gli occhi. Fu un avvertimento provvidenziale e Sofia inspirò a fondo. Tuttavia, la ragione la stava abbandonando. Quando a prendere il sopravvento sui suoi pensieri furono degli scenari terribili, le parve di essere diventata un'ombra, trasparente, a malapena presente. Era mai possibile che riuscisse a leggerla come un libro aperto?

«O magari adesso le andrebbe di fare colazione. Cosa ne dice, capitano?», chiese Maxine, sempre imperturbabile.

In quell'attimo di attesa col fiato sospeso, a Sofia presero a pulsare le tempie. Kaufmann lanciò un'occhiata alla botte e fece un passo avanti, ma poi, per suo immenso sollievo, accettò l'invito dell'americana con un impercettibile inchino e risalì impettito i gradini della cantina per riemergere in piazza. Passandole accanto, Maxine le diede una piccola stretta al braccio. Sofia era sul punto di scoppiare in lacrime perché il sostegno offerto da quella donna l'aveva profondamente commossa, ma si trattenne. Sarebbe mai riuscita a uscirne indenne senza l'aiuto di Maxine?

Dato che i tedeschi se ne erano finalmente andati, Sofia aveva in programma di ritirarsi in camera sua per liberare James, ma Maxine le stava alle calcagna.

«Dov'è?», chiese, le mani sui fianchi. «Non l'hanno trovato, quindi dove diavolo l'hai nascosto?».

Sofia le rivolse un sorriso velato.

«Forza», la incitò allora, come se stesse incoraggiando una bambina recalcitrante.

«Vedrai», replicò Sofia. Malgrado alcune riserve – meno persone conoscevano i segreti del Castello e meglio era – aveva preso una decisione. Aveva un estremo bisogno di un'alleata e forse insieme avrebbero trovato il coraggio, la forza e un modo per aiutarsi a vicenda. Studiò la faccia divertita dell'americana, i suoi occhi ambrati, i capelli castani. «E va bene. Andiamo».

Poco tempo dopo, quando James uscì sano e salvo dal suo nascondiglio, Maxine scoppiò a ridere. «Ben fatto, dico davvero. Mia madre mi aveva parlato di tunnel del genere. Non qui, a Poggio Santa Cecilia. Mio padre faceva il contadino, mentre lei lavorava in una grande villa della zona. Ho ancora qualche cugino alla lontana da quelle parti».

«Il borgo non è lontano da qui», commentò Sofia, ripensando alla splendida villa dai soffitti altissimi in cima alla collina di Santa Cecilia. Più grande della loro, un tempo era il luogo dove in estate si tenevano le feste più esclusive. Lei e Lorenzo erano andati a bere champagne proprio in quella villa prima che iniziasse la guerra, quando nessuno credeva che, anche se fosse scoppiata, sarebbe durata a lungo.

«Mi sono ripromessa di andarlo a visitare quanto prima», stava dicendo Maxine. «Non vedo l'ora».

Sofia aggrottò la fronte. «Peccato che i tedeschi lo stiano usando come quartier generale. Devastandolo, a quanto ho sentito dire».

«Una ragione in più per andarci. Chissà cosa potrei scoprire».

James stava facendo avanti e indietro da un capo all'altro della stanza. Conosceva l'italiano, ma Sofia voleva essere assolutamente sicura che capisse ogni dettaglio del loro piano, perciò glielo spiegò in inglese. «Farò portare su un vassoio con il pranzo. Poi cercherò di capire cosa fare con te».

«Non posso restare qui?»

«Troppo rischioso. C'è una fattoria abbandonata a metà collina. È in mezzo a un bosco ceduo, quindi non è facilmente visibile a meno che non la si conosca».

Maxine, spudorata come sempre, le rivolse un sorriso malizioso. «E io potrei andare con James. Giocheremo a fare marito e moglie».

Lui rise, dandole spago. «Be', questa sì che è un'offerta che non posso proprio rifiutare».

«A te potrà anche sembrare irrifiutabile», osservò Sofia, «ma i tedeschi ti hanno già vista qui, Maxine». Poi si massaggiò la fronte, non capendo perché provasse un leggero fastidio. Dopotutto, James non era il *suo* paracadutista.

«D'accordo, d'accordo». Maxine spalancò le braccia in segno di resa. «La mia presenza non è gradita, ho capito. Ci vediamo dopo».

Non appena rimasero a parlare da soli, Sofia dovette ammettere di sentirsi esausta. Un simile livello di tensione era sfibrante, ma sperava che risolvere il problema dell'uso dell'apparecchiatura radio le restituisse il vigore di cui aveva bisogno per andare avanti. Era una situazione pericolosa e, a differenza di Maxine, lei nella paura non ci sguazzava affatto. Quando James le rivolse il più dolce dei sorrisi e poi le spiegò come pensava di procedere, capì che aveva percepito tutta la sua inquietudine.

«O consegniamo subito la radio a un gruppo di partigiani, e io andrò con l'attrezzatura per insegnare a qualcuno di loro a usarla, o la installiamo in cima alla torre. Stanotte. È il luogo ideale. So che è chiedere molto, ma la radio funzionerà molto meglio a quell'altezza. Dopodiché la sposteremo altrove».

Sofia rimase a bocca aperta. La torre. Quella proposta non se l'aspettava. «Non saprei. Dobbiamo riportare le nostre vite in carreggiata, non farle deragliare ancora di più».

Le sfiorò una mano con l'intenzione di recarle conforto, ma lei si sentì in imbarazzo e chinò il capo. Non si era aspettata neanche quell'amicizia ma, se doveva essere sincera, James le piaceva e non voleva che se ne andasse così presto. Tutti loro avevano bisogno di contatto umano, di amore, dell'affetto di amici e familiari, perché senza non avevano alcuna speranza di sopravvivere e men che meno di prosperare.

«Molto bene», concesse alla fine. «Se davvero la trasmissione ha maggiori probabilità di successo, per stasera useremo la torre. Solo per questa volta. Le persiane sono robuste e ho del tessuto pesante che possiamo fissarci sopra».

«Ti ringrazio. La verità è che la situazione peggiorerà sempre di più prima di iniziare a migliorare».

Temeva che avesse ragione. Quelli erano giorni delle loro vite, e li stavano perdendo uno dopo l'altro benché non avessero alcuna colpa. Nessuno poteva sapere cosa sarebbe rimasto una volta che tutto fosse finito. Ammesso che ci fosse una fine. Provava a essere positiva concentrandosi su pensieri pieni di speranza e previsioni per un futuro più roseo, ma non era facile. Anche prima della guerra, avevano dovuto fare i conti con i lunghi anni del regime di Mussolini. Lei non era mai stata dalla parte del Duce, come risaputo, malgrado l'adesione puramente formale di Lorenzo alle idee fasciste. La dittatura poteva essere un bene per l'economia, aveva detto all'inizio, ma ben presto si era reso conto, come tutti gli altri, che gli spaventosi resoconti sulla sua brutalità erano veri. Ed ecco che fine avevano fatto, aggrappati alla vita con la punta delle dita, proprio come se fossero stati su una nave che stava affondando.

16

Più tardi, quel giorno, Sofia passò un'ora in compagnia di Aldo per lavorare agli schizzi preparatori del suo ritratto. E naturalmente gli aveva fatto promettere di non farne parola con nessuno. Una volta che ebbe finito, andò a cercare Carla e la condusse in giardino, dove nessuno avrebbe potuto ascoltare la loro conversazione. La cuoca si pulì le mani sul grembiule e si aggiustò i capelli mentre alzava gli occhi al cielo, che per una volta tanto era di un accecante azzurro iridescente, anche se fuori si gelava. Eppure Sofia, che non si era coperta per uscire, quasi non lo avvertiva. Si guardò attorno per assicurarsi che fossero da sole e portò Carla sul retro, nella porzione di giardino riservata soltanto a lei, dove la domenica mattina, dopo la messa, gli abitanti del borgo andavano a chiederle aiuto. Ma stavolta era diverso. Stavolta sarebbe stata lei a chiedere aiuto.

«Ecco, Carla», esordì, «noi ci conosciamo da tanti anni ormai».

La donna annuì, ma aveva iniziato a battere i denti e stava tremando.

Sofia provò una strana eccitazione nel parlarle del fatto che l'inglese aveva bisogno di aiuto nel frattempo che i partigiani spostavano alcune attrezzature nella torre.

«Che genere di aiuto?», domandò Carla, che adesso sembrava agitata.

«Be', agiremo con il favore delle tenebre, ma dato che Maria abita tra casa mia e la torre, e visto che gli uomini attraverseranno la piazza proprio davanti alla sua finestra, voglio assicurarmi che non sospetti di niente. Potresti andare a farle compagnia, proporle di bere un goccio di vino insieme? Distrarla?».

Carla inarcò le sopracciglia, sorpresa. «Lo troverà stranissimo. In pratica non ci siamo più rivolte la parola da quando quel bastardo di suo nipote è scappato via con i fascisti. E comunque, perché non usate il passaggio segreto?».

Fu il turno di Sofia di fare una faccia stupita.

Carla le rivolse un sorriso gentile e le diede un buffetto sulla mano. «Contessa Sofia, abito qui da prima di te. Alcuni di noi sanno di quel tunnel. È stato mio padre a parlarmene».

«Ci avevo pensato, ma è ostruito. Ho controllato prima di venirti a cercare. Non so quanto ci vorrà a sgomberare il passaggio, ma è di vitale importanza spostare e installare l'attrezzatura stasera stessa».

«Ah, sì?». Carla si accigliò e socchiuse gli occhi. «Di che genere di attrezzatura stiamo parlando?».

Sofia valutò cosa dire prima di ammonirla: «Non devi farne parola con nessuno».

La cuoca annuì.

«È un radiotrasmettitore».

«Oh!», fece Carla, completamente atterrita. «Se lo scoprono...».

Sofia la interruppe. «Lo so. Se lo scoprono, per me sarà la fine».

«Peggio. Prima di uccidere, torturano per estorcere informazioni».

Sofia chinò il capo, ma non disse niente.

«Stai facendo una cosa molto coraggiosa», aggiunse l'altra prima di scuotere piano la testa. «E se qualcosa andasse storto?».

Sofia alzò gli occhi e fece un lungo respiro, inspirando lentamente. «Ho imparato così tanto da te, Carla, e da tutti voi. Dalla vostra forza d'animo, dal coraggio e dalla determinazione che vi portano a non arrendervi mai. E adesso sento che questa è una cosa che devo fare. L'uomo ferito, James, è un radiofonista dell'esercito britannico, perciò è un alleato e un amico. Insegnerà ad Aldo a usare l'apparecchiatura».

Faceva davvero troppo freddo là fuori e Carla, durante una breve pausa carica di tensione, aggrottò la fronte e si sfregò energicamente le mani. Si era alzato anche il vento e il cielo si stava rannuvolando di nuovo.

«Perché proprio ad Aldo?», chiese.

«Potrebbe essere l'opzione meno rischiosa per lui».

Carla le rivolse uno sguardo d'intesa. «Intendi dire che non dovrà andare a vivere nei boschi insieme ai partigiani?».

Sofia annuì. «A meno che non venga chiamato in servizio dall'esercito tedesco. E, in tutta onestà, non sappiamo neanche quando accadrà, né *se*. Questa a me sembra la soluzione migliore per il momento».

La cuoca si alzò, anche se non sembrava del tutto convinta. «Posso soltanto sperare che sia così, contessa. Io mi preoccupo, lo sai».

«Oh, Carla, lo so bene. Sto solo facendo del mio meglio per tenere Aldo al sicuro, qua a casa».

Carla annuì.

«Allora, ti va di distrarre di Maria?»

«Quello non sarà un problema. Ce la posso fare. Ma sei proprio sicura che questa sia la scelta giusta per mio figlio?»

«Sì. Credo di sì».

17

Sofia aprì un armadio alla ricerca di un maglione caldo. In quel periodo dell'anno, su nella torre ci sarebbe stato un freddo pungente. Continuava a cercare di autoconvincersi che non aveva paura, ma nascose ugualmente la pistola nella borsetta che si era messa a tracolla. Poi uscì a passo deciso dalla porta sul retro, passando a prendere Aldo in cucina.

«Allora, giovanotto, sei pronto?».

Aldo la guardava con aria pensierosa. «Lo spero».

Trovarono James in attesa davanti alla porta sul lato della casa. Ore prima l'avevano aiutato a trasferirsi alla fattoria con qualche scatoletta di sardine, una mela raggrinzita e un filone di pane relativamente fresco sfornato da Carla. Dopo avergli fatto cenno di entrare, Sofia accese una luce e gli chiese come si trovava nella nuova sistemazione.

«Fa un freddo cane», rispose lui mentre si sfregava le mani, e Sofia si portò un dito alle labbra.

«Posso sempre rimetterti nel passaggio segreto, se preferisci». Inarcò eloquentemente le sopracciglia. Sapeva fin troppo bene che il cunicolo era inospitale e persino più gelido della fattoria, senza cantucci dove potersi sedere.

«Penso che passerò, contessa».

«Solo Sofia, ti prego».

Le sembrava un uomo gentile e sincero, ed era sicura di aver fatto la cosa giusta a unire le forze con lui, ma occorreva sempre prestare attenzione. Quando una persona si rivelava l'esatto opposto di quanto avesse lasciato intendere, si cominciava a diffidare del proprio istinto. Un paio di uomini avevano cercato riparo al Castello e Sofia, non riuscendo a distinguere dei veri rifugiati da eventuali spie, li aveva cacciati via. In seguito, quando si era scoperto che erano effettivamente delle spie ed erano stati abbattuti dai partigiani, si era resa conto di aver fatto bene a essere cauta.

«Stai bene?», chiese James, e la facilità con cui riusciva a cogliere le sue remore era sorprendente.

«Secondo te?», replicò lei con un pizzico di sarcasmo.

A quel punto furono raggiunti da Maxine, avvolta in un ampio cappotto da uomo e con i capelli legati a lasciare scoperto il viso.

Qualche istante dopo sentirono bussare alla porta e, anche se stavano aspettando l'arrivo dei partigiani, Sofia sobbalzò.

James le sfiorò delicatamente il braccio. «Respira».

Seguì il suo consiglio, poi socchiuse la porta e dallo spiraglio vide due uomini altrettanto imbacuccati, con i cappotti pesanti e i berretti di lana calati quasi fin sopra gli occhi.

«Marco», disse uno dei due con un filo di voce, e Sofia lo riconobbe dalla notte precedente.

Anche l'altro, più basso, mormorò il suo nome. «Lodo».

«Lodovico?»

«Solo Lodo».

Sofia, James, Aldo e Maxine seguirono i due partigiani all'esterno, con la contessa che faceva strada verso la cantina. Passarono davanti alla casa di Maria dove, a dispetto della tarda ora, si intravedeva ancora un filo di luce brillare alla finestra. Sofia alzò gli occhi al cielo. Una notte così nuvolosa e praticamente senza luna avrebbe giocato a loro favore. Sperava che Carla fosse ancora con la vicina e che stessero pregando san Sebastiano insieme. A qualcuno una preghiera sarebbe sicuramente servita.

Mentre gli uomini recuperavano l'attrezzatura dalla botte in cantina, lei sgattaiolò via per andare ad aprire il pesante portone di legno della torre. All'interno era una vera ghiacciaia. Attraversato l'ambiente avvolto dalle tenebre, passò le mani sulle pareti ruvide, tastandole con le dita mentre cercava alla cieca, e alla fine lo trovò: un interruttore. Salì le scale rischiarate dalla luce fioca con il cuore che le batteva all'impazzata e poi socchiuse la porta della stanza in cima. C'era odore di muffa là dentro, come se ci fosse morto qualcuno.

Le persiane alle finestre erano state lasciate aperte, perciò le chiuse con cautela, un centimetro dopo l'altro, cercando disperatamente di non fare alcun rumore, e le coprì con il tessuto oscurante che fissò al legno con alcune puntine.

Aveva lasciato socchiusa la porta d'ingresso della torre e sentì dei passi che salivano le scale, finché non apparve James. Aldo si fermò alle sue spalle, sulla soglia, insieme a uno dei partigiani – l'uomo che si chiamava Marco – con cui aveva portato su l'attrezzatura. Il partigiano più basso arrivò un attimo dopo insieme a Maxine. James si guardò attorno, poi lanciò un'occhiata all'angusto passaggio in fondo alla stanza.

«Una vecchia scala in pietra che porta sul tetto», spiegò Sofia.

Lui disse che avrebbe pensato a montare la radio mentre Sofia chiedeva ai due partigiani di tornare giù e di sbarazzarsi di qualunque cosa stesse ostruendo il passaggio segreto. Correva dietro a una finta parete del primo piano della torre e attraversava gli altri edifici, principalmente depositi e magazzini, fino a casa sua e alla sua camera da letto.

«Vi prego, fate in fretta e nel massimo silenzio. Non appena avremo montato l'attrezzatura ed effettuato la prima trasmissione, dovremo riportarla di sotto e nasconderla nel passaggio segreto».

James aprì il contenitore di metallo a tenuta stagna e spiegò che quella non era una classica radiotrasmittente portatile a valigetta.

«Non sarebbe stato meglio averne una di quel tipo?», chiese Aldo.

«Questa custodia è più resistente e la isola meglio. La valigetta non sarebbe sopravvissuta al lancio. Questo apparecchio è la versione B2. Funziona con il codice Morse».

«Ma è meno maneggevole», insistette Aldo, e Sofia si compiacque di vederlo tanto interessato.

Maxine si fece avanti e affiancò James. «D'accordo», disse. «Ciò che devi fare è trasmettere un messaggio al mio ufficiale di collegamento, Ronald. Digli che ho preso contatti in loco e che gli farò avere delle cifre approssimative non appena disporrò di informazioni precise. Okay?».

James le fece cenno di sì, poi sfilò dall'imbottitura del contenitore di metallo una custodia più piccola, contrassegnata con la lettera "G".

«Qua ci sono il trasmettitore e il ricevitore», disse, cercando Aldo con gli occhi.

Tolse il coperchio dalla custodia più piccola e continuò a spiegare ogni passaggio al ragazzo mentre montava l'attrezzatura e prendeva il cavo che fungeva da antenna. Infine, dopo aver collegato il trasmettitore e il ricevitore a un alimentatore ricaricabile, si mise le cuffie e cominciò a sintonizzare l'apparecchio con il selettore di banda.

Mostrò ad Aldo una busta attaccata al rivestimento interno del contenitore più grande, la staccò e tirò fuori diverse pagine stampate su fogli di carta estremamente sottili. «È il libretto delle istruzioni».

«Quante pagine sono?»

«Quattordici».

«Santo cielo, sono tantissime», commentò Aldo, la fronte aggrottata.

Per quanto Sofia avesse fiducia in lui, sembrava quasi impossibile che potesse capire il funzionamento di un'apparecchiatura tanto complessa. Aveva sperato che imparare qualcosa da James potesse essere il compromesso ideale, così avrebbe potuto offrire supporto agli Alleati senza dover prendere parte a missioni di sabotaggio persino più pericolose.

«L'ultima pagina mostra i grafici delle curve di calibrazione», stava dicendo James.

Furono interrotti da un forte colpo secco. James si voltò di scatto e incrociò lo sguardo di Sofia.

«Forse è una porta sbattuta dal vento», osservò lei. «O potrebbero essere gli uomini che stanno rimuovendo l'ostruzione dal passaggio».

James si portò un dito alle labbra ed entrambi rimasero in ascolto. Sofia sentiva il cuore che le martellava contro le costole e si sforzò di smettere di battere i denti.

«Vado io», disse Maxine.

18

Maxine scese rapidamente le scale e sgattaiolò fuori dalla torre, guardandosi attorno mentre scivolava furtiva nella piazzetta del borgo, rincuorata dal non vedere né luci alle finestre delle case né, almeno per il momento, alcuna traccia di soldati tedeschi.

La gelida aria notturna le mozzava il respiro. Chi l'avrebbe mai detto che in Toscana avrebbe patito tanto il freddo? La nostalgia di sua madre non l'aveva mai portata a ricordarsi di come fossero gli inverni. I ricordi di Luisa si erano fissati su una primavera perenne, con i campi di papaveri rossi, i poggi pieni di iris selvatici e l'odore inebriante del rosmarino, tutto sotto un cielo azzurro e completamente terso.

Senza preavviso, un altro forte tonfo la strappò ai suoi pensieri. Quel colpo era arrivato dalla torre? E se gli altri non fossero più al sicuro o qualcosa fosse andato terribilmente storto? Forse i tedeschi avevano già scoperto tutto. Aggrottò la fronte. Si era messa in ascolto e non aveva sentito rumori di veicoli in avvicinamento.

Fiutò l'odore del fumo dei camini che persisteva nell'aria. Udì il verso di un gufo, gli uccelli notturni che facevano frusciare le foglie degli alberi e alcune creature – dei cinghiali, forse, o magari qualche volpe – che grufolavano negli orti. Era come se fosse in grado di sentire il respiro del borgo stesso – dentro, fuori, dentro, fuori – che si ripeteva all'infinito. Un attimo dopo, sempre in allerta per scorgere eventuali movimenti, intravide un'ombra in un vicolo e si fermò di colpo, rigida e con i nervi a fior di pelle. Passati alcuni secondi, indietreggiò di qualche passo e si fermò di nuovo. Niente. Doveva essere stata la sua immaginazione. Poi sentì il rumore di un rametto che si spezzava. Calpestato da un gatto? Schiacciato dallo stivale di un tedesco?

Decise di affacciarsi di nuovo nel vicolo, il respiro sempre più rapido. Stavolta vide una figurina scura schizzare via dal recesso di un androne e svanire dopo aver girato l'angolo in fondo alla strada. Maxine non aveva il coraggio di muoversi e non sapeva se lanciarsi all'inseguimento o correre alla torre per avvertire gli altri. Poi individuò una porta che oscillava. Almeno adesso sapeva qual era la causa di quei colpi.

Era anche sicura di non aver immaginato di vedere una sagoma nel vicolo e, senza indugiare oltre, si rigirò e si avviò a passo svelto verso la torre, chiedendosi chi potesse essere ancora in giro a quell'ora, in una notte così fredda. Non aveva con sé il suo orologio, ma ormai la mezzanotte doveva essere passata da un pezzo.

Mentre rimuginava, il portone della torre si aprì con un cigolio improvviso e il partigiano più basso, quello che si faceva chiamare Lodo, scivolò fuori con quelli che sembravano essere dei pezzi di tavolaccio tra le braccia. Si fuse con l'oscurità della notte senza dare segno di averla vista. Maxine sentì il grido spettrale di un gatto selvatico e si affrettò a varcare la porta della torre, localizzò le scale sotto la luce fioca della lampadina e iniziò a salire con cautela. Arrivata in cima, spinse la porta ed entrò. C'erano tre teste chine sopra l'attrezzatura, e quella di Sofia fu l'unica a voltarsi. James stava continuando a spiegare il funzionamento della radio ad Aldo e a Marco.

Sofia le fece cenno di avvicinarsi. «Che diavolo era?», domandò in un soffio di voce.

Il tono imperioso della contessa la infastidì, ma le disse di aver visto una persona svanire di corsa in fondo a un vicolo.

«Sei riuscita a riconoscerla?», chiese Sofia.

Maxine scosse la testa.

«Peccato».

«Chiunque fosse, era minuta».

«Una donna?», domandò Sofia.

«Forse. Hanno finito con la trasmissione?»

«Stiamo per imballare tutto. Dobbiamo fare in modo che questa stanza abbia l'aspetto e l'odore dello studio di un'artista: acquaragia, oli, cose di questo tipo. Puoi darmi una mano. Ce ne occuperemo in mattinata».

«Hanno sgomberato il passaggio?»

«Sì».

Quando Sofia le diede le spalle, Maxine incrociò lo sguardo di Marco e gli fece cenno di seguirla.

Raggiunse la casa prima di tutti gli altri e, senza farsi vedere, lo trascinò nella lavanderia al pianterreno. Dopodiché, attese che Sofia entrasse e salisse in camera sua. Non appena ebbe la certezza di aver sentito il rumore della porta che si chiudeva, uscì in punta di piedi e lo condusse di sopra, nella sua stanza, dove accese la lampada sul comodino. Titubante, lui scrollò il capo, le sussurrò che non era giusto, sosteneva di dover andare, ma lei gli gettò le braccia al collo e lo attirò a sé. Poi lo baciò sulle labbra. Marco smise di obiettare e le sorrise, gli occhi color caramello che brillavano. Gli accarezzò la lucente pelle olivastra e gli passò le dita tra i ricci scuri. Da gitano, pensò per la seconda volta.

Lo prese per mano e lo guidò fino al letto. Ancora completamente vestiti, si sdraiarono sopra le coperte.

«Quindi dobbiamo farlo così?», le chiese.

«Cioè?»

«Restando sopra le coperte? Non hai notato che qua dentro si gela?»

«Pensavo che potessi svestirmi. Lentamente, molto lentamente».

«Un'altra volta», disse lui. «Fa troppo freddo».

Si misero a ridere tutti e due, poi Maxine si portò un dito alle labbra, divertita da tanta segretezza. Non c'era niente di meglio di un incontro clandestino.

Lui sorrise compiaciuto e iniziò a slacciarle i bottoni della camicetta, molto lentamente, in modo maldestro.

«Ora te lo faccio vedere io *cosa* significa andarci piano, signorinella», le sussurrò nel momento in cui lei lo incitò a sbrigarsi.

La sfiorava con la punta delle dita, tocchi talmente leggeri che Maxine si ritrovò a boccheggiare. Era seducente, affascinante, ma la stava anche tirando troppo per le lunghe, costringendola ad aspettare quando dentro di lei la tensione aumentava. Se non faceva il prossimo passo, e in fretta, sarebbe scoppiata. Il sorrisetto birichino che si era stampato sul viso tradiva la sua intenzione di continuare a prendersela comoda, così Maxine socchiuse gli occhi e, spingendolo via, si sfilò la camicetta da sola. Le accarezzò i seni attraverso il cotone sottile della sottoveste, poi con il pollice le disegnò il contorno del capezzolo. Faceva ancora un freddo cane, e Maxine ansimò e si strinse a lui. Le abbassò lentamente le spalline della sottoveste e le passò la lingua sul lato del collo. I suoi gemiti erano concepiti per indurlo ad affrettarsi, ma Marco li ignorò, chinando la testa per baciarle le spalle con la solita flemma straziante prima di prenderle i seni tra le mani. Lei inarcò la schiena e gemette di nuovo. Era forte, robusto e muscoloso, e Maxine stava cercando il contatto fisico con più insistenza di prima. Lui sollevò le coperte e la aiutò a scivolarci sotto, dove finalmente, con movimenti resi febbrili dalla frustrazione e dal desiderio, non esitò a strapparsi di dosso l'intimo. Lì per lì rabbrividì, ma poi Marco le accarezzò la pancia e il suo corpo, intorpidito dalla voglia di lui, prese fuoco, percorso da un'energia che sfrigolava e sobbolliva. Le aveva affondato le mani tra i capelli, premeva le labbra sulla carne. Le baciò l'interno coscia, continuando a prendersela comoda, e alla fine Maxine si rassegnò a quella lentezza. E proprio in quel momento, come se avesse capito che si era arresa, Marco le salì sopra ed entrò dentro di lei. Quando ebbero finito, le gambe intrecciate, si crogiolò in quella pace dei sensi, sudata, il respiro che rallentava pian piano. C'era qualcosa di diverso stavolta, un senso di intimità vero e proprio. Ne era sicura.

Prima di quella sera aveva avuto una voglia matta di rivedere Marco, di capire cosa provasse per lui, ma adesso voleva quasi tirarsi indietro. Non era abituata a quel tipo di desiderio, si era ripromessa che non si sarebbe mai innamorata e aveva sempre visto il matrimonio come una trappola. Per una donna, l'amore era la strada più sicura verso la rovina.

Persino suo padre, che un tempo aveva amato tantissimo, aveva perso il suo rispetto quando lei aveva scovato per la prima volta i lividi sul corpo di sua madre. Aveva otto anni, si era sentita male e non voleva andare a scuola. Quando sua madre, Luisa, aveva insistito perché si vestisse e andasse comunque, si era aggrappata al suo braccio e l'aveva implorata di farla rimanere a casa. Luisa aveva fatto una smorfia di dolore, poi le aveva urlato addosso; ore dopo, quando sua madre si era arrotolata le maniche per lavare i piatti, non ci aveva messo molto a fare due più due. Non appena aveva intravisto gli inconfondibili segni viola e gialli sulle braccia di sua mamma, Maxine aveva capito che sembrava capitare solo quando suo padre tornava a casa tardi e puzzava d'alcol, con il naso coperto di venuzze e le guance arrossate. Aveva sentito le urla, certo, ma non aveva mai capito che sua madre veniva fisicamente picchiata. Una volta scoperta la verità, aveva pianto fino a addormentarsi per svariate notti di fila.

Da quel giorno, Maxine aveva giurato che una vita la cui monotonia era spezzata soltanto dagli episodi di violenza non avrebbe mai fatto per lei. In seguito, già adolescente, e avendo sviluppato una spiccata tendenza alla ribellione, aveva provato a parlare con Luisa dei maltrattamenti subìti, ma sua madre l'aveva messa a tacere. Era diverso, le aveva detto, quando vivevano in Italia. Alessandro era un brav'uomo all'epoca. La fattoria lo teneva sempre occupato e, anche se lavorare la terra gli spezzava la schiena, la vita in campagna dava loro grandi soddisfazioni. Erano felici. All'epoca l'alcol era contemplato soltanto all'ora dei pasti, quando bevevano tutti insieme un bicchiere di vino, persino i bambini. Aveva sospirato e le aveva detto che i problemi erano cominciati dopo, perché Alessandro non era mai riuscito ad accettare di aver lasciato la sua terra natia, anche se ormai erano passati tanti anni.

«Quando ami una persona, la ami e basta», le aveva detto in tono piuttosto avvilito. «A prescindere da tutto».

«Sul serio, mamma?». Maxine era orripilata. «A prescindere da tutto? E così permetti a un uomo di riempirti di botte?».

Tormentata dai rimorsi, rimpiangeva di non averle potuto dare un aiuto in più, ma sua madre aveva sempre accampato altre scuse, dicendo che era normale. A Maxine tanto era bastato per prendere una decisione. Una moglie portava in grembo i bambini, si accollava gran parte dell'onere nella cura dei figli, spesso lavorava anch'ella fuori casa e oltre a questo doveva fare la spesa, tutte le faccende domestiche e accudire gli anziani e i malati. Solo per sottostare alle angherie di un uomo. No. Mai. Non faceva per lei. Forse sua madre era sempre stata destinata a non avere il diritto di fiatare e a sopportare la sofferenza in silenzio, ma Maxine no, non lo avrebbe accettato.

«Allora? Perché?», le domandò Marco, riportandola al presente.

«Perché cosa?»

«Perché i tuoi genitori hanno lasciato l'Italia?».

Si accigliò. «Perché adesso mi chiedi questa cosa? Non te l'avevo già spiegato?»

«Non esattamente. Vorrei capire meglio alcune cose».

«Indagare sul mio passato?»

«Puoi darmi torto? Non capita spesso di avere una bella americana disposta a darci una mano».

«La terra non era più abbastanza per loro».

«Tutto qua?»

«Per quanto ne so, sì».

«E vuoi vedere da dove viene la tua famiglia?»

«Esatto».

Sembrava confuso. «Non potevi venire prima della guerra? In tempo di pace?»

«Be', ogni volta che ne ho parlato con i miei, mi hanno persuasa a non farlo».

Marco rise. «Non mi sembri il tipo che si lascia persuadere tanto facilmente».

«Infatti». Esitò un attimo e si grattò un orecchio. «Alla fine, sono venuta senza la loro approvazione. O meglio, sono andata a Londra per fare la giornalista senza la loro approvazione. L'hanno semplicemente dovuto accettare. In realtà non sanno che adesso sono qui in Italia. Ho ricevuto l'ordine di non dire niente alla mia famiglia».

«Ma perché non volevano che venissi in Italia *prima* della guerra?»

«Non saprei. Ero ancora piuttosto giovane e non avevano grande simpatia per Mussolini».

«Questo lo posso capire», disse lui con una smorfia. «È dal 1922 che lo dobbiamo sopportare».

Ci fu un breve istante di silenzio.

«Non ti andrebbe di sapere qualcosa di più su di me?», chiese poi.

Sorpresa, Maxine si tirò su e lo studiò con attenzione. Lui allungò una mano per lisciarle i capelli.

«Sì», disse. «Non volevo chiederti niente… Pensavo…».

«Hai ragione. Ci imponiamo di non rivelare chi siamo realmente».

«Magari potresti dirmi perché ti sei unito ai partigiani».

Mentre Marco si stropicciava gli occhi, lei si sdraiò di nuovo, si accoccolò vicino a lui e gli appoggiò il palmo della mano sul petto in modo da sentire il battito del suo cuore.

«Prima della guerra, mio fratello è stato preso dai fascisti. Non l'abbiamo più rivisto».

«Mi dispiace tanto».

«Sono cose che capitano, e non siamo stati gli unici. Ma quel giorno ho giurato che a tempo debito li avrei combattuti. Mio fratello non ha mai sostenuto Mussolini, in realtà non piaceva a nessuno in famiglia, ma lui si esponeva troppo, e una notte sono venuti a prenderlo. Non sappiamo cosa gli abbiano fatto, ma possiamo immaginare. Ho ancora una sorella, ma la scomparsa di mio fratello ha distrutto mia madre».

«Oh, Marco».

La guardò negli occhi e tacquero per un lungo istante. Ispirata dal suo fervore, sia per la sua causa sia come uomo, Maxine capì di ammirarlo davvero.

Fu di nuovo lui a infrangere il silenzio. «Tu hai fratelli o sorelle?»

«Un fratello. Ha un anno più di me».

«Ti tratta bene?»

«Abbastanza».

Marco sospirò. «Questa non può diventare un'abitudine, lo sai, vero?», disse.

Tutto il piacere provato fino a quel momento evaporò e davanti a lei si spalancò un baratro di tristezza. Quello era proprio ciò che non voleva sentirgli dire e si sentiva ferita. «Perché no?», chiese con un filo di voce.

«Perché non è prudente. Dobbiamo usare il buonsenso, mantenere due identità distinte e separate».

«E i sentimenti non contano?», domandò lei.

«Diventano una debolezza. Il nemico è sempre in cerca degli anelli più deboli nella catena».

«D'accordo», disse lei, e tentò una replica più scanzonata, lontana da ciò che provava realmente. «Allora ci conviene sfruttare al massimo questo momento».

Ma lui la baciò sulle labbra e scosse la testa. «È ora di dormire».

Spense l'interruttore ma, mentre il respiro di Marco cominciava a farsi più pesante, a lei frullavano ancora mille pensieri per la testa. Perché doveva trovare una persona che le piaceva così tanto in circostanze davvero sfavorevoli?

«Sei ancora sveglio?», chiese.

«Mmm?»

«Qualunque sia la tua prossima missione, io voglio venire con te».

«Va bene».

«Va bene?», ripeté lei, sorpresa.

Lui ridacchiò. «Sì, basta che tu mi faccia dormire!».

19

Sofia era restia ad alzarsi e riemerse lentamente dalle coperte, strofinandosi le braccia gelate. Quando scostò le tende, si ritrasse alla vista del vento che scuoteva gli alberi. Perlomeno stava soffiando via le nuvole e stavano cominciando a emergere alcune chiazze di azzurro vivo. Sperando che un po' di aria fresca le risollevasse il morale, si vestì in fretta e scese al piano di sotto, dove allungò un braccio per afferrare il vecchio cappotto di Lorenzo, che in genere era attaccato a un gancio accanto alla porta sul retro. Era talmente lungo che quando lo indossava strusciava sempre sul pavimento, ma le piaceva l'odore speziato del dopobarba del marito mescolato a quello dei sigari e spesso se lo metteva più perché la confortava che per tenersi al caldo. Quando scoprì che il cappotto era scomparso, ricordò di averlo visto indosso a Maxine la notte prima.

Una volta fuori, alzò gli occhi verso la torre. Forse avrebbe dovuto lasciare le persiane aperte, come le aveva trovate prima che trasmettessero il loro messaggio via radio. C'era il rischio che qualcuno si accorgesse che erano chiuse, così torno dentro e ripescò la chiave dal suo nuovo nascondiglio.

In cima alla torre, tutto era rimasto esattamente come l'aveva lasciato. Nella stanzetta al pianterreno, James aveva spinto una credenza piena di biancheria davanti alla porta del passaggio segreto e quel giorno Sofia avrebbe riempito lo studio di colori, pennelli, acquaragia e canovacci, oltre ad alcuni dei suoi libri d'arte. E aveva anche chiesto ad Aldo di portare su due cavalletti, insieme all'ultimo progetto a cui stava lavorando. Ripensare a quella tela le fece tornare in mente che Lorenzo non le aveva più fatto domande in merito. Le dispiaceva che avesse scoperto che non aveva portato a incorniciare il dipinto e che gli aveva mentito. L'unica cosa che poteva fare era confessargli la verità, dirgli di James, e l'avrebbe fatto non appena fosse tornato a casa. Lorenzo non la pressava quasi mai per ottenere delle risposte; in genere buttava lì qualche allusione nel corso delle loro conversazioni e poi aspettava che fosse pronta ad affrontare il discorso. Non le piaceva mentire. Aveva detto talmente tante piccole bugie negli ultimi tempi, anche se a dirla tutta erano più che altro omissioni. Ma era talmente facile illudersi, manipolare la verità, credere in una menzogna e salvare la faccia. Soprattutto adesso. Quando si era tanto inclini a farsi ingannare, non si trattava neanche di gettare fumo negli occhi del prossimo. Si consolava al pensiero che perlomeno le bugie dette tra le mura domestiche non erano falsità vere e proprie.

Tolse il tessuto oscurante dalle finestre e lo ripiegò prima di aprire le persiane. Poi tornò di sotto.

Nei pochi minuti che aveva trascorso all'interno della torre il cielo era cambiato. Adesso la distesa di azzurro scintillante si estendeva a perdita d'occhio e le mise un po' di allegria mentre si incamminava verso i viottoli che costeggiavano il perimetro del borgo. Passò accanto agli orticelli e ai pollai vuoti, poi superò diverse case a schiera su due piani, alcune con delle minuscole logge, e ispirò a pieni polmoni, un esercizio che la aiutò a scacciare le apprensioni della notte.

Quando arrivò nel suo punto preferito, si affacciò a un muretto per ammirare i voluttuosi contorni della Val d'Orcia, con il fosco profilo bluastro del Monte Amiata in lontananza e tutte le vallate avvolte da una straordinaria nebbiolina bianca. A volte aveva la sensazione che quella scena fosse stata dipinta esclusivamente per lei; riusciva sempre a calmarla, indipendentemente dalla stagione. Non appena si sentì rinfrancata, tornò sui suoi passi, incrociando un paio di donne del borgo, i fazzoletti legati stretti dietro al collo, intente a lucidare con diligenza i gradini davanti alle porte delle loro case. Le si strinse il cuore e, colpita da quelle donne che mantenevano vive le loro abitudini malgrado la guerra, le privazioni e le perdite, sorrise a entrambe. Poi si fermò a scambiare due parole con Sara e con l'altra vicina, la giovane Federica, il cui povero figlioletto era nato con il labbro leporino e le osservava in silenzio, succhiandosi il pollice.

Quando oltrepassò il piccolo cortile della chiesa, accanto alla torre, guardò in alto e vide un'aquila volteggiare nel cielo, diretta a nord, dove doveva fare ancora più freddo, e poi, riabbassando lo sguardo, scorse una figura minuta accovacciata in un'alcova.

«Gabriella», disse, sorpresa. «Sei tu?».

La ragazza chinò il capo, tremante, e si rannicchiò ancora di più, fino ad abbracciare il muro.

«Gabriella. Si può sapere cosa stai facendo?».

Le si avvicinò e allungò una mano per aiutarla a rialzarsi, ma la ragazza la ignorò. Aveva foglie e rametti impigliati tra i capelli e la sua pelle era talmente bluastra che Sofia si spaventò. Non poteva essere rimasta fuori tutta la notte.

«Andiamo, devi venire dentro, al caldo. Dov'è Beni, il tuo cagnolino?».

Sofia le si rivolgeva con dolcezza, ma Gabriella non voleva saperne di muoversi. Forse era il caso di andare a chiamare Carla, ma lasciandola da sola, c'era la possibilità che la ragazza si allontanasse di nuovo. Decise di adottare un approccio più severo.

«Gabriella, così non andiamo d'accordo. Esigo che tu mi segua dentro prima che ti venga un accidente».

A quel punto, sentendo il tono autoritario della contessa, la ragazza alzò gli occhi, e alla fine si rimise in piedi, tremando sulle gambe malferme.

«Sei stata fuori tutta la notte?».

Gabriella fece cenno di sì con la testa e Sofia si rese conto che la figura che Maxine aveva visto sfrecciare via nel vicolo doveva essere lei. Proprio in quel momento, Anna, sua sorella, girò l'angolo con il piccolo Alberto alle calcagna. Si fermò a osservare la scena.

«Cosa…», iniziò a dire con un'espressione adirata.

Sofia sollevò una mano. «Gabriella sta entrando a scaldarsi un po', non è così, cara?».

Gabriella non mosse un muscolo, ma i suoi occhi guizzarono dalla sorella alla contessa.

«Per Dio», ricominciò Anna, «perché non apre mai quella bocca per parlare?».

Sofia la azzittì con lo sguardo e aiutò Gabriella a mettersi in cammino verso casa.

Ma Anna non aveva ancora finito e, con gli occhi infervorati, non riuscì a tenere a freno le parole. «Mia madre l'ha viziata fin da piccola, e adesso guardala. È stata fuori tutta la notte? E a fare cosa, si può sapere?»

«Anna, hai perfettamente ragione», disse Sofia. «Ci sono domande a cui dovrà rispondere, ma prima deve scaldarsi un po' e mangiare qualcosa».

«Ma certo, contessa. Mi dispiace, non intendevo parlare a sproposito».

«Non ti preoccupare. Sei in pensiero, lo so».

Il bambino di Anna prese a strattonarle la sottana e a lamentarsi. «Sto portando Alberto a casa di Rosalia», spiegò lei. «Ho… una cosa…».

«D'accordo. Capisco».

Anna si soffermò un attimo a scrutarla in volto, forse chiedendosi quanto potesse dirsi a conoscenza delle sue attività da portaordini. Sofia la salutò con un piccolo cenno del capo e la donna si accomiatò.

Quando lei e Gabriella raggiunsero la cucina e aprirono la porta, trovarono Carla in preda all'agitazione.

«Gabriella!», esclamò, la voce tremante. «Ti ho cercata dappertutto, bambina mia. Dove sei stata?».

Dato che la ragazza non spiccicava parola, Sofia decise di intervenire. «L'ho trovata nel cortile della chiesa. Temo sia stata fuori tutta la notte».

Mani sui fianchi, Carla aggrottò la fronte, ora furiosa. «Perché? Cosa diavolo ti salta in testa?»

«Posso tenerla con me», disse Sofia. «Provare a convincerla a dirmi cosa sta combinando».

La cuoca allargò le spalle prima di replicare: «No, contessa. Grazie per l'offerta, ma è mia figlia e me ne occuperò io. Andrò a fondo di questa faccenda».

Carla seguì Gabriella nella sua camera da letto e Sofia le sentì alzare la voce per un paio di minuti. Poi solo silenzio.

Quando tornò in cucina, si fermò accanto alla stufa e scosse la testa. «Non dice niente. Per ora. Penso che abbia bisogno di dormire. L'ho avvolta in una coperta e tra poco le porterò una tisana calda, vediamo se aiuta».

Sofia annuì. «Dalle un po' di tempo».

«Sì, hai ragione».

«Allora, come è andata con Maria ieri sera?»

«Le ho portato del vino e un po' di quel formaggio buono che avevamo nascosto ai tedeschi. Le ho detto che era tempo che ci riappacificassimo».

«E ha accettato la tua offerta?»

«Sì, e alla fine è andata bene. Non si è accorta di nulla».

Carla tirò fuori uno spazzolone, riempì una scodella di acqua e sapone e cominciò a strofinare il tavolo della cucina.

Quando Aldo rientrò dal giardino, famelico, Sofia gli fece l'occhiolino per ricordargli di non dire niente dei bozzetti o del ritratto davanti a Carla, e lui con grande candore le rivolse uno sguardo complice.

Carla finì di strofinare il tavolo e si mise ad attizzare il fuoco nella stufa. Dopodiché andò a prendere una scopa dal ripostiglio ma, proprio mentre stava per mettersi a spazzare, Aldo si impadronì della ramazza e lo fece al posto suo. Poi, mentre sua madre preparava il caffè e portava la prima tazza che aveva versato a Gabriella, apparecchiò la tavola con tutto il necessario per la colazione.

Quando si sedette, Sofia gli sorrise. Pochi uomini si abbassavano a fare le faccende delle donne, ma lui aveva sempre dato una mano a sua madre.

«Mi fa piacere fare colazione con te, giovanotto», disse mentre si accomodava di fronte a lui. «Come ti senti dopo stanotte?».

Aldo abbozzò un sorrisetto imbarazzato. «Non so se riuscirò mai a capire come funziona quella radio».

Lei gli diede un colpetto affettuoso sulla mano. «Ce la farai».

Quando Carla tornò in cucina, Sofia le chiese come stava Gabriella.

«Insonnolita», replicò la cuoca prima di stringersi nelle spalle. «Dovremo aspettare».

Poi scartò un piccolo filone di pane sfornato il pomeriggio precedente e portò a tavola alcuni pomodori del loro orto, una bottiglia di olio di oliva e un po' di sale. Tagliò i pomodori a fettine sottili e tirò fuori i piccolissimi pasticcini che aveva preparato insieme al pane.

«Non abbiamo un po' di pesche essiccate?», chiese Sofia, sapendo che Aldo ne andava ghiotto.

Carla, grande sostenitrice del conforto offerto dal cibo, annuì e sparì dentro la dispensa, dove teneva nascosto il barattolo in questione.

«Puoi venire a posare per me per qualche ora?», sussurrò Sofia mentre la cuoca dava le spalle a entrambi. «Oggi dovrei riuscire a finire gli schizzi preliminari».

20

Era quasi buio e, nel relativo riparo offerto da una fattoria abbandonata, Marco stava fissando Maxine e le parlava in tono perentorio. «Puoi riferire quanti siamo, la nostra posizione e che siamo a corto di armi, ma niente nomi. Hai capito?». La afferrò per le spalle e le sue dita le affondarono nella carne, facendole male. «Hai capito?».

Lei fece cenno di sì con la testa, ma intanto stava cercando la biancheria intima. Dove diavolo era finito il suo reggiseno?

«E non puoi parlare con nessuno di ciò che hai visto stanotte. Se ci sarà qualche problema, sarai da sola. O ti nascondi o scappi».

Maxine trovò il reggiseno e prese al volo la camicetta lanciata da Marco, poi si rivestirono in fretta. Quando si voltò a guardarlo, si stava sistemando attorno al collo un binocolo da caccia.

«Che c'è?», le chiese.

«Come caspita hai fatto a mettere le mani su quel binocolo?».

Rise e le andò incontro per baciarla sulle labbra. «Io riesco a mettere le mani su qualsiasi cosa».

Si introdussero senza far rumore in cucina, dove si era radunato un gruppo di uomini dai volti scuri. Un tale dall'aria losca, più avanti con gli anni rispetto agli altri e di corporatura gracile, le rivolse uno sguardo lascivo e fece un commento volgare alle sue spalle. Gli altri risero e poi la ignorarono. Individuò Lodo, che aveva conosciuto la notte prima, ma la sorprese vedere anche Aldo, gli occhi spiritati così giovani e pieni di paura, eppure sorrideva coraggiosamente.

Lo prese per un gomito e gli sussurrò: «Pensavo dovessi limitarti a imparare a usare la radio».

Lui scosse la testa. «Sì, è quello che ho detto a mia madre e alla contessa, ma non mi basta. Voglio entrare nel vivo dell'azione».

«E Marco è d'accordo?»

«Non gli ho dato altra scelta. L'ho seguito e adesso eccomi qui».

Maxine si guardò attorno. Tutti indossavano abiti scuri e ciascun presente aveva coperto le scarpe con dei calzettoni di lana.

«Mettili anche tu». Marco gliene porse un paio. «Ci permettono di essere più silenziosi. Le donne del borgo si sono messe a sferruzzare per noi».

«Pronto, Aldo?», chiese il tipo smilzo.

Marco si intromise nel discorso. «Niente nomi. Lo chiameremo "Ragazzo"».

Aldo sfoderò un sorrisetto.

Si avvertiva chiaramente che gli uomini erano fin troppo su di giri. La paura di affrontare il pericolo e di essere catturati insieme al brivido di un possibile successo creavano una combinazione letale. Non appena il gruppo si mise in marcia, un partigiano si rivolse ad Aldo.

«Ragazzo, tu vieni con me».

Maxine abbassò la testa per passare sotto un ramo più basso e, assorbendo l'energia della loro eccitazione, li seguì.

Nessuno fiatò fino a quando, quarantacinque minuti dopo, il gruppo arrivò in prossimità dei binari del treno. Maxine ne dedusse che stessero per tentare di sabotare la linea ferroviaria. Tre di loro portavano in spalla degli zaini che immaginava fossero pieni di esplosivo.

«Se senti un colpo di tosse», le sussurrò Marco prima di allontanarsi, «è il segnale per farti capire che si sta avvicinando qualcuno. Vogliamo far saltare in aria un treno merci nazista con i convogli pieni di derrate alimentari, ma tu resterai qui».

Dal suo punto d'osservazione strategico e alla debole luce della torcia che si stava spegnendo, vide i tre uomini tirare fuori dagli zaini degli strani contenitori che avevano la forma di lunghi salami. Poi trattenne il fiato perché strisciarono giù dal pendio, fino alle rotaie che costeggiavano la valle di San Giovanni d'Asso. Salirono sul ponticello che sormontava la strada e cominciarono a posizionare gli esplosivi sotto la suola delle rotaie, in modo che al passaggio del treno il contatto delle ruote le facesse detonare. L'obiettivo non era soltanto far deragliare l'intero convoglio, ma anche distruggere i binari. Di tanto in tanto le loro mani smuovevano sassi che poi rotolavano via, facendo un baccano tremendo nel silenzio assoluto della notte. Ogni volta loro si immobilizzavano per la paura di essere scoperti. Malgrado l'oscurità, Maxine scorse il luccichio del binocolo da caccia di Marco. Quanto riusciva a vedere? I due uomini a cui era stato assegnato il compito di mettersi di vedetta si trovavano in un punto leggermente più alto e sorvegliavano la zona, pronti a tossire o a fischiare nel caso avessero avvistato il minimo movimento. L'atmosfera era tesa e più passava il tempo, più Maxine si irrigidiva. Quella notte faceva un freddo terribile e lei aveva continui brividi.

Senza alcun preavviso, un lampo di luce accecante illuminò le tenebre come se il sole fosse sorto in anticipo. Una pattuglia nazista stava usando dei razzi di segnalazione! Risuonarono grida furibonde in tedesco e i partigiani si misero a correre. Poi udirono degli spari e Maxine vide Aldo cadere a terra. Si coprì la bocca per soffocare un urlo, ma un attimo dopo il ragazzo si rialzò e si rimise a correre. Sollevata, rimase a guardare per un paio di secondi e, proprio quando stava per voltarsi, vide un tedesco afferrare Aldo e scaraventarlo al suolo. Il ragazzo riuscì a rialzarsi ancora una volta. Sconvolta, si girò di scatto per cercare Marco, ma non c'era niente che potesse fare per aiutarlo.

Gli altri uomini stavano scappando, facendosi inghiottire dai boschi e separandosi. E poi il suo istinto di sopravvivenza ebbe la meglio e si vide costretta a imitarli. Fece uno scatto per tornare tra gli alberi, facendosi lo sgambetto da sola, mentre i rami la sferzavano e le graffiavano la faccia, con i rametti e le foglie che le si spezzavano sotto i piedi. L'acqua piovana gocciolava dai rami più alti. C'erano animali che scalpicciavano e fiutavano il terreno, facendo frusciare il sottobosco tra gli alberi. Cinghiali? L'avrebbero attaccata? Non riusciva a vedere niente, ma continuò a correre finché non inciampò su un groviglio di radici e cadde lunga distesa. L'impatto le strappò l'aria dai polmoni. L'odore di terra e di vegetazione putrefatta le riempì le narici e quando il saporaccio le arrivò alla gola le venne da vomitare. Bagnata fradicia, si sforzò di rimettersi in piedi e ripartì incespicando, a malapena consapevole della direzione in cui correva, il fiato corto per lo sforzo di affrontare la salita. Il vento sibilava tra gli alberi e in quel buio pesto tutto sembrava muoversi. Andò a sbattere contro il grosso tronco di una quercia e annaspò per riprendere fiato, ma un crampo le attanagliò il polpaccio e non riuscì più a ritrovare il ritmo. Dei cani iniziarono ad abbaiare. Segugi dei tedeschi? Si stavano avvicinando o stavano andando nella direzione opposta? Si trascinò via dal sentiero là dove la salita iniziava a farsi più ripida, zoppa, dolorante e in preda a una paura mai provata prima.

I boschi erano pericolosi, terrificanti. E le stavano dando la caccia. La stavano accerchiando, accingendosi a metterla in trappola? Sentendo dei passi muoversi rumorosamente attraverso il sottobosco, si rannicchiò nel tentativo di nascondersi. Sentì gli stivali di un soldato tedesco frusciare tra le felci, smuoverle con il suo fucile. Quanto era lontano? Mezzo metro? Un metro? Trattenne il respiro. Il soldato tedesco imprecò mentre un altro gridava ordini. Poi tornò sui suoi passi, passandole di nuovo accanto, a pochi centimetri di distanza.

Dopo qualche altro secondo si lasciò scappare un sospiro.

I suoni, adesso, si propagavano in modo strano. Alterati. Distorti. Le voci tuonavano, risuonavano dal nulla. *Halt. Halt.* Le urla le riecheggiavano nella testa. *Halt. Halt.* Dov'erano? Aveva la bocca secca. Non riusciva a deglutire. Non vedeva niente.

Prima si sentiva andare fuoco, l'attimo dopo le pareva di congelare. E poi la deflagrazione di un altro sparo la paralizzò. Con il cuore in gola, immaginò il proiettile che le trapassava la carne in modo talmente convincente che per un momento le parve fosse realmente successo. Risuonò un altro sparo, poi un altro ancora. Avevano catturato qualcuno? Marco? Avevano catturato Marco? Ma come facevano a sapere che i partigiani si sarebbero trovati in quei boschi? E in quel preciso momento, mentre restava ferma immobile, il fatto che fossero stati traditi le risultò lampante.

Dopo una vita, gli spari cessarono e le voci si affievolirono. Travolta da un enorme sollievo, annusò l'aria. Odore di fumo? Seguì il sentiero che si snodava davanti a lei fino a raggiungere una piccola fattoria isolata, accanto alla quale c'erano un fienile e una rimessa. Scarmigliata e con il sangue che le colava dai tagli e dai graffi, si incamminò verso il fienile. Era abbastanza fiduciosa che Marco fosse riuscito a scappare, ma cosa ne era stato di Aldo? Oddio! Chissà se anche lui era riuscito a fuggire.

21

Il giorno seguente, Sofia sentì bussare delicatamente alla porta che dava direttamente sulla porzione di giardino che un tempo aveva trasformato in un roseto. Poi udì un mormorio. Andò ad aprire e per poco non venne travolta dalla figlia di Carla, Anna, che piombò nella stanza, il volto arrossato, fuori di sé dall'agitazione. Lanciò uno sguardo alla porta interna che collegava quella stanza al blocco principale della casa. «Mia madre non sa che sono venuta qui».

Mentre Sofia richiudeva la porta a chiave, Anna fece una serie di respiri profondi, come se stesse cercando di ritrovare la calma.

«Ti vuoi accomodare?».

Anna rimase in piedi, il viso contratto dall'angoscia, gli occhi stretti.

«Allora, dimmi», la incitò la contessa.

«Si tratta di Aldo». La ragazza soffocò un singulto.

Mentre Sofia aspettava che Anna andasse avanti, il timore iniziò ad attanagliarle il petto.

«L'hanno preso».

«Chi, Anna? Chi l'ha preso?».

Ma lei chinò il capo e, quando risollevò lo sguardo, i suoi occhi scuri si erano riempiti di lacrime.

A Sofia si strinse il cuore. «Oh, Anna. Vieni, siediti qua vicino a me».

Le andò incontro a passo malfermo e la contessa tese le braccia per sorreggerla. Si accomodarono una accanto all'altra sul divanetto di chintz mentre Anna piangeva.

«Raccontami tutto, comincia dal principio».

Tutto d'un fiato, la ragazza le riferì la notizia. «Dicono che abbiano sparato ad Aldo durante un'incursione dei partigiani».

«Aldo era presente? Lo sanno per certo?»

«È venuto un uomo, all'alba. Non è sicuro che sia Aldo e non sa neanche se sia vivo o morto, ma pensano che sia stato portato al commissariato di Buonconvento».

«E sono stati i tedeschi a spararargli?».

Anna confermò con un cenno del capo, poi si sfregò la fronte, sgomenta. «Ha detto che qualcuno deve averli traditi, perché i tedeschi li stavano aspettando. Non so cosa fare. Aldo stanotte non è tornato a casa e non ho il coraggio di dirlo a mia madre».

«Ma perché è stato portato a Buonconvento?»

«A quanto mi hanno detto, uno dei partigiani è originario di quelle parti. Verrai con me? Mi aiuterai a scoprire cos'è successo?»

«Certamente», disse Sofia, riflettendoci appena per un istante. «Prenderemo i nostri panieri e passeremo dalla strada sterrata con il pony e il calesse per non destare sospetti. Ma dovremo essere vigili e dare l'impressione di essere andate lì solo per fare la spesa».

Anna si voltò a guardarla. «Se stanotte è rimasto ucciso un tedesco, giustizieranno cinque compaesani di ogni partigiano coinvolto».

«E l'unico a essere stato catturato è Aldo?»

«Non lo so», rispose la ragazza con tono mesto.

«D'accordo», disse Sofia mentre si sforzava di ritrovare la solita compostezza. «Aspettami fuori dal cancello principale. Non farti vedere da Carla. Avrò bisogno di circa un'ora per vestirmi e andare a prendere il pony e il calesse. Dov'è il tuo bambino?»

«L'ho lasciato dalla vicina di casa».

«Bene. Non ti abbattere. Non sappiamo neppure se Aldo è stato realmente catturato».

Anna prese fiato, un lungo respiro spezzato, e annuì.

Scambiarono sì e no qualche parola durante il tortuoso tragitto verso Buonconvento e avanzarono lentamente sulla strada che curvava per girare attorno alle colline e ai promontori rocciosi e poi scendeva per attraversare diverse valli. Arrivate a Buonconvento, entrarono nel borgo fortificato attraverso l'enorme portone di legno dell'ingresso settentrionale, quello che dava verso Siena, la Porta Senese. Il comune sorgeva nel punto di confluenza dei fiumi Arbia e Ombrone e prima della guerra era stata un'accogliente area di sosta per i viaggiatori. Il nome significava "luogo felice", eppure quel giorno Sofia non riusciva a pensare a una descrizione meno appropriata. Stava morendo dalla preoccupazione e si vedeva che anche Anna aveva non poche difficoltà a tenere a bada il nervosismo.

«Andiamo», le disse. «Non sappiamo ancora come stanno le cose».

Trovarono via Soccini, il corso principale, completamente deserto. Non sapendo a cosa fosse dovuto, decisero di legare il pony e proseguirono a piedi, percorrendo l'intrico di vicoli e viuzze che si diramavano alle spalle del centro. In genere Sofia si recava a Buonconvento passando per la strada che si collegava al corso e il posto che preferiva era la piazzetta in fondo a via Oscura. Aveva sempre amato quel borgo, con le sue stradine medievali e gli alti palazzi di mattoni rossi. Persino i vicoletti secondari erano pittoreschi. Ma anche lì non incrociarono anima viva. Nessuna donna intenta a stendere il bucato, nessuno a spazzare i gradini davanti alle porte delle abitazioni. L'unica cosa che si sentiva era il rumore dei loro passi sull'acciottolato. Dopo un po' si imbatterono in una donna ferma sull'uscio di casa, lo sguardo rivolto a terra.

«Mi scusi», esordì Sofia, ma la donna si limitò a indicarle l'estremità opposta del borgo.

L'inquietudine di Sofia continuò a crescere. Doveva essere successo qualcosa di terribile. Buonconvento era sempre stato un posto pieno di movimento, persino dopo l'inizio della guerra. Non solo a ogni angolo incrociavano la stessa inconsueta desolazione, ma c'era anche uno strano bisbiglio che sembrava condotto dal vento.

Alla fine si voltarono per tornare indietro e si diressero verso Porta Romana, dal lato sud.

E poi li videro.

Due corpi, le carni coperte di piaghe arrossate, le dita nere, le facce livide e violacee. A Sofia salì un groppo in gola e le si mozzò il respiro.

Anna le si aggrappò al braccio e si unirono a una piccola folla silenziosa che aveva alzato gli occhi per osservare gli uomini impiccati alla porta della cinta muraria. Non c'era modo di entrare o di uscire senza vederli e Sofia capì immediatamente che uno dei due era l'esile ragazzo che aveva sempre amato come un figlio. L'altro era Lodo, il partigiano. Si premette una mano sopra la bocca per soffocare l'urlo stridulo che le risuonava nella testa. L'aria attorno a lei parve lacerarsi, le si annebbiò la vista, e le case e la gente del posto sembrarono spostarsi, finché l'unica cosa che riusciva a vedere non fu Aldo. Alcuni tra la folla indietreggiarono, atterriti, mentre altri si avvicinarono con cautela, ipnotizzati dall'odore pungente della morte, dal sapore metallico e stucchevole del sangue che sentivano sulla lingua, dal fetore delle feci che invadeva le loro narici, dall'agghiacciante silenzio delle strade infranto solamente dal pianto di un bambino e da quel bisbiglio che non cessava.

Incapace di sostenere quella vista, Sofia chiuse gli occhi per un secondo, poi, quando li riaprì, seppe che era cambiata per sempre; in un istante era diventata una persona completamente diversa, in un mondo completamente diverso. Quell'atto di provocazione estrema le suscitò una collera e un senso di repulsione talmente travolgenti da pervadere ogni fibra del suo essere. Avvertiva in bocca il sapore del sangue e del sale, e una rabbia cocente mai provata prima. Desiderava correre da loro e tagliare le corde per tirare giù i corpi, lavare la povera pelle martoriata di entrambi, riportarli in vita, eppure sapeva di non poterlo fare. Malgrado l'inferno che le era scoppiato dentro, non poteva nemmeno rivelare di conoscere l'identità di quegli uomini. Anna si era irrigidita e Sofia si stava aggrappando a lei, come se in assenza del sostegno dell'altra ciascuna delle due potesse accasciarsi e crollare da un momento all'altro. Riuscivano ancora a sorreggersi a vicenda, pietrificate dall'incredulità, ma la mente di Sofia si stava popolando di immagini di Aldo bambino. Lo rivide giocare con il suo carretto o intento a combinare qualche birbonata nella piazza del borgo, con i capelli ricci che gli ricadevano davanti a un occhietto vispo, sempre in grado di farsi perdonare grazie al suo sorriso aperto e irresistibile. Vedere il suo corpo appeso là in alto, la testa che ciondolava di lato, le ossa spezzate, la vita distrutta, la devastava in un modo che non avrebbe mai potuto immaginare. Avvertì una stilettata al cuore, una vera e propria fitta di dolore fisico, ma si sforzò di non crollare. Doveva reprimere ogni segno di sofferenza finché non si fossero allontanate da quel luogo orribile. Lanciò uno sguardo alla propria sinistra e, affacciato a una delle finestre che davano sulla piazza, vide il volto impassibile di un ufficiale tedesco. La fredda indifferenza delle sue sopracciglia inarcate le scatenò una tempesta emotiva ancora più violenta. L'uomo la fissò e Sofia provò un odio talmente viscerale da sentirsi avvincere da una certezza. Poteva uccidere. Voleva uccidere. E la sua mente arrivò a concepire pensieri talmente brutali da spaventarla.

Provò a trascinare via Anna. «Vieni. Dobbiamo andare».

«Non me ne posso andare. Non ancora».

Naturalmente Sofia la capiva, perciò rimasero, anche se era davvero troppo rischioso.

Sentirono un trambusto alle loro spalle, proveniva dal capannello di persone che si stava allargando dietro le prime file, quand'ecco che vide Carla farsi largo in mezzo alla folla, il volto esangue.

«Chi gliel'ha detto?», sussurrò Sofia, ma Anna si era irrigidita di nuovo.

Attendeva l'arrivo dell'urlo, ma alle loro spalle si sentiva soltanto un mormorio. Il tempo si fermò mentre osservava la scena e l'apprensione raggiungeva il culmine: Carla sembrava come in trance, calata in quella realtà e al contempo ormai scissa da essa. E se qualcuno avesse spezzato l'incantesimo? Avrebbe perso il controllo, si sarebbe messa a urlare per il povero figlio morto? Facendo esattamente quello che i tedeschi si aspettavano da loro?

Poi vide Maxine che sgomitava per raggiungere Carla, la prese per un braccio e le mormorò qualcosa. Carla sbatté rapidamente le palpebre, ma Sofia aveva la netta sensazione che ormai non stesse capendo più niente. Lo shock l'aveva sopraffatta e Maxine riuscì a condurla via, lontana dalla terribile vista del cadavere dell'unico figlio maschio.

E all'improvviso, spronata da una feroce determinazione, Sofia portò via Anna e si trascinarono insieme al seguito di Maxine. In quel preciso momento Sofia giurò che, a prescindere da quanto ci sarebbe voluto, avrebbe fatto qualunque cosa in suo potere per liberare la sua patria da quegli ignobili invasori. La morte di Aldo non sarebbe rimasta impunita. L'uccisione di quell'adorabile ragazzo che conosceva da quando era nato non sarebbe stata vana. E quando si ricordò della pistola che le aveva dato suo marito, iniziarono a pruderle le mani tanta la voglia di premere il grilletto.

22

Dicembre 1943

L'assenza di Aldo colmava ogni stanza. Il dolore arrivava a ondate, straziante e improvviso, e giorno dopo giorno si ripeteva tutto da capo, sconvolgendola come la prima volta. Il suo sorrisetto impertinente la tormentava e, ovunque andasse, lui era lì; Sofia non riusciva a credere che non l'avrebbe mai più rivisto. Gli ritornava alla mente impiccato, ancora e ancora, e quell'immagine tremenda la faceva scoppiare in lacrime. Niente riusciva a mitigare il dolore che le gravava sul petto, quindi solo Iddio sapeva cose dovesse essere per Carla. Desiderava con tutto il cuore che Lorenzo tornasse a casa, perché la sua presenza le sarebbe stata di enorme conforto. Provava a immaginarlo sulla soglia, appena arrivato e con le braccia tese verso di lei.

Quando lei e Lorenzo si erano conosciuti per la prima volta, la sua sicurezza in se stesso e la sua totale tranquillità l'avevano subito aiutata a rilassarsi quando trascorrevano del tempo insieme. Il comandante Schmidt, l'ufficiale tedesco che si era autoinvitato a cena la sera in cui era arrivata Maxine, era l'esatto opposto, un uomo che non sembrava affatto a suo agio. Irrequieto, troppo alto e troppo magro, entrò nel suo salottino privato e lo percorse a lunghe falcate, poi le sorrise, confermando la prima impressione di Sofia. Quello era un uomo che avrebbe preferito distendere le gambe davanti al camino di casa, insieme a sua moglie.

Dato che doveva continuare a indurlo a fidarsi di lei, Sofia ricambiò il sorriso e gli porse una mano, come da etichetta. Lui gliela baciò e lei sentì l'odore pungente della sua acqua di colonia, e fu soltanto in quel momento che si rese conto che non era da solo, e che Kaufmann si era fermato proprio alle sue spalle. E che era tutto un altro paio di maniche. Schmidt la sorprese a fissare un punto oltre la sua spalla e accennò un saluto all'indirizzo dell'altro ufficiale.

«Il capitano Kaufmann», spiegò.

«Sì, ci siamo già conosciuti», disse Sofia prima di concentrarsi su quest'ultimo e osservare con attenzione la sua pelle liscia e priva di imperfezioni, gli occhi celesti e inespressivi dietro gli occhiali dalla montatura di corno, la fronte alta e i sottili capelli biondo scuro. Un perfetto esempio di virilità ariana, pensò.

Kaufmann le tributò un piccolo inchino forzato, poi spostò la sua attenzione sul salottino.

«Benvenuto», lo accolse Sofia, probabilmente con un tono un tantino troppo altezzoso, ma lui non ebbe neanche un accenno di reazione. Mentre Schmidt si accomodava su una poltrona, accavallando e allungando le gambe come aveva fatto la prima volta, Kaufmann prese ad aggirarsi lentamente per la piccola stanza, sfiorando lascivamente gli oggetti e poi chinandosi a esaminarli più da vicino, prendendone uno e poi scambiandolo con un altro. Sofia non aveva la più pallida idea di cosa si aspettasse di trovare.

Anche se stava cercando di prestare attenzione al comandante, con la coda dell'occhio teneva sotto controllo l'altro tedesco. Si era fermato, con le gambe divaricate e le mani intrecciate dietro la schiena, di fronte al suo dipinto preferito, come se ne fosse affascinato.

«Questo *è* un Cozzarelli. Ricordo di averlo visto anche la scorsa volta». Si girò a guardarla. «Della scuola senese, influenzata dall'arte bizantina e meno conosciuta di quella fiorentina».

«Sì».

Le rivolse un lungo sguardo gelido. «Checché ne possiate

pensare, non siamo così privi di sensibilità e gusto artistico. Diciamo che io per primo sono una specie di collezionista di arte italiana. Credo che di questo *San Sebastiano* esista più di una versione».

«Mio marito glielo saprebbe dire. Questo appartiene alla sua famiglia da diverse generazioni. Gli abitanti del borgo vedono in san Sebastiano una sorta di patrono protettore».

Quando le tornò in mente il modo in cui l'aveva fissata dalla finestra a Buonconvento, rabbrividì ripugnata. La sua visita al Castello non poteva essere una coincidenza.

E adesso Schmidt stava parlando di nuovo con lei, con tono gentile e sguardo preoccupato. «Sembra un po' assente, contessa? È sicura di sentirsi bene?».

Sofia si massaggiò le tempie e si impose di attenersi quanto più possibile alla verità. «Le mie più sentite scuse, comandante Schmidt. Non intendevo. È solo che... be', vede, ho un'emicrania piuttosto fastidiosa».

Era nauseata dal dolore, altro che emicrania, pensò nel momento in cui l'atroce immagine di Aldo le riaffiorò alla memoria insieme alla stomachevole puzza di sangue, feci e paura.

«Be', non le porteremo via troppo tempo. Sono soltanto venuto a chiederle se sa di qualche suo compaesano che potrebbe essere sparito dal borgo».

Esitò un attimo di troppo e sperò che non l'avesse notato. «Oh, capisco. Non che io sappia, benché naturalmente ci siano anche le fattorie più fuori mano, e in quel caso non saprei dirglielo con certezza, non così su due piedi, almeno».

Schmidt annuì, ma Kaufmann si avvicinò, aggrottò la fronte e, inclinando leggermente la testa, chiese: «Ma davvero?».

Il comandante gli lanciò un'occhiata. «Sono sicuro che possiamo fidarci della contessa».

Kaufmann inarcò le sopracciglia e la scrutò con attenzione. «Da quanto ho capito, tende a tenersi al corrente di tutto ciò che accade nel suo borgo, soprattutto quando suo marito è assente».

«Be', faccio del mio meglio».

«Immagino che debba essere complicato», intervenne il comandante, e Kaufmann tornò a occuparsi degli oggetti che stava esaminando in precedenza.

Sofia fece un respiro profondo. «Ci sono abituata. Ma ditemi, posso offrivi un caffè?».

Il comandante scosse la testa, ma si capiva che non avrebbe desiderato altro che una tazza di caffè e un attimo di tregua dalla guerra. «Per quanto mi farebbe piacere, andiamo piuttosto di fretta, temo».

Kaufmann, che stava sfiorando una pastorella di porcellana, alzò gli occhi dalla statuina. «Le piacciono gli *objets d'art* inglesi, contessa?», domandò.

Lei gli rivolse un sorriso educato. «Amo collezionare ogni genere di soprammobile. Se vuole ammirarli, ne abbiamo molti altri nel salone principale».

«Parla inglese?», chiese, ignorando la proposta.

«Sì».

La squadrò con diffidenza. «E come mai?»

«Ho passato un anno a Londra. I miei genitori la consideravano una parte essenziale della mia educazione».

Kaufmann abbassò lo sguardo, si tolse un pelucco dalla manica con grande meticolosità e infine la osservò un momento prima di schiarirsi la voce. Lei aspettava, nauseata, temendo che stesse per succedere qualcosa di spiacevole.

«Mi tolga una curiosità, contessa», disse alla fine, socchiudendo gli occhi. «Solo un'ultima domanda. È stata a Buonconvento di recente?».

23

Quando Sofia andò a vedere come stava Carla, la trovò seduta al tavolo della cucina, mentre Anna era indaffarata a preparare il caffè e ad affettare una pagnotta ancora calda. Nella stanza aleggiava il profumo del pane appena sfornato, delle erbe aromatiche e del minestrone di verdure, e lo stomaco di Sofia si restrinse come se fosse finito in una morsa. Non era riuscita a mandare giù che pochissimi bocconi da quando aveva visto Aldo.

Guardando Carla, immaginò gli ultimi istanti di vita del ragazzo. L'avevano torturato prima di assassinarlo? Certamente. Era spaventato? Aveva capito che sarebbe morto? Anche quello era scontato. Ma, soprattutto, i tedeschi dovevano aver preteso dei nomi. Non poteva esserne certa e pregava che non avesse ceduto, ma aveva soltanto diciassette anni. Troppo giovane per morire per una causa superiore.

Ripensò anche alle ultime ore del marito della sua cuoca, Enrico, al suo boccheggiare in cerca di ossigeno, all'agonia che doveva aver vissuto mentre il cancro se lo portava via. Sapeva che Carla si era detta convinta che quella fosse la peggior fine a cui una persona cara potesse mai andare incontro. Quanto si sbagliava. Perché vedere Aldo trattato come un'inutile carcassa era stato molto peggio. Era stato più che brutale. Selvaggio. Rievocò l'immagine del suo bel viso, della luce e della vivacità nei suoi occhi sorridenti, e non sapeva proprio come facesse a sopportare quel dolore.

Ora anche Maxine era andata a sedersi a tavola e stava spingendo verso la cuoca un piatto con pane e pomodoro tagliato a fette. Sofia sentiva il profumo dell'aglio e dell'olio d'oliva. All'improvviso, Carla diede un colpo al piatto e lo rovesciò a terra, dove si frantumò in mille pezzi sui lastroni di pietra. Nessuno reagì. Era come se avessero concordato di ammantarsi di una calma innaturale, come se questo in qualche modo potesse attenuare il dolore.

Sofia rimase in silenzio, mentre Anna, afferrata una scopa e una paletta, e con gli occhi arrossati dal pianto, si inginocchiò sul pavimento per raccogliere tutto e pulire.

«È venuto il capitano Kaufmann», disse poi Sofia, stropicciandosi gli occhi. «Potrebbe tornare».

Anna si tirò su. «È un problema».

Maxine si alzò da tavola e le si avvicinò. «Ha scoperto qualcosa?»

«Difficile a dirsi. Penso che abbiano qualche sospetto».

«Abbiano?»

«C'era anche il comandante Schmidt con lui. Penso che Kaufmann mi abbia vista a Buonconvento».

Anna la guardò a bocca aperta. «Ci ha riconosciute? È colpa mia, lo sapevo che non avrei dovuto chiederti di rimanere. Dovevamo andarcene subito dopo aver visto cos'era successo».

«Come potevamo andarcene via?», replicò Sofia con gentilezza. «Attribuire colpe non ha alcun senso. E comunque, ha riconosciuto *me*, non te».

«Torneranno di sicuro», aggiunse Maxine.

Sofia ripensò a come l'aveva guardata Kaufmann. «È come se riuscisse a trapassarmi con lo sguardo... e il modo in cui sorride, poi. Un modo distorto, che gli stravolge il viso, un sorriso che non coinvolge i suoi occhi».

E ricordò che nel momento in cui aveva fatto un inchino e aveva girato sui tacchi per andarsene, aveva preso coscienza del fatto che in sua presenza, per tutto il tempo in cui si era trattenuto, aveva percepito una crudeltà profondamente inquietante.

«Il comandante invece è diverso», continuò. «Migliore, in un certo senso». Si rese conto che le tremavano le mani. «Ma sanno più di quanto siano disposti a dirci. Temo che qualcuno abbia riferito ai tedeschi che Aldo abitava qui».

«La maggior parte dei nostri compaesani preferirebbe morire piuttosto che lasciarsi scappare qualcosa», disse Anna.

Sofia lanciò un sospiro, poi si avvicinò a Carla e con delicatezza le appoggiò una mano sulla spalla. Non c'era niente che potessero fare. Stavano aspettando che esprimesse il suo dolore, ma sembrava diventata muta.

«Contessa», aggiunse Anna, «c'è un'altra cosa. Gabriella sostiene di essersi innamorata, ma non vuole dirci di chi. Ha questo strano sorrisetto ebete sempre stampato in faccia. Mi preoccupa».

«Vuoi che parli con lei?», propose Sofia.

«Non lo so», rispose la ragazza. «Forse le parlerà mamma non appena si sarà ripresa un pochino».

«D'accordo».

Quando lei e Maxine lasciarono la cucina, i pensieri di Sofia tornarono indietro nel tempo, a quando Carla e suo marito Enrico vivevano ancora alla fattoria e i loro bambini erano piccoli. Le mansioni di Carla comprendevano dare da mangiare agli animali da cortile: solitamente tacchini, oche, faraone e galline. Poi preparava la carne per tutto l'anno, macellava le carcasse e faceva le salsicce per la famiglia. Aiutava a trebbiare il frumento e a raccogliere l'uva, le olive e il tabacco, e preparava da mangiare per i contadini. Era una vita impegnativa, ma il divertimento e le risate con i bambini l'avevano anche resa una vita felice. Povera Carla. Quanto dovevano mancarle quei tempi.

24

Uscite dalla cucina, Maxine e Sofia si incamminarono in direzione dell'orto, dove presero a girovagare tra i camminamenti in mezzo a qualche sporadico cavolo cappuccio. L'aria era gelida e Maxine rabbrividiva. Sofia sembrava assorta nei suoi pensieri, e non c'era di che sorprendersi visto quanto era accaduto.

«Io c'ero, sai?», disse Maxine. «Non so se te l'hanno detto».

«Dove?»

«Nel bosco. La notte che hanno catturato Aldo».

Vide che Sofia la stava scrutando, gli occhi socchiusi. «Buon Dio. È terribile».

«Sì, ed è stato terrificante». Maxine prese fiato, poi riprese a parlare con tono estremamente pacato. «Senti, Sofia, so che dev'essere difficilissimo per te, lo capisco, davvero, ma non possiamo darci per vinte. Dobbiamo andare avanti. E lo dobbiamo fare per Aldo e per tutti gli altri che sono morti cercando di opporsi».

Sofia annuì lentamente. «Sì. È solo che non so come voltare pagina e guardare avanti. Conoscevo Aldo da quando è nato e gli volevo un gran bene. Gli stavo facendo un ritratto per regalarlo a Carla. Pensi che sia comunque la cosa giusta da fare?»

«Penso che con il tempo arriverebbe ad apprezzare il gesto».

Sofia lanciò un sospiro.

Maxine le prese una mano. «Ciò che è successo ad Aldo è terribile, lo so. È un dolore che non potrà mai essere cancellato».

Ci furono alcuni istanti di silenzio.

«Ma c'è ancora molto lavoro da fare e devo mettermi di nuovo in contatto con il mio ufficiale di collegamento, fargli sapere cosa ho scoperto sui partigiani della zona».

«Sarebbe a dire?»

«Che ci sono tanti uomini disposti a combattere, ma sono affamati e gli armamenti scarseggiano. Marco li sta gradualmente smistando in unità più organizzate, ma dobbiamo procurarci armi, munizioni e cibo».

«Come?»

«Be', per quanto riguarda le armi, abbiamo un contatto che lavora presso l'ufficio del console tedesco a Firenze. A quanto pare, ha delle informazioni».

«E per il cibo?»

«Sto per incontrare Marco per parlarne».

Si alzò il vento, che fece frusciare le foglie degli alberi e smosse i fili d'erba. Sofia fece una faccia strana, titubante, e si scostò i capelli dagli occhi. «Stasera, quindi? Vuoi trasmettere stasera?»

«Il prima possibile».

«Non dalla torre. Ci terranno d'occhio».

«No, porteremo via l'attrezzatura».

«Allora non avrete bisogno di me».

Maxine scosse la testa. «Io e Marco porteremo via tutto con il favore delle tenebre e trasferiremo la postazione radio nel solaio della sua nuova sistemazione. Saremo più lontani, ma relativamente in alto, e poi dovremo comunque continuare a spostare l'attrezzatura o ci scopriranno con le loro triangolazioni. Riferiremo tutto quello che ho scoperto fino a questo momento, e speriamo di ricevere altre istruzioni».

Tacquero per qualche minuto.

«Cosa stava dicendo Anna a proposito di Gabriella?», chiese poi Maxine.

Sofia fece una smorfia. «Pensa che si sia innamorata. Non è stupida, ma a scuola ha sempre avuto qualche difficoltà».

«In che senso?»

«È un po' di coccio».

«Vuoi dire una sprovveduta?»

«No, non esattamente. Ma è dura quando si ha a che fare con la testardaggine e il rifiuto di imparare. Non mi va di etichettarla. È fatta così. Sognatrice, distratta, un po' sbadata. Ho provato a insegnarle a leggere, ma è stato un fallimento. Diceva che le lettere non stavano ferme sulla pagina. Alla fine abbiamo rinunciato, però è brava in tante altre cose. Ci sa fare con le piante e i fiori ed è bravissima con gli animali. Il suo cagnolino, quello a cui manca una zampa, stravede per lei».

«Ah, il bello dell'amore innocente».

«Già... Vogliamo rientrare? Si gela».

Il giorno seguente, Maxine e Marco stavano tremando dal freddo in una piccola radura tra i fitti boschi nei dintorni di San Giovanni d'Asso insieme a un partigiano insolitamente grasso, un certo Fazio, e a un paio di altri uomini. Mentre discutevano su quale fosse il modo migliore per procurare del cibo ai partigiani, gli uomini battevano i piedi a terra per tenersi al caldo. Marco precedentemente aveva suggerito che ciascuno di loro provasse a procurarsi una gallina, qualche salsiccia o un sacco di patate. Qualunque cosa sarebbe stata meglio che niente, ma non avevano rimediato granché, a parte Fazio, che si era presentato con un'oca sottobraccio.

«Dove accidenti l'hai presa quella?», gli domandò Marco mentre si toglieva il berretto e si dava una grattata alla nuca.

Fazio strizzò gli occhi. «E a te cosa te ne frega?»

«Non possiamo rubare a chi ha poco e nulla, lo sai benissimo. So che una delle vedove di San Giovanni aveva delle oche».

Fazio fece una smorfia. «È stata lei a darmela».

Maxine lanciò un sospiro. «Possiamo andare avanti? Non dovremmo alleggerire i tedeschi delle loro scorte di cibo?»

«Più facile a dirsi che a farsi», mormorò Fazio prima di sputare a terra.

«Sappiamo che i tedeschi stoccano le loro provviste non lontano da qui», continuò Maxine. «Non potete prendere di mira quell'accampamento?».

Marco confermò con un cenno del capo. «È proprio ciò a cui stavo pensando. E c'è anche una fattoria nelle vicinanze. È di un vecchio contadino, il signor Galdino. È anziano ormai, ma penso che ci aiuterà. Se ci darà una mano, stanotte inizieremo a sorvegliare l'accampamento e poi dormiremo nel suo fienile. Fazio, sai dove si trova?».

Il partigiano annuì.

«Fa' in modo che gli altri uomini si facciano trovare sul posto per le dieci di domani sera. E invece tu, Maxine, devi insistere affinché i britannici ci lancino più provviste. In questo modo ciascuno di noi farà la sua parte».

Quando gli altri iniziarono a disperdersi nei boschi, Marco prese Maxine per mano. «Vieni con me alla fattoria».

«D'accordo». Gli strinse la mano, poi la lasciò andare. «Senti, Marco, il mio ufficiale di collegamento, Ronald, ha ordinato di accelerare le operazioni. Vogliono più scompiglio, una vera e propria sommossa armata. Puoi comunicarlo tu agli altri? Mi rendo conto che sarà impegnativo con i gruppi partigiani ancora così disorganizzati».

«Impegnativo? Sarà un inferno. Ecco cosa sarà. Stiamo facendo tutto il possibile, ma è dura. I nostri uomini affrontano il pericolo, fronteggiano gli oppressori, patiscono la fame e il freddo e non c'è una fine in vista».

«Lo so».

«Quando ti sei messa in contatto radio con Ronald?»

«Ieri notte. Vuole anche ricevere maggiori informazioni sui movimenti del nemico».

«Possiamo provarci e possiamo *anche* cercare di velocizzare le operazioni di sabotaggio, suppongo, ma questo significherà mettere i nostri uomini sotto pressione. Più va avanti, più diventa difficile, sia dal punto di vista fisico che mentale».

«Però non abbiamo altra scelta. Dobbiamo tenere alta la tensione, incoraggiare le pattuglie a bersagliare i tedeschi a ogni occasione utile».

«E inoltre dobbiamo stare attenti alle spie che di giorno fingono di lottare per la resistenza e di notte si trasformano in informatori per i nazisti».

«Io ho fiducia in te».

Alla fine, camminando uno accanto all'altra, raggiunsero quella che un tempo doveva essere stata una splendida casa colonica. Maxine notò subito tutti i segni dell'incuria.

«Chi vive qui adesso?», chiese.

«Vecchi, giovani».

Marco risalì il sentiero fino alla porta e bussò.

Ad aprire fu un'esile donna con i capelli bianchi e un logoro grembiule azzurro, che li condusse in una stanza piena di fumo dove, senza dire una parola, offrì a entrambi una sedia. Era evidente che Marco già la conosceva.

Il fuoco era basso e la stanza era gelida. Maxine e Marco si accomodarono e si guardarono attorno. Un anziano con la schiena ricurva e una brutta tosse era appoggiato al muro accanto al focolare e, seduta dal lato opposto del camino, una donna molto giovane cullava tra le braccia un bambino che piangeva disperatamente.

L'anziano, che doveva essere Galdino, il contadino, lanciò uno sguardo alla ragazza e sospirò. «Non puoi farlo stare un po' zitto?», borbottò.

«Ha fame. Lo sai».

Marco spiegò a entrambi il piano e, a quel punto, la donna si mise a piangere. Lui si alzò e andò a inginocchiarsi al suo fianco.

«L'hanno impiccato», sussurrò lei. «Hanno impiccato il mio Lodo».

«Lo so».

Si asciugò gli occhi con l'orlo della sottana. «Perciò sì, potete usare il fienile».

«E se trovate del cibo, portatecene un po'», disse la donna dai capelli bianchi. «È l'unica cosa che vi chiediamo in cambio».

L'anziano annuì senza aggiungere altro.

25

Era l'8 di dicembre, giorno dell'Immacolata Concezione, e per gli abitanti del borgo quella festività nazionale segnava ufficialmente l'inizio della stagione invernale. Per chi era religioso, ed erano la maggior parte, era una delle feste più sacre del calendario spirituale. Per tutti gli altri simboleggiava l'inizio del periodo che portava al Natale. Era un fine settimana durante il quale si accendevano le candele e si decoravano le case con i rami raccolti nei boschi e i fiori fatti essiccare alla fine dell'estate. Si preparavano i presepi e in alcuni borghi e in certe pievi sbucavano anche i primi mercatini, ma non quell'anno. Alle prime luci dell'alba, Sofia lanciò uno sguardo al cielo, che sembrava grigio e pesante come piombo, e sentì i rintocchi delle campane della chiesa. Era comunque un segno, ma com'era possibile che i nazisti riuscissero a imprimere i loro tratti distintivi persino sullo splendido cielo toscano? Si coricò di nuovo e rimase in ascolto.

Poco tempo dopo venne chiamata nel salotto principale. Scese con il cuore pesante e vide Schmidt di spalle, le mani intrecciate dietro la schiena, intento a guardare fuori dalla finestra, in direzione della torre. Quanto era alto, magro, ingobbito e stanco. Quasi lo compativa. La sentì arrivare e si voltò di scatto. Sofia notò subito la sua faccia scura, ma si sforzò di sorridere.

«Comandante, che piacere rivederla così presto. Anche se un po' di sole non guasterebbe, lei non trova? Si vuole accomodare? Posso chiedere che ci portino del caffè e dei dolci appena sfornati». Si interruppe un attimo prima di lasciarsi prendere la mano.

«È molto gentile, contessa, ma adesso non ho fame».

«Ah... be', ci vogliamo sedere? Il divano di velluto rosso è il più comodo, oppure c'è quella poltrona».

Schmidt si incamminò verso il divano di velluto, poi però si fermò accanto a lei, talmente vicino che Sofia riuscì a captare un vago odore di cipolle nell'alito del tedesco.

«Come posso aiutarla?», gli chiese.

Le sorrise. «Questo, mia cara signora, ce lo dirà il capitano Kaufmann».

Ebbe un tuffo al cuore. «È qui?»

«Arriverà presto».

Chissà cosa era venuto a sapere, si chiese, o cosa, per essere più precisi, pensava che sapesse *lei*.

«Suo marito non è ancora rientrato?»

«No, ma dovrebbe tornare a giorni».

Il comandante annuì. «Bene. Non mi piace saperla qua da sola».

Sofia rimase in silenzio e scoprì che stava stringendo le mani a pugno.

«Contessa, oggi la trovo un po' agitata o sbaglio?».

Avrebbe voluto urlare: "Certo che sono agitata! È innegabile. Cosa si aspettava?".

«Non c'è niente di cui preoccuparsi, contessa. O almeno spero».

«Mi dica, comandante, lei era un dottore?».

La domanda parve coglierlo di sorpresa.

«Prima, intendo. Era un dottore?»

«Cosa glielo fa pensare?»

«Le sue domande. Mi dà l'impressione di essere un uomo compassionevole», disse, poi si affrettò a cambiare discorso. «Le andrebbe di suonare? Il pianoforte, dico».

«Oh, sarebbe bello», disse, «ma ecco il capitano Kaufmann.

Farò un giro dei terreni. Vediamo se il sole ha intenzione di fare capolino». Poi le sorrise e lasciò la stanza.

«Contessa», la salutò Kaufmann mentre entrava nel salone. «Sta bene?».

Sofia confermò con un cenno del capo e cercò di sfoderare un sorriso spigliato, anche se sentiva tremolare le labbra.

«Bene», continuò lui. «Ho qualche domanda da farle».

Lei si costrinse di nuovo a sorridere. «Prima di tutto, capitano Kaufmann, chiederò che ci portino dei dolci caldi».

«Non ha ancora fatto colazione?»

«No, sono venuta direttamente qui».

Probabilmente lui aveva immaginato che avrebbe suonato un campanello, invece lo piantò in asso e, una volta uscita, si appoggiò alla porta dell'ingresso, fece una serie di piccoli respiri tremanti e cercò di calmarsi. Si pizzicò il dorso del naso nel tentativo di allentare un po' la tensione. Per quanto desiderasse soltanto fuggire, andò in cucina, dove trovò Anna intenta a consolare la sorella in lacrime.

«Contessa, se n'è andato?», domandò la ragazza.

«No, sono venuta a chiederti dei dolci. Se non mangio subito qualcosa, penso che sverrò, anche se mi si è chiuso lo stomaco e non so se riuscirò a buttare giù un solo boccone».

«Chiederò alla domestica di portare la colazione in salone».

«Hai scoperto qualcosa?». Sofia indicò Gabriella, che aveva il viso sepolto tra le sottane della sorella, mentre il suo cagnolino, Beni, uggiolava angosciato.

Anna si strinse nelle spalle.

«Be', meglio che torni da lui».

«Perché è venuto qui?»

«Non ne ho idea. Finora è stato piuttosto evasivo».

Si accomiatò dalle due sorelle e, prima di rientrare nel salone, fece ruotare le spalle. Kaufmann si voltò non appena la sentì varcare la soglia e i suoi insopportabili occhi celesti la trapassarono con uno sguardo.

«Le ho già detto quanto assomiglia a mia zia?»

«Temo di non rammentarlo».

Le rivolse uno sguardo gelido. «Ah, be', sono sicuro di averlo fatto. Lei balla, contessa?».

Sofia si accigliò. «Prima della guerra».

«Mia zia balla. È una donna molto attraente, proprio come lei».

Le andò incontro e le sfiorò la guancia. Sofia deglutì, sforzandosi di non trasalire al contatto e per lo stucchevole odore sciroppato che gli impregnava l'alito. Le parole che pronunciò un attimo dopo confermarono i suoi peggiori sospetti.

«Ah, contessa, quanto vorrei che mi avesse detto la verità l'ultima volta che ci siamo visti».

Atterrita, non riusciva a parlare, ed era come se le avesse piantato un coltello dritto nel cuore. Il dolore era talmente lancinante e reale che temeva stesse per squarciarla, facendo fuoriuscire tutti i suoi segreti. Sarebbero caduti contro la sua volontà, riversandosi sul pavimento, sotto gli occhi di tutti. Era molto spaventata.

«Non deve avere paura», disse lui, che chiaramente aveva capito tutto. «Ma, vede, noi non amiamo essere ingannati».

«Essere ingannati?». Tese le labbra, ma aveva la sensazione che le mura del Castello, le mura che li avevano tenuti al sicuro per generazioni, le si stessero chiudendo attorno.

«La sto mettendo a disagio?»

«Nient'affatto», rispose lei, anche se si sentiva mancare il terreno sotto i piedi. Il pavimento attorno a lei si stava riempiendo di crepe. Crepe che da un momento all'altro l'avrebbero inghiottita. Crepe che avrebbero decretato la sua fine. "Lorenzo. Oh, Lorenzo. Ho bisogno di te".

«Abbiamo scoperto come si chiamava uno degli uomini che abbiamo catturato», proseguì il capitano, quasi come se niente fosse.

Sofia si fece forza. «E io cosa c'entro con tutto questo?»

«Il nome Aldo le dice qualcosa?».

Doveva pensare, e anche in fretta. Se il tedesco era venuto a sapere qualcosa, negare avrebbe soltanto peggiorato le cose, e sospettava che fosse già al corrente di tutto, che fosse là solo per sorprenderla a mentire di nuovo. Prese una decisione istantanea.

«Contessa?»

«Sì, mi scusi. In effetti qui c'è un ragazzo che si chiama Aldo».

«Penso apprenderà presto che *questo* Aldo adesso manca all'appello», replicò lui con un sorriso che rasentava la provocazione. «Perché non ce l'ha detto quando le abbiamo chiesto se aveva notato l'assenza di qualche suo compaesano?»

«È scomparso?»

«No, non più». Inspirò col naso, ora sdegnato, e così facendo rigirò il coltello nella piaga. Assalita dai ricordi, Sofia pensò ai suoi uomini, quelli che avevano spezzato la giovane vita di Aldo e sentì montare la rabbia. C'era un'unica parola che le risuonava incessantemente nella testa.

Assassino.

Assassino.

Assassino.

«Abbiamo ricevuto delle informazioni che ci hanno permesso di risalire a lei, contessa. O forse dovrei dire alla sua cuoca».

Sofia scrollò il capo.

«Feccia, mia cara signora. Perché cerca di proteggere gentaglia del genere?».

Incapace di trattenersi in tempo, replicò di getto: «Be', anche se l'avessi fatto, sarei arrivata troppo tardi, lei non crede?».

Kaufmann rise di gusto, o almeno così sembrava. «Che spirito! Mi piace vedere una donna con un po' di carattere. Rende tutto molto più divertente».

Gli rivolse uno sguardo furente e sperò di non essersi tradita troppo.

«Ora, tornando a quello sventurato giovanotto. Uno di noi dovrà parlare con sua madre».

«Questo non sarà un problema».

«Ma non mi ha ancora detto perché non l'ha riconosciuto».

«Se si sta riferendo ai due uomini che avete impiccato a Buonconvento, hanno ricevuto un trattamento così brutale che sono certa nessuno sia riuscito a capire chi fossero».

Il capitano sembrava essersi offeso. «Pensa che io sia un uomo crudele?»

«Non ho detto questo, ma è stata una scena atroce. Ho alzato gli occhi e ho subito dovuto distogliere lo sguardo».

«Certamente, non è stato piacevole. Ma, vede, io ero là, di guardia, e sono sicuro di averla sorpresa a fissarli».

«Non me lo ricordo».

«E adesso desidereremo stanare i suoi familiari, se possibile».

«*Se* era il nostro Aldo, era soltanto un ragazzo».

Le scoccò uno sguardo incredulo. «Un ragazzo che non si sarebbe fatto scrupoli a uccidere uno dei *nostri* uomini. La sorprenderebbe scoprire quanto sono giovani alcuni di loro». Fece una pausa. «Ora, immagino si stia chiedendo come abbiamo intenzione di procedere».

Le si strinse la gola.

«D'accordo. Sono disposto a riconoscere che per un membro della nobiltà, per una donna della sua sensibilità, vedere due uomini impiccati possa essere stato veramente traumatico, tanto da impedirle di riconoscere quel partigiano, Aldo».

«Per l'amor di Dio, Aldo non poteva essere un partigiano».

«E come fate a dirlo?».

Non riusciva a trovare le parole e si sforzò di deglutire.

«Contessa?»

«Giuro che non ho capito che era lui. Se l'ho fissato, di certo non me lo ricordo. L'unica cosa che ricordo è lo shock tremendo che ho provato vedendo due uomini impiccati. La scena...». Si interruppe per un momento, coprendosi la bocca con una mano. «L'odore... Non avevo idea che uno dei due potesse essere Aldo».

«Be', speriamo che stia dicendo la verità». Prese fiato. «In ogni caso, sono sicuro che riuscirà a trovare un modo per ricompensarci per la nostra clemenza».

«Oh?»

«Permettendo al comandante Schmidt di suonare il suo pianoforte, per esempio».

«E lei?»

«Io? A me piacciono i suoi dipinti, contessa».

«Capisco».

«Tornerò a interrogare la sua cuoca. Siamo sempre a caccia di simpatizzanti della resistenza».

Ciò detto, batté i tacchi e uscì a passo svelto dal salone. Non appena sentì richiudersi il portone, segno che Giulia, la domestica, l'aveva accompagnato alla porta, e poi il rumore del suo veicolo che si allontanava, Sofia si precipitò nella lavanderia al pianterreno e vomitò finché non le restò più niente nello stomaco. Non aveva creduto alla sua storia, di questo era sicura, e allora perché si era messo a giocare con lei?

26

Gennaio 1944

Furono le campane della chiesa a svegliare Sofia in quella gelida mattina di gennaio. Lasciò riposare Lorenzo e si affacciò alla finestra della loro camera da letto, e vedere la magica trasformazione del panorama la lasciò senza fiato. Adorava le prime nevicate della stagione invernale: il cielo color lavanda, l'aria che scintillava alla debole luce del sole e ogni tetto coperto da una spolverata di bianco. E tuttavia, quando lanciò un'occhiata agli alberi scuri che si profilavano contro il candore dei campi recentemente ammantati di neve, temette per i partigiani nei boschi. Provavano a vegliare su di loro, le donne continuavano a sferruzzare maglioni e sciarpe di lana con cui loro potevano difendersi dal freddo, ma non sarebbe mai stato abbastanza e per sopravvivere gli uomini dovevano accendere fuochi che rivelavano la loro posizione.

E non erano soltanto i partigiani ad avere bisogno del loro aiuto. Gli uomini di Marco erano riusciti a razziare l'accampamento tedesco e quelle provviste li stavano aiutando a tirare avanti. Verso la fine di dicembre, però, decine di uomini, donne e bambini rimasti senza casa si erano riversati in strada e nei boschi limitrofi nel tentativo di raggiungere gli Alleati stanziati più a sud. Sofia aveva disposto che una parte del cibo venisse distribuita a quelle persone, ma non ce n'era a sufficienza per tutti. Alcuni erano prigionieri britannici in fuga, uomini che erano riusciti a scappare o erano stati liberati dai soldati italiani, ma con così tanti tedeschi in zona la loro era una situazione critica, soprattutto con quel gelo polare. Molti dei loro fattori offrivano ai fuggitivi un rifugio temporaneo, ma nessuno sapeva come o se sarebbero mai riusciti a superare le linee tedesche. E poi, il giorno di Natale, i notiziari alla radio avevano annunciato il bombardamento di Pisa.

Kaufmann era tornato al Castello per interrogare Carla ma, dopo averla intimidita e minacciata, era giunto alla conclusione che non c'era nient'altro da guadagnarci, almeno per il momento. Sofia aveva avuto il terrore che prendessero cinque uomini del borgo da trucidare come atto di vendetta per l'incursione nei boschi, ma i tedeschi sembravano essersi accontentati dell'impiccagione di Aldo e Lodo. Il sollievo di Sofia era stato immenso, perché gli unici uomini rimasti erano anziani o fragili. Poco prima di andarsene, dopo aver parlato con Carla, il capitano Kaufmann aveva preteso di rivedere il *San Sebastiano* di Cozzarelli. L'aveva osservato in silenzio per alcuni minuti, sfregandosi le mani, poi si era irrigidito, aveva tirato indietro le spalle e se n'era andato. Sofia aveva intravisto qualcosa di così inquietante nel suo sguardo possessivo che aveva preso in considerazione l'idea di nascondere il dipinto e fingere di averlo venduto, ma alla fine aveva preferito evitare.

Il freddo era ancora più intenso quando scese da basso. Maxine e Marco si erano fermati nel piccolo corridoio che conduceva alla porta sul retro e bisbigliavano con circospezione, le teste vicine. Sofia provò una vampata di fastidio, un po' perché Maxine era ancora in camicia da notte e aveva soltanto uno scialle di lana avvolto attorno alle spalle, un po' perché non aveva dato il permesso a Marco di passare la notte in casa sua. Cosa che, alla luce dei fatti, aveva senz'altro fatto. Rimase a osservarli per un momento finché entrambi, avvertendo la sua presenza, non si voltarono a guardarla.

«Oh», fece Maxine prima di stropicciarsi gli occhi.

«Già, oh», ripeté Sofia.

«Marco stava per andarsene».

Sofia si accorse di aver serrato la mandibola. «Ha passato la notte qui?».

L'altra fece spallucce.

«Senti, Maxine, non puoi invitare il primo che capita a dormire qui, dico sul serio».

«Marco *non* è il primo che capita».

«Per l'amor di Dio, è un partigiano ed è in casa *mia*. Proprio non capisci?»

«L'attrezzatura era in uno dei *tuoi* passaggi segreti», replicò lei. Maxine, sempre così sanguigna, era una vera forza della natura, ma Sofia non si lasciò mettere i piedi in testa.

«Mio marito è in questa casa», sibilò, «non in quei tunnel della malora. Che non si ripeta mai più».

«Di certo non gli darà alcun fastidio».

«Cosa intendi?».

L'americana si accigliò. «Be', che è abbastanza evidente che non è dalla parte di quei maledetti nazisti, o sbaglio?»

«Qualunque cosa stia facendo, è un argomento di cui non è affatto opportuno parlare».

«Ah... d'accordo». Maxine storse la bocca, poi diede una pacca affettuosa sul braccio di Marco. «Comunque, abbiamo novità».

«Buone notizie?»

«Penso di sì. La rete di staffette ci ha recapitato un messaggio chiedendo di stabilire quanto prima un contatto radio con Ronald. Abbiamo provato svariate volte, io e James, ma la linea continuava a saltare. La topografia delle montagne crea qualche problema, sai. Ma grazie alla priorità attribuita al messaggio, ieri siamo finalmente riusciti a metterci in contatto con lui. Adesso sappiamo che i tedeschi hanno predisposto dei piani per la difesa delle città italiane occupate, e questi includono un enorme arsenale da ammassare al centro di Firenze».

«Dove?»

«Questo non lo sappiamo, ma sappiamo che le armi arriveranno in treno dalla Lombardia, dalla fabbrica della Beretta. Casse di mitragliatori, fucili e pistole. Le stavano producendo per l'esercito italiano, finché i tedeschi non si sono appropriati della fabbrica a seguito dell'armistizio».

«Lorenzo conosceva il presidente della Beretta», disse Sofia.

«Be', probabilmente l'avranno allontanato da un pezzo. Comunque, c'è dell'altro. Mi è stato assegnato il compito di stringere amicizia con un ufficiale delle SS, un certo Bruckner», continuò Maxine. «Gustav Bruckner. Di solito fa base a Firenze, ma lavora con Kesselring, il comandante in carica, e siamo dell'idea che sarà lui a decidere dove stoccare gli armamenti».

Marco annuì. «Sappiamo che andrà a Montepulciano per incontrare alcuni ufficiali in arrivo da Roma».

«Intendo farmi trovare sul posto e fare la conoscenza di questo Bruckner», spiegò Maxine.

«Mentre io sono in contatto con alcuni partigiani di Firenze che faranno sicuramente del loro meglio per aiutarci a localizzare l'arsenale», aggiunse Marco.

«Quindi il vostro obiettivo è trafugare dalla città il nuovo arsenale dei tedeschi?», domandò Sofia.

«Esatto».

«Ho un cugino da cui posso fermarmi a dormire a Montepulciano», intervenne di nuovo Maxine. «Marco sa dove vanno a bere i tedeschi, i bar che frequentano e i ristoranti dove mangiano. Spero di riuscire a conquistare la fiducia di Bruckner, scoprire quanto più possibile e poi incontrarmi con la brigata partigiana di Firenze».

«Vorranno sapere perché ti trovi a Montepulciano, chi sei, e se dovessero scoprire che…». Sofia si strinse nelle spalle, ma il senso era chiaro. «E avrai bisogno di vestiti. Di vestiti adatti».

Maxine annuì. «Questo è vero».

Fermandosi a riflettere un attimo, a Sofia tornò in mente che avevano ancora un armadio pieno di abiti della sorella di Lorenzo. Dopo l'incidente d'auto in Svizzera nel quale Lorenzo aveva perso suo padre, sua madre e sua sorella, pochi mesi dopo il loro matrimonio, Sofia non aveva avuto il coraggio di sbarazzarsene, e la sorella di suo marito portava quasi la stessa taglia di Maxine.

Marco la scrutava con curiosità. «Lei ha amici a Firenze?»

«Sì, molti. Abbiamo una piccola residenza in città. Ma siete al corrente delle retate delle SS? Degli arresti, degli interrogatori, delle torture?».

Marco fece cenno di sì, e come minimo anche lui stava pensando al palazzo che i fiorentini avevano soprannominato Villa Triste, in via Bolognese, il quartier generale delle SS.

«Non è affatto sicuro», aggiunse Sofia.

«Al momento sono più interessati a rastrellare gli ebrei rimasti che a stanare noi partigiani».

Maxine allungò una mano verso di lei. «Mi servirà un posto dove stare quando andrò a Firenze. Avrei una valida copertura se potessi venire anche tu. Mi darebbe un buon motivo per essere lì, in quanto tua amica».

«E poi, contessa, lei deve avere qualche aggancio in città, dico bene?», aggiunse Marco.

«Sì. Conosco il console tedesco, Gerhard Wolf. E conosco anche uno dei tedeschi più comprensivi che ci siano, se è ancora lì. Un giovanotto chiamato Reinhard. Prima della guerra faceva l'avvocato e potrebbe rendersi utile».

Maxine si illuminò. «Abbiamo un uomo che lavora come impiegato nell'ufficio del console tedesco, perciò è perfetto. Tu puoi provare a prendere un appuntamento con Wolf e io verrò a Firenze appena possibile».

«D'accordo. Aprirò il palazzo, ma non aspettatevi chissà cosa».

Marco le rivolse un sorriso d'incoraggiamento. «Non dimentichi che la resistenza si sta rafforzando. Costringere migliaia dei nostri uomini ai lavori forzati non sta giocando a loro favore. I tedeschi commetteranno altri errori».

La mattina seguente, Sofia si svegliò con Lorenzo rannicchiato al suo fianco, confortata dall'odore della sua pelle che profumava di sandalo e sapone, l'agitazione di fondo controbilanciata dalla gioia estremamente reale dell'averlo così vicino. Avevano sempre dormito così, con lui accoccolato dietro di lei o viceversa. Aveva sentito la mancanza del suo calore e adesso si sentiva più al sicuro, anche se aveva capito che c'era qualcosa che lo turbava. La sera prima gli aveva chiesto quale fosse il problema, ma lui si era limitato a scuotere la testa e a dirle che la situazione al lavoro stava diventando sempre più difficile; non riusciva a scrollarsi di dosso la sensazione di essere tenuto sotto controllo.

E questo, naturalmente, la preoccupava.

Ricordava la prima volta che Lorenzo aveva posato su di lei quei suoi occhi grigi e gentili, e come le era parso che riuscisse a leggerla come un libro aperto. L'aveva colta di sorpresa e le aveva annodato la lingua. Quando un uomo è in grado di vedere oltre le tue difese, la prima volta è tutto nuovo e incredibilmente elettrizzante, ma ti lascia anche esposta. Lorenzo non si era mai approfittato della sua vulnerabilità. Solo che adesso sembrava arrivato il suo turno di alzare delle barriere, come se fosse lui quello vulnerabile.

C'era stata una grossa nevicata durante la notte e, quando si alzarono, scoprirono di essere rimasti completamente isolati. Niente telefono, niente elettricità e, di conseguenza, niente radio. Non sarebbe arrivata neanche la posta fintantoché non avessero sgombrato le strade e per Sofia era un grande sollievo che Lorenzo fosse a casa. Dopo colazione, malgrado il freddo pungente, si imbacuccarono nei cappotti di lana, misero sciarpe, cappelli e guanti e andarono a fare una passeggiata nella neve con i cani al seguito.

Fuori, il mondo intero era stato messo a tacere e, anche se faceva freddo, era davvero bellissimo, con il cielo bianco e pesante, talmente basso che sembrava quasi di poterlo toccare semplicemente allungando un braccio. Con i caldi stivali in pelle di montone ai piedi, imboccarono uno dei sentieri che portava alla strada per San Giovanni d'Asso. Sofia amava respirare l'aria fredda e osservare le nuvolette di vapore che le sfuggivano dalle labbra, mescolandosi con quelle di Lorenzo.

«Perché da questa parte?», gli chiese mentre lo prendeva a braccetto.

«La strada è più sicura».

«Per le bombe?»

«Per i cumuli di neve, sciocca».

Risero tutti e due, e Sofia si sentì un po' più leggera.

«Volevo parlarti di Roma», disse Lorenzo, cambiando argomento. «Non ho mai visto niente di simile. La gente in città si sta nascondendo e teme per la propria vita. Si sentono di continuo le raffiche delle mitragliatrici e le esplosioni delle bombe a mano ci perseguitano notte e giorno, letteralmente. E tutto questo in uno degli inverni peggiori di cui abbia memoria, probabilmente».

Preoccupata per i suoi genitori, Sofia ebbe un tuffo al cuore. «Leva il probabilmente. È l'inverno più rigido di sempre».

«C'è una forte resistenza, però, e a volte riescono persino a sparare a qualche tedesco e ai fascisti. Purtroppo, ci sono troppi gruppi opposti di partigiani che non sempre lavorano di concerto».

Quasi non aveva il coraggio di chiederglielo e, quando parlò, la voce le uscì in un sussurro: «E i miei genitori?»

«Sono abbastanza al sicuro per il momento. Ma ogni volta che esplode una granata, chiunque si trovi nei paraggi viene arrestato. La cosa peggiore è che sta calando la fiducia negli Alleati e il cibo scarseggia sempre di più».

«Cosa sta succedendo con gli Alleati?»

«L'esercito britannico si è praticamente fermato. Ho sentito dire che avanza di appena una trentina di chilometri ogni due mesi».

«Non mi ero resa conto che la situazione fosse così grave».

«Le condizioni a terra sono un inferno. È tutto bagnato, congelato o fangoso. Arrancano un metro dopo l'altro sulle montagne, senza la copertura degli alberi e con i tedeschi che gli sparano addosso dai cucuzzoli. Hanno mortai, granate, mitragliatrici, di tutto. Devono arrivare a Roma, ma chissà quanto ci vorrà ora che le montagne sono più inespugnabili di una fortezza».

«Sono così in pena per loro», disse lei mentre cercava la mano del marito. «Cosa dovrei fare con i miei genitori? Tu cosa mi consigli?»

«Quando tornerò a Roma, proverò a convincerli a venire qui, ma dovresti scrivere a tua madre. Farò il possibile per recapitarle il messaggio».

«Forse dovrei andare da lei. Hai un nuovo indirizzo? Non penso che siano riusciti a farle avere la mia ultima lettera».

«Lo so, è che devono spostarsi di continuo».

«Oh, Lorenzo», fece lei, e le morì un singhiozzo in gola. Poi, quando si immaginò i poveri genitori costretti a condurre una vita tanto ai margini, le prime lacrime calde cominciarono a rigarle le guance gelate.

Lui l'avvolse in un abbraccio e rimasero stretti l'uno all'altra per qualche minuto, immobili e silenziosi come la campagna attorno, ciascuno immerso nei propri pensieri.

Poi Lorenzo si scostò per asciugarle le lacrime. «Andiamo, mia cara. Finiamo la nostra passeggiata e dopo trascorreremo il resto della giornata accanto al fuoco. Lo accenderò io se non ci ha già pensato Giulia. Che te ne pare?»

«Mi sembra una splendida idea, ma temo che Giulia sia tornata a casa della nonna indisposta, a Pisa. Ricordi che era già andata a stare da lei prima di tornare da noi?»

«Quando è partita?»

«Ieri. Era diventata inaffidabile già da qualche tempo, poi ha preso e se n'è andata lasciando solo un biglietto a Carla».

«Ah. E riuscirai a cavartela senza di lei?»

«Certamente».

«Non sentirai la sua mancanza?»

«Si è trattenuta poco, quindi no».

«Sono le piccole cose quelle che ci mancano di più», disse lui. «Vero?».

Sofia annuì e le tornarono in mente tutti i rituali di famiglia che li legavano e formavano le basi delle loro vite; le piccole cose che si davano per scontate finché non venivano a mancare. Aveva nostalgia della loro vecchia routine, del modo in cui i giorni si susseguivano con serenità e certezza.

«A cosa stai pensando?», le domandò. «C'è qualcosa che ti turba?».

Sofia sapeva di dover affrontare il discorso di Firenze.

«Stavo pensando di passare un po' di tempo a Firenze, magari. Tutto qua. Se a te non dispiace».

«Sul serio? Quella casa ha bisogno di essere arieggiata e la città non è sicura. E i danni riportati dal palazzo, poi?»

«Sono stati sistemati. Non erano niente di grave». Ignorò il suo sguardo carico di disapprovazione. «Potrei portare Anna con me, e là abbiamo tanti amici».

Lorenzo inclinò la testa e la scrutò con attenzione, gli occhi pieni d'amore e preoccupazione. «Preferirei che evitassi. Perché questa voglia di cambiare aria, così di punto in bianco?»

«Oh... non saprei». Le si incrinò la voce, così prese fiato per ritrovare la calma e poi gli raccontò tutto. Gli disse della lettera di sua madre, di James e della radio, dell'aiuto che aveva fornito ai partigiani e di Maxine, che aveva il compito di scoprire il deposito di armi dei nazisti a Firenze.

Lui era rimasto perfettamente immobile e guardava a terra. Alla fine, quando rialzò gli occhi e allungò una mano verso di lei, il suo sguardo era incupito dall'apprensione. «Oh, cielo, Sofia. Accidenti! Tutto questo è terribilmente rischioso. In questa fase della guerra, persino conoscere Maxine potrebbe metterti in pericolo. Potrebbe succedere qualunque cosa. Voglio che ne resti fuori. *Devi* restare fuori da questa storia».

Lei scosse la testa. «È impossibile. La morte di Aldo ha cambiato tutto per me».

Lorenzo la fissava ed era talmente agitato che per poco non cambiò idea. Per poco, ma non lo fece.

«Questo lo capisco», le disse. «Ma non posso lasciarti andare».

«E io non posso restare a guardare. Non dovrò fare molto. Davvero. Ci sarà Maxine là con me, e anche Anna. Saranno loro a fare il grosso del lavoro, ma la mia presenza a Firenze darà a entrambe una ragione plausibile per stare nel nostro palazzo, e poi voglio anche incontrare Gerhard Wolf».

«Buon Dio. Questa è una follia! Devi proprio? L'ultima volta che è venuto a casa nostra era molto prima dell'armistizio. Non dimenticare che all'epoca eravamo schierati dalla parte dei tedeschi».

«Magari sa qualcosa».

Lorenzo sospirò. «Anche se fosse, non ti potrà rivelare niente».

«Forse no». Prese fiato. «Senti, Lorenzo, io *andrò* a Firenze, ma preferirei di gran lunga partire con il tuo benestare».

Aveva un nervo sulla mandibola che si contraeva di continuo e si vedeva che era mortalmente turbato. «Se ti dovesse succedere qualcosa…».

«Non mi accadrà nulla», lo interruppe lei. «Te lo prometto».

Lorenzo inspirò a lungo, lentamente, poi annuì.

«Sai se Reinhard è ancora a Firenze?», gli chiese. «L'avvocato. Ti ricordi di lui? Ho sempre trovato che fosse un uomo piuttosto sensibile prima della guerra».

«È stato arrestato».

«Ne sei sicuro?»

«Era diventato una spia degli Alleati».

«E tu? È quello che stai facendo anche tu?»

«Io faccio quello che posso, lo sai. Quando ne ho la possibilità, passo informazioni agli Alleati».

«Sulle posizioni delle derrate alimentari?»

«Esatto».

Sofia sorrise perché sapeva che c'era dell'altro, proprio come sapeva che non le avrebbe mai fornito i dettagli. «E quando hai detto di avere la sensazione di essere tenuto sotto controllo? Sarai prudente?»

«Ma certo».

«Pensi di poter aiutare i miei genitori a venire qui al Castello?»

«Ci proverò».

Esitò un attimo prima di parlare di nuovo.

«Be'», le disse, «se sei davvero così decisa ad andare, non posso fermarti. Almeno a Firenze non patirai tutto questo freddo».

Lei gli rivolse un piccolo sorriso riconoscente.

«Guarda», aggiunse Lorenzo. «Ha ricominciato a nevicare».

Sofia osservò i cristalli bianchi danzare nell'aria.

«Sei la luce dei miei occhi», continuò mentre le toglieva alcuni fiocchi di neve dai capelli con la mano fasciata dal guanto congelato.

«Lo dici sempre».

«Perché è la verità». La guardò negli occhi. «Promettimi che farai attenzione».

E anche se stava sorridendo, sapeva che non avrebbe mai smesso di stare in pensiero per lei sapendola a Firenze.

«Farò attenzione», rispose. «Ma adesso andiamo».

Tornarono sui loro passi con gli stivali che affondavano nella neve e la facevano scricchiolare. Si tenevano per mano per mantenere l'equilibrio, ma non solo: per mantenere in vita l'amore, la speranza, il futuro. Uno sprazzo di sole trovò un varco tra i nuvoloni bianchi e rischiarò le colline lontane, tingendole di striature rosse e oro. Sofia si voltò a guardare le loro impronte e se le impresse nella memoria, perché sapeva che quel momento insieme a Lorenzo era un ricordo che doveva preservare.

27

Maxine era seduta nel soggiorno della casa di suo cugino Davide, nel borgo medievale di Montepulciano, in cima alla collina. Con le persiane chiuse e le pesanti tende di velluto tirate davanti alle due finestre che affacciavano sul giardino, la stanza le sembrava claustrofobica. Inspirò l'aria viziata di quel salotto usato poco e niente e, malgrado il freddo, le venne voglia di spalancare una finestra. Non c'era un focherello invitante a crepitare nel camino e la stanza era illuminata solo da due candele. Erano arrivati al 22 di gennaio.

Quando era andata a trovarlo per la prima volta, alla fine dell'autunno, da principio Davide si era mostrato un po' reticente perché non si erano mai visti in vita loro, ma alla fine aveva acconsentito a ospitarla e a farla stare con sé e la sua famiglia in caso di necessità. In paese c'erano stati momenti di grande tensione dal giorno dell'esecuzione, una settimana prima, di sei abitanti del posto che avevano fornito cibo e riparo ai prigionieri in fuga. Maxine aveva conosciuto due di loro il giorno prima che venissero giustiziati e la notizia l'aveva sconvolta. Quegli uomini erano persone normali, onesti lavoratori troppo avanti con gli anni per essere chiamati alle armi e con famiglie allargate che dipendevano da loro.

Marco l'aveva portata a parlare con alcuni partigiani della zona, ma, con l'arrivo in paese di altri uomini della milizia fascista pronti ad aiutare la Gestapo a eliminare chiunque continuasse a minare l'operato del Reich tedesco, molti di loro adesso si stavano dando alla macchia.

Maxine e Lara, la moglie di suo cugino, stavano aspettando che Davide le raggiungesse in salotto. Lo sentirono scendere le scale scricchiolanti e poi aprire la porta per entrare in salotto. Ammiccò a entrambe prima di montare la radio che in genere teneva nascosta in soffitta. Era il momento più elettrizzante della giornata e a Maxine batteva forte il cuore per la trepidazione ogni volta che si sedevano vicini, stringendosi attorno all'apparecchio per sentire le ultime notizie, affamati di novità. Mentre Davide armeggiava con le manopole, l'apparecchio fischiava e all'inizio il suono arrivava in modo intermittente. Gracchiava. Poi un sibilo. Una parola. E anche quando cominciarono a sentire delle frasi, le parole risultarono comunque incomprensibili e confuse. Maxine trattenne il respiro. Avrebbero trasmesso qualcosa quella sera? Negli ultimi tempi l'assenza di notizie era stata straziante: la gente stava perdendo le speranze, il risentimento cresceva e taluni credevano che i tedeschi avrebbero davvero vinto la guerra. E con i bombardamenti apparentemente indiscriminati degli Alleati, alcuni erano addirittura arrivati a pensare che sarebbe quasi stato meglio così. Com'era prevedibile, gli Alleati prendevano di mira le linee ferroviarie, le stazioni, le aree di stoccaggio delle merci, i depositi di munizioni e così via, ma quando colpivano un centro abitato dopo l'altro la popolazione si infuriava. Il gracchiare continuò, ma poi arrivarono le voci dei commentatori alleati, che a volte alle nove in punto trasmettevano informazioni criptate per la resistenza. Di tanto in tanto in quei programmi di attualità e intrattenimento si celavano anche dei "messaggi personali" indirizzati all'Europa occupata. Spesso erano messaggi in codice destinati agli agenti segreti. Maxine temeva che l'emittente non sarebbe riuscita a trasmettere in modo chiaro il messaggio, ma alla fine ce la fece, il suono sottile e acuto, ma comunque comprensibile.

E alla fine, ammutoliti per l'incredulità, si scambiarono una serie di occhiate guardinghe. Non avevano trasmesso nessun messaggio criptato, solo quell'incredibile notizia. Era tutto vero? Possibile che fossero davvero così vicini? L'annunciatore ripeté il messaggio: gli Alleati erano sbarcati a Nettuno, a soli quaranta chilometri a sud di Roma. E non era finita lì, perché c'era anche stato un massiccio bombardamento delle città tedesche da parte degli Alleati; l'ansia stava iniziando a serpeggiare tra la popolazione tedesca, che adesso temeva di perdere la guerra.

Davide lanciò un grido di gioia, diede una pacca sulla spalla a Maxine e baciò la moglie su entrambe le guance. «Dobbiamo festeggiare. Solo il meglio del meglio per questa occasione». Levò i pugni al cielo in segno di esultanza e lasciò la stanza.

Maxine sorrise a Lara. «Non è meraviglioso? Speriamo che presto liberino Roma, eh?».

Anche se non era un partigiano, Davide appoggiava in pieno la causa di chi stava rivestendo un ruolo più attivo rispetto a lui nella resistenza. Avvocato di professione, ci si sarebbe aspettati che fosse dalla parte dei fascisti, invece assisteva chi era stato arrestato indebitamente e forniva rifugi sicuri a chi era stato minacciato, senza dare nell'occhio e restando perlopiù dietro le quinte. A Maxine c'era voluto un bel po' di tempo per scoprirlo ma, alla fine, Davide era arrivato a fidarsi di lei e le aveva rivelato il suo operato.

Tornò in salotto tenendo sollevata una bottiglia di pregiato vino rosso.

Ridacchiando tra sé, tutto compiaciuto, la stappò e riempì tre bicchieri fino all'orlo. «Questa l'avevo nascosta. L'ho tenuta da parte per un'occasione come questa».

Qualche giorno dopo, Maxine incontrò Marco al Caffè Poliziano in via di Voltaia nel Corso, il locale nel quale si erano dati appuntamento anche la volta precedente. Era presto e l'atmosfera era tranquilla, quindi scelsero un tavolo da cui godersi lo splendido panorama. Dato che entrambi si erano voltati a guardare fuori dalla finestra, Maxine lo osservò di sottecchi mentre era di profilo. Marco girò di scatto la testa e l'intensità del suo sguardo la fece tremare. Il suo cuore fece una capriola e per un breve istante, frastornata e disorientata dallo sbocciare di quelle emozioni, non afferrò le sue parole.

«Ma mi stai ascoltando?»

«Scusami». Non le andava di spiegargli perché si fosse persa, così mormorò qualcosa a proposito del panorama. Perché in compagnia di Marco si sentiva sempre un'imbrogliona? In lui c'era qualcosa che riusciva a penetrare i muri che aveva tanto faticosamente eretto nel corso degli anni e se riusciva, come sospettava, a vederla per com'era realmente, la cosa la innervosiva.

La fulminò con lo sguardo, l'espressione torva. «Santo cielo, lascia perdere il panorama. Non ti rendi conto che a Roma è stato dichiarato lo stato d'emergenza?»

«Sì, ho saputo».

«Non c'è più cibo, le strade sono bloccate e la rete idrica è al collasso».

«Come faranno a sopravvivere?»

«Contano sul fatto che gli Alleati arrivino presto».

Maxine lanciò un sospiro. «E se tardassero?». Gli lanciò un'occhiata, ma lui non rispose. Cosa c'era da dire, dopotutto? Era davvero spaventoso.

Marco scrollò il capo. «I tedeschi non si arrenderanno senza combattere», disse. «Ci sono già lunghe colonne di soldati diretti a Roma da Siena».

«Tu li hai visti?»

«Sì. E non è stato un bel vedere. I nostri uomini li stanno contando. Nascondendosi nei fossi o riparandosi sotto i cespugli. È un'informazione di cui gli Alleati avranno bisogno».

Si voltarono di nuovo e guardarono fuori dalla finestra. Era veramente assurdo che stessero ammirando quel meraviglioso panorama baciato dal sole invernale, con un cielo così azzurro da sembrare quasi irreale, quando non molto lontano da loro si stava consumando una simile tragedia.

«Ebbene?», le chiese poi, rivolgendole uno sguardo interrogativo e sporgendosi sopra il tavolo per avvicinarsi un po'.

Maxine si voltò a controllare gli avventori presenti nella saletta. «Temo non si siano fatti grandi passi avanti nel capire dove si trovi l'arsenale di Firenze, ma ho scovato Bruckner, questo sì. È qui in paese e va a bere in piazza Grande».

«In un palazzo dove di certo non mancano vini eccellenti», commentò Marco.

Persino Maxine sapeva che Montepulciano era rinomata per il suo vino nobile, perciò, naturalmente, i tedeschi avevano razziato le cantine del palazzo del quattordicesimo secolo che avevano requisito nelle vicinanze di piazza Grande, nel cuore del borgo.

«Devi agire in fretta», aggiunse Marco. «Non penso che si tratterrà ancora per molto».

«Pensavo di farlo stasera. Sai come si chiama il barista che mi farà entrare?»

«Sì, Riccardo, è quello che fa entrare tutte le ragazze. Te lo presenterò io».

Lei storse la bocca. «Dirò che sono qua perché mia madre mi ha mandata via da Roma prima che bloccassero le strade. Potrei dirgli che sono andata a vivere da un'amica in campagna, ma che adesso sto da mio cugino e sto cercando un lavoro. Basta un bel visino e si bevono qualsiasi cosa».

«A meno che non ti scambino per una prostituta».

Maxine inarcò le sopracciglia come a dire: "E anche se fosse?", poi sostenne il suo sguardo. «E tu? Non hai niente da dirmi?»

«Sì. Quando arriverai a Firenze, dovrai andare a parlare con il capo dei partigiani, Ballerini. Lui ti spiegherà come stanno davvero le cose sia in città sia attorno a Firenze, così potrai passare quelle informazioni agli Alleati tramite Radio Cora».

«Radio Cora? E per cosa starebbe?»

«Commissione Radio. È un'emittente clandestina creata per

tenere i contatti tra gli Alleati e la resistenza. La parola d'ordine per entrare in collegamento con Radio Londra è: "L'Arno scorre a Firenze". L'apparecchiatura è abbastanza rudimentale e deve essere spostata di continuo, un po' come quella usata da James».

«D'accordo. Quindi, ricapitolando, una volta arrivata a Firenze porterò avanti il mio incarico insieme a questo Ballerini. Vediamo cosa possiamo fare insieme».

«Esatto. Qua e sul Monte Amiata avranno bisogno di me, quindi la persona che fa di più al caso tuo adesso è lui. Vai anche al numero dodici di piazza d'Azeglio a incontrare l'impiegato che lavora per l'ufficio del console tedesco».

«L'ufficio di Gerhard Wolf?»

«Sì».

Maxine annuì. Poi, con la testa piegata da un lato, sfoderò un sorrisetto malizioso. «Andiamo. Dov'è il tuo cappello?».

Marco fece spallucce. «L'ho perso».

«So che hai detto che dovremmo mantenere le distanze, ma…».

Lui aggrottò la fronte, fingendosi scandalizzato. «Non riesco proprio a immaginare cosa tu mi stia proponendo».

«Mio cugino è al lavoro e oggi sua moglie non c'è, perciò…».

«Vorresti invitarmi a prendere un caffè da te?».

Sorrise compiaciuta. «Proprio così».

Maxine amava gli eleganti palazzi rinascimentali del borgo, le sue chiese secolari e tutte le piazzette e gli angoletti segreti. Quando era stanca della guerra e si fermava a contemplare la meravigliosa Val d'Orcia o le vallate della Val di Chiana, i paesaggi che la circondavano le risollevavano l'umore, ed era con quella leggerezza d'animo che si incamminò davanti a Marco verso la casa di Davide. Non si era aspettata che accettasse di seguirla ma, visto che l'aveva fatto, era decisa a trarre il massimo dal tempo che avrebbero trascorso insieme.

Dopo aver fatto l'amore nella sua stanzetta al terzo piano, rimasero sdraiati a letto a chiacchierare. Le parlò delle sue speranze per il futuro e di quanto un domani gli sarebbe piaciuto crearsi una famiglia tutta sua, perché magari avrebbe compensato la perdita di suo fratello. Le disse che aveva una sorella e un nipotino e che voleva il meglio per entrambi.

Questo la sorprese, e glielo rivelò.

Marco sorrise. «In genere non mi concedo il lusso di immaginare cose positive».

«Forse pensare a tempi migliori aiuta a rendere tutto più sopportabile».

Lui scosse la testa. «So cosa intendi, ma io invece penso che lo renda solo più doloroso. Ho scoperto che se riesco ancora a fare quello che faccio è solo perché sono diventato più cinico».

Maxine si tirò su, sprimacciò il cuscino e abbassò lo sguardo sui suoi occhi chiusi, poi gli sfiorò delicatamente i contorni delle sopracciglia.

«È complicato, vero?», disse.

Gli occhi di Marco si spalancarono e i loro sguardi si incrociarono. «Cosa?»

«L'amore. O meglio, vivere senza l'amore».

Lui sbuffò dal naso. «Pensi che sia il mio caso?».

Maxine fece spallucce. «Forse sei obbligato a farlo».

Rimasero in silenzio per qualche istante.

«Non credi che l'amore possa compensare gli orrori della guerra? Almeno un pochino?», gli chiese.

«Non lo so. Dimmelo tu».

«Io ci voglio credere».

Marco distolse lo sguardo. «È davvero possibile amare quando il mondo è diventato così fosco?».

Lei sospirò. «E cosa ci rimane se non c'è più l'amore?»

«La guerra. Soltanto la guerra».

Qualcosa nella gravità del suo tono di voce la indusse a tacere.

«I sentimenti ti rendono debole, influiscono sulle tue decisioni, ti portano a mettere in pericolo la tua vita e anche quella degli altri. Ecco perché dobbiamo troncare ogni rapporto con le nostre famiglie e assumere un'identità diversa».

«Quindi non sei veramente Marco?»

«Esatto».

«Ma tu, Marco o non Marco, *provi* dei sentimenti».

I loro sguardi si incrociarono di nuovo e lui socchiuse gli occhi.

«Sì, è così», ribadì lei con fermezza. Su quel punto non intendeva cedere. «Ti senti in colpa perché hanno preso tuo fratello e tu non c'eri. È per questo che fai quello che fai, non è così?».

Marco si irrigidì.

«Anche tu hai paura e anche tu provi tanta rabbia. Lo so che è così».

«Perché, tu no?»

«Certo che sì. Nessuno sta dicendo il contrario. Provo terrore, incertezza, dubbi, ogni genere di emozione. Ma non puoi provare tutte queste cose e lasciare fuori l'amore».

«Questo è assurdo. Perché non potrei?»

«Perché se tagli fuori l'amore, tagli fuori anche tutto il resto».

«E tu come fai a saperlo?»

«Mio padre. È successo qualcosa. In passato. Non so cosa. Non ne hanno mai parlato davanti a me, ma ho sentito mia madre confidarsi con le sue amiche. Qualunque cosa sia accaduta, mio padre si è chiuso in se stesso, ha smesso di esternare i suoi sentimenti, ha chiuso il suo cuore. A volte penso che l'unica emozione che gli è rimasta sia la rabbia».

«E secondo te non si può sopravvivere soltanto con la rabbia? È questo che stai dicendo?»

«Possiamo sopravvivere, ma questo non è vivere fino in fondo, no?».

Ormai la stava fissando. «Pensi che la rabbia sia la cosa peggiore?»

«Non lo so. È così?»

«Ora che siamo guerra o in generale?»

«Tutt'e due».

Parve rifletterci un attimo. «L'apatia. Quella è peggio».

Lei annuì. «Sì, credo che tu abbia ragione. Specialmente adesso».

«Be', nessuno potrà mai accusarti di essere una persona apatica». Tacque per un momento prima di proseguire, e Maxine lo vide deglutire come se gli fosse salito un groppo in gola.

«Lo vedo ancora ovunque», disse.

«Tuo fratello?».

Fece cenno di sì con la testa. «Lo vedo passeggiare per strada, seduto a un bar, di ritorno dai campi con il raccolto. Lo vedo con i miei genitori, con mia sorella. Immagino il padre che un giorno sarebbe diventato, i bambini che avrebbe potuto avere».

«Mi hai già detto che lo stai facendo per lui. Questo non è amore?»

«O vendetta. Ci hai mai pensato?».

Lo osservò con attenzione. «Non è sete di vendetta quella che vedo nei tuoi occhi, Marco».

«E cosa vedi?».

Maxine inarcò le sopracciglia, gli prese una mano e se la portò alle labbra, e lui ebbe la buona grazia di sorriderle. "Oh, caro mio, caro mio", pensò. "Quanto ti amo".

Maxine si era accomodata su un divanetto di velluto nel palazzo requisito dai nazisti e di tanto in tanto rovesciava il vino che avrebbe dovuto bere in un vaso alle sue spalle. Anche se non c'era niente di più apprezzabile di un eccellente vino rosso, quella sera doveva mantenere la lucidità. Sebbene avessero già un aggancio nell'ufficio del console tedesco a Firenze, doveva ancora incontrare Bruckner, l'uomo che a suo avviso avrebbe deciso come disporre del nuovo arsenale.

Stava ascoltando i discorsi estremamente tediosi del capitano Vogler, Baltasar Vogler, il quale sosteneva che il suo nome di battesimo stava a indicare che aveva la protezione di Dio.

«Come tutti noi tedeschi», aggiunse. Rise e riprese a lamentarsi dei funesti scioperi dei lavoratori nel Nord Italia.

«Ma non c'è niente di cui preoccuparsi», stava dicendo. «Li abbiamo sistemati noi, altroché».

Maxine sorrise e gli rivolse quello che sperava essere uno sguardo ammirato, quando in realtà stava segretamente morendo dalla voglia di strappargli quella ciocca di capelli biondicci che gli ricadeva davanti agli occhi porcini. Basso e tarchiato – fatto insolito, visto che quasi tutti gli ufficiali quantomeno erano alti – emanava uno sgradevole odore di carne. Come se fosse andato un po' "a male". Sorrise di nuovo, stavolta immaginandolo marcire un poco alla volta dall'interno, ma lui ovviamente fraintese. Pensava che pendesse dalle sue labbra.

«Vuoi sapere come?», le domandò, ma poi continuò a vantarsi senza attendere una sua risposta, dicendole che avevano sparato a dieci operai. «Avresti dovuto vedere come sono corsi di nuovo al lavoro, posso assicurartelo». Rise come se le avesse raccontato una barzelletta oltremodo spassosa.

Maxine, nauseata, riuscì a conservare il sorriso, ma nel frattempo continuava a tenere d'occhio la porta e a non perdere di vista gli altri due uomini presenti nella stanza, che sembravano molto presi dalla loro conversazione. Vogler amava il suono della propria voce e Maxine doveva limitarsi a fingere di starlo a sentire. Quando le appoggiò il palmo sudato di una mano sul ginocchio, ne avvertì il calore appiccicoso attraverso l'abito di seta. Blu pavone, era uno dei vestiti della defunta cognata di Sofia ed era indubbiamente antiquato, ma il colore valorizzava i riflessi ramati dei suoi capelli e faceva risaltare anche il rossetto ciliegia.

Poi, d'un tratto, la porta si spalancò. Entrò un uomo, anche in quel caso non particolarmente alto ma muscoloso, con i capelli biondissimi tagliati corti. Indossava un'uniforme da ufficiale delle SS con quattro stellette d'argento appuntate sul bavero. Quello era Bruckner? Maxine trattenne il fiato e sentì correre un brivido di paura lungo la spina dorsale, poi gli rivolse un sorriso incerto. In origine le SS facevano parte di una squadra d'élite formata per difendere Hitler, ma ormai erano diventate la principale organizzazione paramilitare incaricata della sicurezza, della sorveglianza e del regime del terrore sia in Germania che nei Paesi europei occupati dai tedeschi. Doveva andarci molto cauta.

«Ah, maggiore Bruckner, cosa posso offrirle?», disse Vogler, schizzando in piedi.

«C'è della birra?»

«No, solo vino rosso». L'ufficiale più corpulento rise, ma Bruckner si limitò a fare spallucce.

Quando Vogler andò ad aprire un'altra bottiglia, Bruckner squadrò Maxine da capo a piedi. Lei abbassò le ciglia prima di risollevare lo sguardo e fissare gli occhi più verdi che avesse mai visto in vita sua. Che peccato che fosse un nazista. Meditò su cosa potesse significare andare a letto con un uomo come quello e si chiese se il fine giustificasse sempre i mezzi, quale che fosse il prezzo da pagare. Se per un momento fosse riuscita a dimenticare chi era, forse non sarebbe stato così male. *Se* solo fosse stato possibile. Ripensò a cosa le aveva detto Marco a proposito dei sentimenti, al fatto che rendevano deboli, che portavano a mettersi in pericolo. Avrebbe preferito tornare da lui piuttosto che trovarsi lì.

«Piacere, io sono Massima», si presentò, sforzandosi di mantenere alta la concentrazione.

I suoi occhi sprizzavano vivacità. «Bel vestito».

Quando Vogler fece ritorno con due bottiglie di rosso già aperte, Bruckner lo cacciò via con un gesto della mano e l'altro tedesco lasciò la stanza, seguito dai due ufficiali che si erano attardati davanti al camino.

Poi Bruckner scrutò il viso di Maxine. «Allora, sei di queste parti?».

Lei non si lasciò intimidire dalle sue occhiate insistenti e fece cenno di no con la testa. Poi gli disse che era davvero stupita perché parlava benissimo l'italiano.

«Ah, venivamo sempre qui quando ero un bambino. Mia madre amava l'Italia, soprattutto i laghi. Quello di Lugano era il suo preferito, ma le piaceva anche la Toscana. Piaceva a tutti».

«Amava?».

Lui abbassò lo sguardo. «Purtroppo non è più tra noi. Il nostro palazzo è stato bombardato. Siamo sopravvissuti soltanto io e mio padre, perché non eravamo in casa. Sono morti anche mio fratello e la mia sorellina».

«Mi dispiace moltissimo», disse Maxine, e si rese conto che le dispiaceva sul serio. Le perdite di vite innocenti erano terribili su entrambi i fronti, dopotutto.

«Hai uno strano accento, mi pare».

Presa alla sprovvista, doveva ragionare in fretta. La voce di sua madre le intimò di fare attenzione e quella dall'inconfondibile accento britannico di Ronald, il suo ufficiale di collegamento, si unì al coro. "Attieniti alla verità, o cerca di restare quanto più possibile vicina alla verità". Era quello il suo mantra.

«Ho passato qualche anno a New York da alcuni parenti quando ero piccola», spiegò. «Ma vengo da Roma. Adesso sono ospite da mio cugino qui a Montepulciano».

Il tedesco rimase in silenzio.

«Non le andrebbe di sedersi, Herr Bruckner?»

«Chiamami Gustav e dammi del tu. Stasera non sono in servizio».

Si accomodò vicino a lei, che inspirò l'odore della sua fragranza dalle note agrumate. «Hai un buon profumo».

«Anche tu. Cos'è?».

Era un dettaglio che aveva tenuto in gran considerazione prima di venire in Italia e probabilmente l'essenza che aveva scelto era una delle più seducenti mai create, una calda esplosione di patchouli con sentori di rosa e narciso.

«Tabu di Dana», gli disse.

«Sensuale», mormorò lui con voce suadente. «Selvaggio... Devi essere una donna pericolosa».

Lo sguardo che gli rivolse fu la conferma che cercava.

Passarono un'ora a parlare e Maxine scoprì che lo trovava piuttosto interessante. C'era qualcosa di diverso in lui e le sembrava un po' un pesce fuor d'acqua, eppure doveva anche essere spietato per essere arrivato al grado di Sturmbannführer, ossia di maggiore, in così giovane età. Le disse che prima della guerra stava studiando per diventare medico, ma che poi si era arruolato nella Wehrmacht. Voleva combattere per la madrepatria e difendere il Paese che amava, ed era stato al comando di un'unità d'assalto. Suo zio era un vicecomandante a capo delle forze armate e gli aveva dato una mano a fare carriera.

«Il voltafaccia dell'Italia è stato un vero affronto», commentò, e lei non poté fare a meno di notare la ferocia con cui lo disse.

«Non tutti hanno cambiato bandiera», replicò. «Avresti dovuto vedere quando Mussolini ha proclamato l'obiettivo di unificare l'Italia in sella al suo cavallo bianco».

«Un uomo superbo. Come il nostro Führer. Ma non è mai stato abbastanza forte. Se vuoi cambiare il mondo, non puoi essere debole né tollerare alcuna debolezza».

Maxine ripensò con un sottile piacere ai modi in cui partigiani altrettanto determinati stavano cercando di cambiare il mondo azzoppando la macchina da guerra nazista.

La conversazione cominciò a languire e lui si alzò per andare ad attizzare il fuoco. Maxine decise che era giunto il momento di dare una svolta alla serata per portarla nella direzione che desiderava. Quando Bruckner tornò da lei, e stavolta si sedette ancora più vicino, gli posò una mano sul polso.

«Ti tratterrai a lungo?», gli domandò con voce intenzionalmente graffiata.

Lui scosse la testa. «Solo per un paio di giorni, poi tornerò a Firenze».

Gli sorrise e gli accarezzò il polso. «Altro vino?».

Bruckner annuì.

Aveva bevuto parecchio e cominciava ad avere lo sguardo offuscato di chi ormai mira a una cosa sola. Allo scopo di tenere vivo il suo desiderio, Maxine si alzò in piedi.

«Sarai qui anche domani sera?», gli chiese.

Lui si mise più comodo, un braccio disteso sul divano, le gambe divaricate. «E tu?».

Gli sorrise con aria provocatoria. «Ma certo. Dove dovrei andare, sennò?»

«Allora ci sarò anch'io».

«Ma poi partirai per Firenze».

Le rivolse uno sguardo impenetrabile. «C'è tempo».

«Mi piacerebbe andare a Firenze. Qua è così noioso».

«E una volta lì, cosa vorresti fare?»

«Potrei trovarmi un lavoro. Ho un'amica che abita vicino al fiume. Magari potrei prendere un treno e andare a stare da lei».

«Hai tutti i tuoi documenti?».

Maxine si accigliò. «Naturalmente». I documenti falsi forniti dalle suore, che si portava dietro da quando era arrivata a sud di Roma, fino a quel momento le erano tornati utili.

Poi gli soffiò un bacio e fece la sua uscita di scena. Se solo fosse riuscita a convincerlo a darle uno strappo a Firenze…

28

Lorenzo era tornato a Roma e Sofia si stava preparando per andare a Firenze. La sera prima della partenza, la sorprese trovare James davanti alla porta sul retro. Si stava sfregando le mani e intanto ci alitava sopra. «Spero di non averti disturbata», disse, le labbra bluastre dal freddo. «So che è tardi, ma è umido e si gela alla fattoria, e non ho il coraggio di accendere il fuoco».

Lei ci rifletté un istante, lieta che i cani stessero dormendo in cucina, perché i loro latrati erano in grado di risvegliare i morti. «Forse è meglio se vieni su in camera mia. Posso accendere il camino. Se facciamo piano, dopo potrai sgattaiolare via usando il passaggio segreto».

«Grazie».

«È fondamentale che le tue condizioni di salute non peggiorino di nuovo. Hai fame?».

Le tolse ogni dubbio in merito massaggiandosi lo stomaco.

«Dovrebbe essere avanzato dello sformato di coniglio. Vado a vedere. Ricordi la strada?».

James annuì. «Maxine è tornata?»

«No. È ancora a Montepulciano. Ora vai su. Non ti vedrà nessuno».

Non appena si incamminò in direzione delle scale, Sofia andò in cucina, dove trovò Carla ancora intenta a tirare il tavolo a lucido.

«Oh», fece, sorpresa. «Sei ancora in piedi».

«Posso portarti qualcosa?»

«Ah… sì. È avanzato un po' di coniglio?».

La cuoca sparì nella dispensa e tornò con un pezzo di sformato. Mise il piatto a tavola. «Vado a prendere una forchetta». Poi scrutò il viso di Sofia con aria preoccupata. «Va tutto bene, contessa?»

«Sì, perché non dovrebbe?».

Carla socchiuse gli occhi, perplessa. «Sei un po' palliduccia e non mangi mai a quest'ora».

«Non ti si può nascondere niente, eh, Carla? Ma sto bene, davvero. Lo sformato è per James. Ha freddo ed è affamato».

Prese il piatto e la forchetta che le stava porgendo. «Glielo porto su in camera mia».

Nel camino al piano di sopra in genere c'era sempre della legna già accatastata e pronta per essere usata. Prima se ne occupava Giulia, ma adesso Sofia lo faceva personalmente e, seguendo l'esempio della domestica, rinnovava ogni giorno la scorta di legna da tenere a portata di mano. Avrebbe potuto assumere un'altra domestica, ma, visto come stavano le cose, preferiva non avere gente nuova per casa. Porse lo sformato a James e trovò il modo di tenersi impegnata appallottolando la carta e gettandovi sopra legnetti e pezzetti di corteccia secca, conscia di avere gli occhi dell'inglese costantemente puntati addosso. Era una situazione strana, anche piuttosto imbarazzante, e si sentiva profondamente a disagio. Quando avvicinò il fiammifero alla carta, le fiamme avvamparono in fretta, così si alzò e trascinò davanti al focolare le uniche due poltroncine presenti in camera.

Non si voltò a guardarlo, ma aveva la sensazione che stesse continuando a osservarla. Quando alla fine alzò gli occhi, non riuscì a decifrare la sua espressione: il suo sguardo tradiva una certa emotività e si chiese se sentisse nostalgia di casa. Le parve di assorbire tutta la tristezza insita in quegli occhi intensi e azzurrissimi e provò il desiderio di dargli un po' di conforto.

Lui finì lo sformato e le lanciò un sorriso. «Grazie, sei davvero generosa».

«Figurati».

«Mi sono messo a cercare delle postazioni», le disse poi.

«Delle postazioni?». Si rese conto di quanto dovesse sembrargli stupida.

«Nuovi posti dove poter montare l'attrezzatura radio oltre alla fattoria in cui mi sono trasferito».

«E li hai trovati?»

«Sì, uno o due. La torre campanaria di una chiesa abbandonata e un vecchio fienile sul cucuzzolo di una collina». Le rivolse uno sguardo carico di emozioni, sfacciato, tanto che all'improvviso Sofia si sentì vulnerabile ed esposta.

«Allora… come stai?», le domandò.

Ma lei si irrigidì, consapevole di non essere abituata a essere così impacciata. «Sto bene».

La conversazione aveva già perso spontaneità, risultato del crescente imbarazzo che provava trovandosi in camera da letto, da sola e a tarda ora, con un uomo attraente che non era suo marito.

«Scusami», disse lui, che a quanto pareva aveva percepito il suo disagio. «Sarà meglio che vada».

Lì per lì, Sofia non rispose. Era più opportuno mandarlo via o doveva semplicemente ignorare il suo suggerimento? Non aveva il cuore di rispedirlo in un posto dove sarebbe morto di freddo e di fargli affrontare quella lunga camminata, perciò, provando a mantenere un tono quanto più possibile neutro, gli offrì alcune coperte di scorta.

«Ti ringrazio». Fece per alzarsi.

Poi, dopo un attimo di esitazione e con l'intento di salvare la situazione, Sofia aggiunse: «Senti, in realtà… non devi andare via subito. Resta, prima scaldati come si deve».

James si riaccomodò. «Sei molto gentile».

Il momento di imbarazzo ben presto si trasformò in un lungo silenzio.

«Ti va di raccontarmi qualcosa della tua vita?», gli chiese alla fine. «A casa, intendo».

Lui si grattò il mento. Sembrava rassegnato. «Temo che non ci sia consentito divulgare informazioni personali».

«Oh, ma certo. Che domanda stupida».

«No, non stupida. Normale. Be'... se queste fossero circostanze normali, è chiaro».

Si zittirono ancora una volta, ma poi, inaspettatamente, parlarono entrambi nello stesso identico istante. «Dimmi, scusa», fece lei. «Prima tu».

James sorrise, e Sofia si sentì talmente disarmata dalla luce che gli brillava negli occhi che dentro di lei si scatenò ogni sorta di reazione incomprensibile.

«Oh, al diavolo!», esclamò lui. «Non è che ci farà perdere la guerra, no? Vengo dal Gloucestershire, da un posto che si chiama Stroud. Be', da uno dei paesini limitrofi, in realtà».

«Ti andrebbe di descrivermi com'è? Io sono stata solo a Londra».

«Le Cotswolds sono molto diverse da Londra. Le colline sono disseminate di graziosi cottage in pietra e ci sono anche grandi ville di campagna», spiegò lui, appassionandosi all'argomento.

«Sembra un posto delizioso. Deve mancarti molto».

«Sì. I miei genitori vivono a Minchinhampton, vicino al parco pubblico. Ci portavamo sempre a passeggio il nostro cane, un labrador».

«Come si chiama?»

«Ormai è morto, purtroppo, ma l'avevo chiamato Pluto».

Sofia rise. «Che nome buffo».

Chiacchierarono amabilmente per un'ora. Le parlò dell'Inghilterra, della sua fidanzata, Margaret, della sua casa e delle sue pietanze preferite. A quanto pareva, tutti in Inghilterra non facevano altro che parlare di cibo, oppure lo sognavano, proprio come loro. Le parlò delle salsicce con il purè di patate, dei pasticci di carne, degli arrosti e della torta di mele. Lei gli disse che a Londra aveva mangiato male.

«Ah, lì è tremendo», confermò lui con una smorfia, e scoppiarono a ridere.

Più restavano seduti a parlare davanti al fuoco, più Sofia si sentiva al sicuro, racchiusa in una preziosa oasi di pace.

«E tu?», le chiese James. «Dove sei cresciuta?»

«A Roma. Le pareti del nostro appartamento erano piene di quadri e di scaffali stracolmi di libri». Sorrise al ricordo. «Mio padre era disperato perché mamma andava sempre a caccia di libri o dipinti rari e poi si portava tutto a casa. Erano premurosi e sono stati ottimi genitori. Di tanto in tanto, per premiarmi, mi permettevano di andare a letto più tardi per assistere alle serate musicali che organizzavano una volta al mese».

«Doveva essere meraviglioso».

Ripensando al passato, Sofia si sentì pervadere da una grande tristezza. «Sì, infatti. Gli amici dei miei genitori erano tutti artisti, scrittori, musicisti, poeti e attori. Gente che non si è mai iscritta al partito fascista. Ma a poco a poco il loro numero si è gradualmente ridotto».

«Cos'è successo?»

«Mussolini, ecco cos'è successo. Alcuni di loro sono spariti senza lasciare tracce. Altri sono andati all'estero. Soprattutto in America. A mia madre si è spezzato il cuore».

«Immagino che la storia di tuo marito sia abbastanza diversa».

«La nobiltà tendeva a sostenere il fascismo».

«Anche tuo marito?».

Per tutta risposta, Sofia si strinse nelle spalle e si perse un attimo nei propri pensieri. Anche se era a conoscenza delle sue perplessità sull'argomento, Lorenzo non si era mai schierato apertamente contro Mussolini. In pochi si erano esposti e chi lo faceva se ne pentiva finché campava, se sopravviveva. In ogni caso, in linea generale, Lorenzo non si era mai espresso in modo troppo esplicito. Aveva un carattere diverso dal suo e, dato che era stato cresciuto e educato al riserbo, forse per lui era naturale essere un po' più reticente.

«Lui non sostiene Mussolini. È un brav'uomo, una persona davvero onesta», disse. «Ma tende a tenersi tutto dentro».

«E a te sta bene così?»

«Voi uomini non siete quasi tutti chiusi per natura, almeno in determinate occasioni?».

James si sporse verso di lei e la fissò con aria interrogativa, ma Sofia non si fidava di aggiungere altro e, oltretutto, non era neanche così sicura di volerlo fare. Capì che voleva dirle qualcosa, che ce l'aveva sulla punta della lingua, ma alla fine si tirò indietro e scosse la testa prima di distogliere anche lo sguardo.

Rimasero seduti in silenzio per qualche minuto e lei si accorse che il disagio di prima era completamente svanito; il senso di familiarità che provava in sua compagnia e la spontaneità con cui avevano parlato erano stati rassicuranti. James aveva una schiettezza che le piaceva ed era evidente che tra loro stava iniziando a nascere un delicato legame.

Era come se avesse concordato di parlare di tutto tranne che della guerra, ma a un certo punto non riuscì più a trattenersi. «Vinceranno gli Alleati?», domandò, sentendo tremare la sua stessa voce.

Lui fece un respiro profondo ed espirò lentamente. «Diamine, lo spero tanto».

«Ma è più complicato di così, vero? Non si tratta soltanto di vincere e perdere. È una vera follia. Non sarebbe mai dovuto accadere, dico bene?».

La verità insita in quelle parole gli strappò un mugugno. «Nessuno di noi voleva arrivare a tanto».

«Mia madre dice che anche le tenebre nascondono sempre una luce».

«E tu ci credi?»

«Vorrei… ma so che è vero anche il contrario».

Dato che si stava facendo tardi, Sofia cominciava ad avere sonno e non riuscì a reprimere uno sbadiglio.

«Scusami, davvero», disse lui, scattando in piedi. «Ti sto tenendo sveglia e hai bisogno di riposare».

Si alzò anche lei e, benché si sentisse sola e desiderasse il contatto umano, si fermò giusto in tempo prima di proporgli di trattenersi ancora.

James la fissò a lungo, come se riuscisse a leggerle nel pensiero. «Grazie», disse prima di prenderle la mano e portarsela alle labbra. Sofia si appoggiò a lui, sentì il battito del suo cuore e percepì tutto il calore che emanava. Passarono alcuni istanti, poi si ritrasse di scatto e rimpianse di essersi concessa quel momento di intimità.

«Scusami, mi dispiace», disse lui, mortificato.

«Nessun problema», replicò lei. «Ma adesso è meglio che tu vada. Ti accompagno giù, devo chiudere a chiave».

29

Firenze

Lorenzo aveva ragione. Quando Sofia e Anna arrivarono nel centro storico di una Firenze occupata dai tedeschi, scoprirono che non faceva freddo come al Castello, ma l'umidità era comunque in grado di insinuarsi nelle ossa. Sofia ricordava ancora la primissima visita al palazzo di famiglia di Lorenzo e quanto era rimasta incantata dalla sua bellezza, con le finestre ad arco su tutta la facciata e l'enorme portone d'ingresso. L'ultima volta che erano stati lì era a settembre dell'anno prima, ed erano stati fortunati. Le sirene antiaeree non c'erano ancora quando i cacciabombardieri degli Alleati avevano preso di mira la città, e loro si stavano rilassando nel salone, ignari di ciò che stava per accadere. Quando erano cominciati quei fischi spaventosi, Sofia si era precipitata da Lorenzo e si erano stretti l'uno all'altra, ascoltando ogni sibilo acuto, seguito da un rimbombo che terminava in un'esplosione in grado di togliere il senno. Mentre l'incubo andava avanti e le bombe alleate continuavano a cadere a grappoli, loro erano rimasti in attesa, il fiato sospeso, non sapendo se sarebbero sopravvissuti. Lei aveva pregato e pregato, e ci aveva messo tutta se stessa. E aveva provato con tutte le sue forze a non pensare a cosa sarebbe potuto accadere se la fortuna le avesse voltato le spalle. Ne erano usciti miracolosamente indenni, ma avevano scoperto che diversi edifici erano stati distrutti e che almeno duecento civili erano rimasti uccisi. Era stata una notizia amara da digerire. Le forze inglesi e americane erano il nemico, ed ecco che da un giorno all'altro si erano trasformate in un alleato. Adesso facevano saltare i ponti e le linee ferroviarie per dare del filo da torcere ai tedeschi, ma così facendo stavano colpendo anche i normali cittadini.

Da allora non aveva più rimesso piede in quella casa, e l'assenza di Lorenzo riecheggiava in tutto il palazzo. Non era successo niente di inappropriato la notte prima, ma forse passare del tempo da sola con James l'aveva resa più consapevole di quanto avesse bisogno di avere il marito al suo fianco. Era sbagliato? Sapeva cavarsela. Sapeva cavarsela benissimo, ma desiderava che fosse lì con lei, in quelle stanze buie e sbarrate, nel suo letto. Fece il giro della casa per togliere i teli di mussola lasciati sui mobili per proteggerli dalla polvere e questo la aiutò un po'. Il palazzo di quattro piani era troppo grande per loro due e avevano pianificato di dividerlo in quattro appartamenti, ma poi era scoppiata la guerra e l'ambizioso progetto si era fermato.

All'inizio, quando si erano appena sposati, Sofia aveva dovuto prendere dimestichezza con il ruolo di contessa e in alcune occasioni, soprattutto lì, le era quasi sembrata una farsa, ma poi, un poco alla volta, aveva iniziato ad abituarsi al nuovo stile di vita. Prima di morire, la madre di Lorenzo si era prodigata in ogni modo per metterla a suo agio. Sofia era andata a Roma a trovare i suoi genitori quando Lorenzo e la sua famiglia erano rimasti coinvolti in quel terribile incidente d'auto. Essendo l'unico sopravvissuto, il dolore e il senso di colpa avevano avuto effetti devastanti su suo marito. Sofia aveva fatto tutto il possibile per aiutarlo finché alla fine, pian piano, nei suoi occhi era tornata a risplendere una minuscola luce.

Tornata al presente, mentre con immancabile senso pratico Anna si ingegnava per mettere insieme qualcosa da mangiare, Sofia accese il camino nel salone principale e ripensò a James. Vivere con la solitudine e la paura poteva portarti a provare sensazioni che mai avresti immaginato in tempo di pace.

Non appena il fuoco prese a scoppiettare e la stanza si riempì di fumo, sentì il desiderio di schiarirsi le idee e decise di fare una passeggiata. Infilò un lungo soprabito nero con un morbido collo di pelliccia e un cappello in tinta. Non sapendo quanto fosse prudente uscire da sola, accarezzò l'idea di portare con sé la pistola, ma poi decise di evitare. Troppo rischioso se l'avessero fermata e perquisita.

Doveva aver piovuto molto intensamente perché, una volta in strada, dovette aggirare le pozzanghere sull'acciottolato ed evitare l'acqua che gocciolava dai cornicioni sporgenti dei palazzi. Incrociò poca gente del posto, ma c'erano tanti tedeschi in giro, con le loro camionette e i veicoli militari parcheggiati ovunque. Passeggiò sul Lungarno in direzione di Ponte Vecchio, con le sue basse arcate a cavallo del fiume.

Quando la famiglia de' Medici aveva spostato la sua residenza ufficiale a Palazzo Pitti, aveva fatto costruire un passaggio che lo collegava agli Uffizi, sull'altra sponda del fiume, in modo da poterlo attraversare senza farsi vedere dal popolo. Si vedevano anche le file di finestrelle allineate lungo la facciata del Corridoio Vasariano che sormontava le gioiellerie sul ponte. Quando lei e Lorenzo si erano conosciuti, tanti anni prima, quello era stato il loro angoletto romantico preferito. Di giorno il cielo le era sempre sembrato di un azzurro terso, mentre la luce del sole baciava gli edifici e li faceva risplendere come se fossero fatti d'oro bianco. I ricordi erano un colpo al cuore, soprattutto quelli delle prime sere, di quei momenti magici trascorsi a passeggiare a braccetto lungo l'argine del fiume sotto un cielo violaceo e vellutato. Momenti in cui le colline circostanti si tingevano di un celeste cupo, i riflessi dorati delle vecchie case brillavano sull'acqua e nell'aria aleggiava il profumo degli aranci in fiore. Quando le venne in mente che la ritirata o la difesa di quella bellissima città da parte dei tedeschi avrebbe potuto portare alla distruzione dell'antico ponte, si sentì attanagliare dalla paura. Doveva fare del suo meglio per scoprire se a qualcuno dei suoi vecchi amici fosse giunta voce della posizione del nuovo arsenale tedesco. I partigiani avevano un assoluto bisogno di quelle armi se volevano aiutare gli Alleati a liberare Firenze.

Con il calare della sera, dal fiume si sollevò un velo diafano di nebbiolina bianca. Si rigirò a malincuore e, pochi istanti dopo, sentendo degli spari, allungò il passo, tirando su il collo di pelliccia per difendersi da un vento tagliente che l'accompagnò fino a casa. Quando raggiunse il palazzo, lanciò uno sguardo alle due lanterne in ferro battuto fissate al muro in pietra sbozzata ai lati del portone. Ormai le lampadine non c'erano più. Poi spinse il pesante battente di legno ed entrò nel cortile interno del quindicesimo secolo, dove venne accolta dal profumino di un soffritto d'aglio e cipolla. La vita doveva andare avanti e, grazie a Dio, ci provava. Ignorò l'imponente scalinata in pietra che portava agli alloggi al piano superiore e proseguì verso la cucina con le piastrelle di maiolica, dove Anna le diede il benvenuto con un dolce sorriso.

«Contessa, va bene se mangiamo qui?».

Sofia acconsentì e apparecchiò subito la tavola, dove Anna aveva già versato due bicchieri di vino.

Due mattine dopo, quando aprì gli occhi, Sofia vide una luce intensa riflettersi sulla parete di fronte al letto. Il gran giorno era arrivato. Aveva dovuto telefonare due volte alla sede del consolato prima di riuscire a parlare con Gerhard Wolf, il diplomatico tedesco che al momento rivestiva la carica di console lì a Firenze, ma alla fine era riuscita a prendere un appuntamento con lui e si riteneva soddisfatta. Si sentì ancora più rincuorata quando, guardando fuori dalla finestra, le si presentò alla vista una splendida giornata di sole e vide che le nuvole si erano dissipate. Era felice che quell'incontro fosse propiziato dal bel tempo.

Essendo appassionati d'arte, Wolf e Lorenzo si erano conosciuti prima della guerra a una mostra alla National Gallery di Londra, nel giugno del 1935, e si erano rivisti a Berlino circa un mese dopo. Lì avevano stretto amicizia e si erano tenuti in contatto finché non era scoppiata la guerra. Poi, quando Wolf era stato mandato a Firenze, Lorenzo lo aveva invitato a casa loro. Dato che Sofia era sua moglie, non le era stato difficile fissare quell'appuntamento. Sapeva che Wolf era nato a Dresda e che aveva studiato filosofia, storia dell'arte e letteratura. Da uomo di cultura, all'inizio si era rifiutato di iscriversi al partito nazista, e l'aveva fatto solo quando era diventato evidente che in caso contrario la sua carriera diplomatica non avrebbe avuto alcun futuro. Tra gli amici di Sofia si mormorava che avesse aiutato molti ebrei a scappare dalla città e che adesso si stesse facendo in quattro per evitare che importanti opere d'arte venissero confiscate e spedite a Berlino.

Mentre ripensava al suo primo e unico incontro con Wolf, si affacciò a guardare il giardinetto baciato dai raggi del sole. L'aveva conosciuto lì, in quella casa, all'inizio dell'estate, e si erano seduti a sorseggiare cocktail in giardino. Pochi palazzi avevano un loro giardino privato, soprattutto quelli così vicini al fiume, quindi, malgrado affacciasse sulle facciate posteriori delle altre case, per loro era impagabile.

Decise che dopo aver visto Wolf avrebbe chiamato alcuni amici per annunciare il suo ritorno in città e vedere come se la stavano passando. Come c'era da aspettarsi, molti erano già fuggiti o erano stati costretti ad andarsene, le case requisite insieme ai migliori alberghi. Lorenzo le aveva detto che i tedeschi stavano usando la sinagoga in via Farini come magazzino e scuderia, quindi forse c'era una probabilità che la usassero anche come deposito per gli armamenti. Avrebbe fatto del suo meglio per scoprirlo.

30

Sofia e Wolf si erano dati appuntamento in un caffè non lontano dal consolato. Al telefono, le aveva detto che il consolato aveva la sua sede in un palazzo piuttosto mediocre, molto diverso da quello che ci si sarebbe normalmente aspettati, perciò preferiva incontrarla in una caffetteria. L'aveva trovato un po' strano, ma era arrivata in anticipo e aveva scelto un tavolo in fondo alla sala, in un angoletto appartato.

Quando entrò nel locale, riconobbe all'istante l'uomo dalla corporatura robusta e il viso gentile. Si alzò dalla sua sedia e si strinsero la mano.

«Grazie per avermi concesso quest'incontro», gli disse.

«È un piacere. Mi ricordo bene di lei. Come sta suo marito?»

«Al momento si trova a Roma». Rispose in modo evasivo, perché in realtà non sapeva dove fosse Lorenzo, né cosa ne fosse stato di lui.

«Ancora al ministero?».

Sofia fece cenno di sì.

«Allora». Wolf giunse le mani, le dita che puntavano verso l'alto. «Cosa posso fare per aiutarla?»

«Ecco, non so neanche da dove cominciare. Immagino che lei sappia quanto ci preme evitare che Firenze venga danneggiata».

«Be', sì, questo è chiaro, ma ovviamente...». Fece una pausa e le rivolse un sorriso mesto. «Non ho alcuna autorità sui bombardamenti degli Alleati».

Lei ricambiò il sorriso. «Vero. Spero non le dispiaccia se accenno alla questione, ma alcuni dicono che lei sta rivestendo un ruolo fondamentale nella preservazione, o forse dovrei dire nella *protezione*, delle opere d'arte che rischiano di essere trafugate dall'Italia».

Lui si guardò attorno per assicurarsi che non ci fosse nessuno a portata d'orecchio. «Mia cara signora, deve capire che non posso esprimere alcun commento in merito. Sono un cittadino tedesco e, in quanto tale, spero che il mio Paese vinca questa guerra».

«Certo, lo capisco».

Dopo averci riflettuto un attimo, provò con una tattica diversa. «Abbiamo sentito dire che l'esercito tedesco, battendo in ritirata, si sta lasciando dietro una scia di devastazione. È la verità?».

Wolf fissò il tavolino per una manciata di secondi, poi risollevò lo sguardo. C'era un velo di tristezza nei suoi occhi gentili. «E ce ne pentiremo amaramente… Senta, contessa, se sono venuto a parlare con lei è solo per l'amicizia che mi lega a Lorenzo».

Lei annuì.

«Firenze, come ben sa, nel tredicesimo e nel quattordicesimo secolo era una città di ricchi banchieri e mercanti facoltosi. Spendevano ingenti fortune in straordinarie opere architettoniche e riempivano i loro palazzi di opere d'arte e meravigliosi affreschi. Come può un qualsiasi uomo dotato di raziocinio rassegnarsi alla loro distruzione?».

Sofia scosse la testa.

«Glielo dico perché, malgrado il momento estremamente difficile, sto provando a preservare un briciolo di umanità. Quando ho il potere di farlo, mi impegno più che posso per alleviare le sofferenze e miro a preservare quanto più possibile la maestosità di Firenze. Non voglio che il mondo perda le bellezze che abbiamo in questa città».

«Ma certo. E immagino che non sia stato messo a parte delle intenzioni di Kesselring».

Lui si strinse nelle spalle e alzò gli occhi al soffitto. Sofia rimase in trepidante attesa, osservando il dilemma interiore riflesso sul volto di Wolf, nella mascella che si contraeva e nella tensione che gli corrucciava la fronte. Si capiva che avrebbe voluto dirle di più e le dispiaceva averlo messo in imbarazzo.

Alla fine sospirò e incrociò di nuovo il suo sguardo. «Per quanto Kesselring sia una persona alla mano, i miei poteri, per quanto riguarda il nostro comandante in capo, sono estremamente limitati. E adesso temo che debba scusarmi».

Si alzò e le strinse di nuovo la mano prima di andarsene.

31

Partirono da Montepulciano alle cinque di mattina per evitare i bombardamenti degli Alleati. Maxine sedeva accanto al maggiore Gustav Bruckner sul sedile posteriore della vettura guidata da un autista. Nel corso del loro terzo incontro, Bruckner si era offerto di darle uno strappo fino a Firenze e lei, neanche a dirlo, aveva prontamente accettato. Guardando fuori dal finestrino, osservava il panorama brullo e sognava la luce fresca e limonata delle mattine di primavera.

Il capitano Vogler sedeva immusonito sul sedile anteriore e non stava aggiungendo una sola parola a una conversazione di per sé già molto limitata. Bruckner sfiorò il ginocchio di Maxine. Anche se era palesemente attratto da lei, non aveva avuto fretta di passare alla fase successiva. Nel tempo che avevano passato insieme, si erano perlopiù lasciati assorbire da lunghe e vivaci chiacchierate, ragione per cui quel silenzio la innervosiva. Se fosse andato storto qualcosa, non sarebbe mai riuscita a tentare la fuga da un'auto con tre tedeschi.

Ripensò alle cose che le aveva detto Bruckner. Non era sposato e non aveva né una fidanzata né una ragazza stabile ad attenderlo a casa. Anche se una volta vinta la guerra intendeva portare a termine gli studi in medicina, non era interessato a sistemarsi. Voleva viaggiare. In Germania aveva una motocicletta e preferiva guidare quella rispetto a un'automobile. Gli piaceva leggere e andare a teatro, ma soprattutto amava l'opera. In breve, era un uomo di cultura. Se non fosse stato il nemico, si sarebbe potuta invaghire di lui. Anzi, si era già invaghita e doveva rammentare a se stessa che era uno spietato ufficiale delle SS.

Ma ognuno di loro doveva fare i conti con i diversi aspetti, forse persino contrastanti, del proprio carattere. Lei di sicuro ne aveva. Quando sua madre l'aveva esortata con insistenza a sposarsi con il droghiere, lei aveva replicato con aria sprezzante: "No, voglio essere me stessa". Ma quando Luisa le aveva chiesto di spiegarsi meglio, Maxine si era impappinata. Ciò che desiderava davvero, ciò che bramava con tutta se stessa, era una vita piena, una vita che le permettesse di *scoprire* chi era e di sbocciare, non di limitarsi a sopravvivere come aveva fatto sua madre. E adesso lo stava sicuramente scoprendo. Aveva appreso qualcosa sul coraggio e sulla prodezza, ma era giunta alla conclusione che il coraggio valeva soltanto davanti alla paura. Quando si tirava fuori dalle cose senza problemi, non era vero coraggio. Il coraggio era una scelta.

«Vieni a pranzo con me», disse inaspettatamente il maggiore. «Conosco un posticino tranquillo e senza troppe pretese dove non ci disturberà nessuno. Dopo saresti in grado di arrivare da sola dalla tua amica?».

Maxine sorrise. «Sì, certo. Che bello. Non pensavo che oltre a ricevere un passaggio sarei anche stata invitata a pranzo».

«Oppure, se preferisci, posso dare istruzioni all'autista di lasciarti subito a casa della tua amica».

«No, va bene. Ho fame».

Le rivolse un sorriso struggente.

Si avvicinarono al maestoso hotel Excelsior, sei piani di albergo sulla sponda nord dell'Arno, di fronte a piazza Ognissanti, e la zona era più trafficata di quanto Maxine si aspettasse. C'erano camionette tedesche parcheggiate attorno alla piazza e un continuo viavai di macchine che si fermavano davanti all'entrata. Bruckner le chiese di aspettare un attimo fuori ed entrò nell'edificio. L'albergo era stato chiaramente requisito e, ciononostante, quando sbirciò da una vetrata per seguire i suoi movimenti, rimase sconcertata dall'enorme atrio con le colonne in marmo che pullulava di ufficiali tedeschi e fascisti, ma nel quale non si intravedeva neanche una donna.

Dopo pranzo, Maxine andò a cercare il civico numero dodici in piazza d'Azeglio, l'indirizzo che le aveva dato Marco e dove avrebbe incontrato il segretario di Gerhard Wolf per scoprire qualcosa di più su Ballerini, il capo dell'unità partigiana. La piazza era un bellissimo parco alberato che sembrava ispirato alle piazzette che aveva avuto il piacere di visitare durante il suo breve soggiorno londinese. C'erano olmi, bagolari e platani, numerosi vialetti e aiuole in fiore, e gli edifici che circondavano la piazza non erano medievali, ma sembravano essere stati costruiti nel diciottesimo o nel diciannovesimo secolo.

Quando bussò, fu una donna di mezz'età con un naso aquilino e i capelli tinti di nero ad aprire la porta e, non appena le disse la parola d'ordine, Maxine fu condotta in una stanzetta sul retro, dove venne ricevuta da un giovane elegante e occhialuto che stava camminando avanti e indietro con aria nervosa e preoccupata. Le tese una mano.

«Antonio».

«Quella era tua madre?», gli domandò.

Il ragazzo scosse la testa. «No, io non vivo qui».

«Partigiani?».

Lui annuì.

In quel momento entrò un altro uomo. Sembrava affamato e male in arnese, e dall'espressione agitata che gli tendeva il viso emaciato Maxine capì che era uno dei partigiani di Firenze. Le disse di chiamarsi Stefano.

Lei si presentò a entrambi, poi Antonio le spiegò di essere un impiegato dell'ufficio del console tedesco e di essere entrato in possesso di alcune informazioni. Di lì a un paio di giorni il console Wolf avrebbe dovuto incontrare due ufficiali nazisti. Aveva sentito dire che uno dei due sarebbe stato Kesselring ed era intenzionato a origliare la loro conversazione. Così a occhio, Maxine dubitava che Antonio fosse in grado di spiarli senza farsi scoprire, ma, dato che era l'unica risorsa di cui disponeva, doveva riporre ogni speranza in quel giovanotto.

«Kesselring», ripeté con un fischio ammirato. Kesselring, l'uomo che aveva il diretto comando di tutte le forze tedesche schierate in Italia. «A cosa è dovuto questo incontro?».

Stavolta fu Stefano a prendere la parola. «Antonio è già venuto a sapere che potrebbe avere a che fare con la distribuzione dei nuovi armamenti. Ecco perché il partigiano Marco ti ha mandata da noi. Wolf teme che alcune armi siano già state nascoste in uno dei palazzi storici della città, anche se non sappiamo ancora in quale».

Maxine aggrottò la fronte. «Ma Wolf è un tedesco. Lo ritiene preoccupante perché...?»

«Perché se venisse colpito dalle bombe, salterebbe in aria tutta la strada insieme al palazzo. Wolf vuole preservare quanto più possibile i tesori rinascimentali e medievali di Firenze. Sappiamo che la merce partita dalla fabbrica della Beretta arriverà da un giorno all'altro. Stiamo tenendo d'occhio la stazione principale e anche quelle alle porte di Firenze. Ma dall'ottobre scorso, quando i partigiani si sono appropriati di alcune mitragliette prodotte dalla Beretta, i tedeschi hanno raddoppiato i controlli sui treni».

«La sede del consolato è molto piccola», intervenne Antonio. «Solo quattro stanze tra una missione evangelica e l'ufficio di un pastore luterano. Non è così difficile ascoltare cosa viene detto in quegli ambienti, se sai come fare».

Maxine gli fece cenno di andare avanti e Antonio proseguì.

«Sai, Wolf ha rimosso il ritratto di Hitler dal suo ufficio. Era appeso dietro alla sua scrivania. L'ha tolto e l'ha rimpiazzato con una litografia di Goethe. Testa e spalle, di tre quarti, profilo sinistro, con un collo di pelliccia».

«A Kesselring non piacerà», commentò Maxine, e gli altri sorrisero.

«Wolf è un brav'uomo», disse Antonio. «Si è fatto in quattro per convincere i nazisti a dargli l'incarico di console qui in città. È arrivato tre anni fa con sua moglie e la figlia. Ti farò avere un biglietto per dirti quando e dove incontrarci non appena avrò raccolto qualche informazione in più».

«Sai cos'è Radio Cora?», domandò poi Stefano, guardandola dritta negli occhi. «La userai per comunicare agli Alleati la posizione degli armamenti, e anche per notificare ai tuoi contatti se saremo riusciti ad appropriarcene oppure no. Potrebbero trovare un modo per aiutarci».

«Devo anche riferire com'è la situazione qua a Firenze al mio ufficiale di collegamento».

«In che senso?»

«Dove sono i partigiani, quanti sono e così via, non solo se hanno armi o meno. Mi è stato detto di cercare Ballerini».

Stefano lanciò un sospiro. «È stato ucciso pochi giorni fa. Un uomo coraggioso, Ballerini. Era a capo dei nostri anarchici».

«Oh, mi spiace molto», disse lei, ma – *accidenti!* – questo non se l'aspettava.

«E a dicembre hanno sparato anche a Manetti e Ristori, i capi dell'altra brigata. Si rintanavano a Monte Morello. È il rilievo più alto della piana fiorentina e ci vogliono circa quattro ore di cammino per arrivarci. Una mezz'ora in macchina».

«Quindi chi è il capo adesso?».

Stefano fece una smorfia. «È ancora presto per dirlo. Il gruppo di Ballerini si è unito a un'altra formazione che si fa chiamare Garibaldi "Lupi Neri". Ora fanno base sui Monti della Calvana».

«E dove si trovano?»

«A una quarantina di chilometri da qui. Ci sono sentieri nascosti che collegano i piccoli centri rurali della zona tagliando per i boschi e le colline. Sono da quelle parti».

«E qua a Firenze, invece?»

«Qua la gente va e viene. A te serve Luca, te lo spiegherà lui».

«E Luca sarebbe…».

Ma proprio in quell'istante fu interrotta dalla donna di mezz'età, che fece irruzione nella stanza. «Svelti. Sono in quattro. In strada. Vengono da questa parte».

Antonio impallidì, ma sembrava sapere cosa fare. Lui e Stefano indicarono a Maxine di seguirli, uscirono da una porta secondaria e si infilarono in un vicolo che sbucava in una parallela, a poche centinaia di metri dal punto dove si erano fermati i soldati tedeschi. Maxine andò per prima e iniziò a risalire la strada cercando di apparire tranquilla. Aveva quasi pensato di avercela fatta quando, turbata da uno strano presentimento misto a un senso di apprensione che le gelò le ossa e il sangue nelle vene, temette di essere stata notata. Prese una grande boccata d'aria e svoltò rapidamente a destra con la speranza di potersi rigirare per tornare in quella che pensava essere la direzione giusta per raggiungere il fiume e allontanarsi dai tedeschi.

Doveva trovare la strada per il Ponte Vecchio e sperare di riuscire a seguire le indicazioni di Sofia per arrivare al suo palazzo. Ma, ancora prima di vedere i quattro soldati che procedevano con aria tronfia sulla medesima strada, diretti verso di lei, le si chiuse lo stomaco. Avevano fatto il giro dall'altra parte e adesso le stavano andando incontro. Le bastò uno sguardo alla loro andatura arrogante e ai fucili a tracolla per rendersi conto che era diventata la loro preda. Il più alto del gruppo la fissava senza battere ciglio, gli occhi di ghiaccio impassibili.

«Documenti», le ordinò prima di allungare una mano fasciata da un guanto, mentre un altro soldato si accendeva una sigaretta.

Maxine strinse i denti, tirò fuori i documenti falsi e glieli porse. Avrebbero superato i controlli anche stavolta? I minuti si trascinavano lentamente e sentiva la bocca riarsa. Iniziò a contare nella sua testa. La aiutava a distrarsi dalla paura. Da un momento all'altro al tedesco sarebbe potuto venire il sospetto che i documenti fossero contraffatti e, se fosse accaduto, avrebbe dovuto mantenere i nervi saldi.

L'uomo decise di complicarle la vita e fece una battuta in tedesco rivolgendosi agli altri tre, che gli diedero una pacca sulle spalle e si lanciarono in un coro di risate sguaiate. La guardavano di sottecchi, divertiti dal suo disagio, e dopo averla squadrata da capo a piedi il più alto dei quattro inarcò le sopracciglia.

«Cosa ci facevi a piazza d'Azeglio?», le chiese. «Eravamo lì di guardia».

«Mi sono persa e stavo chiedendo indicazioni».

Lui inclinò la testa. «Per andare dove?»

«A casa di una mia amica».

«E dove si trova?»

«Sul Lungarno, superato il Ponte Vecchio».

Lanciò un fischio d'ammirazione. «Devi avere delle amicizie di tutto rispetto».

Poi i soldati parlottarono tra di loro per qualche minuto, scambiandosi frasi in tedesco che le risultarono perlopiù incomprensibili, e le restituirono i documenti solo dopo averla tormentata ancora un po'.

«Se vuoi arrivare in tempo, dovrai darti una mossa». Il soldato lanciò uno sguardo al suo orologio da polso e indicò il quadrante. «Coprifuoco».

«Non sono mica così sicuro che ce la farà», disse un altro.

Maxine ignorò il commento, lanciò un lungo sospiro di sollievo e si incamminò a passo svelto, sapendo che la stavano ancora tenendo d'occhio.

Il coprifuoco non era ancora cominciato, ma c'erano pattuglie tedesche e fasciste appostate ovunque e adesso aveva la sensazione che i quattro soldati la stessero seguendo. Si lanciò di corsa in un vicolo, sperando fosse una scorciatoia, ma, non appena scorse gli uomini dall'altro lato della strada, ebbe la prontezza di indietreggiare, il cuore in gola. Come avevano fatto? Con tante viuzze e vicoletti che si intersecavano, tutto era possibile.

"Datti una calmata", si ordinò. "Datti una calmata". Dopodiché si vide costretta a tornare sui suoi passi, solo che adesso le strade e i vicoli si assomigliavano tutti. Disorientata, si guardò attorno per cercare di capire da che parte andare e, completamente smarrita, si fermò a riflettere mentre si grattava la base del collo. Diede un'occhiata al suo orologio. Mancavano cinque minuti allo scattare del coprifuoco.

Passando rasente ai gelidi muri di pietra, sgattaiolò da un vicolo al successivo, lanciando rapide occhiate ai bar fumosi e fiocamente illuminati nei quali soldati tedeschi dalle guance rubiconde bevevano e battevano le mani a tempo con chi teneva il ritmo sbattendo i pugni sui tavoli. Trasalì sentendo abbaiare un cane alle sue spalle. Il cane di una pattuglia di ronda?

Da qualche parte sentì le urla di una donna e tonfi di stivali chiodati sull'acciottolato. Ma dove? Strisciò sotto il davanzale di una finestra per cercare di nascondersi e urtò accidentalmente un vaso di erbe aromatiche, facendolo cadere a terra con un gran baccano. Il profumo delle erbe riempì l'aria. Quando una voce le intimò di fermarsi con un "*Halt*" in tedesco, seguito da un "*Halt!*" ancora più perentorio, Maxine rimase pietrificata. Non potevano essere i quattro soldati di prima, giusto? Borbottò un'oscenità e, tentando la sorte, si rimise a correre verso il fiume e qualunque ponte le capitasse di incrociare. Nella peggiore delle ipotesi, i ponti o persino le barche le avrebbero offerto dei validi nascondigli.

Capì che la fortuna era dalla sua parte quando raggiunse Ponte Vecchio, ma vide che era pesantemente sorvegliato. Individuò la galleria degli Uffizi che si allungava verso il fiume, fiancheggiata da arcate ed eleganti colonnati. Invece di risalire il fiume, avrebbe dovuto usare le stradine secondarie e localizzare il giusto ingresso sul retro, ma sbagliò strada diverse volte in quella labirintica città medievale. Alla fine, pervasa da un grande senso di liberazione, trovò il vicoletto in fondo al quale si ergevano gli alti cancelli di ferro che le erano stati descritti da Sofia. Guardò su. Mentre l'oscurità si infittiva, rovistò tra i vasi di fiori allineati sul muretto e scovò la chiave. Sofia doveva aver oliato la serratura e i cardini, perché la chiave girò senza problemi e lei riuscì a socchiudere delicatamente il cancello.

Raggiunse il retro dell'enorme palazzina, bussò alla porta e attese. Non le aprì nessuno. Sentiva frusciare qualcosa nella vegetazione del giardino e adesso riusciva anche a scorgere la luna attraverso un varco tra le nubi. Stava per lanciare un sasso contro una finestra quando la persiana sopra di lei si aprì e, con un enorme sospiro di sollievo, vide affacciarsi Sofia.

Qualche istante dopo, la contessa aveva già aperto la porta, l'aveva afferrata per un braccio e trascinata in un vestibolo in penombra.

Maxine lanciò un grosso sospiro. «Ah! Stavo cominciando a pensare che non saresti mai arrivata».

«Spostiamoci di là».

Una volta in cucina, Maxine vide che avevano abbassato le luci e chiuso tutte le persiane. Anna era seduta a tavola e la osservava con un'espressione indecifrabile.

«Be'», disse, «ce ne hai messo di tempo».

«Sono arrivata soltanto oggi, ma adesso sentirete cos'ho scoperto».

«Posso offrirti un aperitivo», propose intanto Sofia, prendendo una bottiglia e un piatto di bruschette con l'aglio e il pomodoro.

Maxine ricordava l'affettuosa nostalgia con cui sua madre le aveva descritto la tradizione dell'aperitivo. Che non era farsi un semplice cicchetto prima di cena, come aveva immaginato, ma accompagnare il bere con gustosi stuzzichini. E per l'appunto non vedeva l'ora di assaggiare le tante bruschette con i vari tipi di condimento: fette di mortadella o prosciutto, magari con la mozzarella o con pomodoro e basilico. Peccato che finora le avesse viste portare soltanto ai tavoli del Caffè Paszkowski, frequentato dai tedeschi, o in altri simili localini raffinati.

Scostò una sedia e si accomodò di fronte ad Anna. Sofia, che era fin troppo pallida, dava le spalle ai fornelli. In cucina faceva tutt'altro che caldo.

Maxine raccontò di aver conosciuto Bruckner, che le aveva dato un passaggio a Firenze, poi passò a descrivere l'incontro con Antonio, l'impiegato che lavorava nell'ufficio di Gerhard Wolf, e con il partigiano, Stefano.

Sofia annuì. «Anch'io ho incontrato Gerhard Wolf. Non si è sbottonato più di tanto. Ho avuto la sensazione che volesse dirmi qualcosa di più, ma non potesse farlo».

32

Sofia si svegliò con l'acquolina in bocca, delusa dal fatto che la torta cremosa a base di fichi e ricotta che stava per assaggiare fosse soltanto un sogno. Lei e sua madre la preparavano sempre insieme. Lei aveva il compito di triturare le mandorle e preparare l'impasto aggiungendole alla farina, poi passavano alla farcitura, un composto a base di ricotta sgocciolata, uova, miele, scorza di limone e vaniglia. Dopo averla tirata fuori dal forno, la decoravano con i fichi tagliati a pezzi. Deliziosa.

Era convinta che quei sogni legati al passato fossero il suo modo per sfuggire al presente e, quando si trascinò fuori dal letto e appoggiò i piedi a terra, gemette per il freddo. Si vestì senza lavarsi, poi si avventurò per i corridoi e le sale deserte in cui riecheggiavano le vibrazioni delle persiane scosse dal vento. Quando raggiunse la cucina, Anna stava già alimentando la stufa e lo scaldabagno. Almeno lì avevano una scorta di combustibile inutilizzato, anche se non sapevano quanto sarebbe durato o per quanto ne avrebbero avuto bisogno. Quella totale incertezza la faceva sentire spaesata, ma per il bene dell'altra fece appello a tutte le sue energie e le rivolse un sorriso.

«Buongiorno, Anna. Dormito bene?».

La ragazza aveva una faccia esausta. «Be', sai com'è…».

«Sì».

Mentre Anna preparava il caffè, rimasero in silenzio.

«Buon Dio», disse d'un tratto Sofia, rendendosi conto che era vero caffè.

Compiaciuta, Anna le indicò una credenza. «L'ho trovato in

fondo a quella credenza, già macinato e duro come una pietra. Non sai quanto l'ho dovuto sbattere».

Ne versò una tazza per entrambe.

E anche se aveva perso un po' di aroma, a Sofia il sapore fece comunque venire le lacrime agli occhi. Ricordi. Ricordi di tempi migliori, come al solito.

«Ho sognato di nuovo di mangiare», disse.

Ad Anna si storsero gli angoli della bocca. «È perché abbiamo sempre fame. Io non sogno mai».

«Tutti sogniamo. È il modo in cui diamo un senso alle cose. È solo che non te lo ricordi».

La ragazza inclinò la testa, sovrappensiero. «A volte sogno mio marito. O lo sognavo, almeno».

Sofia le rivolse uno sguardo comprensivo. «È stata talmente dura per te».

«Per tanti», la corresse Anna.

Rimasero in silenzio per qualche istante, riflessive.

«Maxine non si è ancora alzata?», domandò alla fine Sofia.

Anna scosse la testa.

Giusto qualche minuto dopo, Sofia la sentì entrare in cucina e si voltò verso di lei. Anche avvolta in una coperta e con i capelli castani arruffati e sciolti sulle spalle, era comunque bellissima.

«Accidenti a questo mausoleo. Si muore di freddo», disse mentre entrava tutta impettita. Si sedette a tavola e si versò un po' di caffè. «Vero caffè, eh? Che c'è da mangiare?».

Anna stava tagliando le ultime due pagnotte che si erano portate dietro. Il pane era vecchio, perciò abbrustolì le fette in padella prima di portare a tavola del sale e l'olio d'oliva.

«Cosa non darei per un bel panino morbido al formaggio». Maxine inspirò dal naso, poi fece spallucce e si ficcò il pane in bocca.

Sofia rise. «Anch'io ho sognato di mangiare».

«Crostatine al cioccolato?»

«No. Torta di fichi e ricotta».

«Oddio, mia madre la preparava sempre».

«Dicci qualcosa di più sul suo paesino d'origine».

Uno sguardo sognante addolcì l'espressione dell'americana. «Come già sai, si chiama Poggio Santa Cecilia ed è appollaiato sul cucuzzolo di una collina. In macchina non è così distante da Siena. Le cascine sono tutte assiepate attorno al borgo. I miei genitori ne avevano una con una piccionaia nel sottotetto. Mia madre la adorava. Ci sono uliveti, vigneti, campi coltivati e zone boschive, e sui loro terreni c'erano anche due laghetti dove andava sempre a fare il bagno. Non so se fosse consentito, ma lei ci andava lo stesso».

«È un posto bellissimo», commentò Anna. «Io una volta ci sono stata».

Sofia vide che lo sguardo di Maxine si stava addolcendo ancora di più. «Mia madre dice che è il posto più tranquillo del mondo».

Sofia annuì. «Chissà quanto le è dispiaciuto doversene andare».

«Già».

Maxine cambiò espressione e Sofia percepì tutto il suo struggimento per un qualcosa che non aveva mai avuto.

«E mamma diceva che c'erano anche i frutteti. Con gli albicocchi e i meli. Il borgo è circondato dalle mura parzialmente crollate di un vecchio castello».

«Sono salita su quelle mura», intervenne Sofia, «e so che la maggior parte degli edifici risale al quindicesimo secolo».

«Ci vivono sia i braccianti che la famiglia aristocratica che possiede baracca e burattini». Lo disse quasi con disprezzo mentre arricciava le labbra, poi arrossì e lanciò un'occhiata a Sofia. «Senza offesa».

«Non ti preoccupare», disse l'altra. «Non sono una nobile per diritto di nascita». Poi le ricordò che aveva detto di voler andare a visitare il borgo.

«Vorrei tanto andare, ma c'è sempre qualcosa che si mette di traverso. E mi fa rabbia pensare che adesso ci vivano i tedeschi.

Mia madre ne morirebbe se lo sapesse. Quanto vorrei che i miei genitori non avessero dovuto lasciare la Toscana».

«Prima della guerra sono andata a Santa Cecilia in numerose occasioni», continuò Sofia. «Feste, spettacoli, cose di questo genere. La villa principale ha degli splendidi soffitti a cassettoni e le pareti affrescate. Ci sono dei caminetti enormi e un'imponente scalinata di pietra che porta al piano superiore, dove passando da un salone si accede a un solarium chiuso con delle vetrate che affaccia sui giardini terrazzati. A confronto il nostro palazzo al Castello è minuscolo. Ma Santa Cecilia non è più come un tempo. La famiglia che possiede i poderi se n'è andata. È rimasta soltanto la nonna, una simpatica vecchietta, ma ho sentito dire che si è dovuta trasferire in una casa del borgo da quando i tedeschi hanno requisito la dimora padronale».

«Che razza di insolenti, eh? Magari ci andrò quando sarà tutto finito».

«Mmm».

«Ti andrebbe di venire con me?», aggiunse Maxine, come se avesse avuto un ripensamento. «Se conosci qualcuno da quelle parti, sarà una scusa per andarlo a trovare. Potremmo andarci con la mia motocicletta».

Sofia scoppiò a ridere, ma aveva notato la vulnerabilità riflessa negli occhi di Maxine. Non era una persona che si apriva più di tanto, ma in lei c'era più di quanto si potesse immaginare a prima vista. Se n'era accorta anche dal modo in cui guardava Marco, ed era chiaro che andare a visitare il borgo dei suoi genitori era molto importante.

«Viaggiare sul sellino posteriore di una motocicletta sarebbe senz'altro una bella novità per me», disse. «Lorenzo la usa, ma io non ci sono mai salita. Sono sicura che finirei in una siepe».

«Invece ti piacerà», replicò Maxine con un sorriso gentile.

Stavano toccando argomenti capaci di rallegrarle un po', Sofia ne era consapevole. A volte lo dovevano fare e basta.

«Ho sentito degli spari stanotte», disse Maxine all'improvviso. «E tu?»

«Ogni notte. E non importa quante volte si sentano, fanno sempre paura».

Poi Maxine si rivolse ad Anna. «Ti potresti mettere in contatto con alcune staffette del posto? Ce ne sarà almeno una in grado di dirmi dove posso trovare un partigiano chiamato Luca».

«Chi è?»

«Potrebbe essere diventato il nuovo capo da queste parti».

33

Febbraio 1944

Sebbene Maxine avesse riposto quasi tutte le sue speranze in Antonio, il segretario di Wolf, sapeva di poter trarre ancora qualche vantaggio dalla conoscenza di Bruckner. Così, dopo aver atteso che la foschia mattutina si dissipasse, passò qualche ora a cercarlo avvolta in un vecchio cappotto marrone, con la sciarpa tirata su a coprire parte del viso e un cappello di lana calato fino alle sopracciglia, sopra un paio di occhiali dalla montatura di metallo. L'ultima cosa che voleva era attirare l'attenzione.

I negozi erano quasi deserti e Maxine ne comprese il motivo quando localizzò alcune camionette e vide i tedeschi intenti a confiscare beni in ogni singola bottega. Confidava nel fatto che i negozianti avessero avuto l'accortezza di nascondere almeno una parte delle loro merci. Risalì senza fretta viale Michelangelo e rimase impressionata da piazza della Signoria, con la sua famosa torre e la Loggia dei Lanzi. Mentre ammirava la piazza, sbirciò nei bar che le erano stati segnalati da Marco e tenne gli occhi ben aperti per scovare Bruckner e assicurarsi che non la individuasse finché non fosse stata pronta.

Mentre passeggiava, ripensò anche all'ufficiale britannico al quale doveva fare rapporto. Ronald era un uomo piuttosto raffinato, ma di lui non sapeva nient'altro. Era disponibile e gentile, ma sempre distaccato. Forse era dovuto alla tipica freddezza degli inglesi. Non lo sapeva. In ogni caso, più riusciva a fornire agli Alleati informazioni su quell'area, e su chi potevano o non potevano contare, più sarebbe stato facile ricacciare indietro i tedeschi nel momento in cui fossero risaliti verso nord, soprattutto se i partigiani fossero stati ben armati. Più tardi avrebbe cercato di mettersi in contatto con Luca.

Individuò Bruckner intento a pranzare in compagnia di un altro ufficiale, perciò si nascose e rimase in attesa per intercettarlo, pronta a togliersi soprabito, sciarpa e cappello e a mettere in mostra un vestito di seta rossa.

Ma qualche minuto dopo rischiò di mancarlo perché, varcando la porta a lunghe falcate decise, uscì dal ristorante insieme all'altro uomo, a cui a quel punto Maxine riuscì a collegare un'identità: era Baltasar Vogler. Senza avere il tempo di sbarazzarsi di sciarpa e cappotto, seguì i due uomini che si facevano strada verso l'hotel Excelsior restando dall'altro lato della piazza. Vogler entrò per primo, seguito uno o due secondi dopo da Bruckner. In quel preciso istante, due tizi in abiti scuri la superarono di corsa e le diedero una spallata. Nei secondi che impiegò per ritrovare l'equilibrio, un boato tremendo scosse la piazza. Malgrado fosse dal lato opposto rispetto all'albergo, l'onda d'urto dell'esplosione la travolse con forza. Accecata dalla polvere, iniziarono a bruciarle gli occhi e, sapendo di granate che avevano fatto volare pezzi di cemento e schegge di vetro, si gettò a terra e si coprì la testa con le braccia. Quando il fragore si attenuò un po', si asciugò gli occhi sulla manica del cappotto, ma era impossibile vedere qualcosa tra i nuvoloni di polvere e fumo che si stavano gonfiando davanti a lei. C'erano uomini che urlavano e donne che strillavano, ma non riusciva a capire da dove venissero le voci. Si rimise in piedi con l'intenzione di togliere subito il disturbo, ma era circondata da detriti, mattoni, calcinacci e pezzi di vetro disseminati ovunque, perciò inciampò. La piazza adesso era punteggiata anche da piccoli fuochi e, un poco alla volta, a dispetto del fumo, riuscì a scorgere le fiamme che divampavano dalle finestre dell'hotel. Avevano piazzato una bomba all'interno dell'albergo o l'avevano lanciata nell'atrio? Le tornarono in mente i due uomini che aveva visto scappare via e dedicò un fugace pensiero a Gustav Bruckner. Se l'unico contatto tedesco che aveva a disposizione era rimasto ucciso, trovare subito Luca diventava ancora più urgente. Luca e Antonio erano tutto ciò che le rimaneva.

34

Sofia si era appena accomodata nell'accogliente salone che dava sul fiume quando un boato assordante la fece sussultare. Mise giù il libro, si alzò e corse ad affacciarsi alla finestra della sala, dove vide una pallida coltre di fumo aleggiare sopra una parte della città.

Quindici minuti dopo, quando Maxine irruppe in casa con la faccia intirizzita dal freddo, Sofia la osservò sbigottita. L'americana, che sembrava un fantasma, era coperta da capo a piedi da una sottile polverina grigia: sul viso, tra i capelli, sui vestiti. E, come se non bastasse, tremava come una foglia. Provò a parlare mentre i suoi occhi cerchiati di rosso scorrevano rapidamente tutta la stanza. Brillavano febbricitanti, come se fosse sotto shock. Sofia propose di prepararle qualcosa di caldo da bere, ma non riusciva nemmeno a riprendere fiato e, ancora incapace di spiccicare una sola parola, si piegò su se stessa come in preda a un dolore lancinante.

Non appena si ritirò su, Sofia le cinse le spalle, la prese tra le braccia e la strinse a sé. Quando a poco a poco Maxine cominciò a calmarsi e a respirare in modo normale, fece un passo indietro e le esaminò il viso. «Ho sentito un boato. Cos'è successo?».

Maxine strizzò gli occhi giusto per un secondo e, quando li riaprì, Sofia si accorse di quanto erano infossati.

«Ce la fai a parlare?»

«Una bomba...». La sua voce era stridula e poco chiara.

«Dove? Non ho sentito passare alcun aereo».

Fece un lungo respiro profondo, poi espirò lentamente.

«Va tutto bene. Prenditi tutto il tempo di cui hai bisogno».

«Non gli Alleati. Vicino all'hotel Excelsior. Stavo tenendo d'occhio Bruckner e aveva appena varcato la porta d'ingresso quando un attimo dopo… *bum*!».

«È morto?»

«Non lo so. È probabile. Dovevo scappare. Non so neanche perché mi abbia sconvolta tanto. In genere non sono così patetica».

«Non dire sciocchezze. Sei la persona meno patetica che io conosca. È successo in modo inaspettato. Tutto qua. Hai avuto uno shock».

«Pensavo di essere a prova di bomba», ironizzò lei con un sorriso mesto.

Sofia scosse la testa. «Nessuno di noi ha tanta resistenza».

«Estenderanno il coprifuoco», mormorò Anna mentre entrava nel salone. Indossava ancora il cappotto e aveva un'aria stremata. «Per Dio, queste teste calde ci stanno rendendo la vita impossibile».

Maxine si voltò di scatto. «Hai assistito anche tu?».

Anna si lasciò cadere di peso su una poltrona, poi lanciò un'occhiata a Sofia, come a chiedere il suo benestare.

Sofia le sorrise. «Oh, avanti. Penso che queste vecchie abitudini siano ormai superate, no? Mettiti pure comoda».

«Madonna», fece Anna quando spostò l'attenzione su Maxine, che adesso dava le spalle alle due finestre chiuse. «Guarda in che stato sei! No, non ho visto nulla, ma ho sentito l'esplosione».

«Grazie a Dio siete sane e salve», disse Sofia. «Anche se tu, Maxine, devi darti una lavata. Sei stata vista da qualcuno nelle vicinanze dell'albergo?».

Lei scrollò il capo. «Non possono avermi riconosciuta. Indossavo quel vecchio cappotto e mi ero messa anche sciarpa e cappello».

Anna indicò che non avevano visto nemmeno lei. «Ho fatto

il giro lungo per tornare a casa, ma c'era parecchia gente per strada. Non possono arrestarci tutti».

«Ah, no?», replicò Maxine con astio.

Anna osservò entrambe con aria cupa. «Ci saranno delle ripercussioni».

Era una possibilità più che concreta e solo a pensarci a Sofia veniva da vomitare.

Maxine, invece, sembrava abbacchiata. «Devo scoprire se Bruckner è morto».

La mattina dopo, di buon'ora, Sofia andò a passeggiare in giardino, inquieta e nervosa, in attesa di sapere cosa sarebbe successo in città dopo l'esplosione della bomba. Non avevano una radio, perciò Anna era uscita a vedere se riusciva ad apprendere qualche novità.

Quando sentì cigolare il cancello sul retro e la vide entrare in giardino con il muso lungo e un'espressione agitata, capì subito che non c'erano buone notizie. Era senza fiato, quasi ansimava, e le parole le uscirono di bocca come un fiume in piena.

«Ho fatto più in fretta che ho potuto. Stanotte i tedeschi hanno iniziato ad arrestare chiunque sospettino possa anche solo lontanamente simpatizzare per i partigiani. Nonché chiunque non sostenga attivamente il Reich».

«Quindi adesso solo i fascisti sono al sicuro».

«Proprio così».

«A cosa siamo arrivati...». Sofia non terminò la frase. «Sei riuscita a parlare con qualcuno?»

«Quasi tutti gli uomini sono spariti dopo l'esplosione, finiti in prigione o scappati sulle colline. C'è una donna, però. Si fa chiamare Irma».

«Una staffetta come te?»

«Sì, e ha detto che incontrerà Maxine in via Faenza, oggi alle tre. La presenterà a Luca, il capo della loro brigata».

«E la bomba?»

«Dicono che ne abbiano lanciata una nell'albergo», rispose. «Vorrei poter tornare a casa. Qua è terribile. La gente muore di fame e si accapiglia per quei pochi avanzi buttati fuori dai ristoranti. Si fanno sparare mentre cercano di portare un po' di cibo a casa dalle loro famiglie».

Casa. Ripensando al Castello, Sofia provò una fitta di nostalgia. Anche lei desiderava essere lì.

«Devo dire a Maxine di Irma», aggiunse Anna.

Rimasero in silenzio per qualche minuto.

«Dimmi qualcosa di bello», disse alla fine Sofia. «Qualcosa che ci restituisca il sorriso».

Anna ricambiò il suo sguardo con un'espressione da cane bastonato.

«Qualcosa? Qualsiasi cosa?». Si massaggiò il collo mentre rifletteva sulla domanda. «Il mio bambino, Alberto. Lui è una bella cosa».

«Concordo», disse Sofia. «È un tesoro». Quindi la sua mente tornò indietro nel tempo, ai giorni di sole del passato, alla prima volta che Lorenzo le aveva baciato la fronte davanti ai suoi genitori. Al cipiglio di suo padre, al sorriso affettuoso di sua madre. E poi, non appena si erano fidanzati, ecco che erano andati a esplorare i borghi e i paesini arroccati in cima alle colline toscane.

«È per questo che lo stiamo facendo, no?», stava dicendo Anna, e Sofia tornò di colpo al presente. «Per riprenderci il nostro Paese e affinché i nostri bambini crescano in pace».

«Andrà così», replicò Sofia. «Vinceranno gli Alleati. Dobbiamo continuare a crederci».

35

Era da poco spuntato il sole quando Anna aprì la porta a una donna italiana dal viso smunto che si guardava attorno e lanciava occhiate furtive alle proprie spalle.

«Sì?», fece.

La donna parlava in fretta, il tono basso e incalzante. «Dica a Massima che Antonio l'aspetta al numero dodici di piazza d'Azeglio. Alle dieci in punto. Non faccia tardi».

Anna iniziò a ringraziarla, ma la donna sgattaiolò via prima che potesse finire la frase. Salì di sopra, svegliò Maxine, le riferì il messaggio e ridiscese a preparare la colazione con l'altra che le si trascinava dietro in camicia da notte.

«Non ha aggiunto altro? Ti ha detto come si chiamava?».

Anna scosse la testa.

«Secondo te poteva essere una spia dei tedeschi? Uno di loro mi ha detto che stavano sorvegliando la piazza».

«Io le ho creduto», replicò Anna. «Cos'altro posso dirti?»

«Che aspetto aveva?»

«Era una donna di mezz'età. Capelli nerissimi, naso importante».

«Aquilino, diresti?».

Anna confermò con un cenno del capo. «Almeno avrai un sacco di tempo prima di dover andare in via Faenza per l'appuntamento con Irma».

Maxine era impaziente di sentire le ultime novità che aveva Antonio, ma prima era curiosa di vedere i danni riportati dall'albergo dopo l'attacco dinamitardo. Aveva legato i capelli, che adesso aveva nascosto sotto il classico fazzoletto a tinta unita portato dalla stragrande maggioranza delle donne del posto. Aveva indossato un soprabito grigio spento e aveva persino evitato di mettere il suo caratteristico rossetto color ciliegia.

Quando raggiunse l'Excelsior, vide che diversi manovali stavano già rimediando al disastro. Indugiò qualche momento per dare l'impressione di essere una semplice casalinga impicciona, poi si avvicinò a un italiano dall'aria imperiosa che girovagava impettito e dispensava ordini agli altri operai. Gli andò incontro e gli si fermò accanto, le mani sui fianchi.

«Perbacco!», esclamò, gonfiando le gote. «Mio marito, Tommaso, l'aveva detto che era successo un gran casotto. E mica si sbagliava, eh? Quanto ci vorrà a rimetterlo in sesto?».

L'uomo si strinse nelle spalle. «Parecchio».

«È morto qualcuno?», domandò lei.

«E a te cosa importa?»

«Non abito distante da qui. Ho sentito il boato. L'hanno sentito tutti, nella mia strada. Tommaso ha detto che doveva esserci scappato il morto. Io ho pensato che ci fosse stata una fuga di gas, ma Tommaso era pronto a scommettere che fosse esplosa una bomba».

«E così sei venuta a ficcare il naso?».

Maxine corrucciò la fronte, le braccia conserte, come se si fosse risentita. «Nooo. Sto andando a trovare un'amica e l'albergo è di strada. Sono solo di passaggio».

«Solo di passaggio, eh? Be', per tua informazione, un importante ufficiale delle SS è morto nell'esplosione, un certo Bruckner. Così abbiamo sentito dire, almeno. Non ci hanno detto molto, a essere onesti».

Si voltò a urlare a uno dei suoi operai e Maxine colse l'occasione per defilarsi. Se Bruckner era morto, chi avrebbe deciso dove stivare l'arsenale in arrivo? La sua scomparsa le lasciò un leggero senso di tristezza e un improvviso desiderio di assaggiare, sentire e toccare le vecchie cose a cui era abituata a casa sua. Amava la frenesia di New York, le deliziose cheesecake, i tram, il vapore che si alzava dai tombini della metropolitana. Soprattutto, però, le mancava sedersi sul gradino davanti alla porta di casa a osservare il viavai di passanti nella torrida morsa appiccicosa dell'estate. E, ovviamente, là non c'erano né i nazisti né la guerra. Ma New York le sembrava talmente lontana che, per quanto le mancasse, avrebbe tranquillamente potuto trovarsi alla fine del mondo.

Era stata un'idea folle venire in Italia, attirata da ciò che aveva stupidamente scambiato per un'avventura eccitante? Possibile che fosse tanto superficiale? In realtà non era mai stato così semplice e, ora che stava cominciando a conoscersi un pochino di più, stava prendendo piena coscienza del trauma vissuto così tanti anni prima. Aveva venerato suo padre e gli atti di violenza nei confronti di sua madre erano il dolore di cui non parlava mai. Anzi, aveva fatto di tutto per reprimerlo, ma di certo aveva plasmato la sua decisione di evitare a ogni costo che una cosa simile accadesse anche a lei. Si era sforzata di essere indomita e coraggiosa, eppure c'erano ancora dei momenti in cui non si sentiva né l'una né l'altra cosa. Forse era normale.

E tra la morte di Bruckner e l'imminente incontro clandestino con Antonio, cominciò a immaginare che ogni sconosciuto incrociato sulla sua strada potesse costituire una minaccia. Si riscosse da quel torpore costringendosi a guardare quelle persone, a guardarle davvero, e quando lo fece i loro occhi vacui le rivelarono soltanto l'istintiva volontà di restare invisibili. Quelle persone non erano una minaccia, non lo sarebbero mai state: erano affamate e senza speranza, e lei le compatì.

Alle dieci e cinque arrivò in piazza d'Azeglio, dove iniziò a fare avanti e indietro seguendo i vialetti che attraversavano il parco e poi attorno al perimetro della piazza. Dopo qualche minuto, si infilò in un vicoletto per dare un'occhiata in giro, ma non vide tracce di tedeschi di pattuglia, almeno non dalla strada. Ovviamente non poteva sapere se stessero controllando il parco da una delle finestre del palazzo di fronte. Alla fine, bussò alla stessa porta della volta precedente e fu la stessa donna di allora ad aprirle.

«Sei in ritardo», le disse.

«Scusami. Era più lontano di quanto ricordassi. C'è Antonio?».

La donna annuì e la guidò tra le varie stanze della casa fino a un giardino. Poi aprì la porticina di servizio della casa a fianco, che dava sullo stesso cortile interno. Entrarono e le indicò una porta sulla sinistra. «È là dentro. Quando te ne vai, non passare da piazza d'Azeglio. Passa dalla porta principale di questa casa ed esci in via della Colonna».

Maxine entrò nella stanza a sinistra e trovò Antonio affacciato alla finestra.

«Devo fare in fretta», disse, la voce tesa. «Stamani, all'alba, hanno scovato tre partigiani che si nascondevano in una di queste palazzine. Hanno sparato a tutti e tre».

«I tedeschi?»

«No. I fascisti. Ma adesso ci aspettiamo che i tedeschi setaccino tutte le abitazioni della zona. Non hanno gradito che i partigiani non siano stati portati a Villa Triste per essere interrogati prima di essere ammazzati».

«Allora, cos'hai da riferirmi?»

«Kesselring è andato a parlare con Wolf. C'era un altro uomo con lui, un certo Vogel o Volker, qualcosa del genere».

«Vogler?»

«Sì, proprio lui. Non ho sentito ogni singola parola, ma a un certo punto Wolf si è arrabbiato molto. Non è da lui alzare la voce, però stavolta mi ha fatto un favore. Lui e uno dei due tedeschi, penso fosse Kesselring, stavano discutendo della possibilità di usare dei palazzi rinascimentali come depositi per le armi. Kesselring insisteva sul fatto che dovessero essere nel cuore della città, dove sarebbe stato impossibile assaltarli, mentre Wolf continuava a indicare le palazzine di periferia».

«E quindi?»

«E quindi sono arrivati a un compromesso», e a quel punto, per la prima volta, le rivolse un sorriso. «La vecchia caserma dei carabinieri, vicino alla stazione ferroviaria! Ecco cos'hanno deciso. Le casse d'armi arriveranno in treno nelle prossime quarantott'ore e data la breve distanza alcuni camion le porteranno alla caserma».

«E i carabinieri?»

«Forse già saprai che l'Arma dei carabinieri, in quanto forza di polizia militare, sotto Mussolini aveva il compito di soffocare ogni forma di opposizione, ma una volta siglato l'armistizio i nazisti ne hanno smantellato gran parte dei reparti».

«Ah».

«Alcuni carabinieri del Sud Italia si sono uniti alla resistenza, mentre al Nord sono rimasti prevalentemente fedeli agli ideali fascisti. I tedeschi hanno sciolto quasi tutti i reparti, ma i pochi rimasti hanno ancora il compito di mantenere l'ordine e la sicurezza. Luca era un carabiniere e conosce la caserma come le sue tasche».

«Dovrei incontrarlo oggi, spero. Sappiamo a quante armi ammonta il carico in arrivo?»

«No, e non sappiamo neanche chi sorveglierà la caserma. Tu, intanto, riferisci a Luca tutto quello che ti ho detto».

Con l'avvicinarsi delle tre del pomeriggio, Maxine si incamminò verso via Faenza sotto una pioggia battente. Era una stradina angusta nei pressi della stazione, dove doveva incontrare Irma, la staffetta con cui si era messa in contatto Anna. Giunta a destinazione, sussurrò la parola d'ordine che le aveva dato Marco e Irma la squadrò da capo a piedi senza fiatare. Era minuta, con uno sguardo inflessibile e determinato negli occhi grigio-verdi. Dopo qualche istante, le fece cenno di seguirla su per le scale.

Arrivate in cima, Maxine si guardò attorno e si chiese il motivo delle due sedie di legno al centro della stanza spoglia. Allargò le braccia, gocciolando acqua piovana sulle assi del pavimento. «Sono zuppa».

«Me ne sono accorta».

«Questa è casa tua?».

La donna arricciò le labbra e le scoccò un'occhiataccia gelida. «Perché me lo chiedi?»

«Scusami, non intendevo...».

«Chi sei?», le domandò Irma con tono ostile. Non la stupiva che non si fidasse di nessuno.

«Sono Massima».

«Ma non è il tuo vero nome, giusto?».

«No».

Irma annuì. «Bene. Allora... dimmi perché sei venuta qui».

«Sto cercando Luca».

«Senti, qui la gente va e viene. Questo è un posto sicuro. Non so di chi sia. Ci sono case abbandonate in tutta la città. Per quanto riguarda Luca, anche lui va e viene. Siamo gappisti... sai cosa significa?»

«Certo. Membri dei Gruppi di Azione Patriottica».

«Be', dalla bomba, la bomba all'hotel, intendo, molti dei nostri uomini si sono dispersi». Aggrottò la fronte, e Maxine notò l'angoscia celata negli occhi di quella donna suscettibile.

«Mi dispiace».

«Oppure sono stati arrestati. Ci spostiamo di continuo. Alcuni mancano all'appello. Morti o ancora vivi, chi lo sa. Tocca aspettare, sperare. Merda, non puoi sapere neanche se tuo marito o tuo fratello siano stati torturati, uccisi o condotti in qualche campo di lavoro».

Maxine abbassò gli occhi, sconfortata. «Gli uomini che si stanno nascondendo torneranno?»

«È chiaro».

«Tu hai perso qualcuno?», le chiese con voce esitante.

Irma lanciò una risata piena di risentimento. «Ho perso qualcuno? Oh, sì. Mio marito è bell'e andato. Accecato e abbandonato per strada come un cane. È tornato a casa strisciando, affidandosi esclusivamente al tatto».

«È ancora vivo?»

«No. Ha chiesto una pistola e si è sparato davanti ai miei occhi».

Maxine rivolse di nuovo lo sguardo a terra. «Mi dispiace davvero tanto».

Irma levò gli occhi al soffitto, poi tornò a fissarla e li socchiuse. «Hai mai ucciso nessuno?».

Maxine scosse la testa.

«Dicono che per le donne sia difficile. Dato che siamo quelle che si occupano dei bambini, credono che per noi uccidere non sia così facile. Tu cosa ne pensi?»

«Penso che una donna sia capace di fare tutto quello che fa un uomo, e anche di più».

A quel punto si spalancò la porta e un ometto segaligno con sopracciglia scurissime e inquietanti occhi neri entrò a grandi passi nella stanza. Lui e Irma si scambiarono un'occhiata, poi l'uomo si accomodò su una delle due sedie e fissò l'americana. «Ebbene?».

Maxine cominciò a parlare. «Dovevo incontrare Ballerini, ma ho saputo solo di recente che è morto e che adesso sei tu la persona a cui mi devo rivolgere».

«Continua», disse lui, la faccia tetra.

Gli spiegò che stava lavorando per l'esercito britannico e che aveva il compito di valutare il potenziale della resistenza locale, in particolare la loro capacità di coadiuvare gli Alleati nella liberazione di Firenze.

«Tutto qua?»

«No. Ho ricevuto il comando di capire dove, quando e come sia possibile collaborare per alleggerire i nazisti delle loro scorte di armamenti».

Quindi gli riferì tutto quello che le aveva detto Antonio.

Lui lanciò un fischio compiaciuto e finalmente gli si illuminarono gli occhi. «Bene, allora abbiamo del lavoro da fare».

«Puoi armare abbastanza uomini in vista dell'assalto?»

«La maggior parte degli uomini adesso è sulle colline e sulle montagne, ma possiamo farli tornare in città passando dal sistema fognario».

«Cristo. Sul serio?».

Luca fece spallucce e tirò su col naso. «L'altro problema saranno i veicoli. Dovremo portare le armi fuori città. Io posso mettere le mani su uno o due Fiat 262 e sulla benzina di cui avremo bisogno, e probabilmente riuscirò ad armare un'unità composta da otto uomini».

«Sarà sufficiente?».

Si strinse di nuovo nelle spalle. «Voi quanti siete?»

«In tre».

«Uomini in gamba?»

«Donne».

Si accigliò. «Nei prossimi due giorni intensificheremo la sorveglianza davanti alla stazione e alla caserma dei carabinieri e aspetteremo l'arrivo della merce. Poi colpiremo. Una staffetta ti farà sapere quando avremo bisogno di voi. Il piano sarà molto semplice e voi donne farete da palo».

Maxine entrò nel palazzo della famiglia di Lorenzo dal cancello sul retro e scoprì che la porta di casa non era chiusa a chiave. Al piano di sopra, trovò Sofia e Anna intente a girare le manopole di una radio.

«Siete pazze?», strillò. «La porta sul retro non era chiusa a chiave. E se fosse entrato qualcuno e vi avesse sorprese così?».

Sofia sussultò come se si fosse bruciata. «Scusa. Colpa mia».

Maxine fece una smorfia. «Non pensavo che aveste una radio».

«Nemmeno io, ma mi ero stancata di starmene ad aspettare con le mani in mano, così con Anna siamo andate a curiosare in una delle soffitte e l'abbiamo trovata lì».

«Brave».

«Voglio vedere se riesco a collegarmi al notiziario radio delle nove. Spero che gli Alleati mandino un messaggio in codice per la resistenza. Magari riuscirai a decifrarlo».

«Abbiamo trovato anche pile e pile di vecchi abiti», aggiunse Anna. «Giacche, cappotti, di tutto. Potrebbero tornarci utili. Comunque, tu che novità hai? Hai scoperto cosa ne è stato di Bruckner?»

«È morto, ma ho fatto progressi. Antonio sa dove verranno stivati gli armamenti e il capo della brigata partigiana di Firenze vuole che lo aiutiamo a sorvegliare la zona durante il colpo. Siete entrambe disposte a collaborare?».

Maxine osservò Sofia andare alla finestra e accostare la guancia al vetro. Tremava, ma rimase lì impalata per qualche istante, e la ragazza notò la sua espressione angosciata. Poi si scostò dalla finestra e tornò da loro.

«Dovremo pensarci su», disse. «Ora, però, dobbiamo scaldarci un po'. Anna, per cortesia, ti andrebbe di accendere un bel fuoco?»

«Ottima idea», disse Maxine. Gemette e si tolse il soprabito. «Con tutta questa maledetta pioggia mi sono bagnata come un pulcino».

«Il problema», osservò Sofia mentre si stropicciava gli occhi, «è che abbiamo dimenticato come si fa a essere felici».

Anna le rivolse un sorriso tetro. «Non è che sia così sorprendente».

Ma Maxine si era ringalluzzita e aveva occhi solo per Sofia. «Abbiamo del vino?»

«Sì».

«Sia lodato il vino!», esclamò. «Propongo di dimenticarci tutto almeno per una sera. Assolutamente tutto. Non so voi, ma io voglio uscire da questa stanza ubriaca fradicia».

36

Della serata appena trascorsa restava il ricordo confuso delle risate misurate e delle nostalgiche reminiscenze che, a poco a poco, avevano fatto svanire il senso di inquietudine. La mattina dopo, Sofia vide un sole rosso sorgere sopra le colline, poi la chiamò Lorenzo per assicurarsi che stesse facendo attenzione. Aveva tanto desiderato sentire la sua voce, ma ovviamente per telefono non poteva parlargli dei loro piani o toccare argomenti più significativi. Adottò un tono scanzonato per convincerlo che non doveva preoccuparsi più di tanto. Lui, in cambio, le disse che stava bene e che non doveva darsi pena se non sarebbe riuscito a contattarla per qualche giorno, perché spesso a Roma avevano problemi di linea. Non gli chiese cosa stesse facendo. Sapeva che non poteva, o non voleva, dirglielo. Quando gli chiese dei suoi genitori, Lorenzo le disse che erano al sicuro e che avevano deciso di restare a Roma. Dopo aver riagganciato, Sofia si strinse tra le braccia e fece una serie di respiri profondi, sussurrando tra sé: «Ti amo, ti amo, ti amo». Lorenzo se la sarebbe cavata. Era prudente.

Doveva prendersi un po' di tempo per riflettere, così, pur essendo molto presto, fece una passeggiata per le strade di una Firenze scintillante e argentea. Il cielo era azzurro e i raggi del sole raggiungevano ogni andito della città. Se non avesse saputo come stavano realmente le cose, quella sarebbe sembrata una giornata qualunque e non l'indomani di una proposta che, se accettata, l'avrebbe vista prendere parte a una missione estremamente pericolosa. Ripensò alla morte di Aldo e rammentò quanto avrebbe voluto uccidere Kaufmann quando l'aveva guardata dall'alto in basso con tanta freddezza. Ma poi, ci sarebbe davvero riuscita? E se alla fine l'avesse fatto sul serio, sarebbe stato l'ennesima vittima di quella guerra oppure, a essere onesta, la sua morte sarebbe stata il risultato di una vendetta? L'idea di spezzare anche una sola vita, persino in mezzo a tutta la morte e alla devastazione a cui assisteva quotidianamente, era talmente spaventosa da risultarle inconcepibile. Un tempo si sarebbe detta sicura di saper distinguere tra giusto e sbagliato; adesso la differenza tra bene e male era così confusa.

Malgrado il sole, in città si respirava una forte umidità. Giunta a piazza della Repubblica, l'enorme piazza del diciannovesimo secolo costruita sul vecchio foro romano e sull'antico ghetto raso al suolo da tempo, ebbe la netta sensazione che qualcuno la stesse osservando, ma lo imputò alla sua immaginazione che stava prendendo il sopravvento. Le tornarono in mente le tante occasioni in cui lei e Lorenzo erano andati a passeggiare da quelle parti per mangiare le tagliatelle al tartufo in uno dei ristoranti della piazza o per gustare i deliziosi pasticcini del loro caffè preferito, Le Giubbe Rosse, chiamato così per le giacche rosse indossate dai camerieri. Con il maltempo, si ritiravano all'interno delle sue sale fumose con le pareti rivestite in legno e restavano a discutere per ore dei grandi temi del mondo mentre sorseggiavano i loro caffè. Quando c'era bel tempo, invece, si rilassavano all'aperto, ridendo, chiacchierando e osservando i passati seduti a uno degli eleganti tavolini con le tovaglie bianche e rosse all'ombra di un grande tendone.

Nessuno dei due avrebbe mai potuto immaginare la scena che stava vedendo quel giorno. Niente mercato, e gli unici veicoli in piazza erano le camionette tedesche e i mezzi militari.

Decise di proseguire fino a Ponte Vecchio, attraversò il fiume e si avviò verso San Niccolò e il Giardino Bardini, con le sue grotte naturali, la serra degli aranci, le statue di marmo e le fontane. Non era aperto al pubblico, ma Lorenzo conosceva il proprietario di Villa Bardini e avevano il permesso di salire le scale che portavano alla villa del diciassettesimo secolo da cui si poteva osservare tutta la città dall'alto. In genere ci andavano ad aprile e a maggio, quando le azalee, le peonie e il glicine erano in piena fioritura. Quel giorno, sperando che non fosse frequentato, voleva soltanto arrampicarsi su per la collina e passare una mezz'ora di tranquillità nel giardino della villa.

Quando arrivò in cima, senza fiato per la salita ripidissima, si sedette su uno scalino, chiuse gli occhi e reclinò la testa per farsi baciare dal sole, confortata dalla pace e dalla sicurezza che le infondeva la natura.

Assorta nei propri pensieri, quasi non si rese conto che qualcuno le aveva rivolto la parola. Quando alla voce seguì un colpo di tosse e si sentì chiamare per nome, si riscosse di colpo dal proprio torpore. Aveva riconosciuto la voce. Il vento aveva preso a sferzare gli alberi attorno a lei e tutto a un tratto si sentì talmente sola che le venne da piangere. Alzò gli occhi, li schermò dal sole e cercò di nascondere la propria agitazione alla vista di quell'uomo.

«Mi era sembrato di riconoscerla», le disse con tono altezzoso. «È molto lontana dal Castello».

«Buongiorno, capitano Kaufmann».

Lui si guardò un attimo attorno prima di incrociare il suo sguardo. «Maggiore Kaufmann, adesso. È bello quassù, eh? Con questa splendida giornata, poi».

Colta alla sprovvista dalla superficialità di quei convenevoli, e non sapendo come reagire, si chiese se l'avesse pedinata.

Le rivolse il solito sorriso sghembo che non coinvolgeva mai gli occhi. «Stiamo usando questa villa», disse mentre le indicava un punto oltre la scalinata. «Posso sedermi con lei?».

Si accomodò senza attendere una sua risposta. Sofia avrebbe voluto urlare: "No, non voglio che rovini il mio momento di piacere, né ora né mai", ma non poteva.

«Tornerà a Siena o a Buonconvento? Per raggiungere il comandante, intendo…».

«È molto probabile». Kaufmann si strinse nelle spalle ma non aggiunse altro in merito a Schmidt. «Ho scoperto che Firenze mi piace».

«Ma non è qui per fare il turista, no?».

La sua risata priva di gioia la turbò.

«Stiamo facendo progetti, tenendo riunioni… decidendo il futuro dell'Italia». Rise di nuovo, poi proseguì con voce gelida e sprezzante. «E del resto d'Europa, naturalmente».

Sofia prese fiato ma non si espresse.

«Giacché ci siamo incontrati», continuò lui, lanciandosi un'occhiata oltre la spalla prima di tornare a guardarla dritta negli occhi con innegabile disprezzo, «confido che mi permetterà di venirla a trovare nel suo palazzo».

Sofia sbatté rapidamente le palpebre sotto il suo attento scrutinio, sapendo fin troppo bene che non aveva alcun bisogno di chiedere il suo permesso. «Sa dove si trova?».

Kaufmann inclinò la testa. «C'è ben poco che ci sfugga, se capisce cosa intendo».

Lei ignorò l'ultimo commento. «Quando vorrebbe passare?»

«Farò un salto alla prima occasione utile. Ho sentito dire che suo marito ha una cantina piena di vini particolarmente pregiati». Fece una pausa prima di cambiare discorso. «Ha altri dipinti di Cozzarelli? Penso di averle già accennato al fatto che sono un collezionista. Mi piace circondarmi solo del meglio del meglio».

«Mio marito non ne possiede altri. Non che io sappia, almeno».

«Sa, dipingeva su pannelli di legno, Cozzarelli». Kaufmann si alzò in piedi. «E ha dipinto la pala d'altare di Montepulciano… L'ha vista?»

«Certo».

Ripulì l'uniforme dalle poche foglie che erano rimaste attaccate alla stoffa. «Be', è stato un vero piacere, ma adesso la devo salutare».

Dopo che se ne fu andato, Sofia si trattenne ancora un po', ma era come se la giornata fosse stata prosciugata della sua luminosità. L'ultima cosa di cui avevano bisogno era che il maggiore andasse a ficcanasare nel suo palazzo.

Quando rincasò, fu accolta dal profumino del caffè appena fatto. Ancora? Mentre raggiungeva le scale per andare in cucina, ripensò ad Anna e si chiese quanto ne avesse trovato rovistando in fondo alla credenza. Entrata in cucina, trovò quest'ultima e Maxine immerse in una discussione animata. Stavano parlando dell'imminente incursione nella caserma dei carabinieri.

«Prima che andiate avanti devo dirvi una cosa», le interruppe Sofia, e raccontò loro dell'incontro con il maggiore e della sua intenzione di farle visita.

«Oh, accidenti!», esclamò Maxine prima di passarsi le dita tra i capelli ricci. «Speriamo sia tutto bell'e fatto prima che venga».

37

Sofia non riusciva né a mangiare né a dormire e, adesso che la notte dell'incursione era finalmente arrivata, non vedeva l'ora che fosse tutto finito perché era rimasta anche troppo a lungo con il fiato sospeso. Maxine aveva ricevuto le ultime direttive giusto il giorno prima e adesso gli uomini di Luca avevano preso posizione attorno alla caserma, nascosti negli edifici e nei giardini di via Fiume e via Valfonda. Ultimamente c'erano ben pochi uomini all'interno della caserma, erano quasi tutti scappati o appartenevano a reparti già sciolti. I pochi rimasti erano costretti a sorvegliare le riserve di cibo stoccate lì dentro e, per quanto ne sapevano, non c'erano altri ufficiali di guardia. Ma adesso era arrivato un nuovo carico di merci, e stavolta non si trattava di farina o fagioli secchi. Due carabinieri armati pattugliavano il perimetro, uno sul davanti e l'altro sul retro del lungo complesso. A ogni turno, restavano all'esterno per circa un'ora, poi rientravano uno alla volta per quindici minuti affinché ne restasse sempre uno a sorvegliare l'esterno. Il piano prevedeva di sfruttare il breve lasso di tempo in cui un fianco dell'edificio era sguarnito e che i partigiani di Luca si introducessero all'interno della caserma mentre entrambi i carabinieri di ronda erano fuori. Una volta dentro, dovevano mettere fuori combattimento le guardie, legarle, bendarle e imbavagliarle. Non potevano sparare ai due carabinieri all'esterno, né cercare di sbarazzarsi di loro, perché un'eventuale pattuglia tedesca di passaggio avrebbe potuto sentire il trambusto o notare la loro assenza. Inoltre, tutti avevano ricevuto l'ordine di non usare le armi a meno che non ci fosse un bombardamento alleato in corso in grado di mascherare gli spari. Qualche giorno prima, Luca aveva catturato il fratello di un carabiniere di guardia all'interno della caserma e stava barattando la vita del ragazzo in cambio di un favore: lasciare la porta laterale chiusa, ma senza i chiavistelli abbassati. Scassinare la serratura non sarebbe stato un problema. Dopodiché, al carabiniere e a suo fratello sarebbe stato offerto un passaggio sicuro fino alle montagne.

All'una del mattino, Sofia, Maxine e Anna lasciarono il palazzo e presero tre strade diverse per andare a Santa Maria Novella, il quartiere accanto alla stazione. Sofia aveva con sé la pistola, mentre Anna e Maxine si erano procurate dei coltelli. Con una vecchia sciarpa trovata in soffitta, avvolta attorno al capo per nascondere il viso, e il cappello calato sugli occhi, Sofia si fermò in attesa in fondo a uno squallido vicoletto. Si diramava da una stradina non lontana dalla stazione e puzzava di verdura marcia ed escrementi di animale. Anna, che indossava abiti maschili, si appostò dall'altro lato. L'attesa si prolungò all'infinito. Il tempo si fermò e Sofia, nell'immobilità di quell'orribile vicolo, si mise in ascolto dei rumori della città e delle colline che la circondavano, un ronzio ovattato a quell'ora di notte, ma comunque distinguibile. Riusciva a immaginare tutti gli abitanti di quelle palazzine buie, che già dormivano o provavano a chiudere occhio. E una parte di lei desiderava interrompere l'operazione. Dopo qualche istante, però, arrivarono Maxine e Irma, che in pratica si erano vestite come due prostitute, e tirarsi indietro non fu più possibile.

Maxine e Anna si incamminarono insieme, fingendo noncuranza e tenendosi vicine alle pozze di oscurità. Non c'erano lampioni per strada e neanche la luna, ma il loro compito era scovare qualunque movimento sospetto. Sofia rimase nel vicolo, quanto più possibile nell'ombra, ma con una buona visuale sulla porta laterale della caserma. Luca stava aspettando il momento esatto in cui i due carabinieri di guardia non avrebbero più potuto avvistare i suoi uomini. Lanciò il segnale, poi lui e cinque partigiani vestiti di nero sgattaiolarono via dal vicolo in cui sostava Sofia, diretti verso l'ingresso laterale. Non ebbero problemi a scassinare la serratura e, non appena furono entrati, anche Irma li seguì all'interno. Aveva il compito di aspettare appostata dietro la porta. Se avessero notato qualcosa di sospetto, Maxine, Anna o Sofia dovevano entrare e avvertire Irma, che a sua volta avrebbe allertato i partigiani.

Quando un veicolo sfilò lentamente nella strada a cui si collegava il vicolo, Sofia intravide la sagoma scura dell'autista, e al suo fianco quella di un altro uomo. Quando l'auto svanì alla sua destra, si affacciò a sbirciare dall'angolo della strada. Riconobbe la vettura: non era una normale auto di pattuglia, ma era lo stesso tipo di macchina che guidava Lorenzo. Quella di Lorenzo era un modello più vecchio, mentre quella era una Lancia Artena di nuova fabbricazione, richiesta dall'esercito italiano per i suoi ufficiali. La vide fermarsi e scorse un uomo con una valigetta scendere dall'auto. Trattenne il fiato e, non sapendo cosa fare, ripassò a mente le istruzioni che aveva ricevuto. L'uomo entrò in una casa e lei rimase in attesa. Qualche istante dopo, varcò di nuovo la porta senza valigetta, indicò all'autista di abbassare il finestrino e si affacciò a dirgli qualcosa. Poi salì dietro e la vettura ripartì a passo d'uomo. Sofia tirò un sospiro di sollievo e, proprio in quel momento, sentì la prima bomba sganciata in direzione di Fiesole.

Il tempo sembrava trascinarsi fin troppo lentamente e Sofia non aveva la più pallida idea di come stesse andando all'interno della caserma. A parte quell'unica Lancia di passaggio, non aveva notato nient'altro. Qualche minuto dopo, riuscì giusto a intravedere un furgoncino della Fiat venire verso di lei da via Bernardo Cennini. Si fermò proprio di fronte alla porta laterale. Scesero tre uomini, che riuscirono a superare con successo le guardie sparando prima all'una e poi all'altra, facendo affidamento sul vicino bombardamento alleato. Trascinarono i corpi all'interno della caserma, poi cominciarono a portare fuori le prime casse e a caricarle sul furgone. Una volta finito, uscì anche Irma e salì a bordo del furgoncino insieme a un altro uomo e all'autista. Luca e gli altri partigiani si dispersero nella notte.

Era un bene che Luca fosse riuscito a rimediare un solo furgone perché, non appena si rimise in marcia, la Lancia di prima riapparve dal nulla e inchiodò davanti alla caserma. Se avessero dovuto caricare un altro veicolo, li avrebbero sorpresi e catturati. La Lancia si era fermata nel preciso istante in cui Maxine stava riemergendo dal lato opposto dell'edificio e un ufficiale tedesco in uniforme stava già scendendo dall'auto. Tirò fuori un revolver e le fece cenno di avvicinarsi. Quando vide che per Maxine era troppo tardi per fuggire, a Sofia prese a battere talmente forte il cuore che pensò di essere sul punto di vomitare. Il conducente era rimasto al posto di guida con il finestrino abbassato. L'ufficiale dava le spalle alla macchina e non vide Luca sbucare da un vicolo e puntare una pistola alla testa del suo autista. Con la coda dell'occhio, Sofia vide Anna avanzare di soppiatto verso Maxine e l'ufficiale tedesco, poi svanire tra le ombre di un androne vicino alla coppia. Per tenere d'occhio l'americana, immaginava.

«Hai sentito passare un veicolo?», sentì l'ufficiale chiedere a Maxine.

«Sì, il tuo».

«Non la mia auto, idiota. Sembrava un furgone».

Lei scosse la testa.

«Aspetta un attimo, ma noi due non ci conosciamo?».

Maxine annuì e gli tese un portasigarette.

«Massima, giusto?», fece lui. «Cosa ci fai in giro a quest'ora?».

Poi accadde tutto talmente in fretta che Sofia stentò a credere a ciò che stava vedendo. L'uomo declinò l'offerta e rimise il revolver nella fondina mentre infilava l'altra mano in tasca per recuperare il suo pacchetto di sigarette. Probabilmente della marca turca fumata da alcuni tedeschi, pensò. Se la mise tra le labbra e chinò il capo perché Maxine aveva tirato fuori un accendino.

«Dev'essere finito il gas», disse lei, ridacchiando con aria civettuola mentre l'ufficiale risollevava lo sguardo. «Scusami. Ho anche dei fiammiferi, comunque».

Prese i fiammiferi dalla borsa, ne sfregò uno contro la scatola e, quando il tedesco riabbassò la testa, gli accese la sigaretta.

In quel preciso momento, Sofia vide l'autista dell'auto fare uno scatto in avanti per dare un colpo di clacson, e riuscì a suonarlo prima che Luca lo freddasse. L'ufficiale reagì all'istante, si tirò su e si guardò attorno, poi si voltò di scatto, gli occhi sgranati. Prese improvvisamente coscienza del fatto che Maxine aveva a che vedere con quanto appena accaduto e l'afferrò per un braccio.

«Che diavolo?!», esclamò tra gli schizzi di saliva. Con l'altra mano estrasse il revolver e glielo puntò dritto al cuore. «La pagherai per questo», ringhiò.

Poi, mentre continuava a stringerle il braccio e a puntarle la pistola al petto, torse il busto per lanciare uno sguardo alla macchina. Con gli occhi fissi sul corpo esanime dell'autista, non riuscì ad accorgersi di Anna, che senza fare alcun rumore era schizzata fuori dal suo nascondiglio come un lampo e a quel punto era già alle sue spalle.

Sfilò il coltello dalla tasca, gli afferrò i capelli, gli tirò indietro la testa e gli tagliò la gola da parte a parte, facendo affondare talmente tanto la lama da recidere un'arteria e la trachea. In quella frazione di secondo, Maxine riuscì a dargli un colpo alla mano e a far cadere il revolver a terra. Mentre il sangue prendeva a sgorgare copiosamente dalla ferita, Maxine indietreggiò e gli diede le spalle. Il sangue zampillava a fiotti e schizzava sul muro e sul selciato. L'uomo fece un terribile gorgoglio e, alla fine, si accosciò a terra, inerme.

Con un senso di panico crescente, Sofia esitò, quasi paralizzata, e cercò di imporsi la calma. Non funzionò, ma si riprese quel tanto che bastava per togliersi il cappotto e correre da Maxine, i cui abiti erano impregnati di sangue. C'era pochissima luce, ma riuscirono a scambiarsi uno sguardo, gli occhi sbarrati dal terrore che poi abbassarono sulla chiazza di sangue scuro che si stava raccogliendo in un avvallamento della strada.

«Grazie, Anna», sussurrò Maxine prima di accovacciarsi accanto all'uomo. «Lo conosco», mormorò. «Vogler. Ecco come si chiama».

«È morto?», chiese Anna.

«Quasi. Si sta dissanguando. Cristo, che puzza!».

Sofia osservò il sangue che continuava a colare dalla ferita slabbrata sul collo del tedesco, ipnotizzata dalla macabra scena, poi passò il cappotto a Maxine. «Svelta. Metti questo. Coprirà i vestiti sporchi di sangue».

«Sbrighiamoci. Dobbiamo andarcene da qui, e in fretta», sibilò Anna. «Io andrò con Sofia. Tu, Maxine, dovrai fare il giro lungo».

Si avviarono, ma Sofia tremava in modo incontrollabile a causa dello shock, mentre Anna mostrava una calma innaturale. Quando raggiunsero Ponte Vecchio, Sofia sussurrò con voce spezzata: «L'avevi già fatto?»

«Solo con un maiale». La ragazza lanciò una risata aspra. «Non è stato molto diverso».

«Devi pulirti le scarpe. Sono coperte di sangue».

«Ho schizzi di sangue ovunque. Per fortuna è buio».

A Sofia si mozzò il respiro e sentiva anche un saporaccio amaro in bocca; anche se non aveva premuto il grilletto o usato un coltello, aveva assistito all'uccisione di un uomo. Era un tedesco, ma era pur sempre un uomo, e non sapeva come metabolizzarlo.

«Non pensarci», le disse Anna, come se avesse intuito cosa stava provando. «Non rivivere l'accaduto nella tua testa. Dobbiamo tornare a casa senza farci scoprire, bruciare i vestiti e lavarci. Tutto qua. Domani ci sarà tempo per pensare. Stanotte, però, dobbiamo dormire».

Non appena il terrore cedette il passo al buonsenso e all'istinto di sopravvivenza, Sofia non le disse che non riusciva proprio a immaginare come avrebbe fatto da quel momento in poi a chiudere occhio.

38

Dopo l'assassinio di Vogler e del suo autista, ma soprattutto dopo l'assalto alla caserma, vennero istituiti numerosi posti di blocco e molteplici punti di controllo. Messe all'angolo come animali, le tre donne dovevano aspettare che si calmassero le acque. Girava voce che fosse stata rubata una gran quantità di mitragliatrici, mortai, pistole e munizioni, e che i tedeschi fossero furibondi. Nessuno poteva lasciare la città e giorno e notte la polizia pattugliava armata le strade e le stazioni. Erano passate quarantott'ore da quando Anna aveva ucciso Vogler e, anche se Sofia era abbastanza sicura che con quel gesto avesse salvato la vita a Maxine, l'intero episodio le dava il voltastomaco. Girovagava per i corridoi e per le stanze vuote di quella casa enorme in cerca di un posto in cui sentirsi al sicuro. Persino quando scappava in camera sua sbattendo la porta, la paura le stava alle costole e non riusciva mai a chiuderla fuori.

Desiderava con tutte le sue forze di lasciare Firenze, la città che un tempo aveva amato più di ogni altra, e nelle ore più buie che precedevano l'alba restava sdraiata a letto, completamente sveglia, a tremare per lo sconforto. Ciò che avevano fatto era inconcepibile. Possibile che fosse realmente accaduto? O era rimasta intrappolata in un incubo senza fine dal quale non riusciva a ridestarsi? Le cose si stavano susseguendo troppo in fretta. "Fermatevi", avrebbe voluto dire. Non potevano semplicemente tornare indietro e pensare prima di agire? Quando si alzava, il dolore che avvertiva nelle ossa si acutizzava ora dopo ora. Tormentata dall'assassinio, si aggirava per la casa silenziosa e si struggeva nella speranza che Lorenzo la tenesse radicata alla vita che avevano un tempo. Ma nemmeno lui aveva il potere di rimettere le cose a posto e sentiva che dentro di lei stavano avendo luogo dei cambiamenti snervanti.

Si ritrovava sempre a domandarsi se uccidere fosse accettabile. Aveva sentito dire che dopo la prima volta diventava più facile, ma sperava di non dover assistere mai più a una cosa del genere. Anna non si faceva tanti scrupoli. Per lei quell'uomo era solo un tedesco, e questo perché a causa dei tedeschi aveva perso l'amato marito e anche un fratello. Per lei rimuginarci su non aveva alcun senso. No, dovevano andare avanti e fare quanto più possibile come se niente fosse, soprattutto se il maggiore Kaufmann aveva davvero intenzione di andare a farle visita come aveva anticipato. Come avrebbe fatto a nascondere il senso di colpa se non riusciva neanche a fingere di essere quella di sempre? Uscì in giardino con la speranza di trovare un po' di consolazione, ma non c'era più il verso degli uccellini a stuzzicarle i sensi, c'erano il rumore degli stivali militari sull'acciottolato e grida in tedesco, voci prepotenti, autoritarie, poi risate sguaiate. Si figurò le loro facce rozze, immaginò i loro crudeli obiettivi, e rabbrividì. Tuttavia, sapeva di dover lasciare andare quei pensieri cupi.

Quando tornò in cucina, Anna la esaminò con occhio critico. «Contessa, devi mangiare qualcosa. Sei troppo magra. Così ti ammalerai e capiranno che c'è qualcosa che non va. Ti prego. Ti farà bene».

«Che senso ha?»

«Il senso è questo: vuoi parlare in tedesco per il resto della tua vita? Vuoi mangiare *Frankfurters* e *Sauerkraut* al posto degli spaghetti al pomodoro?».

Sofia soffocò una risata, trovando ridicola l'idea.

«Come sospettavo», disse Anna con un debole sorriso.

«Quindi stiamo combattendo per quello che mangeremo».

«Esatto». Anna portò a tavola una scodella di brodo e scostò una sedia.

«Maxine si è svegliata?»

«Non ancora».

«Non so proprio come faccia a dormire così tanto».

Sofia si sedette e si sforzò di mangiare. Anna, da un certo punto di vista, aveva ragione. Si trattava di preservare la loro cultura, ma non era soltanto quello. Nessun essere umano voleva essere controllato da un suo simile e questo valeva anche per le nazioni.

Dopodiché, risalì nella sua stanza e accostò la guancia al vetro freddo della finestra che si affacciava sul fiume Arno, nella parte meridionale della città. Pensò a piazza Santo Spirito e all'omonima basilica dove lei e Lorenzo andavano la domenica. Si sedevano sui gradini della chiesa e guardavano il mondo andare avanti senza di loro. Quella piazzetta, con i suoi alberi e la sua tranquillità, era una delle loro preferite. Poi la sua attenzione venne catturata da un trambusto nella strada sotto casa sua. Alcuni soldati tedeschi stavano trascinando un giovanotto verso una delle loro vetture. "Prendete me", avrebbe voluto gridare, cose se questo potesse mitigare il senso di colpa che la schiacciava.

Voleva odiare i tedeschi, ciascuno di loro, e odiava Kaufmann. Ma Vogler? Non lo conosceva nemmeno, eppure era morto. La cosa peggiore, però, era che non le restava alcuna compassione. Sapeva che c'erano tedeschi buoni e gentili come Wolf, uomini che non avevano mai voluto la guerra, che idealmente non avevano mai voluto Hitler. Allo stesso modo, molti italiani non avevano mai voluto Mussolini, e tante famiglie da entrambi gli schieramenti volevano soltanto continuare a vivere le loro vite. Ma la guerra li aveva resi tutti mostri.

39

Non c'erano grida né porte tempestate di pugni quando Sofia scese le scale. Anna era rimasta di sopra a pulire l'ultimo piano e a sostituire la scala che portava alla soffitta. Aveva appena finito di nascondere la radio e la pistola per la centesima volta, e ogni volta temeva che scovarle fosse troppo facile. Anche se i soldati tedeschi fossero saliti in soffitta, c'era troppo ciarpame perché potessero trovare qualcosa in mezzo a tutta quella confusione: scatoloni di vestiti, tende, lenzuola, casse piene di vecchi giocattoli, cavalli a dondolo, case delle bambole, dipinti accantonati, pentolame, suppellettili, sedie e poltroncine in più, vecchi tavolini e altri pezzi di mobilia, persino strutture e testiere in ferro battuto e materassi sfondati. Era abbastanza evidente che i genitori di Lorenzo e i loro genitori prima ancora non avevano mai buttato via niente.

«Anna», la richiamò Sofia dai piedi delle scale. «La porta».

Era perfettamente in grado di andare ad aprire da sola, ma voleva allertarla nel caso non avesse sentito bussare.

«Su è tutto a posto», sussurrò la ragazza mentre si affrettava a scendere. «Tu vai in salone. Vado ad aprire io».

«Il grembiule. Guarda».

Il suo grembiule bianco era pieno di macchie nere. Se lo tolse con stizza e lo passò a Sofia. «Portalo in lavanderia. C'è già un catino pieno di panni sporchi lasciati a mollo. Buttalo lì. Lo accompagnerò in salone. Quando salirai, di' che eri fuori in giardino».

Poco dopo, Sofia entrò in salone e vide Kaufmann affacciato alla finestra. Stava osservando il Lungarno e la strada che correva parallela all'argine del fiume. Non appena la sentì arrivare, si voltò e le andò incontro con una certa baldanza. Sofia abbozzò un sorriso.

«Maggiore Kaufmann», disse con tono quanto più possibile gentile. «La stavo aspettando».

«Aspettando?»

«Non ricorda? Ai giardini di Villa Bardini. Aveva detto che sarebbe passato a trovarmi».

«Ah, già».

«Scusi se ci ho messo tanto a raggiungerla. Ero giù in giardino».

Lui aggrottò la fronte e socchiuse in modo impercettibile gli occhi azzurri e inflessibili. «Non è il periodo più indicato per fare giardinaggio».

Sofia scacciò il commento con un cenno della mano. «In genere non me ne occupo io, abbiamo chi lo fa al posto nostro. Amo ascoltare gli uccellini».

«Pensavo di averle sentito chiamare la domestica per dirle di andare ad aprire».

Lei rifletté in fretta mentre inclinava la testa. «Sì, è vero. Stavo andando in giardino per vedere se fossero già sbocciati dei fiori. Adoro avere sempre qualche mazzo di fiori freschi in casa, lei no? Ma non sapevo che fosse lei alla porta».

«E ce n'erano?»

«Cosa?»

«I fiori».

Assunse un'aria delusa. «A dire il vero, non ho avuto modo di controllare. Sono tornata subito su in salone non appena mi ha chiamata Anna. Ma di solito, in questo periodo dell'anno, vediamo sbocciare i crochi e anche qualche violetta e i giacinti. Devo ammettere che non mi sono sentita molto bene negli ultimi giorni, quindi non sono uscita con l'usuale frequenza».

Lui inarcò le sopracciglia e le scrutò il viso. «È un po' pallida, in effetti. Niente di grave, spero».

Sofia si strinse nelle spalle.

Lo sguardo di Kaufmann era imperioso e, più lo osservava e studiava il suo atteggiamento, più era evidente che si riteneva invincibile.

«A cosa devo il piacere? Non mi ha ancora detto perché è venuto a trovarmi».

«Ero semplicemente di passaggio».

«Ah».

Un raggio di sole illuminò la stanza e Sofia andò alla finestra. Si affacciò a guardare gli uomini di Kaufmann che fumavano in attesa del suo ritorno. «È uscito il sole», mormorò mentre le veniva in mente un'idea. «Che bello».

«Sa che hanno ucciso due dei nostri ufficiali?».

Sofia gli dava ancora le spalle, grazie al cielo, e lottò per non irrigidire la postura. Ci fu un orribile momento in cui temette che ogni dettaglio stesse per sfuggirle dalle labbra senza permesso. Così gli avrebbe detto del sangue e della ferita slabbrata. Gli avrebbe detto che erano rimaste in attesa di quel momento. Gli avrebbe detto che non riusciva neanche a respirare.

«Sì, ne sono a conoscenza», disse alla fine. «Non si mormora d'altro».

«Abbiamo finalizzato diversi arresti».

Non le restò altro da fare che voltarsi a guardarlo e, sapendo che ci sarebbero state delle ripercussioni per ciò che avevano fatto, all'improvviso non riuscì più a deglutire.

«Suppongo che fosse qua a casa due giorni fa, giusto? Stiamo interrogando tutti».

«È raro che io esca di sera, perciò sì».

«Non le ho chiesto cosa fa di sera».

Lei si sforzò di lanciare un risolino. «Do per scontato che una cosa del genere non possa accadere alla luce del giorno, maggiore».

Gli occhi di lui erano ancora inespressivi. «Qualcosa del genere?».

«L'omicidio… di un ufficiale… o due, ha detto?».

Le rivolse un rapido cenno d'assenso. «C'è qualcun altro qua con lei?»

«La mia amica, Massima, e Anna, che è venuta a cucinare per noi».

«E suo marito?»

«No, purtroppo no. Questi sono tempi duri. A dire il vero, maggiore, come le accennavo non sono stata troppo bene, quindi mi chiedevo se potesse farmi una cortesia».

«Oh?».

Tre giorni più tardi, poco dopo l'alba, Sofia si sciacquò il viso usando il lavabo che aveva in camera e corse in bagno, dove aveva già preparato i vestiti. Dalla visita di Kaufmann si sentiva più scossa che mai, ma almeno stavano per lasciare Firenze, passando per le vie ufficiali per giunta. Aveva chiesto il permesso allo stesso Kaufmann appellandosi alla propria salute cagionevole come motivo pressante per lasciare la città e, grazie a Dio, il maggiore aveva accettato di aiutarla.

Alla luce dorata del mattino, Firenze tornava ancora una volta a essere bellissima e dava l'impressione che da un momento o l'altro potesse sbarazzarsi della cappa di grigiore che era calata su di essa dal primo giorno dell'occupazione tedesca. Nonostante il tepore dei raggi del sole, ciascuna di loro era in uno stato di euforia che rasentava l'isteria. Ora erano preoccupate, l'attimo dopo in preda all'eccitazione, gli sbalzi d'umore dettati dalla paura di ritrovarsi costrette a tornare indietro per qualche motivo.

Usando del fil di ferro, Maxine era riuscita a legare la pistola a una ruota dell'auto, nascondendola dietro il coprimozzo. Era senz'altro pericoloso portarsela dietro, ma Maxine era sicura che dovessero farlo. Quando uscirono dalla città e si avvicinarono al primo posto di blocco, i due soldati che incrociarono avevano un'aria assonnata e Sofia era pronta a scommettere che fossero rimasti svegli per tutta la notte e stessero solamente ingannando il tempo in attesa di chi li sostituisse.

Si sbagliava. Il più basso dei due volle vedere i loro documenti e i loro lasciapassare e, malgrado il permesso venisse dall'alto, richiese che scendessero dall'auto mentre l'altro ufficiale apriva il portabagagli e tirava fuori le valigie, gettandole sull'asfalto con modi bruschi. Quando il primo soldato ebbe finito con i documenti, Sofia lanciò un'occhiata alle colline in lontananza e provò un forte senso di distacco, come se niente di tutto ciò stesse succedendo proprio a lei. Non appena l'uomo la scrutò, rimase pietrificata, a cavallo tra due mondi: da un lato una relativa sicurezza, dall'altro l'esatto opposto.

Ricevettero l'ordine di aprire i bagagli, cosa che fecero inginocchiandosi sull'erba umida. Dato che i due soldati non trovarono niente a parte i cambi d'abito, persero interesse e cominciarono a ispezionare la macchina, sbirciando sotto i sedili e tastando la carrozzeria in cerca di vani nascosti. Sofia aveva la sensazione che la vita le stesse scivolando di mano, sicura che avrebbero rimosso i coprimozzi e sparato a tutte e tre, giustiziandole sul posto. Quando si chinarono per controllare sotto il cofano, Maxine si schiarì la gola e le scoccò uno sguardo d'ammonimento.

Mantieni la calma.

Sofia trattenne il fiato.

Uno dei due si sdraiò sul ghiaino a bordo strada, accanto all'auto, e diede dei colpetti sotto il telaio. Sembrava una farsa. I due soldati erano annoiati e stavano cercando di ingannare il tempo.

Non appena si fu rialzato, si ripulì l'uniforme, fece spallucce e segnalò all'altro che l'ispezione era finita. Mentre loro rimettevano le valigie in bauliera, il tedesco appose un timbro sui loro lasciapassare e fece cenno a Sofia di rimettersi in marcia. Il senso di sollievo le diede le vertigini. E quando accelerò per allontanarsi, a malapena in grado di tenere l'auto in carreggiata, capì che quantomeno sarebbero tornate a casa.

40

Castello de' Corsi

In una giornata resa scintillante dal sole e dagli acquazzoni, Sofia, Carla e Gabriella si erano sedute su una panchina nel giardino della cucina e osservavano il piccolo Alberto intento a giocare con una palla e un bastoncino. Strillava e correva lungo i sentieri tra le aiuole in fiore, mentre i cani lo seguivano e abbaiavano eccitati. Malgrado fosse una giornata assolata e l'odore terroso del giardino fosse una vera panacea dopo la snervante fuga da Firenze, Sofia rabbrividiva dal freddo.

La casa sembrava cambiata da quando erano tornate, guardinga, un po' più tetra. Sofia cercava di mantenere la calma mentre i fantasmi le si stringevano attorno, ombre vicine ma mai visibili. Percepiva i loro giudizi, la loro compassione, ma anche la loro disperazione. E a volte, oltre a queste strane sensazioni, aveva anche il timore che la ragione la stesse abbandonando.

«Contessa», disse Carla, «potresti restare qua con me mentre faccio qualche domanda a Gabriella?»

«Se sei sicura di volere che io sia presente».

La cuoca annuì e si voltò verso sua figlia, che stava passeggiando lungo un sentiero. «Allora, Gabriella, oggi come ti senti?», le chiese.

«Ho un po' di nausea», mormorò la ragazza.

«Passerà. Io stavo malissimo quando aspettavo tuo fratello. Non durerà a lungo».

Gabriella non rispose e corse in fondo al giardino. Sofia ricordava il giorno in cui era nata, un parto difficile, ma quando Carla le aveva passato la neonata affinché la cullasse tra le proprie braccia, Sofia era rimasta estasiata dalla bellezza della piccolina. Qualche giorno dopo, aveva inspirato a pieni polmoni il suo profumo di latte e il fatto di non poter avere figli suoi le aveva fatto provare una grande tristezza. Tornare a casa e scoprire che Gabriella aspettava un bambino era stato sconvolgente.

Abituata alle stranezze della ragazza, la fuga improvvisa di Gabriella dal giardino non la turbò più di tanto. Sapeva che per Carla era una vergogna avere una figlia nubile in dolce attesa ed era dispiaciuta per lei, ma visto che era abbastanza grande per sposarsi, perlomeno con il consenso dei genitori, quella sarebbe stata di gran lunga la soluzione migliore. Se solo fossero riuscite a scoprire chi era il padre del bambino. Fino a quel momento, Gabriella si era ostinata a tacere.

Carla si alzò e, recuperato il forchino che aveva appoggiato al muro, ricominciò a setacciare il terreno in cerca delle ultime patate rimaste. «Qualche patata con cui accompagnare un bell'uovo fritto e il pranzo è servito», borbottò.

Sofia ripensò a tutti i deliziosi manicaretti che Carla amava preparare. Le sue patate arrosto erano apprezzate da tutti. Riusciva a rivederla in cucina, intenta a tagliarle mentre canticchiava tra sé. Poi le buttava nella sua scodella preferita e aggiungeva olio, vino, aglio, sale e pepe. Da ultimo condiva con rosmarino e salvia, a volte anche con i semi di finocchio. Quindi metteva tutto in forno. Con la carne erano favolose. Le venne l'acquolina in bocca. Quando c'erano abbastanza patate, era un piatto che preparava ancora, senza la carne. Aveva anche delle ricette segrete, quelle che aveva imparato cucinando a fianco di sua nonna.

Avevano ancora delle zucchine da usare, quelle verdi invernali che avevano riposto nella dispensa insieme alle cime d'aglio, alle cipolle e ai peperoni. Non c'era niente di meglio di una zucchina arrosto a cui si abbrustoliva la scorza, diventando croccante. La polpa la mangiavano con la focaccia all'aglio di Carla. Mentre la cuoca lavorava la terra, Sofia tenne d'occhio Alberto, che si era allontanato per seguire Gabriella. Era un peccato che un bimbo dolce come Alberto dovesse crescere senza un padre e, ora che Aldo non c'era più, non aveva più alcuna figura maschile nella sua vita. Ecco a cosa stava pensando quando il bambino si mise a urlare.

«Nonna, vieni. Nonna».

Quando Carla si precipitò da lui, Beni si mise ad abbaiare come un pazzo e Sofia li seguì con i propri cani al seguito. Le si chiuse lo stomaco e si sentì attanagliare dalla paura. Se fosse accaduto qualcosa al piccolo Alberto… ma, non appena li raggiunse, vide che il bambino stava indicando la porticina aperta del capanno in cui riponevano gli attrezzi da giardinaggio. Carla entrò dentro a passo di marcia, mentre Sofia si trattenne sulla porta e sbirciò dentro. Tutto d'un tratto, non riuscì più a respirare. Quando scorse Gabriella seduta a gambe incrociate sul pavimento, nella penombra, con un coltello a serramanico stretto tra le dita, il tempo parve fermarsi.

«Mio Dio!», strillò Carla. «Che cosa stai facendo, figliola?».

Piombò su di lei per impadronirsi del coltello, e Sofia vide che Gabriella stava perdendo sangue.

«Stupida, stupida che non sei altro!», gridava la cuoca. «Cos'hai fatto?».

Sofia rimase a guardare mentre Carla afferrava i polsi della figlia e trovava il taglio, non troppo profondo, non letale, da cui stava colando il sangue.

«Perché?», le domandò sua madre. «Cosa pensavi di ottenere?».

Gabriella chinò il capo e iniziò a singhiozzare.

Sofia fece un passo avanti e posò una mano sulla spalla di Carla nella speranza di calmarla. Ma era troppo tardi, ormai la rabbia aveva preso il sopravvento. «Oh, per l'amor di Dio!», proruppe mentre tirava indietro la mano e le mollava uno schiaffo in pieno volto.

Sofia la vide pentirsene immediatamente.

«Mi… mi dispiace», sussurrò con voce rotta prima di allungare una mano tremante verso la figlia.

Gabriella non disse niente e non ebbe reazioni di fronte alla mano che le era stata tesa.

Prima di parlare, Carla si morse il labbro. «Ti prego, basta piangere. Pensiamo alle cose pratiche. Dobbiamo lavare questa ferita».

Dalla ragazza giunse una replica soffocata, ma né Carla né Sofia riuscirono a capire cosa avesse detto.

«Cosa?», volle sapere sua madre. «Cos'hai detto?».

Gabriella scosse vigorosamente la testa e sollevò lo sguardo, gli occhi imploranti e infossati dall'angoscia. «Tu non capisci».

«Be', spiegamelo tu, allora. Come faccio a capire se non mi dici nulla?»

«Aldo. La sua morte», gemette la ragazza. «È stata tutta colpa mia», e cominciò a dondolarsi avanti e indietro, scoppiando in un pianto inconsolabile.

Poco dopo, sedute al tavolo della cucina, Sofia e Carla stavano osservando Gabriella, che si era piazzata davanti al forno a legna. L'avevano calmata con una tazza di caffè d'orzo e una fetta di pane tostato con il miele. E non pressandola subito per capire cosa avesse voluto dire erano riuscite a tranquillizzarla ancora di più, anche se adesso dovevano davvero andare a fondo della questione.

«Dunque», mormorò Sofia. «Adesso puoi dirci di cosa si tratta? Nessuno si arrabbierà con te, ma perché hai detto che è stata colpa tua?».

Gabriella si fece piccola piccola e l'espressione angosciata di pochi minuti prima tornò a fare capolino sul suo volto.

«Tesoro, non può essere così terribile, no?», disse Carla prima di sorridere a sua figlia. Stava cercando di dare poco peso alla cosa, pensò Sofia.

Gabriella fissava il pavimento e si grattava la nuca, ma non fiatava. Sofia lanciò un'occhiata alla cuoca, che scosse la testa. Intuì che intendeva girarci attorno e prenderla alla lontana.

«Vieni qui», continuò Carla. «Ti sono tornati i pidocchi? Ti spazzolo i capelli così li togliamo».

La ragazza non alzò neppure gli occhi.

«Be', puoi guardare a che punto è la zuppa?».

Gabriella non si mosse. «L'ho detto a Maria», sussurrò e, quando sollevò la testa, i lineamenti del suo volto erano distorti dalla sofferenza.

Sentendo nominare Maria, Sofia fiutò un imminente pericolo, ma prese fiato e ricacciò indietro i suoi timori. «Detto cosa?», le chiese.

La ragazza distolse lo sguardo.

«Gabriella?»

«Del piano per far saltare in aria la linea ferroviaria».

«Non dire sciocchezze», ribatté Sofia. «Tu non potevi neanche esserne a conoscenza».

«Sì, invece. Ero andata a fare una passeggiata nei boschi e ho sentito Aldo che ne parlava con un altro uomo. Lodo, si chiamava».

Carla aggrottò la fronte. «Questo non ha alcun senso. E l'hai detto a Maria?».

Gabriella annuì mestamente.

«Perché?»

«La volevo impressionare».

«Ma per quale motivo?»

«Per Paolo, suo nipote. Insomma, volevo che si innamorasse di me e ho pensato che, dicendolo a lei, Maria gliel'avrebbe riferito, così...». Si interruppe per soffocare un singulto. «Così sarebbe tornato da noi».

«Quindi hai detto a Maria del piano?».

Gabriella abbassò per l'ennesima volta lo sguardo, gli occhi nuovamente incollati sul pavimento.

Quando cominciarono a maturare le conseguenze di tale rivelazione, Sofia vide Carla portarsi una mano alla bocca e gemere. Prima di dedicarsi di nuovo alla ragazza, chinò un attimo il capo. No. Non poteva essere vero.

Gabriella stava fissando sua madre. «Io lo amo».

A Sofia si era stretto il cuore e stava lottando contro il senso di oppressione che stava iniziando a comprimerle il torace. «Sai che non possiamo fidarci né di Maria né delle camicie nere?», le chiese.

La ragazza non rispose.

Sofia era combattuta. Doveva essersi inventata tutto. Non era possibile che avesse tradito suo fratello in quel modo.

«Gabriella, è la verità?», domandò Carla. «Dimmelo sinceramente».

Gli occhi di sua figlia guizzarono sul volto della madre, poi distolse lo sguardo.

Sofia si stava spremendo le meningi. Non c'era modo di sapere se Maria si fosse messa in contatto con Paolo, o sì? Forse non gli aveva detto niente. Sosteneva di vederlo soltanto di rado. Forse doveva andare a chiederglielo di persona. E se quella donna le avesse mentito, però?

«Oh, Gabriella», mormorò. «Non so cosa dirti».

Carla serrò la mascella e si alzò da tavola. Sofia sapeva che il suo feroce amore per Aldo era identico all'amore che nutriva per le due figlie femmine e quella terribile notizia doveva averle spezzato il cuore.

«Mi dispiace», disse la ragazza, e la furia impressa sul volto di sua madre la fece fremere.

Carla piazzò entrambe le mani sulle spalle della figlia, come se avesse intenzione di scuoterla.

«Mi dispiace», ripeté Gabriella con le lacrime che le rigavano le guance.

Il fatto che Gabriella potesse aver causato la morte dell'unico fratello che aveva, dell'unico figlio maschio di Carla, era peggio di quanto avessero mai immaginato. Il corpo senza vita di Aldo, impiccato a Buonconvento, le riaffiorò alla memoria senza preavviso.

Quando Carla sollevò una mano, Gabriella arretrò. Carla guardò la propria mano, ma alla fine non la schiaffeggiò, non la scrollò nemmeno. Chissà quanto desiderava farlo, però, pensò Sofia.

Lei per prima aveva una gran voglia di prenderla a schiaffi per la sua stupidità. Ma dovevano restare unite. Anche se quanto accaduto non poteva essere dimenticato. Non ci sarebbero mai riuscite. Pensò in fretta, considerando la situazione da ogni prospettiva possibile. «Anna non lo deve sapere», disse alla fine. «Stravedeva per Aldo».

«E mi ha sempre criticata perché ero troppo indulgente con Gabriella», aggiunse Carla. «Se lo scoprisse, la ucciderebbe con le sue mani».

Aveva ragione e Sofia lo sapeva.

«Adesso stammi bene a sentire», continuò Carla mentre fissava la figlia con aria severa. «Non devi parlarne con nessun altro, mai e poi mai. Non devi dirlo ad anima viva. Ci siamo intese?».

Gabriella rimase in silenzio.

«Dovrai conviverci per il resto della tua vita, ma ascoltami bene. Forse Maria non ha detto niente a Paolo. Magari i tedeschi l'avrebbero scoperto comunque. Forse l'hanno saputo da qualcun altro. Forse non è stata colpa tua».

Gabriella le rivolse un debole sorriso.

«Questo Paolo», proseguì, «è lui il padre del bambino? Ne sei sicura?».

La ragazza accennò di sì con il capo.

«Ed è successo quando sono venuti a casa di tua sorella, mentre noi stavamo lavorando a maglia al piano di sopra?».

Un altro cenno d'assenso.

«Oh, ragazza mia, cosa devo fare con te?». Carla scosse la testa. Poi, dopo un secondo o due, aggiunse: «Be', visto che le cose stanno così, dobbiamo soltanto cercare di trovare il lato positivo, no? Come facciamo sempre».

41

Buonconvento

Non appena Maxine entrò nel caffè di Buonconvento, si guardò attorno per assicurarsi che la situazione fosse tranquilla. C'erano un paio di anziane sedute a spettegolare in un angolo, ignare di tutto, e a un tavolo vicino alla finestra appannata una giovane madre stava cercando di convincere il figlio riluttante a mangiare un biscotto. Anna era riuscita a far avere un messaggio a Marco, che doveva arrivare da un momento all'altro. Le tre donne avevano stabilito di non parlare mai più di quanto successo a Firenze, ma Maxine sapeva che Marco doveva essere stato informato dell'assalto all'arsenale.

Quando arrivò, sfoderò un sorriso accattivante che le sciolse subito il cuore. «Allora, ragazza mia, ti sei data da fare, eh? Congratulazioni».

Anche se il suo elogio le scatenò una felicità assurda, fece una faccia come a dire che non era stato niente di che. Entrambi sapevano che non era così.

Lui la osservò con calma e candore. «Hai mostrato sicurezza, coraggio e intraprendenza. Prendilo come un complimento».

«Grazie, Marco. Vuol dire molto per me».

«Hai già informato gli Alleati dell'incursione andata a buon fine?», le domandò.

«Sì, mi ha aiutato James ieri sera. Si è spostato in un casolare più vicino. Il tetto della fattoria in cima alla collina è crollato. Abbiamo trasmesso da lì, ma adesso la radio è nascosta nei cunicoli sotto casa di Sofia».

«Sai cosa ne è stato della staffetta dei gappisti?»

«Irma?».

Marco annuì.

«Spero sia riuscita a raggiungere le montagne insieme agli uomini».

«Sapeva chi eravate?». Era sul chi vive, il tono sbrigativo, spiccio.

«In che senso?»

«Nomi, luoghi d'origine».

«No. Ti va un caffè?».

Ignorò la sua offerta. «Potrebbe identificarti?»

«Forse, ma le sarò sembrata insignificante. Fazzoletto in testa, niente trucco. Non poteva sapere dove fossimo dirette dopo l'incursione».

«Non questa brodaglia», disse alla fine, indicando la sua tazza. «E tu non potresti mai essere insignificante».

Maxine fece una smorfia.

Marco, invece, fece raschiare la sedia sul pavimento. «Vieni?»

«Certo».

«Sei venuta in moto?».

Glielo confermò. Alzandosi per lasciare il caffè, la donna con il bambino in fasce si soffermò a guardare Marco con occhi adoranti. Mentre la giovane madre si allontanava, Maxine lo vide voltarsi a lanciarle uno sguardo tra il preoccupato e l'affettuoso, e provò un'imbarazzante fitta di gelosia.

«È molto giovane», commentò, cercando di tenere a freno le proprie emozioni.

«Già».

«È la tua fidanzata?». Si accigliò, ma stavolta fallì miseramente nel tentativo di celare le sue emozioni e Marco scoppiò a ridere.

«Gelosa?»

«Non dire assurdità».

«Be', meno sai...».

Lanciò un sospiro, poco convinta. Aveva sempre quella risposta pronta.

«Ti va di venire da me?».

Aveva buttato lì la domanda con fin troppa noncuranza per i suoi gusti, perciò snobbò la proposta con un ironico: «Nella tua vecchia fattoria puzzolente?».

Lui aggrottò la fronte. «Ho trovato un posticino più vicino. E anche un po' più accogliente. Adesso ho un letto con un vero materasso e solo un paio di ratti a farmi compagnia, oltre agli immancabili scarafaggi, ovviamente».

Osservò il suo viso spigoloso, più magro rispetto a prima, e gli diede una gomitata nelle costole. «Tu sì che sai come fare colpo su una ragazza. Comunque, non mi potrò trattenere. Domani mattina io e Sofia vogliamo andare a Santa Cecilia».

«Abbiamo tutta la giornata. Cucinerò per te».

«Sai cucinare?».

Le rivolse un sorriso più dolce che mai e la prese a braccetto. «Fai strada e andiamo a recuperare la tua motocicletta».

Maxine rimase piacevolmente sorpresa dalla nuova sistemazione di Marco. Era composta da una sola stanza, ma almeno c'erano un letto, un cucinino e un vecchio divano.

«Non capisco perché non sei sulle montagne o nei boschi insieme agli altri uomini».

«Il mio compito è tenere le orecchie aperte, tenermi in contatto con te e ampliare la nostra rete. Non sono a capo di un'unità da combattimento, sono un coordinatore. La mia gamba...». Abbassò lo sguardo.

A dispetto della zoppia e del bastone da passeggio che portava sempre con sé, Maxine doveva ammettere di aver dimenticato che aveva problemi alla gamba. «Sei davvero zoppo?».

Lui annuì. «Pensavo non me l'avresti mai chiesto. Anche se avrai notato che in privato sembra migliorare notevolmente».

Maxine si mise a ridere. «Allora, cosa mi cucinerai di buono?»

«Spaghetti al pomodoro. Potremmo prepararli insieme. Ecco», le passò un sacchetto di carta marrone. «Tu puoi tagliare i pomodori. A meno che non preferisci schiacciare l'aglio».

«No, i pomodori andranno benissimo».

Le diede un coltello e raggiunsero un tavolino di legno che non faceva altro che traballare.

«Ti piace cucinare?», le chiese.

Lei scosse la testa. «Non è il mio forte».

Marco spalancò la bocca, fingendosi orripilato. «Meglio che tu non lo dica in giro o capiranno che non sei una vera italiana».

«E tu? Secondo te sono una vera italiana?».

Mise giù il coltello e, per baciarla, si sporse sopra il tavolo, facendolo traballare ancora di più.

«Ora te la faccio tirare fuori io la focosità di una vera donna italiana».

Maxine rise e rifuggì le sue attenzioni malgrado le gambe le fossero diventate di gelatina. «Cuciniamo. Sto morendo di fame».

«Signorsì, signora».

Finirono di tagliare i pomodori e Marco mise l'acqua a bollire, poi scaldò un filo di olio in una padella. «È importante che non inizi a sfrigolare o faccia fumo», disse mentre ci buttava dentro gli spicchi d'aglio schiacciati, seguiti dai pomodori e da un pizzico di sale. «Ci vorranno dodici minuti».

«Dodici minuti. Quanto siamo precisi».

«Già. Ora renditi utile e passami quelle erbe», disse, indicandole un altro sacchetto di carta.

Gli porse il sacchetto e gli vide tirare fuori cinque foglie di basilico.

«E gli spaghetti?».

Salò l'acqua arrivata a bollore e buttò la pasta. Mentre aspettava che si cuocesse, girò attorno al tavolo per fermarsi alle spalle di Maxine, poi le baciò il collo e le fece scivolare il palmo di una mano sul seno. Si accorse che le si stavano indurendo i capezzoli e lo spinse via prima che continuasse a provocarla.

Marco rise e tornò ai fornelli. «Perfetti, sono al dente». Scolò la pasta e la rovesciò nella padella per finire di cuocerla nel sugo di pomodoro già caldo, insieme alle foglie di basilico.

«Il profumo è delizioso», disse lei, anche se adesso moriva dalla voglia di strappargli i vestiti di dosso e di dimenticarsi del pranzo.

«A dire il vero, la salsa andrebbe passata», specificò lui. «Ma non ho un passino».

Non appena ebbero finito di mangiare, seduti sul divano con i piatti sulle gambe, Maxine gli rivolse un sorrisetto malizioso. Ora toccava a lei stuzzicarlo. «Forse adesso me ne dovrei andare».

«Non ti azzardare».

Marco portò i piatti nel lavello, poi le tese una mano e la condusse fino al letto, dove prima svestì lei, poi se stesso. Il sesso con lui era sempre meglio e Maxine non riusciva più a immaginare di passare un solo giorno della sua vita senza quell'uomo meraviglioso al suo fianco. Una volta finito, rimasero sdraiati l'una tra le braccia dell'altro.

«Qual è stato il periodo più bello della tua vita?», gli chiese, gli occhi velati e assonnati.

«A parte questo preciso istante?». Le mordicchiò l'orecchio e lei si sentì attraversare da un brivido.

«No, seriamente».

«Penso che il momento più magico sia stato quando è nato il mio nipotino».

«Non sapevo che ti piacessero così tanto i bambini».

Fece una smorfia. «Non saprei dirti se mi piacciono in generale. Mi piace *quel* bambino».

«Ma vorresti avere dei figli?».

Sospirò. «So che una volta ti ho detto di sì, ma adesso non lo so più. Quando perdi una persona che ami, che ami sul serio, non perdi soltanto lei, ma anche la parte di te che l'amava. Resta un vuoto».

«Stai parlando di tuo fratello?».

Annuì. «Penso che avrei troppa paura di provare qualcosa di simile se avessi un figlio. E tu?»

«Bambini?»

«No, qual è stato il periodo più bello della tua vita?»

«Ho passato dei momenti davvero fantastici a Londra, prima di venire qui».

«E il più brutto?»

«Quando ho scoperto che mio padre picchiava mia madre». Nel rievocare il trauma della perdita inaspettata della figura paterna così come l'aveva sempre idealizzata, cominciarono a bruciarle gli occhi e sentì che si stavano riempiendo di lacrime. Provò a trattenerle, in imbarazzo all'idea di mettersi a piangere davanti a lui, ma queste presero a sgorgare più rapide e copiose, finché non si ritrovò a singhiozzare, a boccheggiare e a tremare. Marco la strinse a sé, mormorandole parole di conforto e accarezzandole le guance finché le lacrime non cessarono.

«Oh, amore mio», disse mentre le porgeva un fazzoletto. «Non ti preoccupare, è pulito».

Lasciò passare qualche minuto, poi tirò su col naso, si asciugò gli occhi e la faccia e gli sorrise. Si sentiva molto più leggera ora che aveva tirato fuori una tristezza soffocata troppo a lungo. E sentiva anche un gran senso di calore nel petto, soprattutto adesso che l'aveva chiamata "amore". Il loro rapporto aveva raggiunto un livello di intimità senza uguali e la spontaneità che c'era tra loro la spingeva a credere che non ci fosse alcuna guerra fuori da quelle quattro mura.

«Sai una cosa?», gli disse. «Profumi di aglio e basilico».

«Davvero?»

«Ma non ha importanza perché tu, mio caro, sei un cuoco coi fiocchi».

Le baciò le palpebre, poi fecero di nuovo l'amore.

Dopo gli parlò di nuovo della sua famiglia.

«Mia madre, come la maggior parte delle donne, è stata cresciuta con l'idea che una moglie deve servire e riverire suo marito. Mi ha educata allo stesso modo, quindi a volte mi chiedo: se non avessi mai scoperto cosa stava realmente succedendo in casa mia, mi sarei trasformata in una copia di mia madre?»

«Io, non so perché, avrei qualche dubbio in merito».

«Rimettermi al giudizio degli uomini o ammaliarli per ottenere quello che volevo non è mai stato nelle mie corde. Certo, sono cose che posso fare tranquillamente, ma a essere sincera sono sempre stata troppo schietta e diretta».

«Per non dire audace, coraggiosa e ardita, come ti stavo accennando prima».

Maxine sorrise. «A scuola questo mi ha causato non pochi problemi, però, e anche fuori dall'aula, a dirla tutta. Pare che certi uomini odino le donne determinate. Vogliono soltanto zittirci, farci sentire inermi».

«Perché hanno paura. Si sentono minacciati dalle donne determinate».

«E tu? Ti senti minacciato?».

Marco scoppiò a ridere. «Ti piacerebbe… No, mia cara Maxine, e ti prego, non cambiare mai. Mi piaci così come sei».

42

Marzo 1944

Sofia si era aggrappata a Maxine come se ne andasse della sua vita perché l'americana stava sfrecciando a rotta di collo sulle stradine dissestate che portavano al borgo natale dei suoi genitori nella zona di Rapolano Terme. Quando si fermarono ai piedi della collina, tirò fuori una fiaschetta d'acqua e un panino da dividere. Carla, quel tesoro, era riuscita a mettere da parte per loro qualche fetta di salame. Mentre dava un morso al panino, si guardò attorno, estasiata dalla bellezza di quella giornata meravigliosa. Con la primavera ormai alle porte, i campi erano verde smeraldo e sospese in cielo c'erano solo poche nuvole basse e argentate. L'inverno aveva tolto il disturbo. Finalmente. L'aria era cristallina e tutto sembrava scintillare. Con il sole che le scaldava delicatamente le braccia e l'aria fresca che le riempiva i polmoni, Sofia si sentiva speranzosa. L'ultimo tratto di sterrato costeggiato da alberi che risaliva fino al borgo di Santa Cecilia era pieno di buche, perciò decisero di proseguire a piedi. Di tanto in tanto si voltavano a guardare il panorama che le circondava e alla fine raggiunsero un'imponente cancellata inserita in un muro di pietra e sormontata da uno stemma nobiliare.

Maxine era insolitamente taciturna e Sofia capì che quello, per lei, era uno di quei momenti speciali nella vita in cui le parole erano solo un di più. Il cancello non era chiuso a chiave e, non appena misero piede nel minuscolo borgo e cominciarono a guardarsi attorno con circospezione, lo trovarono pervaso da una quiete innaturale. Si sentivano soltanto i richiami degli uccelli.

«Pensi che i tedeschi se ne siano andati?», domandò alla fine Maxine.

«Non saprei. Ma se fossero ancora qui, mi aspetterei di vedere delle camionette militari, no?».

Proseguirono sotto arcate in pietra e imboccarono stradine anguste e vicoletti in penombra. Quando arrivarono alla villa padronale, Sofia non riuscì a trattenersi e le sussurrò che voleva sbirciare all'interno da una finestra al pianterreno. Lungo la fiancata c'era un'intera fila di finestre ad arco.

Si avvicinarono all'edificio, che sembrava deserto. Sofia premette il naso contro il vetro sporco e intravide muri macchiati dall'umidità, pezzi di intonaco caduti sul pavimento, pile di macerie e mobili capovolti. Le colonne di marmo avevano bisogno di una bella pulita e le pareti affrescate erano in condizioni pietose. Voltandosi, vide che il cancello del parco ciondolava dai cardini e, quando si introdussero nel giardino, scoprirono che era infestato d'erbacce. La vegetazione era cresciuta in modo incontrollato e i vialetti erano coperti di muschio e licheni. Sembrava un giardino incantato nel quale ci si poteva imbattere in ninfe intente a ballare sotto i raggi del sole. I tedeschi dovevano essere arrivati da quelle parti a fine settembre, quindi si erano trattenuti troppo poco per causare una simile quantità di danni, ma poi le tornò in mente che la famiglia all'epoca si era già trasferita a Siena, il che spiegava lo stato d'abbandono della villa.

Stavano per voltarsi e tornare verso il centro del borgo quando udirono una voce imperiosa.

«Cosa pensavate di fare nel mio giardino? Questa è violazione di proprietà privata».

Si voltarono e videro un'anziana dai capelli argentei, vestita di nero da capo a piedi, ferma davanti al cancello sgangherato, le mani sui fianchi.

Sofia le andò incontro. «Ci scusi. Il cancello era aperto. Un tempo venivo spesso da queste parti… Oh, è lei».

«Ci conosciamo?», domandò l'anziana mentre alzava una mano per ripararsi gli occhi dal sole e li strizzava per metterla a fuoco.

«Sono Sofia de' Corsi… di Castello de' Corsi. Sono davvero desolata, sulle prime non l'avevo riconosciuta, ma lei dev'essere Valentina».

La donna abbozzò un mezzo sorriso. «Sì, ma voi cosa ci fate in casa mia?».

Sofia indicò la sua accompagnatrice. «Lei è una mia amica, Maxine. È venuta a visitare il borgo da cui proviene la sua famiglia. Se ne sono dovuti andare».

«È italiana?»

«Sì, sono italiana», intervenne la diretta interessata.

«Hai un accento abbastanza curioso», commentò Valentina. «Come fanno di cognome i tuoi genitori?»

«Caprioni».

Ora Valentina aveva davvero preso a sorridere. «Ma che bello. Era tuo padre a occuparsi delle capre? Sai com'è, con quel cognome. Avevamo un gregge meraviglioso».

«Era un contadino, a dire il vero. Forse si confonde con mio nonno. Mia madre invece lavorava qui, in questa casa».

«E come si chiama tua mamma?»

«Luisa».

«Ultimamente la memoria mi gioca qualche scherzetto, ma è un nome che mi suona familiare. È successo qualcosa, credo… Perché non andiamo al piccolo bar giù in piazza? Magari qualcuno ricorda qualcosa».

«È aperto?», domandò Maxine. «Il bar?»

«Pensavamo ci fossero ancora i tedeschi», aggiunse Sofia.

L'anziana signora assunse un'espressione sdegnata. «Se ne sono andati da poco… e si sono lasciati dietro un disastro. La gente se ne sta sulle sue, quella che è rimasta, e alcuni continuano a farsi i fatti loro. Non amiamo condividere la nostra bella Santa

Cecilia con i forestieri. Meglio che andiate a parlare con Greta, giù al bar. Provate a bussare se non ha aperto».

«Grazie. E scusi ancora se l'abbiamo disturbata».

«Vi inviterei a entrare, ma è la prima volta che metto piede qua dentro da quando se ne sono andati. Mi sono trasferita in una casa del borgo».

«La sua famiglia farà ritorno da Siena?»

«Non prima che finisca la guerra».

«E l'amministratore dei poderi?»

«È scappato quando sono venuti i tedeschi. Da quello che ho capito, si era schierato contro i fascisti e si era unito ai comunisti, perciò per lui non era sicuro restare qui».

«E per lei? Per lei era sicuro?». Era una domanda faziosa e Sofia non sapeva neanche se l'anziana le avrebbe risposto.

Valentina esitò un attimo, poi le rivolse un sorrisetto sarcastico. «Se mi sta chiedendo se appoggio i fascisti, la mia risposta è no. So tenere la bocca chiusa, però».

Sofia le sorrise, poi si congedarono per tornare nella piazza principale.

«Secondo te cosa intendeva quando ci ha detto che è "successo qualcosa"?», chiese Maxine.

Sofia non sapeva cosa dire, perciò optò per il silenzio.

L'unica indicazione che il posto in cui si imbatterono in piazza poteva essere un bar era il singolo tavolino in ferro battuto con le sedie spaiate davanti all'ingresso. Quando Maxine provò ad aprire la porta, scoprì che era chiusa, così seguirono il consiglio di Valentina e bussarono. Lì per lì non successe nulla, poi la porta si spalancò e una donnina minuta che doveva andare per i quarant'anni e indossava un grembiule enorme mise il naso fuori dall'uscio.

«Volete una birra artigianale o del caffè d'orzo?»

«Ci sarebbe una limonata?».

La donna fece cenno di no con la testa.

«Allora due caffè d'orzo, per cortesia».

Indicò loro il tavolo. «Sedetevi».

Si accomodarono e, mentre aspettavano, si guardarono attorno. Gli abitanti del luogo dovevano aver deciso che non c'era niente da temere da Sofia e Maxine, perché adesso la piazzetta non era più deserta. Tre anziane vestite di nero si erano fermate a spettegolare in un angolo e su una delle quattro panchine in ferro battuto al centro della piazza c'era un vecchietto che sonnecchiava, il mento appoggiato sul petto, mentre un bambino, che secondo i calcoli di Sofia doveva essere suo nipote, gli scorrazzava attorno ai piedi.

Quando la donna, Greta, tornò fuori con i caffè, Maxine le chiese se sapeva qualcosa della famiglia Caprioni, che se n'era andata nel 1910.

Greta aggrottò la fronte. «Io ero solo una bambina. Dovete chiedere a lui». Indicò l'anziano.

Maxine era già pronta a schizzare in piedi.

«Finiamo il caffè, paghiamo e andiamo a fargli qualche domanda», disse Sofia.

Ma l'altra ormai si era già alzata, impaziente. «Tu finisci pure, io vado a parlarci subito».

Sofia la vide avviarsi e andarsi a sedere sulla panchina. Visto che l'anziano non aveva alcuna reazione, Maxine si mise a giocare a bubùsettete con il bambino. Furono i risolini del piccolo a svegliare il nonno, che sollevò il volto cotto dal sole e solcato di rughe verso la sconosciuta. Sofia pagò il conto a Greta e si unì a loro.

Sorpreso di avere compagnia sulla panchina, l'anziano socchiuse gli occhi, poi parlò con un forte accento gutturale da uomo di campagna fatto e finito. «E tu chi sei?»

«Scusi se la disturbo. Mi chiamo Maxine e sto provando a vedere se qualcuno del posto si ricorda ancora dei miei genitori».

«Parla più forte, ragazza», disse lui. «Vuoi trovare i tuoi genitori, hai detto?»

«No. Sto cercando chi potrebbe averli conosciuti. Se ne sono andati da questo borgo nel 1910».

«Be', perché non l'hai detto subito?».

Maxine si grattò un orecchio ed era chiaro che si stava chiedendo se sarebbe mai riuscita a cavare un ragno dal buco con quel vecchietto.

«Cognome?», le domandò.

«Caprioni».

L'anziano sgranò gli occhi e impallidì visibilmente. «Sei la figlia di Alessandro?».

Lei gli rivolse un sorriso. «Sì, sono io».

L'anziano le prese una mano e gliela strinse forte. «Tuo padre era un mio carissimo amico. Non mi sarei mai aspettato di avere di nuovo sue notizie».

«Lo conosceva?»

«Oh, sì. Ero più grande di lui, ma siamo sempre andati d'accordo. Lavoravo alla fattoria di suo padre e ho continuato a farlo anche quando la cascina è passata a lui. Oh, mia cara, il modo in cui se ne sono andati… che tristezza».

Maxine sembrava perplessa. «Cos'è successo? Io ero convinta che se ne fossero andati perché la famiglia si era allargata troppo e non riuscivano più a sostentarsi soltanto con la terra».

«Ti hanno detto così?»

«Sì».

«Sai del piccolo Matteo?».

Maxine si accigliò. «Chi?»

«Era un bel bambino, il loro primogenito».

Maxine era ancora più confusa. «Penso che si stia sbagliando. Non hanno mai avuto un figlio chiamato Matteo».

«Sì, prima che nascessi tu. Biondo e ricciolo. Un angioletto. Stravedevano per quel bambino». La sua voce calò di un'ottava e Sofia capì che stava soffocando delle emozioni dolorose.

«Cosa gli è successo?», gli chiese, e l'anziano la guardò come se si fosse appena accorto della sua presenza.

«Ucciso da un colpo di fucile».

Maxine rimase a bocca aperta. «Avevo un fratello? Gli hanno sparato? Come? Perché? È stato un incidente?»

«Lui diceva che era stato un incidente, ma lo sapevamo tutti che era andata in modo diverso».

«Qualcuno lo voleva uccidere?», domandò Maxine, gli occhi sbarrati dallo stupore.

L'anziano fece spallucce. «E chi lo sa. Forse voleva solamente ferirlo. Aveva solo tre anni, il piccolo Matteo. Una tragedia».

«Perché è accaduto? Chi gli ha sparato?»

«Una cosa per volta. È successo dietro al fienile del vecchio casolare di tuo padre. Quel vigliacco diceva di essere andato a caccia di lepri e che il bambino era sbucato dal nulla nel momento sbagliato».

«Fu lui a dare l'allarme?».

L'anziano scosse la testa. «Avrebbe dovuto, quel bastardo. No. Fu tua madre a sentire lo sparo e a trovare tuo fratello».

«Morto?»

«Morì poco dopo. Dissanguato».

«Ed è per questo che se ne andarono?»

«Li devastò. Lei pianse per settimane. Era inconsolabile e per loro restare era diventato impossibile. Tua madre sapeva che se fossero rimasti Alessandro avrebbe ucciso il colpevole, così presero e partirono per l'America».

«Ma se fu *davvero* intenzionale, perché quell'uomo avrebbe dovuto sparare a un bambino?»

«Vendetta».

«Dio santo, vendetta per cosa?»

«Una lite familiare. Una faccenda sfuggita di mano. Non so perché. Una qualche discussione a proposito del bestiame. Chi rubò cosa non saprei dirtelo, ma è da allora che cominciarono i guai».

«E un uomo avrebbe ucciso un bambino per questo motivo?».

L'anziano si strinse di nuovo nelle spalle.

Maxine fissò il selciato per un lungo istante, poi cercò lo

sguardo di Sofia con una tale angoscia negli occhi che anche a lei si riempirono di lacrime. Era come se la notizia le avesse prosciugato tutte le energie e Sofia vide una donna molto diversa da quella che aveva imparato a conoscere così bene negli ultimi mesi.

«Andiamo», disse prima di prenderla gentilmente per mano.

Maxine si alzò e ringraziò l'anziano, poi si incamminarono pian piano verso i cancelli d'ingresso.

«Porta i miei saluti ad Alessandro», le gridò dietro il vecchietto.

Dato che Maxine non gli rispose, Sofia si voltò e lo salutò con la mano.

Superarono la vecchia cancellata e scesero la collina senza scambiarsi una parola finché non raggiunsero la motocicletta.

«Erano tutte menzogne», mormorò Maxine, voltandosi a guardare il piccolo borgo isolato. «La vita meravigliosa che dicevano di aver vissuto qui. Erano tutte menzogne».

«Magari lo era stata… prima».

«Non hanno mai detto una sola parola in proposito. Neanche una».

«Dev'essere stato devastante per loro. Magari volevano soltanto lasciarsi alle spalle una tragedia così terribile».

«Questo spiegherebbe un sacco di cose».

«Hai voglia di parlarmene?».

Maxine sembrava combattuta, ma alla fine disse: «A volte mio padre può diventare violento. Non ho mai capito perché».

Sofia lanciò un'occhiata al panorama che le circondava, poi alle colline ondulate e infine al cielo azzurro. «Mi dispiace tanto».

«Vogliamo riprendere il mio macinino?», propose Maxine dopo qualche istante. «Finora siamo state fortunate. Niente mitragliatrici. Niente bombe».

Sofia sorrise. «È stata una giornata da ricordare, allora! Godiamocela finché possiamo».

43

Il temporale improvviso non si era ancora placato del tutto, ma mezz'ora prima non sarebbero riusciti a sentire alcunché all'infuori del vento che ululava attorno alla torre. Ora, al rumore di un veicolo in arrivo, Sofia e James si scambiarono un'occhiata ansiosa. Non poteva essere Maxine. Sembrava più una macchina che una motocicletta e, in ogni caso, Maxine era già partita per andare a trovare Marco a dispetto del maltempo. Se n'era andata non appena avevano finito di fare rapporto agli Alleati.

James cominciò rapidamente a smontare e imballare tutto. Sentirono un forte rumore metallico, come se qualcuno avesse preso a calci un secchio, poi i cani iniziarono ad abbaiare, eccitati.

«Carla deve aver fatto uscire i cani», disse Sofia.

«A quest'ora?»

«Sono il modo migliore per allertarci».

Negli ultimi giorni avevano tenuto la radio nascosta nei tunnel, ma quella sera, con il tempo così incerto, avevano dovuto trasmettere da un punto più alto, quindi avevano riportato l'attrezzatura in cima alla torre. Sembrava che James ci stesse mettendo una vita a rimettere tutto posto e ad assicurarsi che la custodia si chiudesse come si doveva, e Sofia restò a guardarlo impotente mentre armeggiava con un pezzo che non voleva saperne di entrare nel suo alloggio.

«Svelta. Vai di sotto e nascondila nel passaggio segreto», le sussurrò. «Io resto qui».

«Non vado senza di te».

Giusto qualche istante dopo, sentirono Carla discutere con qualcuno giù in piazza, proprio sotto la torre. Sofia stava per portare l'attrezzatura da basso e nel passaggio segreto quando a James sfuggì di mano un connettore della radio.

«Merda!», imprecò tra sé e cominciò a cercarlo, mettendosi carponi per controllare sotto il tavolo.

«Penso che sia rotolato sotto qualche mobile. Lascia perdere».

«Non posso. Se là fuori ci sono dei tedeschi, verranno su, lo troveranno e capiranno tutto. Ti arresteranno».

«È buio. Non lo troveranno».

«Avranno delle torce».

«Non potrebbero essere dei profughi di guerra?», domandò lei. «Prigionieri britannici scappati dai campi? Soldati italiani?»

«Che sono riusciti a impadronirsi di una macchina?».

Quando James si rimise a cercare, Sofia capì che non avrebbero mai avuto il tempo di portare tutto di sotto, nemmeno se avessero ritrovato il connettore. E mentre aspettava, divorata dall'apprensione, i secondi sembravano passare troppo rapidamente.

«Per Dio», sibilò lei non appena James riuscì a scovarlo. «Svelto! Su per quella scala, sul tetto».

La vecchia scala, dissestata e incredibilmente ripida, non era mai stata toccata da quando era stata eretta la torre. James recuperò il contenitore più pesante mentre Sofia prese l'altro e sgattaiolarono in quel varco angusto per salire fino al punto dove le scale curvavano verso il tetto. La porta in cima era chiusa a chiave, quindi non ebbero altra scelta che fermarsi spalla contro spalla sull'ultimo gradino. La sua presenza quella sera non sarebbe neanche stata necessaria, a James serviva solo Maxine, ma Sofia li aveva raggiunti perché aveva una gran voglia di rivederlo. Si era ripetuta che era perché Lorenzo mancava da casa da gennaio e la solitudine l'aveva consumata, annidandosi dentro le sue ossa.

Sentì il rumore del portone della torre che veniva aperto e

Carla parlare a voce alta mentre saliva le scale e raggiungeva lo studio ormai vuoto.

«Ecco», le sentirono dire. «Ve l'avevo detto che non era qui. Ripeto, devo aver lasciato la luce accesa quando sono venuta a pulire».

Per la paura di essere scoperti, James e Sofia si strinsero ancora di più l'uno all'altra, con i due contenitori incastrati alle loro spalle, sull'ultimo gradino. Il tessuto oscurante era scivolato giù dalla finestra? Non l'aveva fissato per bene? Era per quello che avevano visto la luce? Sentiva il cuore di James battere all'impazzata tanto quanto il suo. Quando le cinse le spalle con un braccio, si appoggiò a lui.

Sentirono dei mormorii, poi un chiarissimo: «Dove conduce quella porta?».

"Kaufmann!". A Sofia si fermò il cuore. Era terrorizzata al pensiero che potesse decidere di salire. In quella frazione di secondo, capì che probabilmente non sarebbe riuscita a tenere a bada la paura crescente e che stava per sfuggirle un gemito dalle labbra. Le strinse con quanta più forza possibile. James la immobilizzò e le tappò la bocca con una mano.

«Su al tetto», sentirono rispondere Carla. «La porta in cima è sempre chiusa e io non ho la chiave. Non ci sale mai nessuno per paura dei bombardamenti».

«Nonostante ciò, dovrò andare a controllare non appena avrò finito qui», disse Kaufmann.

A parte i rumori prodotti dal tedesco che si era messo a curiosare, per un attimo calò il silenzio. Sofia si morse l'interno della guancia e si concentrò sul sapore del sangue.

«Passa molto tempo quassù?», stava chiedendo Kaufmann. «Avrei detto che faceva troppo freddo per dipingere».

«Mia figlia le ha confezionato un paio di guanti che lasciano le dita scoperte».

Durante l'attesa, Sofia ebbe la sensazione che il cuore stesse per balzarle fuori dal petto. Erano le prime avvisaglie di un infarto? Poi avvertì la familiare mancanza di controllo. La sensazione di essere stata messa all'angolo e ridotta all'impotenza mentre i battiti schizzavano alle stelle e il suo destino si avvicinava inesorabilmente. Erano condannati. Lo sapeva. Lo doveva sapere anche James. Poi, a dispetto del panico, sentì montare dentro una rabbia cocente, palpitante.

«C'è una luce sulle scale che portano al tetto?», chiese Kaufmann.

Sofia trattenne il respiro e iniziò a contare nella sua testa. "Uno, due, tre, quattro, cinque. Ci siamo".

«No», disse Carla.

Un attimo dopo, sentirono il rumore di una motocicletta in arrivo, seguito dallo strombazzare del clacson di un'auto. Sofia pregò che non fosse Maxine, visto che aveva in programma di non tornare fino alla mattina seguente.

«*Verdammt noch mal!*», imprecò Kaufmann. «Devo scendere. Fammi strada, che con questo buio non mi voglio mica spezzare il collo».

«Magari ti spezzassi il collo», sussurrò Sofia tra sé e sé, poi restò di nuovo con il fiato sospeso. Qualche istante dopo, quando sentirono richiudere il portone, la concessione di una tregua le diede una vertigine mai provata prima. Non appena si lasciò sfuggire un sospiro, si sentì pervadere da un forte senso di liberazione: un maremoto di sollievo che la travolse completamente.

«Cielo», disse James. «C'è mancato davvero poco».

Sofia dovette deglutire diverse volte prima di riacquistare la capacità di parlare.

Rimasero abbracciati a lungo mentre i battiti dei loro cuori rallentavano un poco alla volta e l'euforia per averla scampata prendeva il sopravvento. Sofia sentì il suo fiato caldo sulla faccia, poi James le sfiorò la fronte con le labbra e le diede un bacio. Dopo un attimo di esitazione, chinò la testa come se volesse baciarla sulle labbra. Lei si scostò a malincuore, avvertendo un desiderio struggente che non avrebbe mai dovuto provare.

44

Una settimana dopo, Sofia ricevette una visita a sorpresa da parte di Schmidt, il quale fu accompagnato da Anna nel salone principale.

«Contessa... Sofia. Spero non la disturbi se la chiamo per nome e accantono certe formalità». Si fece avanti e le tese una mano.

Gliela strinse. «Certo che no. Posso fare qualcosa per lei?».

Il tedesco andò alla finestra e ammirò un attimo il panorama prima di voltarsi con uno sguardo talmente abbacchiato che Sofia rimase di stucco. Aveva un'aria spossata, e questo la sconcertò.

«A dire il vero, stavolta è più che altro una questione di cosa posso fare io per lei».

«Davvero?», fece lei, e probabilmente il suo tono di voce tradì tutto lo stupore che provava.

«È una faccenda piuttosto delicata».

«Oh».

Iniziò a girare in tondo per la sala e, malgrado tacesse, Sofia continuò a notare tutto il suo nervosismo. Si vedeva dalle mani, dalle spalle, dalla postura rigida.

«Comandante Schmidt, c'è qualcosa che non va?».

Lui si fissò i piedi. «Klaus. Mi chiamo Klaus. Mia moglie si chiama Hilda».

Lei inclinò la testa. «Capisco». Solo che ovviamente non aveva capito un bel nulla. Perché era andato da lei e cosa diavolo stava succedendo?

«Da qui godete di una vista davvero molto bella», commentò

prima di rivolgerle uno sguardo intenso, quasi sconcertante. «Mi dispiace che la nostra presenza vi abbia messi a disagio».

Stavolta toccò a lei rimanere in silenzio.

«Ma io so di cosa sono capaci quelli là, capisce?».

Sembrava aver trovato un equilibrio precario, perciò Sofia tentò di nascondere la propria perplessità. «Quelli là?».

Schmidt scosse delicatamente la testa, come se a tratto fosse divenuto dubbioso. «Noi. I nostri uomini».

Era molto strano. Quello era un uomo fragile e infelice, ma non l'aveva mai visto così demoralizzato.

«Senta, non lo so con certezza e non conosco tutti i dettagli. Sono semplicemente venuto a dirle che potrebbe scoprire di aver destato qualche "interesse" di troppo. La terranno sotto controllo».

Sofia indietreggiò, sentendosi avvampare e ripensando a Firenze. «Io? Perché io?»

«No, no», intervenne subito Schmidt. «Mi lasci chiarire questo punto. Qua non si tratta tanto di lei, quanto della sua famiglia. Forse».

Si portò una mano al cuore. «Non capisco. Cosa intende? Si tratta di Lorenzo? Di mio padre? Di mia madre?»

«Mi creda, mi rincresce non poter essere più preciso. Non c'è niente di sicuro e non sto dicendo che *siate* tutti in pericolo. Ma, naturalmente, non è da escludere che possano...».

Di nuovo quel "loro" sottinteso. Stava prendendo le distanze dai nazisti?

«Volevo metterla in guardia e dirle che...».

«Cosa? Dirmi cosa?», lo interruppe.

«Se ci fosse qualcosa, qualunque cosa, che magari... Ah, non so neanche come dirglielo. Se qua al Castello dovesse succedere qualcosa, come è già accaduto... Capisce? Qualcosa di sconveniente, intendo. Deve fare attenzione».

Le girava la testa. «Sì, ma certo», fu l'unica cosa che riuscì a dire.

«E adesso devo proprio andare. Tornerò a Berlino, perciò questo è un addio».

«Oh, capisco. Quando partirà?»

«Domani. Prima volevo parlare con lei, ma adesso devo andare».

Sofia prese fiato e cercò di ritrovare un minimo di compostezza, anche se il cuore continuava a batterle all'impazzata. «Be', comandante Schmidt, la ringrazio».

«Klaus».

Lei annuì. «Ma, davvero, non c'è niente di cui preoccuparsi».

Si scambiarono uno sguardo.

«Mi fa piacere sentirglielo dire. Vorrei aver conosciuto lei e il conte in tempi più felici». Batté i tacchi e si avviò alla porta, poi si voltò a guardarla. «Sa, io e mia moglie siamo una famiglia. Una piccola famiglia, certo, ma siamo molto uniti. Come lei e suo marito».

Si accomiatò con un piccolo cenno del capo prima di chiudersi la porta alle spalle.

«La ringrazio moltissimo», esclamò lei di rimando, anche se probabilmente non sarebbe riuscito a sentirla, «per essere venuto».

Durante la seconda settimana di marzo, Sofia aprì la porta sul retro e trovò Marco e James appoggiati al muretto del portico.

Fece cenno a entrambi di entrare. «Svelti. Grazie per essere venuti».

James le sorrise. «Ci siamo messi di guardia. Nessuno ci ha visti».

«Bene. Ti andrebbe di restare per pranzo?». Poi lanciò un'occhiata a Marco, che si stava fissando i piedi. «Anche tu, Marco, se ti va».

Lui scosse la testa e spostò il peso da un piede all'altro. «In realtà, vorrei vedere Maxine».

«È in giro, da qualche parte. Puoi dirle che il pranzo è pronto?»

«Vado a cercarla».

«Prima che tu vada, volevo farti sapere che un nostro amico ha telefonato per darci degli aggiornamenti».

«Ovvero?»

«Gli Alleati stanno bombardando Roma. E anche Firenze. A quanto pare, i tedeschi non hanno intenzione di difendere la città. L'ha saputo da un esponente del governo».

«Ma continueranno a difendere i territori attorno a Roma?», domandò il partigiano.

«Bloccheranno le strade, ma stando alle ultime notizie vogliono disporre una forte linea difensiva a nord di Firenze e su tutta la catena degli Appennini».

«Il che significa che sono convinti che Roma e Firenze presto saranno libere», disse Marco.

«Era l'ora, per la miseria!», esclamò James. «Mi dispiace per i bombardamenti, davvero, ma credo non ci sia altro modo».

Non sapendo come rispondere, Sofia tornò a rivolgersi a Marco. «Maxine è fuori da qualche parte, credo. Non troverai molta gente in giro. Dille che le terrò da parte un po' di zuppa».

Marco annuì e li lasciò da soli.

«Per te la zuppa va bene, James?».

Le rivolse il solito sorriso schietto e cordiale e lei ricambiò con uno sguardo raggiante. Poi, assalita da un inaspettato senso di imbarazzo, rientrò a passo spedito senza attendere che la seguisse.

Nel corso del pranzo, che consumarono in cucina insieme a Carla mentre Gabriella aveva deciso di mangiare in camera sua, Sofia spiccicò a malapena qualche parola. Carla sembrava disorientata da quell'atmosfera carica di tensione e Sofia si sentiva talmente combattuta da avvertire il disagio come un malessere fisico. Lorenzo non si faceva sentire da settimane e lei stava morendo dalla preoccupazione, soprattutto dopo la strana visita di Schmidt. Non capiva perché non fosse riuscito a contattarla neppure una volta e, anche se sapeva che sarebbe stato via più del solito, ormai era passato più tempo del previsto. E adesso c'era James che la guardava con un'espressione sempre più cupa e una certa preoccupazione negli occhi. Aveva voglia di mettersi a piangere.

Anche Carla la stava osservando, ma lei aveva aggrottato la fronte. «Non hai quasi toccato cibo».

Sofia abbassò gli occhi sulla sua scodella di zuppa all'aglio con i crostini di pane. «Penso di aver perso l'appetito».

La cuoca fece un verso contrariato.

James scostò la sedia dal tavolo. «Be', sarà meglio che vada. Grazie mille per il pranzo».

Quando si alzò, Sofia gli lanciò un'occhiata e si sentì andare a fuoco le guance. «Non andare. Tienimi compagnia. Stiamo un po' in giardino».

Lui accettò l'invito e Carla cominciò a sparecchiare.

«Anzi, ti andrebbe di fare un passeggiata nei boschi?», domandò poi, non volendo incoraggiare i pettegolezzi del borgo. «È abbastanza sicuro se restiamo sui sentieri che fiancheggiano le mura».

«Buona idea». James si affacciò alla finestra. «Anche se sembra minacciare pioggia».

«Prendiamo due impermeabili. Sono accanto alla porta. A me piace camminare sotto la pioggia, a te no?».

Uscirono dalle mura e si incamminarono verso il sentiero, passeggiando in silenzio.

I boschi impregnati di umidità erano verdi e pieni di foglie, con una luce innaturale che dava la suggestione di una realtà misteriosa e fuori dal tempo. In boschi tanto antichi si arrivava quasi a credere all'esistenza dei folletti o degli elfi che vivevano negli alberi cavi. Le piaceva pensare che attorno a lei ci fossero altri mondi paralleli ma, quando sentì i movimenti degli uccelli tra i rami e delle creature che facevano frusciare la vegetazione del sottobosco, rise di se stessa. Ecco i suoi mondi paralleli.

James la guardò con un'espressione confusa. «Cosa c'è di tanto divertente?»

«Scusami. Niente di che. Stavo soltanto fantasticando sui folletti dei boschi».

Le sorrise e gli si illuminarono gli occhi. «Mi piace. Si riesce quasi a credere di non essere in guerra».

«Presto sarà finita, vero?».

Lui gonfiò le gote, poi lanciò un sospiro. «Lo spero tanto. Non appena li cacceremo via da Firenze, la guerra non sarà ancora finita, ma per te sì».

«Per me?»

«Per la gente di questi posti, intendo».

«Schmidt è venuto a mettermi in guardia, sai? Prima di partire. O almeno credo che fosse un avvertimento. Ha accennato al fatto che la mia famiglia potrebbe essere tenuta sotto controllo. E adesso non ho più loro notizie, né di mia madre, né di mio padre, né di Lorenzo».

James si fermò e smisero di camminare. Allungò una mano per cercare il contatto e Sofia, sentendo che le si stavano inumidendo gli occhi, glielo lasciò fare.

«È insopportabile non sapere se sono feriti... o... peggio...». Le tremava la voce e un paio di lacrime iniziarono a rigarle le guance.

«Prova a non pensare al peggio. Lo so che è dura».

La strinse a sé per un momento, ma Sofia riuscì a controllarsi e arretrò di un passo, ricacciando indietro le lacrime.

«Va meglio adesso?», le chiese.

Si asciugò le guance con il palmo delle mani e annuì.

«Senti, volevo chiederti scusa per l'altra sera. È stata la foga del momento...».

«Non è necessario che ti scusi».

Tentò di proseguire, ma lei lo interruppe.

«James». Si perse nei suoi bellissimi occhi azzurri. «Sono una donna sposata che ama moltissimo suo marito e che in questo momento sta vivendo un inferno».

Tacquero per un breve istante, mentre l'aria attorno a loro sembrava diventare più pesante. Continuarono a guardarsi negli occhi e Sofia vide l'uomo buono e onesto che era. Solo, come lei. Poi, però, gli diede le spalle. Erano troppo vicini. *Lui* era troppo vicino.

«Io ti capisco», le disse alla fine.

Deglutì per allentare il groppo che le era salito in gola e si voltò a guardarlo.

«Voglio che tu sappia una cosa», esordì.

Sofia alzò una mano per fermarlo e indietreggiò. «Non farlo, ti prego».

Ci fu un breve attimo di silenzio imbarazzato.

«Lasciami soltanto dire che sei la donna più bella e gentile che abbia mai conosciuto. Se le cose stessero diversamente…».

«Quel *se* è un ostacolo insormontabile».

«Hai ragione».

Proseguirono per un breve tratto e lei lanciò un profondo sospiro.

«Quello sì che sembrava un sospiro sentito», commentò James.

«Non saprei. È tutto amplificato ultimamente, non trovi?». Esitò un secondo, cercando di capire come esprimersi. «Non so più cosa pensare. Come si fa quando se n'è avuto abbastanza?»

«Abbastanza di cosa? Non della vita, voglio sperare. Non intenderai questo?»

«No, non penso. Della guerra. Quando penso a una possibile vittoria, mi chiedo se importi davvero quando abbiamo già perso così tante vite».

Lui si accigliò. «Non puoi ragionare così».

«Perché no?»

«Non ti porterà a nulla».

«Perché, la maggior parte dei pensieri porta a qualcosa?».

Sentirono il fragore di un tuono improvviso e, quando cominciò a piovere, Sofia abbozzò un debole sorriso. «Questo è Dio che mi sta dicendo di tornare a casa», mormorò.

«E io farei meglio a tornare a casa mia, immagino».

«Sì». Poi gli sfiorò delicatamente la mano e tornò sui suoi passi.

Rientrata a casa, trovò Maxine ad attenderla con una faccia tesa e preoccupata. La incitò a seguirla nel salone.

«Cos'è successo?», le chiese Sofia. «Pensavo fossi con Marco. È venuto a cercarti».

«Marco è andato via. È arrivata una telefonata».

«Oh».

«Da parte di tua madre. Le ho assicurato che non saresti stata fuori per molto, ma mi ha detto che avrebbe avuto qualche difficoltà a richiamare».

Sofia si sentì attanagliare da un terribile presentimento. «Si tratta di mio padre?».

Maxine ebbe un attimo di esitazione.

«Dimmelo».

«Si tratta di Lorenzo».

«Lorenzo». Sgranò gli occhi e cominciò a girarle la testa. «È morto?».

Maxine la prese per mano. «No, no, non è morto. È scomparso».

Sofia la fissava attonita. Che cosa voleva dire?

«Doveva passare a trovare i tuoi genitori, così mi ha detto tua madre. Avevano concordato un giorno preciso, ma non si è mai presentato a casa loro. Hanno aspettato a lungo, ma alla fine si sono dovuti spostare altrove. Nessuno lo vede da quasi un mese. In ufficio non sanno dove sia. Nessuno ha sue notizie».

«Dev'essere in giro per lavoro. Sai, lui traccia i movimenti delle derrate alimentari, va a controllare i silos di grano, i magazzini e via dicendo». Anche se voleva crederci con tutta se stessa, sapeva che era una vana illusione. Se fosse stato in viaggio per lavoro, sarebbe riuscito a chiamarla.

«In ufficio dicono di no», la corresse Maxine. «È come svanito nel nulla. Anche l'ufficiale tedesco che lo accompagnava è scomparso».

Sofia si limitò a fissarla in silenzio per un breve istante.

Dopo qualche altro secondo, Maxine aggiunse: «Stai pensando a quello che sto pensando io?».

Sofia si lasciò cadere sul divano. Aveva raccontato a Maxine della strana visita di Schmidt. Doveva avere a che fare con ciò che le aveva detto. «Ti riferisci all'avvertimento di Schmidt?».

Maxine annuì e si sedette accanto a lei. Dopo averle cinto le spalle con un braccio, la strinse forte a sé. Tutto d'un tratto, le lacrime che Sofia stava trattenendo iniziarono a sgorgare liberamente e stavolta non si fermarono. Scatenate dalla tristezza per Aldo, dal terrore per quanto accaduto a Firenze, dai sentimenti che aveva iniziato a provare per James, ma, soprattutto, dall'assoluto sconforto e dal dolore per la sparizione dell'amato marito. E questo la folgorò come un fulmine a ciel sereno. Capì quanto era importante per lei. E ringraziò il cielo che con James non fosse successo niente di più. Pregando in silenzio, fece un patto con l'Onnipotente e giurò che non avrebbe mai più deluso nessuno, poi sussurrò: «Tieni mio marito al sicuro. Fa' che sia vivo. Ti prego, non punirlo per un mio fugace attimo di debolezza. Fa' che Lorenzo torni da me. Ti prego».

45

Sofia sognò di volare. Planava sopra le montagne a sud, gli occhi fissi sui campi, sui borghi arroccati sulle colline e sulle cascine sotto di lei. Scendeva in picchiata solo per librarsi ancora più in alto, sopra le nuvole e in un cielo dove tutto brillava, azzurro e pacifico. E dove si lasciava condurre dal vento. Fluttuava libera. Senza fardelli. Priva di peso. Spogliata di ogni preoccupazione. Quando si svegliò, aveva le guance rigate dal pianto.

«Lorenzo», sussurrò. «Mi hai resa felice e mi hai insegnato ad amarmi, ad amare la mia vita, in realtà, e adesso mi sento andare alla deriva. Non fluttuo libera come nel sogno. Anzi, è terribile, perché sono come in un limbo e mi sento sola come un cane. Senza di te, questo vuoto grava troppo sulla mia anima».

Era passata una settimana. Aveva contattato tutti gli ospedali, importunato amici e conoscenti fino a rendersi insopportabile e fatto qualunque cosa le venisse in mente pur di trovarlo. E non era stato per niente facile. Sapendo che spesso le telefonate venivano intercettate, avevano usato una specie di linguaggio in codice. Ma non c'erano novità. Possibile che fosse stato ucciso da un caccia alleato e adesso giacesse morto in un fosso? O aveva avuto una sorte addirittura peggiore? Nel cuore della notte, si ritrovava a ululare il suo nome, anche se il lamento era solo nella sua testa.

Si sedette sul bordo del letto e, dopo qualche minuto, andò alla finestra, spalancò le persiane e si affacciò su una splendida giornata di inizio primavera. Ma il bel tempo non si confaceva al suo umore. Diede le spalle alla finestra solo quando sentì entrare Maxine in camera sua. Era stata un angelo in quel periodo buio, l'aveva incoraggiata a mangiare, a lavarsi, e si era ingegnata per trovare altri modi per cercare Lorenzo.

«Ti ho portato il caffè», disse l'americana e, commossa dalla sua premura, Sofia chinò un attimo il capo per ricacciare indietro le lacrime.

Sulla stanza calò il silenzio, ma gli occhi dell'amica erano pieni di compassione e comprensione. Non c'era bisogno di dire niente.

Sofia accettò il caffè che le stava offrendo e si sedettero accanto alla finestra.

«Devo andare», disse Sofia. «A Roma».

Maxine la prese per mano. «Ci stavo pensando anch'io. Permettimi di andare al posto tuo. Vediamo se riesco a trovare Lorenzo. Perché diciamocelo onestamente, tu non sei in condizioni di viaggiare».

«Dovrei andare di persona».

«Tua madre mi ha dato una nuova parola d'ordine da usare».

«Cosa? Al telefono?».

Maxine scosse la testa. «Ieri. Tu dormivi. Mi ha fornito degli indizi e ci sono dovuta arrivare da sola, ma mi ha fatto capire che ero sulla strada giusta. Non vuole che vada tu, Sofia».

«Andrai a trovarla? Ti assicurerai che sia tutto a posto?»

«Certo. Andrò dai tuoi genitori e farò tutto il possibile per scoprire cos'è successo a Lorenzo».

Sofia le strinse la mano. «E farai attenzione?».

L'altra fece cenno di sì. «Ne ho già parlato con Marco. Verrà anche lui. Ha dei contatti a Roma. Se c'è una persona che può darci una mano, è lui».

Sofia la guardò negli occhi e vide che erano diventati lucidi. «Grazie, Maxine. Per tutto».

«È a questo che servono gli amici. Tu faresti la stessa cosa…

Ma adesso basta. Andiamo a vedere se Carla ci ha preparato qualcosa da mangiare. Sto morendo di fame».

Sofia sorrise. «Tu hai sempre fame».

«E *tu* devi ingrassare un pochino. Andiamo».

«Arrivo tra un momento. Mi serve giusto un attimo».

Quando se ne andò, Sofia si rese conto che non sapeva proprio come avrebbe fatto senza di lei. Aveva Carla, certo, sempre gentile, generosa e premurosa, ma nel loro rapporto da padrona di casa e dipendente c'era ancora una differenza incolmabile che riusciva sempre a mettersi di traverso. Sì, era profondamente grata per la compagnia di Maxine.

46

Roma

Maxine ebbe subito modo di vedere che i bombardamenti sulla Città eterna erano stati intensi e non tardò a scoprire che le incursioni aeree continuavano ogni notte. La gente diceva che gli americani avevano giocato un ruolo determinante nella distruzione di Roma, ma stava diventando sempre più chiaro che il Gabinetto di guerra britannico non aveva dato il via libera a un'operazione di quel tipo. Ormai era una città terrificante nella quale vivere e Maxine aveva deciso di arrivarci proprio nel bel mezzo dei bombardamenti, tra povertà dilagante e crescenti violenze. Vecchi e giovani venivano continuamente prelevati dalle loro case su ordine del decreto "Notte e nebbia", secondo il quale chiunque venisse ritenuto colpevole di aver attentato all'incolumità dei tedeschi poteva essere arrestato e giustiziato o rapito segretamente con il favore delle tenebre. Inoltre, tutti i maschi sotto i sessant'anni e in buona forma fisica venivano costretti ai lavori forzati. L'aria in città era oleosa, pervasa dal fumo, e raspava nelle narici. Era anche carica d'umidità, persino a marzo, e il pericolo si aggirava per le strade giorno e notte. Quel viaggio l'aveva condotta dritta all'inferno.

I reggimenti tedeschi continuavano a marciare, le bombe continuavano a cadere. I soldati con gli elmetti di ferro e i fucili a tracolla montavano la guardia davanti a ogni angolo o edificio requisito. A luglio dell'anno prima, gli Alleati avevano preso di mira lo scalo merci e l'acciaieria di San Lorenzo, ma avevano distrutto anche il quartiere residenziale ed erano morti migliaia di civili. Ora stava succedendo la stessa cosa.

Lei e Marco avevano viaggiato in treno e proseguito a piedi quando non c'era stata altra alternativa.

Ora lei si stava recando all'indirizzo più recente tra quelli in cui avevano alloggiato i genitori di Sofia, Elsa e Roberto Romano. Strada facendo ripensò alla sua famiglia, a cosa era successo al fratellino di cui non aveva mai saputo niente e a come la tragedia doveva aver sconvolto i suoi genitori. Al di là degli episodi di violenza, suo padre non aveva mai mostrato di provare emozioni o sensazioni forti, e si rese conto che doveva essersi rassegnato a compiere i semplici gesti quotidiani senza vivere realmente. Come si faceva a condurre una vita normale dopo aver perso un figlio in circostanze tanto tragiche? Sua madre invece aveva sempre avuto un carattere irascibile, come se covasse un vecchio risentimento segreto. Maxine non aveva mai capito a cosa fosse dovuto, ma sua madre, metaforicamente parlando, non aveva mai smesso di sfogarsi su sua figlia, punzecchiandola in ogni modo. A volte Maxine non se ne rendeva nemmeno conto finché non le era passata, e a quel punto era già troppo tardi per fare domande o passare al contrattacco. Aveva imparato a togliersi gli spilli di dosso e a non pensare più di tanto al dolore. Le atroci circostanze della morte del loro primo figlio spiegavano molte cose, eppure avrebbe voluto che i suoi genitori le avessero detto la verità.

Fece un gran sospiro e proseguì. In una città che pullulava di senzatetto e persone che morivano di fame, Marco avrebbe cercato di mettersi in contatto con una squadra di partigiani della zona nella speranza di trovare un riparo sicuro. Il primo rifugio che avevano individuato era stato colpito durante la loro seconda notte di permanenza nella capitale, pochi minuti prima che arrivassero sul posto, così avevano dormito in un fabbricato oramai inutilizzato accanto alla stazione dei treni, insieme ai barboni e ai mendicanti giunti dai vicini centri bombardati. Persino chi aveva ancora una casa aveva abbandonato la propria residenza per paura di essere identificato e arrestato, cosa nient'affatto sorprendente dati gli agghiaccianti cartelloni di propaganda nazista affissi praticamente ovunque. La gente ormai viveva nei rifugi antiaerei o negli squallidi seminterrati delle sedi del governo, vicino alle fogne, oppure, quando era fortunata, in qualche vecchia palazzina in disuso. Di giorno vedeva le persone accalcate sui gradini delle chiese, figure grigie e spettrali le cui speranze erano morte insieme alle loro famiglie.

In seguito lei e Marco si sarebbero dovuti incontrare in una piccola caffetteria del posto, un localino "esclusivo" come il Caffè Pitti di Firenze, le aveva detto. Per scherzare, le aveva anche proposto di andare all'Antico Caffè Greco, in via dei Condotti, uno storico bar di Roma, ma lei aveva storto il naso immaginandolo pieno di ufficiali tedeschi. Il tempo delle bravate era finito.

Le si erano incurvate le spalle dalla stanchezza ma, decisa a non soccombere, continuò ad attraversare la città a passo svelto, gli occhi sempre ben aperti. C'era poca gente per quelle strade silenziose e piene di macerie, anche se attorno alle fontane pubbliche si formavano lunghe code. Quando chiese il motivo di quell'affollamento, le dissero che nelle case non c'era più acqua corrente, ma che si poteva acquistare a prezzi inflazionati dai carretti che si incrociavano per strada. Non c'erano più neanche gas e carbone, tantomeno circolavano autobus, anche se di tanto in tanto passava ancora qualche tram. Localizzò altre file fuori dai negozi di generi alimentari ma, visti i prezzi esorbitanti a cui si poteva comprare giusto qualche briciola, quasi non valeva la pena mettersi in coda. «Al Vaticano si trova sempre una ciotola di zuppa calda», le dissero. Ma un piatto di zuppa era l'ultimo dei suoi pensieri. Superò un gruppetto di ragazzini vestiti di stracci e con le pance piene d'aria e le si strinse il cuore. Si mise i capelli dietro le orecchie, si strinse l'anonimo fazzoletto attorno alla testa e se lo annodò sotto il mento. Non le conveniva dare nell'occhio. Roma era molto più spaventosa rispetto all'ultima volta che ci era stata, a novembre dell'anno prima.

Quando fu certa di aver individuato l'edificio giusto, una palazzina di tre piani, tentennò. Non poteva essere abitata. L'intonaco scrostato, le crepe che arrivavano fino al tetto e una parte parzialmente demolita della struttura le confermarono che era stata colpita da una bomba degli Alleati. Una scala interna abbarbicata a un solo muro portante adesso era visibile anche dall'esterno. Scavalcò un cumulo di calcinacci, varcò una porta aperta, trovò l'interno numero sei e bussò. A darle il benvenuto furono i rumori concitati di una discussione, una stridula voce femminile a cui rispondeva un uomo dal tono scontroso e sempre più adirato. Rimase in attesa e, alla fine, la porta venne spalancata da un donnone dal viso arrossato e i capelli scarmigliati.

«Che c'è?», bofonchiò prima di fare un passo indietro per urlare di nuovo al compagno.

In preda alla frustrazione, Maxine si irrigidì. «Sto cercando Elsa e Roberto».

«Qua non ci sono nessuna Elsa e nessun Roberto».

«Marito e moglie, due signori di una certa età. Vivevano in via del Biscione».

«Ah». La donna rossa in viso esitò un attimo. «E perché dovrei dirti qualcosa? Chi sei?»

«Vi dico che "ho notizie di Gabriella"».

La donna la guardò di sottecchi come se stesse decidendo cosa fare. «D'accordo. Si sono spostati a sud, verso Trastevere».

«Sa dove? Non ha il nuovo indirizzo?».

La donna si strinse nelle spalle. «E io come faccio a saperlo? Chiedi alla basilica di Santa Cecilia».

Maxine la ringraziò e tornò sui suoi passi prima di incamminarsi verso la sponda occidentale del Tevere. Attraversò il fiume passando da Ponte Garibaldi e si voltò a guardare la sinagoga. Il ricordo di ciò che era successo nel ghetto ebraico la riempì ancora una volta di sgomento. Era stato a ottobre, il giorno dopo il suo arrivo. Aveva assistito con occhi pieni di orrore al rastrellamento di uomini, donne e bambini, costretti a lasciare quel labirinto sovraffollato in cui vivevano e poi caricati sulle camionette in attesa come se fossero capi di bestiame. Parassiti, li chiamavano i nazisti. Giravano tante voci in merito, ma solo Iddio sapeva dove fossero stati portati. Ora le case con le finestre sbarrate erano persino più terrificanti di allora, se possibile. Erano diventate le sale di tortura improvvisate della Gestapo, dove i prigionieri venivano distrutti nello spirito prima di diventare carne da macello.

Riuscì a orientarsi e a raggiungere il vecchissimo quartiere popolare di Trastevere e ne percorse le strette stradine di sanpietrini, stupita dalle palazzine dai colori vibranti con i primi gerani in fiore sui balconi e l'edera che, a dispetto della guerra, continuava ad arrampicarsi sui muri. Dopo aver chiesto un paio di indicazioni, non faticò a trovare piazza di Santa Cecilia e la chiesa che le era stata indicata dalla donna. Dentro, seduto a pochi passi dalla porta, un anziano sacerdote stava parlando con una ragazza dagli abiti logori e visibilmente affamata. Poi le diede un tozzo di pane, la ragazza se lo infilò in bocca e corse via; Maxine andò incontro al prete e pronunciò la frase che Elsa le aveva assicurato essere la nuova parola d'ordine.

«Ho notizie di Gabriella».

Il prete si rimise lentamente in piedi. «E chi stai cercando?»

«Una coppia di amici, Elsa e Roberto».

«Forse ho capito a chi ti riferisci. Prova in via Giulio Cesare Santini. Non è lontano». E le indicò la direzione da seguire. «Vai a sinistra e poi gira di nuovo a sinistra. Prova a bussare alla casa all'angolo con via Giggi Zanazzo».

Maxine seguì le indicazioni e trovò la palazzina in questione nel giro di pochi minuti. Un tempo doveva essere stata ridipinta di un bel rosso mattone intenso, ma adesso che la vernice stava venendo via, la porta d'ingresso si era deformata e il legno era stato schiarito dal sole, sembrava messa piuttosto male. Bussò e aspettò. Dopo qualche istante, un anziano dalla schiena ingobbita e l'espressione agitata socchiuse la porta e sbirciò dallo spiraglio.

«Sì?»

«Mi manda il prete».

«E chi sei?»

«Sono Massima. Sto cercando Elsa e Roberto».

L'uomo scosse la testa.

«Ho notizie di Gabriella».

Si aggrappò alla porta e la socchiuse ulteriormente. «Sei sola?»

«Sì».

La squadrò da capo a piedi. «Sei un medico?», aggiunse, più speranzoso che convinto.

Maxine fece cenno di no.

Inarcò le sopracciglia e gonfiò le guance, poi le indicò di seguirlo attraverso un dedalo di viuzze che correva parallelo all'abitazione. Alla fine raggiunsero una porta di servizio sul retro di un'altra casa. L'aprì e la spinse dentro.

«Seconda porta a destra», disse prima di piantarla in asso.

Maxine raggiunse la porta di legno opaco e bussò delicatamente.

Una donna la socchiuse con cautela. «Sì?»

«Ho notizie di Gabriella», sussurrò Maxine.

«Non aggiungere altro. Entra».

Con le tende tirate, la stanza appariva tetra e l'aria era viziata. Lì per lì non si accorse della presenza di Roberto, sdraiato in un letto nell'angolo e coperto da un sottile lenzuolo, ma, quando lo vide, arretrò per la sorpresa.

«Oh, mi dispiace tanto. Non me ne ero accorta».

Lui non le rispose, ma lanciò alcuni colpi di tosse.

«Ha un po' di bronchite, tutto qua», spiegò Elsa, guardandola con una faccia affranta. Ma quella tosse secca e l'impressionante pallore suggerivano qualcosa di più grave.

«È dimagrito tanto. Ed è pallidissimo».

«Guarda che ti sento», disse lui prima di tossire di nuovo.

Elsa ignorò il suo commento. «È arrivata Maxine. Ti ricordi di lei?»

«Certo che mi ricordo», bofonchiò lui. «Ci vedo e la mia testa funziona benissimo».

Elsa inarcò le sopracciglia, poi sorrise mestamente. «È diventato un tantino irascibile».

«Ma perché siete venuti qui? Perché vivete in queste condizioni?». Maxine si guardò attorno. Vide un lavabo tutto crepato, le assi spoglie del pavimento e una piccola pila di biancheria logora abbandonata su una seggiola addossata al muro.

«Non è così male… abbiamo una lampada a olio». Gesticolò in direzione della lampada accanto al lavabo. «Il punto è che qualcuno ha fatto il nome di Roberto. Non sappiamo chi sia stato, ma i nazisti sanno che ha nascosto e fatto circolare gli opuscoli della stampa clandestina. Lo stanno cercando. Non possiamo rischiare di rimanere più di un paio di giorni nello stesso posto».

«Come fate a spostarvi? Ho sentito dire che ci sono cecchini appostati sui tetti dei palazzi».

«È complicato. Fascisti, nazisti, partigiani. Non si capisce più chi è chi. E i tedeschi non fanno altro che punire chiunque alla minima infrazione, non importa quanto piccola. Ormai sparano a vista, senza motivo».

«Buon Dio, dobbiamo portarvi via da Roma. Avete dei documenti falsi?»

«Il prete ci ha promesso di farceli avere. Dovrebbero arrivare in giornata. Ma tu non ti devi preoccupare, stiamo bene. Abbiamo chi ci aiuta. E adesso dimmi, ti prego, come sta Sofia?».

Maxine chinò il capo, poi rispose: «La scomparsa di Lorenzo l'ha sconvolta».

«Non abbiamo più avuto sue notizie, ma temiamo il peggio».
«Avete ragione di credere che gli sia successo qualcosa?».
Elsa scosse la testa. «No, ma quando qualcuno svanisce in modo così repentino e senza lasciare traccia, temiamo sempre il peggio».
«Sentite, adesso devo andare a trovare un amico, ma voglio davvero aiutarvi e portarvi in salvo. Se vi abbandonassi qui, Sofia non me lo perdonerebbe mai. Quindi per adesso vado, ma tornerò con qualcosa da mangiare e, si spera, anche con un piano».
Elsa la guardava con un'espressione intensa. «Sei molto gentile, ma non ce n'è bisogno. Ti chiedo una cosa soltanto... ti prego, non dire niente a Sofia, non dirle dove siamo o delle condizioni di salute di Roberto».
«Lei vorrebbe saperlo, però».
«Se lo scoprisse, verrebbe subito qua, e l'unica cosa che voglio è che resti al sicuro al Castello».
Maxine la capiva e decise di non dirle cos'era successo a Firenze. Stava iniziando a maturare l'idea che ogni famiglia, per un verso o per l'altro, aveva i suoi segreti.

47

Poco prima dell'alba, la mattina seguente, Maxine e Marco si misero in ascolto dei motori che rombavano nel cielo, un'ondata dopo l'altra di cacciabombardieri alleati che volavano basso e si facevano sempre più assordanti. Il lamento acuto della sirena antiaerea fu seguito dal fischio sibilante delle bombe che stridevano ed esplodevano in un boato fragoroso, come se gli dèi si fossero messi in testa di demolire e radere al suolo la terra sottostante. Poi sentirono il rumore tartagliante delle raffiche delle mitraglie ripetersi all'infinito. Quando dalla strada si levarono delle urla, Maxine si coprì le orecchie, ma le grida continuarono a risuonarle dentro. Non appena fu tutto finito, sentirono il mugolio della sirena di cessato pericolo. Strisciò fuori dal letto e uscì all'aperto, dove le nubi di polvere e fumo si erano diradate quel tanto che bastava per permetterle di scorgere le auto delle pattuglie tedesche che sfrecciavano per strada.

Presto avrebbero provato a far scappare Elsa e Roberto. Lei e Marco erano rimasti a parlare fino a tarda notte e avevano escogitato un piano. Si sarebbero spacciati per una famiglia e avrebbero preso un treno per raggiungere i villaggi collinari a nord-est della città. Marco aveva una nonna che viveva in un piccolo paesino di montagna a sud di Roma e sarebbe stato meglio andare da lei, ma i confini meridionali della città erano troppo sorvegliati. Inoltre dirigendosi a nord-est Maxine e Marco avrebbero cominciato ad avvicinarsi a Sofia.

Tornò dentro, scivolò sotto le coperte e si rannicchiò accanto a Marco, che mormorò qualcosa nel sonno e allungò una mano verso di lei.

«Ti amo», gli sussurrò. «Ti amo».

Le tornarono in mente le parole di sua madre: "Quando ami una persona, la ami e basta, a prescindere da tutto".

Marco rotolò su un fianco e le scostò delicatamente i capelli dal viso.

«Quando la guerra sarà finita...», disse Maxine, ma lui le posò un dito sulle labbra per farla tacere.

Decisa a non lasciarsi scoraggiare, ricominciò: «Quando la guerra...».

Stavolta la tenne a bada chiudendole la bocca con un bacio. Quel bacio, su un materasso gettato sul pavimento della stanza che puzzava di chiuso che era il loro riparo, fu lungo e complicato. Il suo significato, le parole non dette e la sua intensità erano il risultato dell'impossibilità di guardare al futuro. Lei lo avrebbe voluto per sempre al suo fianco, ma un "per sempre" *non* c'era. Non più.

Fecero l'amore con foga, traendo e dandosi reciproco conforto nell'unico modo che conoscevano. Il suo fascino, l'ardire, la passione, la determinazione... amava ogni lato di lui, ogni spinta del suo corpo, e ogni gemito le strappava con forza nuove emozioni. L'aveva scardinata e le barriere che aveva tanto sapientemente costruito per proteggersi erano crollate. Si era innamorata sul serio. Era tutto vero e mai come in quel momento, quando non potevano essere più vicini di così. Quello i nazisti non lo potevano distruggere. Quel miracoloso dono di Dio era molto più forte della paura e dell'odio. In quell'atto era racchiuso il senso stesso della speranza e della vita, e lei si esaltò. E quando finirono, le bruciavano gli occhi per le lacrime che non aveva versato. Le labbra di Marco si muovevano in silenzio, ma Maxine riuscì comunque a capirlo. «Ti amo anch'io». Le stava dicendo che l'amava e lei ricambiava con ogni singola particella del suo essere.

«Sono stanca», disse dopo qualche secondo.

Marco si tirò su, puntellandosi su un gomito, e le diede un bacio sulla fronte. «Siamo tutti stanchi, tesoro. Stanchi e spaventati».

«Eppure tiriamo avanti».

Il suo fu un sospiro afflitto. «Cosa ci resta da fare, altrimenti?»

«Trovare un posto lontano da tutto e da tutti dove nasconderci».

«Finché non sarà finita?».

Maxine annuì.

«Non dici sul serio, vero?»

«No, ovviamente no». Anche se una piccola parte di lei lo voleva davvero. Lo voleva stringere tra le sue braccia e lo voleva tenere al sicuro. «Ma a te non viene mai voglia di scappare?»

«E che differenza farebbe? Ciascuno di noi sta già scappando da qualcosa».

«Tu da cosa stai scappando, Marco?».

Soffocò un risolino. «Dalla paura di una vita ordinaria, forse».

«Ma non è quello che vogliamo tutti in questo momento? Che le nostre vite tornino alla normalità?».

Stavolta rise. «Se avessi voluto una vita normale, non saresti mai venuta in Italia. O mi stai forse dicendo che te ne sei pentita?».

Lei scosse la testa. Non si era pentita di essere venuta in Italia; voleva soltanto che fosse tutto finito.

«Un'ultima cosa», continuò Marco. «Nel caso dovesse mai servirti, voglio che tu sappia qual è il mio cognome».

«Perché dovrebbe servirmi?»

«Per cominciare a prenderci dimestichezza. Cosa ne pensi di Maxine Vallone?»

«Mi stai chiedendo di…?»

«Secondo te?».

48

23 marzo 1944

Con una buona dose di prudenza, Marco e Maxine si recarono nel luogo dove avevano precedentemente incontrato i partigiani dei Gruppi di Azione Patriottica. Venivano prese molte precauzioni per mantenere l'anonimato dei membri del gruppo, perciò la coppia fu bendata e scortata dall'ufficiale britannico che si nascondeva in uno dei sotterranei della città. Quando Maxine gli chiese informazioni su Lorenzo, l'ufficiale le disse che era stato arrestato. Ne era sicuro. Avevano fissato un appuntamento con lui, ma Lorenzo non si era mai presentato.

«E quando è successo?»

«Circa un mese fa».

«E l'aveva già incontrato di persona?»

«Due volte».

Marco gli chiese di descrivere Lorenzo ed ebbe la conferma che stavano parlando della stessa persona: occhi grigi, capelli brizzolati, alto.

«Era un uomo colto, raffinato», aggiunse l'ufficiale. «Era chiaro che veniva da una famiglia agiata e che era un privilegiato. Parlava molto bene inglese. Lo chiamavo "Conte" e mi aveva detto di essere originario della Toscana».

«Secondo lei perché è stato arrestato dai tedeschi?».

L'ufficiale britannico gli scoccò uno sguardo eloquente. «Devono aver mangiato la foglia e capito che ci stava aiutando».

«Non lavorava più per il ministero?»

«No, direi proprio di no. Si era spinto molto oltre».

Dopo aver ringraziato l'ufficiale, le loro strade si separarono. Si sarebbero rivisti più tardi, ma nel frattempo Marco avrebbe cercato una nuova sistemazione e Maxine doveva andare a fare la fila per l'acqua.

Tre ore dopo, Maxine stava scrutando la strada. Alla fine, travolta da un enorme senso di sollievo, riuscì a scorgere Marco. Non pensava che ci avrebbe messo tanto e stava cominciando ad agitarsi. Purtroppo, però, si era ritrovato bloccato dietro a una colonna di soldati tedeschi, ufficiali delle SS che stavano attraversando piazza di Spagna a passo di marcia, tra cori e inni, diretti verso via Rasella, dove si era fermata Maxine. Tutti in città odiavano quegli sfoggi di potenza militare che miravano soltanto a sconfortare i cittadini e a minare la resistenza. I civili facevano del loro meglio per ignorarli, anche se sotto sotto covavano un cocente risentimento, se non altro quelli che non stavano annegando nell'apatia. Nessuno degli uomini in parata stava guardando Marco. Era incredibile come riuscisse a diventare invisibile, l'ennesimo storpio senza speranza che zoppicava rasente ai muri. I nazisti non erano interessati ai deboli, solo ai forti; per loro, lui non esisteva nemmeno.

Dopo qualche istante, vide che era riuscito ad aggirare i tedeschi e l'aveva individuata, a un centinaio di metri da lui. Sollevò la tanica d'acqua per fargli capire che l'aveva visto.

Quando Marco iniziò ad andarle incontro, Maxine notò un netturbino che spingeva un bidone della spazzatura. In seguito avrebbe ricordato quel momento: di punto in bianco, e in modo anche piuttosto inspiegabile, lo spazzino si mise a correre mentre Marco continuava a tirare dritto per la sua strada. Poi il bagliore accecante di un'esplosione e il boato successivo squarciarono l'aria. La nube di fumo si ingrossò all'istante e, dato il caldo intenso, Maxine lasciò cadere l'acqua e si strinse il petto. Provò a guardarsi intorno, ma non ci riusciva. Dov'era Marco? Dov'era finito? Attorno a lei, la gente si era gettata a terra in preda al panico. Oppure era fuggita. L'odore acre le diede il voltastomaco e sentì un saporaccio amaro in bocca. Quando il fumo cominciò a diradarsi, vide corpi inerti distesi per strada, senza una logica. I corpi di decine di SS: corpi smembrati, corpi decapitati, e pozze di sangue praticamente ovunque. Quei pochi che erano rimasti in piedi tremavano e si sostenevano a vicenda mentre cercavano disperatamente di allontanarsi. Maxine vide un uomo con una ferita aperta sul torace, poi un altro senza gambe. Un altro ancora stava cercando di rialzarsi con il sangue che gli zampillava dalla testa. I vetri erano volati ovunque. E anche i detriti. C'era un ufficiale che si trascinava a fatica, uno dei pochi fortunati, e chiunque si era trovato per strada stava correndo e urlava agli altri di fuggire. Continuò a cercare Marco finché non lo vide caracollare nella sua direzione. Si sentì pervadere da un sollievo indicibile. Grazie a Dio. Era sicura che fosse rimasto ucciso nell'esplosione, invece eccolo lì. Poi iniziarono gli spari e Maxine si guardò attorno: erano le SS che rispondevano al fuoco? Si voltò a guardare Marco e con orrore vide che si stringeva il petto. I loro sguardi si incrociarono a rallentatore, lui aveva un'espressione stupefatta, poi le sue ginocchia cedettero e crollò al suolo. Era stata questione di pochi istanti, ma il mondo di Maxine aveva smesso di vorticare. Pietrificata dall'incredulità, esitò. «No, no, no», sussurrò. «Non Marco». La paralisi durò per un secondo o due. Si mise a correre, barcollando e inciampando sui vetri e sui detriti, pregando a voce alta, urlandogli di aspettarla, il fiato corto ma, quando lo raggiunse, Marco era già morto. Si gettò a terra accanto a lui, gli premette il palmo della mano sul petto ferito come se volesse arrestare il sanguinamento, poi lo cullò e strinse a sé il suo corpo senza vita.

«Amore mio», sussurrava. «Amore mio».

Solo che adesso la polizia tedesca aveva preso a sparare all'impazzata. Doveva andarsene da lì, ma come poteva abbandonare Marco? Si aggrappò al suo corpo, i vestiti intrisi del suo sangue, e oppose resistenza quando le ordinarono di andarsene, ma alla fine venne spinta via da un soldato che la colpì in malo modo con il calcio del suo fucile. Lo implorò di sparare anche a lei e per un momento sperò che l'accontentasse, ma il tedesco se la rise sotto i baffi e trovò qualcun altro da tormentare.

Come avesse fatto a raggiungere il prete conosciuto a Trastevere non lo ricordava, ma non sapeva dove altro andare. Lui la affidò alle cure di alcune suore. Il prete, che si chiamava don Filippo, andò quotidianamente a farle visita e nei giorni successivi scoprì tutta la storia dietro al bombardamento e alla terribile ritorsione dei nazisti. Maxine lo ascoltò con aria assente mentre scuoteva la testa e le spiegava che i tedeschi avevano deciso che per ciascuno dei trentacinque soldati uccisi sarebbero stati giustiziati dieci italiani. Era spaventoso, doveva ammetterlo, davvero spaventoso, ma per il momento non riusciva a pensare ad altro che a Marco.

Era trapelato, le disse il prete un paio di giorni dopo, che una suora era salita in sella alla sua bicicletta e aveva seguito la camionetta con le vittime fino a un'area rurale lontana dal centro della città dove, all'interno dei cunicoli di una vecchia cava abbandonata di pozzolana, vicino alla via Ardeatina, aveva avuto luogo il massacro. La suora si era nascosta dietro ad alcune rocce e aveva riferito che, prima della fucilazione, ai soldati scelti per compiere la carneficina erano state consegnate delle fiaschette di cognac. Poi avevano ricevuto l'ordine di condurre i prigionieri con le mani legate dietro la schiena all'interno della cava. Dopo non era più riuscita a vedere niente, ma aveva tenuto il conto degli uomini entrati nei cunicoli: 335. Non avrebbe mai dimenticato tanta brutalità e l'orrore dell'episodio l'avrebbe tormentata fino all'ultimo dei suoi giorni.

Il prete continuò a raccontarle che i tedeschi volevano mantenere il massimo riserbo sul massacro, quindi era meglio che evitasse di parlare di ciò che le aveva confidato. Maxine tornò in sé quando capì che gli uomini trucidati venivano dai campi di prigionia dei nazisti. Più di trecento uomini scelti a caso. Oddio! Lorenzo. Era tra quei prigionieri? Per quanto riguardava la bomba esplosa a piazza di Spagna, ormai era risaputo che l'attacco era stato orchestrato da almeno sedici partigiani dei Gruppi di Azione Patriottica guidati dai comunisti, gli stessi uomini con cui si era incontrato Marco. La bomba artigianale, candelotti di tritolo custoditi all'interno di una custodia di metallo, era stata nascosta in un sacco dell'immondizia dentro il bidone della spazzatura che aveva visto spingere in posizione da uno dei partigiani, quello travestito da netturbino. A quanto pareva, la miccia era stata accesa quando le SS si erano trovate a una quarantina di secondi di cammino dalla bomba. Erano rimasti uccisi trentacinque soldati in totale, ma non tutti. Alcuni erano morti in seguito per le ferite riportate. Tutti i partigiani coinvolti, alcuni dei quali avevano anche aperto il fuoco contro la colonna tedesca – forse gli stessi che avevano ucciso il suo Marco – erano riusciti a disperdersi in mezzo alla folla e a mettersi al sicuro. Maxine non poteva non cogliere l'ironia della situazione.

Nei momenti in cui si sentiva meglio, progettava di andarsene, perché doveva ancora badare a Elsa e Roberto, ma a volte aveva la sensazione che non sarebbe mai tornata a essere quella di prima. Non riusciva a piangere per l'unico uomo che avesse mai amato ma passava ore e ore seduta a pensare a lui. Perché non riusciva a piangere? Riviveva all'infinito il momento della sua morte, come se potesse cambiare il finale con la sola forza di volontà. Ovviamente, però, non poteva. Marco non sarebbe mai sfuggito a quel proiettile. E, alla fine, dovette rassegnarsi ad accettare di averlo perso. Fu allora che le venne in mente. Non sarebbe mai diventata la signora Vallone, non più, ma doveva onorare la memoria di Marco sostenendo la causa in cui credeva e continuando a combattere. Nonostante tutto, di una cosa era sicura: Marco avrebbe continuato a vivere dentro di lei e sarebbe stato l'unico vero amore della sua vita. Era stato un uomo coraggioso, meraviglioso, quindi anche lei doveva mostrarsi coraggiosa. Non poteva deluderlo con la sua debolezza, così scavò dentro di sé e trovò la forza necessaria per organizzare le prossime mosse. Invece di puntare verso uno dei centri abitati sulle colline nei pressi di Roma, avrebbe portato Elsa e Roberto a Castello de' Corsi, in Toscana, da Sofia.

49

Due giorni dopo, Maxine era andata a recuperare Elsa e Roberto con i nuovi documenti falsi e adesso stavano prendendo posto sulla carrozza del treno in attesa di partire. Un lungo fischio seguito dal sibilo del vapore e il treno riprese vita e iniziò a sferragliare. Dapprima lentamente, a scatti e sussulti e rischiando quasi di fermarsi, ma alla fine accelerò e acquistò velocità. Elsa stringeva a sé il cestino in cui aveva riposto un filone di pane avvolto in una tovaglia a scacchi bianchi e blu. Roberto, seduto accanto alla moglie, si appoggiò a Maxine, che era rimasta in piedi accanto alla panca di legno e faceva la guardia alle valigie della coppia. Il volto pallido dell'uomo era coperto da una preoccupante patina di sudore e Maxine temeva che non ce l'avrebbe fatta. Aveva notato anche gli occhi turbati di Elsa e percepiva tutta la vergogna che doveva provare l'anziana signora. Nessuno vorrebbe sgattaiolare via dalla propria amata città come un ladro nella notte, e la sua disperazione per le gravi condizioni di salute del marito era lampante. Quanto a Roberto, lui si mostrava coraggioso. Se fosse stato per lui, non si sarebbe mai lasciato abbattere da niente e nessuno.

Il treno, pieno di suore, soldati e civili in fuga dalla città, puzzava di tabacco e urina. Maxine ed Elsa indossavano ampie sottane, camicette e scialli dai colori scialbi. Una giovane madre con un bambino in lacrime tra le braccia si accovacciò sul pavimento, snobbata da due soldati tedeschi che avrebbero potuto offrirle un posto a sedere. Mostri. Poi, però, un soldato più giovane, un ragazzo, si alzò e le cedette il suo posto. Quando

Maxine gli sorrise, lui se ne accorse e arrossì. "È talmente giovane", pensò. "La sua umanità non è ancora stata corrotta dalla guerra". Poco più avanti, due ragazzini con le faccette sporche rigate dai segni di un pianto recente, braccia e gambe punteggiate di piaghe aperte, si aggrappavano alle sottane della nonna.

«La loro casa è stata bombardata», stava dicendo l'anziana signora senza rivolgersi a nessuno in particolare. «Devo portarli con me. Non hanno nessun altro».

Elsa mormorò una risposta, ma l'anziana si limitò a ripetere ciò che aveva appena detto.

Non appena lasciarono la città, fuori dal finestrino sfrecciarono soltanto alberi, cespugli, terre coltivate e qualche fattoria isolata. Le conversazioni restavano smorzate, la gente era troppo stanca e stremata per avere qualcosa di nuovo da dire. Maxine riposò gli occhi e il ritmico sferragliare del treno svanì in sottofondo mentre i suoi pensieri vagavano liberi. Tutti loro, in un modo o nell'altro, erano in perenne movimento e niente si fermava, ma lei adesso sognava la tranquillità e la possibilità di farsi un lungo sonno ristoratore. Forse al Castello. E le tornò in mente Sofia. L'unica cosa che avevano scoperto finora era che un uomo che corrispondeva alla descrizione di Lorenzo molto probabilmente era stato arrestato. Come faceva a dirlo a Sofia? Senza dimenticare che c'erano anche i problemi di salute di Roberto con cui avrebbe dovuto fare i conti. Ne aveva parlato con Elsa, secondo la quale l'arresto di Lorenzo poteva essere un'eventualità concreta.

Un'oretta dopo, era quasi riuscita ad appisolarsi quando l'inaspettato stridore dei freni e la brusca battuta d'arresto del treno fecero perdere l'equilibrio a tutti i passeggeri, che crollarono gli uni sugli altri e si sbracciarono per trovare qualcosa a cui aggrapparsi. Maxine lanciò un'occhiata a Elsa, che inarcò le sopracciglia. Poi arrivarono le prime urla minacciose: «*Aufstehen! Aufstehen!*». Alzatevi, alzatevi, un ordine ripetuto all'infinito.

Dopo qualche istante di attesa nel quale provò a ragionare sul da farsi, Maxine disse: «Io vado». Faticò a raggiungere la porta della carrozza, ma alla fine riuscì a farsi largo tra i passeggeri. Fuori, vide una marea di SS armate che trascinavano giù dal treno e spingevano brutalmente a terra donne che supplicavano di essere risparmiate e bambini che piangevano. Con il pensiero a Marco, l'odio tornò ad avvamparle nel cuore. Non riusciva a tollerare neppure la vista di quei nazisti. Ebbe modo di scambiare un paio di parole con un'anziana che si stava accingendo a tentare la fuga.

«Stanno portando gli uomini nei boschi», le disse la donna. «E sai cosa significa. Li fucileranno».

Maxine rimase ad ascoltarla per qualche minuto, scoprì cos'altro era successo e tornò di corsa nella sua carrozza.

«I binari sono stati danneggiati. La motrice è deragliata», spiegò a tutti i passeggeri, poi si rivolse a Elsa: «Dobbiamo scendere. Le SS sono già salite a bordo e stanno facendo scempio dei vagoni. Stanno controllando i documenti e ci costringeranno a scendere tenendoci sotto tiro con i fucili. Rimanderanno tutti a Roma con il prossimo treno».

«Non so se Roberto è in grado di scendere», sussurrò Elsa.

Tutto d'un tratto, sentirono una raffica di colpi d'arma da fuoco seguita da altre urla. Maxine lanciò uno sguardo all'anziano. «Non abbiamo scelta».

«È stata una bomba degli Alleati?»

«Potrebbero essere stati i partigiani. Hanno acquisito un bel vantaggio su questi territori. Stanno formando un fronte di liberazione nazionale, mi è stato detto».

Dal vagone successivo si levò un pianto. Elsa prese Roberto per mano e Maxine l'aiutò a tirarlo su. Insieme, malgrado tossisse e caracollasse, riuscirono a farlo scendere dal treno.

«Tanto per cominciare, seguiremo la strada principale e poi taglieremo dai sentieri che portano sulle colline», disse Maxine.

Gli occhi di Elsa erano pieni d'apprensione. «Ma riuscirà ad arrivare sulle colline?»

«Ce la farà. Penso che non ci sarà da salire molto».

Una camionetta tedesca, coperta da teloni legati con le funi alle sponde laterali e seguita da una motocicletta con un soldato armato seduto nel sidecar, li superò e passando loro accanto diede un colpo di clacson. Dopodiché, incrociarono un calesse e un altro carro pieno di sacchi trainato da un cavallo, entrambi diretti a Roma. Poi, a parte un paio di auto bruciate, trovarono la strada sgombra. Risalirono il primo dolce pendio ma avanzavano pochi metri alla volta, rallentate da Roberto, che era chiaramente in difficoltà.

«E se trovassimo un asino?», suggerì Elsa. «Per lui».

Maxine gonfiò le guance e sospirò. «Possiamo provarci. Adesso lasciamo la strada principale, così potrà riposare un po'. Magari più avanti riusciremo a salire su un altro treno».

Svoltarono a sinistra, presero una mulattiera e ben presto raggiunsero un'area boschiva, con collinette ondulate e ruscelli. Fecero sdraiare Roberto sull'argine muschioso di un corso d'acqua, all'ombra di un albero, e Maxine ed Elsa si sedettero accanto a lui. Maxine tirò fuori dalla sua sacca una fiaschetta d'acqua e la passò a Elsa, che l'avvicinò alle labbra del marito. Dalla sua espressione, tuttavia, si capiva che si stava rassegnando.

«Dobbiamo trovare un fienile o una chiesetta di campagna, un riparo dove passare la notte», disse Maxine. «Farà freddo quando calerà il sole».

Gli occhi di Elsa erano annuvolati dalla tristezza, ma annuì.

Maxine le strinse la mano. «Vado a faro un giro di perlustrazione. Vedo cosa riesco a trovare».

Elsa le rivolse uno sguardo ansioso. «Una donna, tutta sola qua fuori, corre grandi rischi».

«Non ho paura».

L'altra scosse la testa. «Be', dovresti».

Maxine si alzò comunque. «Devo andare a vedere se trovo qualcosa. Non ti preoccupare».

Qualche minuto dopo essersi messa in cammino, il suono di

alcune voci le fece venire la pelle d'oca. Voci tedesche nei boschi: reali o immaginarie? Trattenne il respiro, si disse che nella sua testa c'erano sempre delle voci che parlavano in tedesco. Sentì altri rumori, ma scoprì che provenivano da due rifugiate che stavano cercando erbe selvatiche da mangiare. La superarono senza rivolgerle la parola, dopodiché calò il silenzio, salvo per gli aeroplani che volavano a bassa quota sopra la sua testa.

Non appena ebbe trovato ciò che stava cercando, Maxine tornò sui suoi passi per correre a dirlo a Elsa. «C'è un fienile a soli dieci minuti da qui. È stato colpito da una bomba. C'è un enorme buco nel tetto e sul pavimento si è aperto un cratere, ma è rimasto in piedi e sembra sicuro. Ce la facciamo a raggiungerlo?».

Così lei ed Elsa sorressero Roberto, che ormai aveva chiuso gli occhi, e un po' spostandolo di peso, un po' trascinandolo, lo condussero fino al fienile, dove Elsa radunò la paglia per improvvisare un giaciglio sul duro pavimento di pietra. Maxine andò a raccogliere qualche pezzo di legno da quella che un tempo era stata la stalla degli animali e accese un focherello per tenerlo al caldo. L'uomo giaceva immobile e dava cenni di vita solo quando veniva colto da un accesso di tosse; dopo quegli attacchi, che lo lasciavano trafelato e in preda agli spasmi, era a malapena in grado di respirare.

Quella notte non riuscirono a dormire più di tanto. Attraverso il buco nel tetto, Maxine vide i fuochi di segnalazione degli Alleati risplendere nel cielo, tracciando scie surreali prima di precipitare e rischiarare il terreno circostante. «Se solo venissero a salvarci», borbottava tra sé e sé. Perché ci stavano mettendo tanto a riconquistare Cassino? Una volta presa quella città, Roma sarebbe stata la successiva. Ma i bollettini di guerra continuavano a riferire che quella che gli Alleati dovevano combattere a terra era una battaglia disperata e che per il momento le principali linee di difesa dei tedeschi reggevano ancora. E finché gli inglesi o gli americani non fossero riusciti ad attraversare il fiume Rapido dove si erano assiepati i battaglioni tedeschi, non avevano alcuna speranza di prendere il Monte Cassino. Era anche trapelata la notizia che avessero già tentato di farlo con centinaia di uomini, tutti annegati o uccisi dai nazisti, e che il fiume fosse diventato rosso sangue. Durante un assalto, gli americani avevano perso duemila uomini in meno di ventiquattr'ore.

Lì dove la luna era così luminosa e il cielo era di un insolito blu acceso, gli Alleati quasi non avevano bisogno dei razzi. I topi zampettavano lungo le pareti del fienile e fuori c'erano animali più grandi, forse cinghiali, usciti in cerca di cibo. Poco prima dell'alba, sentì degli spari in lontananza, soldati che avanzavano rumorosamente nel sottobosco e cani che abbaiavano. Quando calò di nuovo il silenzio, provò a scacciare il senso d'inquietudine che le opprimeva la mente, ma era un silenzio assoluto e innaturale che la fece vacillare e la spinse a cercare la mano di Marco. Il dolore la travolse con la stessa violenza dei primi giorni e le si annebbiò la vista. Marco non era lì con lei. Non lo avrebbe più avuto vicino.

Qualche minuto dopo, quando iniziò a spuntare il sole, riuscì a intravedere la sagoma di Elsa rannicchiata accanto a Roberto. Lo stava proteggendo con il suo corpo. Poi, intuendo che c'era qualcosa che non andava, Maxine si pietrificò. Roberto non tossiva da ore.

Anche se la luce era ancora tenue, il cielo si stava rischiarando sempre di più e vide Elsa sedersi, poi inginocchiarsi a fianco del marito. Gli toccò la faccia e chinò il capo per un secondo o due prima di alzare gli occhi e cercare Maxine, una singola lacrima a colarle lungo la guancia.

«Bene», sussurrò. «Almeno adesso i tedeschi non possono più fargli alcun male».

Si portò un'ultima volta alle labbra la gelida mano del marito, quindi si alzò e rimase a guardarlo dall'alto, per un solo istante, fiera e superba, prima di allontanarsi da lui.

Maxine fece per seguirla, poi si rese conto che Elsa aveva bisogno di stare qualche minuto da sola.

Presto avrebbero dovuto trovare un modo per andare da Sofia, ma nelle ore successive coprirono il corpo di Roberto con alcuni rami secchi e si consolarono a vicenda come meglio poterono. Erano entrate a far parte di un'intera schiera di donne che avevano perso i loro affetti, e ce n'erano così tante che piangevano la scomparsa di fratelli, mariti, padri, amanti e, forse la più tragica di tutte, quella dei figli. Tutti morti. Brave persone e persone cattive. Tutte vittime di quella guerra orribile. Maxine non sapeva se essere una delle tante in quel mostruoso esercito di donne in lutto la facesse sentire meglio o peggio.

50

Castello de' Corsi
Aprile 1944

Maxine non era ancora tornata portando notizie di Lorenzo, ma Sofia non poteva permettersi di starsene con le mani in mano e piangersi addosso. Sentiva che era giunto il momento di parlare di nuovo con Gabriella, così aveva convocato la ragazza e sua madre nel suo salottino privato. Si erano sedute di fronte a lei sul divanetto di chintz e sembravano nervose e a disagio. Ogni famiglia aveva il proprio modo di affrontare le cose e Sofia non era del tutto convinta che il suo intervento potesse servire a qualcosa, ma aveva promesso a Carla che, in caso di bisogno, l'avrebbe aiutata. E anche se Carla era troppo orgogliosa per chiederle una mano in modo chiaro, le aveva dato a intendere che Gabriella non stava prendendo coscienza della situazione.

«Allora», disse Sofia, guardando Gabriella con quella che sperava essere un'espressione solidale, «sai quando dovrebbe nascere il tuo bambino?».

Intervenne sua madre. «Pensiamo alla fine di luglio».

«Meglio se lasciamo parlare direttamente lei, Carla».

La cuoca annuì.

Sapendo che parlare di certe cose poteva essere imbarazzante per Gabriella, Sofia decise di affrontare l'argomento con tono gentile e incoraggiante. «Tua mamma ha ragione?».

Lei scrollò le spalle e non provò neanche a nascondere l'occhiataccia che scoccò a sua madre in uno slancio di ribellione.

Sofia lanciò un sospiro esasperato, ma non intendeva demordere. «Gabriella, ti rendi conto che stiamo cercando di aiutarti?».

La ragazza chinò il capo e mormorò: «Non ho bisogno di aiuto».

«Mia cara, tu sei molto giovane. Avrai un bambino a cui badare e non ci sarà un marito al tuo fianco a darti una mano. Non sarà facile. Questo lo capisci?», le fece Sofia.

Sembrava che Gabriella stesse morendo dalla voglia di fulminare anche lei con lo sguardo ma non ne avesse il coraggio, benché il modo in cui faceva sporgere il mento in fuori e il suo ostinarsi a fissarla a occhi stretti rivelassero chiaramente il suo stato d'animo.

«Hai ragione», disse Sofia come rispondendo a quel poco che era riuscita a intuire attraverso il linguaggio del corpo. «Io non ho figli, ma ho visto un sacco di donne che ne hanno. Essere madre è il lavoro più difficile che ci sia».

Quando Gabriella alzò gli occhi, Sofia vide che la sua maschera di caparbietà si stava sgretolando e cominciò a intravedere la ragazza spaventata che si nascondeva dietro a tanta spavalderia.

«Mi aiuterà mamma», disse, ma le tremava la voce.

Sofia scosse la testa. «Tua madre ha altro di cui occuparsi. Non avrà tempo per badare al bambino. La responsabilità ricadrà soltanto su di te. Le ho espressamente ordinato di non intromettersi».

Gabriella torse il collo per lanciare uno sguardo a sua madre, come se stentasse a credere a ciò che aveva appena sentito. «Ma…».

«Niente ma, temo. Naturalmente, però, ci potrai chiedere consiglio ogni volta che vorrai. Noi ci saremo sempre. E saremo sempre disposte ad aiutarti, vedrai».

Gabriella si rinchiuse di nuovo nel suo silenzio, come se avesse bisogno di tempo per metabolizzare la notizia, anche se Sofia sapeva che Carla le aveva già spiegato tutto. Forse sentirlo da lei l'aveva reso più reale. Non la voleva spaventare ma, stando a quanto le aveva detto Carla, sapeva che Gabriella vedeva il bambino come una specie di giocattolo, un bambolotto con cui passare il tempo e da accantonare non appena se ne fosse stancata. Adesso doveva comprendere la reale portata di quello che aveva fatto. Non solo perché aveva fatto sesso con quel fascista, e non solo per la vergogna che avrebbe causato alla sua famiglia dando alla luce un figlio illegittimo, ma anche – e soprattutto – perché aveva fatto trapelare informazioni che molto probabilmente avevano portato alla morte di suo fratello. Sofia voleva farle capire che ogni azione portava sempre a delle conseguenze. Carla non voleva che Gabriella si sentisse in colpa per il resto della sua vita, e questo era giusto, ma almeno un sincero rimorso doveva sentirlo. E la ragazza non aveva dato segno di provarne da quando aveva cercato, in modo piuttosto maldestro per giunta, di tagliarsi le vene. O forse la stava giudicando con troppa severità? Non credeva che Gabriella volesse davvero uccidersi, ma quel giorno aveva dimostrato di aver bisogno di aiuto, di voler tirare fuori la verità, ed era pur sempre un inizio.

«Senti, Gabriella», ricominciò. «Voglio parlare con te di quello che hai detto a Maria».

Invece di rispondere, la ragazza si limitò a guardare fuori dalla finestra, e c'era ancora un briciolo della stessa insolenza di prima in quel gesto.

«Sto parlando del piano dei partigiani di far saltare in aria i binari del treno. Hai ammesso di averlo detto a Maria affinché lo comunicasse a suo nipote, Paolo».

Gabriella distolse l'attenzione dalla finestra e, anche se non incrociò il suo sguardo, Sofia sentì che stavano facendo un passo nella direzione giusta. «Perché l'hai fatto?».

La ragazza sbatté rapidamente le palpebre, poi sputò il rospo. «Perché aveva detto di amarmi, ma poi non è più tornato. Ero triste e volevo che tornasse a cercarmi e mi ripetesse che mi amava».

«Oh, mia cara...».

«Perché non è tornato?», chiese Gabriella, e i suoi occhi erano colmi di una tale tristezza che Sofia si ritrovò a compatirla.

Senza preavviso, Anna irruppe nella stanza e lanciò occhiate furenti prima a Carla e poi a Gabriella. Doveva aver sentito tutto. Carla e Sofia rimasero pietrificate quando Anna si precipitò dalla sorella, la prese per i capelli e la trascinò sul pavimento del salone.

«Stupida arpia viziata», sibilò prima di darle uno schiaffo in pieno volto, colpendola con tanta forza da farla cadere. Era successo tutto talmente in fretta che nessuno aveva avuto il tempo di reagire. Gabriella si mise a strisciare verso sua madre in cerca di salvezza, ma Sofia capì che Anna non aveva ancora finito. Si chinò, pronta a strattonarla per un braccio e a tirarla su di peso.

Sofia scattò in piedi. «Anna, fermati! Fermati subito», ordinò.

La ragazza si irrigidì e si guardò attorno, e nei suoi occhi, dietro alla rabbia, si intravedeva anche tanta sofferenza.

«Non farlo, Anna. Non servirà a nulla».

Aveva stretto le mani a pugno ed era chiaro che moriva dalla voglia di picchiare sua sorella. Di colpirla fino a quando il dolore non fosse svanito. Solo che non sarebbe svanito. Quel tipo di dolore non svaniva mai.

Fece un passo verso sua sorella e imprecò con foga. «Questa gran puttana! Non possiamo permettere che la passi liscia. Le spaccherò la faccia finché non capirà cos'ha fatto».

Sofia la trascinò via e Anna non oppose alcuna resistenza.

«Contessa», disse, il viso stravolto dall'angoscia.

«Lo so, ma non servirà a nulla. Lo sai che è così. Fare del male a Gabriella non riporterà in vita il nostro Aldo».

Anna fece un gran respiro e, quando Sofia le lasciò il braccio, indirizzò tutta la sua rabbia verso la madre. «Non hai fatto altro che viziarla, e adesso guarda».

Sofia si intromise di nuovo. «So che vuoi dare la colpa a qualcuno, Anna, ma tua madre non c'entra. Cosa vuoi che facciamo? Che la consegniamo ai partigiani?»

«Perché no?»

«E cosa le farebbero, secondo te? È incinta, per l'amor del cielo».

«Le starebbe bene».

«No. Pensa a come ti sentiresti. Quello che porta in grembo è il tuo nipotino».

«Uno schifoso bastardo, il figlio di una camicia nera», ringhiò Anna con disprezzo. «Mamma l'avrebbe dovuta portare da quella strega che abita a Buonconvento».

Sofia conosceva l'anziana che prescriveva certe erbe alle donne in stato interessante. Nessuno aveva mai confessato di essere andato da lei, eppure la conoscevano tutti.

«Sai che è un crimine», sussurrò Carla. «Contro Dio».

Anna rivolse uno sguardo sprezzante a Gabriella, che si era rannicchiata sul pavimento e aveva stretto le braccia attorno alle gambe della madre. «Alzati», disse con un tono che non ammetteva repliche.

Quando Gabriella fremette e cercò di farsi ancora più piccola, Carla le accarezzò i capelli.

«Smettila, mamma. Fa sempre così. Finge di essere una bambina e tu gliele dai tutte vinte. Voglio che si alzi».

Carla smise di accarezzarle i capelli e le sussurrò qualcosa all'orecchio.

«Ho detto alzati», ripeté Anna.

«Ti prego, non mi picchiare». La voce di Gabriella era infantile, supplichevole, un tono ormai collaudato che aveva già usato in passato.

«Per l'amor del cielo. Non ti voglio picchiare. Alzati».

Gabriella si rimise in piedi e Sofia, credendo che la sorella non avrebbe nuovamente fatto ricorso alla violenza, decise di lasciar correre. Quella era una questione di famiglia e stava quasi prendendo in considerazione l'idea di abbandonare la stanza, ma la situazione aveva raggiunto un equilibrio talmente precario che non osava interferire in alcun modo.

Non appena Gabriella fu in piedi, Anna le si piazzò davanti. «Adesso ripeti dopo di me. *Sono andata a letto con una camicia nera fascista*».

«Sono... andata a letto con una camicia nera...». Gabriella esitò.

«*Fascista*».

«Fascista», ripeté l'altra con voce tremante.

«*Malgrado sapessi che avrei potuto nuocere alla mia famiglia*».

La voce con cui Gabriella fece eco alle parole di Anna si ridusse a un sussurro. «Malgrado sapessi che avrei potuto nuocere alla mia famiglia».

«*Aspetto un figlio da lui e sto disonorando la mia famiglia*».

La ragazza ripeté anche quelle parole.

«*E ho divulgato informazioni che hanno portato alla morte di mio fratello*».

Gabriella era ammutolita e oh, era così vulnerabile. In cuor suo, orripilata dalla brutalità con cui sua sorella stava conducendo le danze, Sofia sapeva che avrebbe dovuto distogliere lo sguardo o porre fine a quella crudeltà, ma, come ipnotizzata, non riusciva a smettere di guardare e voleva attendere l'evolversi della situazione. Carla non era riuscita a farla ragionare con le buone. Magari così avrebbe funzionato? Trattenne il fiato.

«Dillo». Ormai Anna stava urlando. «Dillo».

Gabriella prese lentamente fiato, un lungo respiro tremante. «E ho divulgato informazioni...». Scoppiò a piangere.

«Finisci la frase. *Ho divulgato informazioni che hanno portato alla morte di mio fratello*».

Sua sorella si asciugò le lacrime con il dorso della mano. «Ho... divulgato informazioni... che hanno portato alla...». Poi, gonfiando il petto, si mise a urlare tra i singhiozzi.

Udire quel lamento straziante fu insopportabile e Sofia tese le labbra per evitare che le si riempissero gli occhi di lacrime. Le si inumidirono comunque e, sentendo singhiozzare anche Carla, le si spezzò il cuore e provò il desiderio istintivo di correre ad abbracciare Gabriella.

«*Che hanno portato alla morte di mio fratello*», ribadì Anna.

«Alla... morte... di mio... fratello», ripeté sua sorella mentre cercava di riprendere aria tra un singulto e l'altro.

«Bene», disse Anna, finalmente soddisfatta.

Gabriella sollevò l'orlo della sottana e ci si asciugò il viso. «Mi dispiace, Anna. Ti prego, credimi».

«Bene», ripeté lei, il volto allampanato.

«So che non potrai mai perdonarmi e non mi aspetto che tu lo faccia». Alla ragazza si era spezzata la voce, ma stava emergendo anche una Gabriella diversa, più matura.

Anna la fissava e Sofia si domandava cosa sarebbe successo. Carla aveva smesso di singhiozzare.

«Ma mi dispiace tanto. Davvero».

Per un paio di secondi non parlò nessuno.

«Io non me lo perdonerò mai», continuò Gabriella con un filo di voce.

Il volto di Anna era inespressivo e nella stanza non si sentiva volare neanche una mosca.

«Me ne andrò. Non voglio coprirvi di vergogna. So che non posso fare nulla per rimediare».

La tensione era diventata insopportabile. Sofia non sapeva come sarebbe andata. Prese fiato ed espirò molto lentamente, chiedendosi se non fosse giunto il momento di intervenire. Di nuovo, decise di lasciar perdere e guardò fuori dalla finestra, sentendosi mancare l'aria.

Poi Anna spalancò le braccia. Sofia era talmente sorpresa che rimase a bocca aperta e vide che anche Carla stava fissando le due figlie con gli occhi sbarrati.

«Vieni qui», disse Anna, e all'inizio Gabriella si limitò a guardarla come se non avesse capito. «Vieni qui», le ripeté.

All'improvviso, capendo le intenzioni della sorella, a Gabriella si illuminò il viso e corse a gettarsi tra le sue braccia.

«Tu non andrai da nessuna parte», le sussurrò Anna mentre l'abbracciava. «Affronteremo tutto insieme, come una famiglia».

Gabriella tirò su col naso e fece un passo indietro per guardarla negli occhi. «Ti prometto che non ti deluderò mai più».

«Ti prendo in parola».

L'altra annuì.

«Bene, e adesso asciugati gli occhi. Non possiamo stare qui tutto il giorno. C'è del lavoro da fare».

Gabriella era raggiante e le sorrise con un'espressione di pura gioia, come se si fosse tolta un enorme peso di dosso.

«Chiedo scusa per l'intrusione, contessa», disse Anna, e per poco Sofia non scoppiò a ridere per l'improvvisa formalità.

«Non ti preoccupare», le rispose.

Poi le due sorelle lasciarono il salone, fianco a fianco, e Sofia capì che quel momento segnava l'inizio di una nuova era.

«Be'», fece Sofia, voltandosi a guardare Carla. «Proprio non me l'aspettavo».

Carla scosse la testa, incredula. «Nemmeno io. E chi l'avrebbe mai detto? Forse Anna ha sempre avuto ragione. Sono stata troppo indulgente con Gabriella?»

«Hai solamente cercato di fare del tuo meglio. Stavi facendo il possibile per proteggere una bambina vulnerabile».

«Grazie. Penso che oggi Gabriella sia cresciuta molto».

«Per lei non sarà mai facile convivere con il ruolo che ha avuto nel destino del povero Aldo», osservò Sofia.

«No, ma almeno ha ammesso le sue colpe e può cominciare a… be', non lo so nemmeno io».

«A fare ammenda?».

Carla sorrise. «Qualcosa del genere».

51

Qualche sera dopo, poco prima di mezzanotte, Maxine ed Elsa arrivarono al Castello, sporche e stremate. Sofia, allarmata dalle guance scavate di sua madre e dai tremiti che la scuotevano per la stanchezza, corse da lei, ma gli occhi di Elsa si incupirono e sembrava quasi frastornata. Sofia, che aveva un disperato bisogno di sapere dove fosse suo padre, lanciò uno sguardo a Maxine, e l'amica scosse mestamente la testa, gli occhi pieni di dolore. Sofia capì all'istante. Suo padre era morto. Con voce tremante, chiese a Carla di preparare un bagno caldo per le sue ospiti e di tirare fuori delle camicie da notte, e la cuoca l'accontentò. Poi salì nelle loro stanze con un po' di zuppa e del pane e riferì a Sofia che erano già andate a dormire.

Nel corso di quella lunga notte, gli aeroplani sorvolarono quasi incessantemente il borgo, ma tra un passaggio e l'altro era impossibile evitare di sentire il pianto smorzato di sua madre. Sofia avrebbe voluto confortarla, ma qualcosa le diceva che Elsa aveva bisogno di restare da sola. Nel frattempo, continuava a porsi sempre le stesse domande. Doveva sapere esattamente cos'era successo a suo padre e scoprire se avessero avuto notizie di Lorenzo. Afflitta da mille crucci, non riuscì a dormire.

La mattina dopo, era nel suo salottino privato quando Maxine apparve sulla soglia con Elsa alle sue spalle, una figura esile e spettrale. Sembrava quasi che Maxine si stesse preparando un discorso e, quando si scambiarono un'occhiata, a Sofia si strinse la gola. Rimase in piedi e appoggiò le mani al muro per sorreggersi, ma indicò a entrambe di accomodarsi. Maxine si accoccolò sul divano di velluto celeste mentre Elsa si sedette composta su una poltrona dallo schienale avvolgente, il viso cereo. Per prima cosa, Sofia si voltò verso Maxine e le rivolse uno sguardo implorante.

«Allora?», domandò, anche se quasi non aveva il coraggio di prestare ascolto a quello che si preannunciava essere un resoconto straziante.

Elsa cominciò a parlare con voce piatta e priva di emozione. «Roberto…».

Sofia si infilò un pugno in bocca per impedirsi di urlare. Quando ritrovò la calma, chiese con un filo di voce: «È stato… ucciso da loro?»

«Non proprio».

Elsa lanciò uno sguardo a Maxine e annuì, dandole il permesso di continuare al posto suo.

«Tuo padre si è dovuto dare alla macchia, Sofia».

Sbatté rapidamente le palpebre, incapace di metabolizzare la notizia. «Alla macchia? Perché?»

«Qualcuno lo ha tradito», disse Elsa, prendendo l'iniziativa anche se continuava a sembrare come anestetizzata. «Hanno scoperto che era uno degli uomini incaricati di distribuire gli opuscoli della stampa clandestina. Poi si è ammalato e non siamo riusciti a reperire le medicine di cui aveva bisogno».

Sofia osservò prima l'una e poi l'altra, quindi tornò a concentrarsi su sua madre, che scosse mestamente la testa.

«Lo abbiamo dovuto portare via da Roma», proseguì Maxine. «Mi dispiace tanto. Non ce l'ha fatta. È morto durante il viaggio».

«Oh, signore! No. Non il mio povero padre. Non lui». Sofia deglutì. Sentiva bruciare gli occhi e le stava salendo un groppo in gola.

Elsa e Maxine rimasero in silenzio.

«Tu… eri con lui?», chiese a sua madre con la voce già rotta dal pianto.

Elsa confermò con un cenno del capo.

«No, non ce la faccio. Lui lo sapeva? Ha sofferto?»

«Era molto malato. Sapeva che non gli restava molto da vivere. Ma la sua è stata una morte serena. È scivolato via nel sonno».

Ormai gli occhi di Sofia traboccavano di lacrime. «Lo sapeva quanto gli volevo bene? Non gliel'ho mai detto, mamma. Non gliel'ho mai detto».

«Oh, mia cara ragazza, certo che lo sapeva. Eri la gioia della sua vita».

«Perché avete detto *abbiamo*?», sussurrò Sofia dopo qualche secondo. «Maxine ha detto: "Lo abbiamo dovuto portare via". C'era qualcun altro oltre a voi due?».

Si guardò attorno, torcendosi le mani come se si aspettasse di veder emergere chissà chi dalle ombre, poi si voltò verso Maxine.

L'americana sostenne il suo sguardo, sbatté rapidamente le palpebre e cercò di trattenere le lacrime.

«È stato Marco ad aiutarvi a portare via mio padre? Dov'è adesso?».

Maxine deglutì, ma riuscì a controllare la voce. «Marco è morto, Sofia».

Sofia spalancò la bocca, orripilata. «Buon Dio! Anche Marco no! Com'è successo?»

«Eravamo rimasti bloccati in via Rasella quando è esplosa una bomba. Gli hanno sparato mentre cercava di allontanarsi».

«Oh, no. Mi dispiace tantissimo». Fece un passo avanti, ma Maxine abbassò lo sguardo e scosse la testa.

Ci fu un lungo istante di silenzio.

Sofia ricacciò indietro le lacrime. Poi, dopo un momento, mormorò: «Ma l'attentato risale a tre settimane fa. Perché non siete venute qua prima?».

Fu sua madre a rispondere. «Siamo partite una settimana dopo, ma ci sono volute due settimane per arrivare qui. Il nostro treno è deragliato. È stato un viaggio terribile e spaventoso...

con così tanti posti di blocco… e così tanti tedeschi diretti verso nord. E anche gli aerei alleati. Tremendo».

Sofia strizzò gli occhi e chinò il capo. Non c'erano parole per descrivere quello che provava e sentiva l'impellente bisogno di scaricare la colpa su qualcuno per la morte di suo padre. «Se mio padre stava così male, non sarebbe stato meglio lasciarlo a Roma?»

«Non sapevamo più dove andare. Non c'era più acqua e poco o niente da mangiare. Non puoi neanche immaginare».

«Avreste dovuto…», esordì, ma le si strinse di nuovo la gola. Deglutì e ricominciò. «Avreste dovuto darmi retta quando vi avevo detto di venire qui».

Maxine le rivolse uno sguardo solidale. «Con i se e con i ma non andiamo da nessuna parte. Ciascuno di noi ha fatto solo quello che riteneva più opportuno».

Sofia annuì perché sapeva che aveva ragione.

«Temo ci sia dell'altro», aggiunse sua madre con titubanza.

Si sentì attanagliare dalla paura. «Cos'altro? Avete trovato Lorenzo?»

«Siamo quasi certe che sia stato catturato e portato in prigione», disse Maxine, poi lanciò un'occhiata a Elsa, che le diede il cambio.

«Crediamo che i nazisti abbiano scoperto che stava collaborando con gli Alleati».

Sofia ansimò e si portò una mano alla bocca.

«Devi prepararti al peggio, Sofia», continuò Maxine. «Non lo sappiamo con certezza, ma c'è la possibilità che fosse tra gli uomini che sono stati fucilati a scopo di ritorsione dopo l'attentato dei partigiani. Hanno giustiziato più di trecento prigionieri».

Sofia rimase in piedi a fissare il vuoto, non vedeva più nemmeno la stanza. Non sapeva neanche se Elsa e Maxine stessero dicendo qualcosa. Le esplosero dei lampi davanti agli occhi e si sentì gelare da capo a piedi. Freddo, poi un caldo cocente, poi di nuovo freddo, e sotto tutto ciò serpeggiava un senso di indignazione che le stava facendo esplodere la testa. L'unica cosa che le riuscì di fare fu stringere tra le dita intere ciocche di capelli e tirare più forte che poteva, come se strappandoli alla radice potesse attenuare quell'atroce strazio emotivo.

Sua madre tentò di afferrarle le mani per fermarla, ma Sofia la cacciò via.

«Non è vero», strillò. «Non può essere vero».

Boccheggiò in cerca di ossigeno, piegata in due dal dolore, e gemette come se le avessero dato un pugno nello stomaco. Qualcuno l'aiutò a sedersi. A dispetto delle miti temperature primaverili, lo spaventoso protrarsi del silenzio raggelò il salone. Sofia si dondolava avanti e indietro, incapace di concepire una vita senza suo padre e… non riusciva neanche a sopportarne il pensiero… senza Lorenzo. Alzò gli occhi sul dipinto di san Sebastiano. «Non l'hai tenuto al sicuro», sussurrò. Poi, un grido angosciato proruppe spontaneamente dalle profondità del suo essere, da un luogo così recondito e oscuro di cui lei per prima ignorava l'esistenza.

«Bastardi!», urlò. «Bastardi! Schifosi assassini!».

Mentre il dolore la dilaniava, ripensò a Lorenzo in prigione, forse morto, e a quell'uomo gentile e premuroso che era suo padre. Era troppo. Anche se avessero vinto quell'ignobile guerra, cosa sarebbe rimasto? Chiuse gli occhi e pensò al suo amato marito. Rievocò il ricordo dei dolci movimenti del suo petto che si alzava e si abbassava mentre dormiva e non riusciva a credere che non l'avrebbe più sentito respirare. Lo rivide di fronte a sé, intento a guardarla con gli occhi che ardevano d'amore. Com'era possibile che un qualcosa di così potente fosse andato perduto? Quella luce. Quell'essenza. Non potevano avergli sparato. Non poteva essere stato assassinato. Era troppo buono. Troppo onesto. Si rifiutava di crederlo. Non ci avrebbe mai creduto.

«Forse è ancora in prigione», sentì sussurrare a sua madre. «C'è ancora una possibilità, amore mio».

«Non hanno rilasciato un elenco delle vittime?», domandò Sofia, aggrappandosi all'ultimo brandello di speranza.

Maxine fece cenno di no con la testa. «Vogliono mettere a tacere l'intera vicenda».

Poi Sofia si precipitò fuori dalla stanza e scappò in camera sua. Sapeva che avrebbe dovuto consolare sua madre, e l'avrebbe fatto, ma in quel momento sentiva il bisogno di piangere da sola per i due uomini che più aveva amato al mondo. Si gettò sul letto e, con un cuscino sopra la testa, diede libero sfogo al dolore fino a restare senza fiato.

Nel corso della settimana successiva, il suono dei pianti riecheggiò in ogni angolo dalla casa, nei corridoi e fuori e dentro le stanze più appartate. Gli occhi di Sofia erano perennemente arrossati per un insieme di stanchezza e lacrime. Quelli di Elsa erano sempre gonfi e mangiava poco e niente, tanto da diventare così macilenta che Sofia iniziò a temere per lei. Sua madre scivolava fuori dalla porta di casa, l'ombra della donna energica che era un tempo, e quando la sorprendeva a fissare il vuoto, Sofia avrebbe dato qualsiasi cosa pur di restituirle un po' di vigore. Ma non c'era niente che potesse fare. Suo padre e Lorenzo erano pensieri fissi. Ricordava il modo in cui suo padre leggeva per lei quando era una bambina e come si appisolava cullata dal suono della sua bellissima voce. La capacità di amare incondizionatamente era il dono che le aveva lasciato in eredità. Ed era ciò che aveva trovato anche in suo marito. Andava a sdraiarsi sul loro letto, si abbracciava da sola e sognava che fossero le braccia di Lorenzo. Voleva toccare la sua pelle, vedere la luce che gli brillava negli occhi e, sopra ogni cosa, desiderava con tutta se stessa di stringerlo di nuovo a sé.

52

La primavera, neanche volesse farsi beffe di Sofia, era sbocciata in tutta la sua incredibile bellezza. Le giornate si erano allungate, la malinconia dell'inverno era parzialmente svanita e la luce del sole ravvivava il loro mondo, almeno in qualche occasione. In quel periodo dell'anno erano sempre pronti a fare i conti con la pioggia e il freddo, ma fino a quel momento il tempo aveva retto e aveva regalato delle giornate spettacolari. Tra i filari delle viti più giovani e sui leggeri pendii su cui crescevano gli olivi, i papaveri avevano drizzato i loro allegri capini. Le farfalle e le api si libravano nell'aria. Le margherite punteggiavano i prati di bianco e giallo, le roselline dai colori tenui scendevano a cascata dai cigli erbosi e il limitare dei campi era tappezzato di ginestre e senape. Mentre era a passeggio con i cani, Sofia raccolse i fiori selvatici sotto un cielo così azzurro da dare la sensazione che un giorno, nonostante tutto, la vita avrebbe di nuovo meritato di essere vissuta.

Sistemò i fiori in diversi vasetti che distribuì per tutta la casa, con la speranza che il loro profumo di buono e di pulito le risollevasse un po' l'umore. Elsa aveva ricominciato a mangiare e non era più totalmente chiusa nel suo silenzio, mentre Maxine andava e veniva. Parlava, ma non del suo dolore. Sofia lo vedeva crescere e crescere dentro di lei, tanto che temeva che un giorno o l'altro non avrebbe più retto. Non le chiedeva dove andasse né cosa stesse combinando. James e alcuni partigiani avevano portato via l'attrezzatura radio e Maxine le aveva riferito che avevano trasmesso un'ingente quantità di informazioni minuziose agli Alleati.

Non era ancora uscito alcun elenco ufficiale degli uomini fucilati dopo l'esplosione della bomba in via Rasella, ma sotto quel cielo così azzurro Sofia prese una decisione: a meno che non avesse saputo con certezza che Lorenzo era stato ucciso, lei non lo avrebbe creduto morto. Semplice.

Avevano sentito dire che in certe aree i partigiani avevano preso a saccheggiare i centri abitati, il che non era un buon segno. D'altro canto, adesso c'erano più di quattromila partigiani nascosti sul Monte Amiata. Un vero e proprio esercito.

Un tardo pomeriggio, Maxine irruppe in cucina, gli occhi accesi dall'entusiasmo, i vestiti strappati.

«Che cosa accidenti ti è capitato?», chiese Sofia, allarmata.

Maxine spalancò le braccia come a includere tutta la stanza. «Ero lì. Ho visto tutto».

Di fronte al suo stato pietoso, Sofia scosse la testa. «Cosa, per l'amor del cielo?»

«Non hai saputo della battaglia?»

«No», rispose Sofia, anche se aveva già dato per scontato che il suo modo di affrontare il dolore comprendesse gettarsi a capofitto in qualche altra iniziativa pericolosa.

«È stato meraviglioso. Si dà il caso che mi trovassi a Monticchiello… per pura fatalità, s'intende».

«E io dovrei crederci…».

Maxine sorrise sorniona. «Be', sai com'è… avevo sentito mormorare qualcosa».

«Allora, cos'è successo?»

«Ero dietro le vecchie mura insieme ai partigiani quando qualcuno mi ha passato un fucile. Un fucile, riesci a immaginare? I fascisti ci stavano attaccando dal basso. Non tedeschi, solo fascisti italiani. Centinaia di loro contro centocinquanta di noi o giù di lì. Alcune donne ci hanno aiutato a caricare le armi, altre ci hanno portato da mangiare e da bere. Avresti dovuto vedere la scena, Sofia. È stato incredibile».

«Ne devo dedurre che avete vinto, giusto?».

Le brillavano gli occhi dall'eccitazione. «Eccome. Oh, che gioia uccidere quei maledetti bastardi! I partigiani locali avevano assaltato un camion carico di cereali e avevano distribuito i viveri alla gente del posto. I fascisti sono venuti per fargliela pagare, ma alla fine se la sono dovuta dare a gambe trascinandosi dietro i loro caduti».

«Voi avete subìto molte perdite?».

Si incupì. «Una o due, purtroppo. Ma loro hanno perso decine di uomini. Che idioti. Gli abbiamo reso pan per focaccia... Senti, io sto tornando là. Stanno organizzando una festa. Niente di eclatante. Cioè... non è neanche una vera festa, è più un'occasione per riunirsi e festeggiare, ma volevo indossare qualcosa di carino».

«Spero che tu sappia cosa stai facendo. Non avete paura di altre rappresaglie?».

Maxine le fece l'occhiolino. «Non ti devi preoccupare».

Vedendola tanto briosa, Sofia non poté fare a meno di sorridere. «Puoi prendere in prestito uno dei miei abiti, se vuoi».

«Grazie. Un paio di orecchini e uno scialle non sarebbero una cattiva idea».

Andarono di sopra e passarono qualche minuto a curiosare nell'armadio, poi Maxine iniziò a tirare fuori delle camicette di seta. Ne lisciò ammirata il tessuto delicato, ma secondo lei erano troppo piccole. Ben presto ci furono abiti dai colori vivaci distesi su tutto il letto, ma nessuno sembrava fare al caso suo. Alla fine Sofia aprì il cassetto degli scialli e delle stole.

«Dai un'occhiata a questa». Le stava mostrando una stola di seta cremisi orlata di nappine d'oro.

«Oh», fece Maxine prima di avvicinarsela al viso. «È così morbida. Davvero non ti scoccia prestarmela?»

«Basta che tu cerchi di riportarmela».

Mentre continuavano ad ammirarla, Sofia ricordò il giorno in cui lei e Lorenzo l'avevano scovata in un minuscolo negozietto di Montmartre, appollaiato in cima a una viuzza di ciottoli. Si era innamorata dell'atmosfera del posto e, se possibile, si era innamorata ancora di più di Lorenzo.

Sorrise all'americana. «E se dovessi perderla, dovremo semplicemente tornare a Parigi per comprarne un'altra».

«L'hai comprata insieme a Lorenzo?»

«Sì».

«E sei davvero sicura che non sia un problema?».

Sofia le diede un abbraccio e sentì che le batteva forte il cuore. Quella ragazza era stata così gentile con Elsa ed era diventata fondamentale per entrambe. «Mettila e goditi la serata. Tutti ci meritiamo qualche momento di svago di tanto in tanto, no? E se c'è una persona che se l'è guadagnato, quella sei tu. Ora cerchiamo degli orecchini».

Non appena trovarono il perfetto paio di cerchietti d'oro, Maxine se li mise, indossò l'abito nero che era appartenuto alla sorella di Lorenzo, sciolse i ricci castani e si avvolse la stola cremisi attorno alle spalle.

«Sembri una splendida ballerina gitana», commentò Sofia.

«Non è troppo audace?»

«C'è qualcosa di troppo audace per una come te?».

Maxine scoppiò a ridere e Sofia rise insieme a lei.

«Posso prendere in prestito anche un rossetto rosso?»

«Ma certo».

«Ti ringrazio», disse Maxine prima di darle un bacio sulla guancia. «Sei una vera amica, Sofia. Tornerò presto».

53

La festa si tenne nella grande piazza principale e tutta la gente del posto si unì ai festeggiamenti. Non avevano acceso nemmeno una lampada per paura delle incursioni aeree e non si vedeva neanche uno spicchio di luna, ma c'era del vino locale e qualcuno si era messo a suonare il violino. Questione di un attimo e tutti i giovani del paesello erano in piedi. Improvvisarono uno strano tipo di ballo in cui ognuno andava a sbattere contro l'altro anche se cercavano di non fare troppo rumore, ma questo per certi versi lo rese ancora più speciale. E nessuno avrebbe mai dimenticato la notte in cui fantasmi uscirono per darsi alla pazza gioia. Perché, in un certo senso, erano tutti fantasmi, ombre delle persone che erano prima, persino alla luce del sole.

Fin dall'inizio Maxine si era trovata in sintonia con una donna del borgo, Adriana, che aveva perso suo marito nei primi mesi della guerra, quando ancora stavano combattendo a fianco dei tedeschi.

«È stata dura», disse Adriana durante una pausa tra le danze, quando andarono a sedersi insieme per riprendere fiato. «Quando abbiamo cambiato fronte, intendo. Sono stati gli Alleati a uccidere il mio Gianni e io li odiavo. Non volevo che vincessero la guerra, ma poi, quando ho visto cosa ci stavano facendo i tedeschi, mi sono resa conta che era l'unico modo».

Era proprio vero, pensò Maxine mentre ascoltava la melanconica melodia suonata dal violinista. La sua tristezza alterò l'atmosfera e immaginò che tutti i presenti stessero pensando agli affetti che avevano perso o ai cari che avevano paura di perdere.

«Oggi ho visto come ricaricavi le armi», commentò poi.

«Non è stato fantastico?». All'altra le si illuminarono gli occhi.

Rimasero in silenzio per qualche istante.

«Tu hai perso qualcuno?», domandò Adriana. «Sei qui per questo?».

Maxine abbassò lo sguardo.

«È così, vero? Non devi parlarne se non ti va».

«No, va tutto bene». Ci fu un'altra breve pausa prima che Maxine continuasse. «Era un partigiano. È morto a causa dell'esplosione di una bomba».

«Come si chiamava?»

«Marco. Marco Vallone».

Adriana spalancò gli occhi. «Davvero? Vallone è il mio cognome da nubile, ma mio fratello si chiama Luciano».

«L'ho scoperto soltanto alla fine, quando…». Deglutì ricordando il momento. «Marco non mi ha mai parlato della sua famiglia. Diceva che non voleva metterli in pericolo. Non mi ha nemmeno detto da dove veniva».

«E tu da dove vieni? Non sembri una del posto».

«New York, ma i miei genitori sono originari della Toscana».

«Com'era, il tuo Marco? Era un bell'uomo?».

Maxine sorrise perché le era tornata in mente la vitalità dei suoi occhi. «Molto. Con un caratterino tutto pepe».

«Anche Luciano è un bell'uomo», disse Adriana. «Vieni, ti faccio vedere una sua fotografia».

Andarono a casa sua, una piccola abitazione nel cuore del borgo, e non appena Maxine guardò la foto incorniciata sul comò di Adriana, iniziò a girarle la testa. Raccolse la fotografia e la fissò a lungo, gli occhi che traboccavano di lacrime. E adesso come faceva a dirle la verità? Dopo qualche secondo, se li asciugò con il dorso della mano.

«Il tuo Marco?», sussurrò Adriana, pallida in volto perché aveva già intuito tutto. «Questo è il mio Luciano».

Angosciata dal doverle inavvertitamente portare una notizia tanto terribile, Maxine la guardò negli occhi. «Mi dispiace così tanto».

Adriana sbatté le palpebre, prese la fotografia e la baciò più volte, il viso rigato dalle lacrime. «Il mio povero, povero fratello. Puoi dirmi cos'è successo? I dettagli della sua morte?».

E dopo che Maxine le ebbe confidato tutto ciò di cui non voleva parlare, per cui fino a quel momento non aveva neanche trovato le parole, le due donne si abbracciarono e piansero liberamente strette l'una all'altra.

«È stato l'unico uomo che io abbia mai amato», le disse quando si fu asciugata gli occhi.

Adriana annuì. «Come io con Gianni... Fa malissimo, ma con il tempo va un po' meglio».

Maxine la fissò. «Sì?»

«Be', diciamo che ci si abitua, più che altro. Mio fratello era davvero un brav'uomo. Sono felice che abbia conosciuto una donna come te prima di morire. Mi è mancato così tanto, ma dentro di me sapevo che non sarebbe tornato. Sono sempre rimasta in attesa del momento in cui avrei ricevuto questa notizia. Era scritto nel suo destino».

Maxine non le disse che non credeva nel destino. «E i tuoi genitori sono ancora vivi?»

«Siamo rimasti soltanto io e il mio piccolino, Emilio. Anche mio fratello maggiore non c'è più, portato via dai fascisti prima della guerra. Io ero molto piccola all'epoca».

Maxine si ricordò che Marco le aveva parlato di suo fratello. «Mi dispiace tanto. Dev'essere stato terribile. Hai perso così tanti affetti».

«Ho mio figlio». Quando menzionò il suo bambino, le si illuminò il viso. «È il ritratto di Luciano».

«E dov'è adesso?»

«Con un'amica a Montepulciano. Quando i nostri partigiani hanno assaltato quel camion di cereali e portato qui il cibo, ho capito subito che avremmo avuto dei problemi. Non volevo che fosse qui in paese quando sarebbero arrivati i fascisti».

«Pensi che ce ne arriveranno altri?»

«Mettiamola così. Diciamo che, se fossi in te, stanotte non dormirei sonni troppo tranquilli».

Maxine le lanciò uno sguardo, ammirando la resilienza e il coraggio che vide riflessi nei suoi occhi.

«Ti preparerò il divano per la notte e ti presterò un paio dei miei abiti. Non vorrai farti vedere vestita così da quei farabutti. Sarebbe come gettare del sale sulle loro ferite».

La mattina dopo, all'alba, Maxine venne svegliata da una violenta serie di colpi contro la porta di Adriana. Schizzò giù dal letto e si lisciò i capelli, nascondendoli sotto un fazzoletto che annodò attorno alla gola. Adriana si precipitò giù dalle scale e si misero in ascolto, sentendo che stavano tempestando di pugni anche le porte delle case vicine.

Adriana fece un gran respiro. «Pronta?».

Maxine le fece cenno di sì e l'altra aprì la porta. Due spietati soldati tedeschi con gli elmetti di ferro irruppero in casa e la misero completamente a soqquadro. Lasciarono tutto in disordine, ma non trovarono niente. Non ci furono violenze fisiche, solo la minaccia delle percosse se non avessero collaborato. La scena si stava ripetendo in ogni casa del borgo.

«Sapevi che non avrebbero trovato nulla», commentò poi Maxine, colpita.

Adriana annuì. «Per proteggerci, i partigiani hanno portato tutto nei boschi, al sicuro».

Dopodiché tornò a regnare la quiete, finché non arrivò la notizia che una camionetta di fascisti aveva tentato di annientare i partigiani nascosti nei boschi, ma aveva fallito miseramente e si era ritrovata a combattere da sola. Quanto ai partigiani e alle loro armi, sembravano svaniti nel nulla. Il nuovo tentativo di rappresaglia dei fascisti era andato a vuoto, e anche se i tedeschi erano andati a perquisire il borgo, non avrebbero fatto altro. Ormai erano troppo concentrati sulla loro battaglia contro gli Alleati e non si sarebbero più presi il disturbo di aiutare i fascisti italiani.

54

Maggio 1944

Il tre maggio, ricevettero notizia di nuovi intensi bombardamenti sopra i cieli di Firenze. Con il cuore pesante, Sofia si domandò se il loro vecchio palazzo fosse rimasto in piedi. Poi, una settimana dopo, poco dopo l'alba, una bomba cadde talmente vicina al borgo da far tremare la casa. Sofia corse in camera di sua madre e la trovò affacciata alla finestra. «Avrebbe potuto colpire noi», disse Elsa. «La fortuna è cieca, eh?».

In seguito scoprirono che aveva distrutto una piccola borgata limitrofa, dove donne e bambini adesso giacevano morti in mezzo alle macerie. I bombardamenti apparentemente indiscriminati degli Alleati suscitavano la rabbia della gente del posto. «Perché bombardano le nostre case?», le domandavano, e Sofia non sapeva cosa rispondere, salvo che gli Alleati dovevano bloccare tutto il traffico tedesco e impedire alle loro truppe di risalire verso nord. A volte non erano così precisi. Dentro di loro, tutti si chiedevano se gli Alleati si fidassero di loro o avessero minimamente a cuore il loro destino. Loro avevano cambiato fronte. Un tempo combattevano al fianco dei tedeschi. Forse gli Alleati non li avevano mai perdonati. Era questo a renderli tanto sbadati quando sganciavano le loro bombe? Anche a questo Sofia non sapeva rispondere ma, sapendo quanto stavano penando i battaglioni alleati, li perdonava.

Girava voce che alcune spie tedesche si fossero infiltrate nei gruppi partigiani locali e che le denunce a Firenze stessero portando all'arresto di numerosi antifascisti. Per salvarsi la pelle, i vicini che covavano vecchi rancori segnalavano ai tedeschi chiunque potesse essere considerato un traditore; persino i parenti consegnavano i propri familiari se qualcuno di loro stava sfuggendo alla precettazione o stava nascondendo un ebreo.

Lei e James si erano visti poco negli ultimi tempi, ma grazie a Maxine sapeva che stava ancora collaborando con i partigiani e continuava a ricevere e trasmettere informazioni. Temeva che si fosse allontanato a causa sua.

Poi, però, ci fu la gioia immensa del 19 maggio, quando appresero la notizia ascoltando i bollettini trasmessi dalla loro radio segreta. Erano tutte in cucina: Sofia, Maxine, Elsa, Carla, Anna e Gabriella, la casa piena di donne. Si misero a saltare e a strillare e a versare lacrime di speranza e sollievo. Cassino era finalmente caduta. La linea Gustav era stata sfondata e gli Alleati stavano avanzando verso la linea Adolf Hitler. Carla stappò due bottiglie del loro rosso migliore e ne versò a tutte un generoso bicchiere. «Al futuro», brindò, e Sofia pregò che gli Alleati raggiungessero presto Roma e liberassero suo marito. Per lei, Lorenzo non era morto. Gabriella si mise a fare un balletto, saltellando su e giù come una marionetta, e bevvero e risero insieme mentre la speranza cresceva e cresceva, tanto da pervadere tutta la cucina. Erano spensierate, allegre e felici.

La notizia riuscì a rallegrare persino la madre di Sofia, così il giorno dopo decisero di andare a fare una passeggiata insieme. Era la prima volta che Elsa si avventurava fuori dalle mura di Castello de' Corsi. Sofia richiamò i cani con un fischio, ma stavano diventando anziani e a volte preferivano restare a sonnecchiare in cucina.

Sofia teneva sempre la pistola a portata di mano, e quel giorno la custodiva in tasca. Calcolò che se avessero preso il sentiero che correva parallelo al borgo, sarebbero state al riparo dalle bombe, anche se quel giorno il cielo era miracolosamente privo di aerei. Quando raggiunsero i boschi, Elsa si sedette su un tronco caduto e fece cenno alla figlia di accomodarsi al suo fianco. «Non ho più l'energia di un tempo», disse.

«Penso che camperai più di me, mamma».

Elsa si limitò a sorridere e levò gli occhi al cielo.

Sofia abbassò lo sguardo e osservò una fila di formiche che le stava cammiando attorno i piedi. «Credi davvero che abbiano arrestato Lorenzo dopo aver scoperto cosa stava facendo?»

«Sì, io credo di sì».

«È stato tradito da qualcuno?». Era doloroso anche solo pensarci e il cenno d'assenso di sua madre le strappò un lamento strozzato.

«Ma come si fa?»

«Succede. È successo anche con tuo padre. Alcuni hanno le loro ragioni, suppongo. Forse lo fanno per salvarsi la pelle».

Ci fu un lungo attimo di silenzio, rotto soltanto dai gorgheggi degli usignoli e delle ghiandaie, che in quel periodo dell'anno cantavano da mattina a sera.

Alla fine Sofia si alzò e tese una mano alla madre. «Vogliamo proseguire?».

Elsa accettò l'aiuto, si rimise in piedi e ricominciarono a girovagare per i boschi, dove i raggi del sole, filtrando tra i rami, creavano splendidi giochi di luce e ombra.

Mentre passeggiavano, Sofia sentì il profumo della mentuccia selvatica, una delle sue erbe preferite, e la indicò a sua madre. «Adoro il tocco di freschezza che dà alla macedonia di frutta fresca, tu no?»

«Ti ricordi quando eri piccola e cucinavamo insieme?», le domandò Elsa.

Sofia sorrise. «Ma certo».

«Lo zucchero nella pasta!», esclamò sua madre prima di darle un colpetto giocoso nelle costole.

«Oh, Signore. Mi avevi detto di aggiungere un cucchiaio di sale all'acqua che bolliva in pentola».

«È vero».

«E io ci misi lo zucchero. Che errore madornale. Ricordi la faccia di papà? Era orripilato».

Elsa le accarezzò il dorso della mano. «Sì».

«Ero talmente mortificata che andai a nascondermi sotto il letto».

«E poi Roberto venne a cercarti».

«Mi disse che non aveva importanza, che sbagliare era fondamentale perché era così che si imparava».

Sua madre sospirò. «Era sempre pieno di piccole perle di saggezza, quell'uomo».

Tacquero di nuovo e Sofia ripensò ai pasti preparati insieme e consumati con suo padre nella sala da pranzo di casa loro. Riusciva ancora a sentire il profumo della cera al limone usata da sua madre, e quello dei fagioli saltati con i funghi trifolati e l'aglio per cui suo padre andava pazzo.

«Ti ricordi quando sgranavamo i piselli sul balcone?», chiese Elsa.

«Sì, e anche quando friggevamo i fiori di zucca. Io rischiavo sempre di bruciarli».

«Insieme alla cucina! Una volta c'è mancato un pelo».

«Oddio! Non era colpa mia se i panni erano stesi ad asciugare troppo vicino ai fornelli».

«Infatti, dev'essere stata la fatina dei panni».

Sofia scoppiò a ridere. «Oh, ma quanto sarà bello quando potremo riavere tanta roba buona da mangiare?»

«Io vorrei tanto una bruschetta con i fegatini di pollo».

«Già, o il coniglio in salsa d'acciughe. Anche se Carla l'ha preparato non molto tempo fa. Coniglio in cento salse diverse».

«Dove ha trovato le acciughe?»

«Aveva nascosto quelle in scatola». Sofia sorrise, ricordando il giorno in cui lei, Aldo e Carla avevano nascosto il cibo.

«Ti è sempre stata fedele, vero?»

«Non è stato facile, soprattutto dopo che Aldo…».

«No, e adesso con la figlia piccola incinta. Come se la sta passando?».

Sofia decise di non raccontarle più di tanto in merito. «Gabriella è cresciuta molto negli ultimi tempi. Se la caverà, o imparerà a farlo».

Giunte al limitare dei boschi, entrarono in un piccolo campo dove le colture stavano crescendo verdi e rigogliose. Vederle la riempì di ottimismo.

«Secondo te arriveranno prima gli americani?», chiese. «O gli inglesi?»

«Gli americani hanno la cioccolata».

«Speriamo siano loro, allora». Risero entrambe e a Sofia venne l'acquolina in bocca.

Fecero il giro attorno al perimetro del campo, camminando lentamente.

«Fa caldo», disse Elsa. «Avrei dovuto portare il cappello».

«Possiamo tornare indietro».

Sua madre non rispose, e dopo un attimo Sofia le chiese come stava.

A Elsa si era incupito lo sguardo. «Roberto mi manca ogni secondo. Ogni istante della giornata».

«Lo so».

«Ma la vita va avanti. Più o meno. Penso che non lo capiremo mai come sia possibile, ma è così».

«Io non credo che Lorenzo sia morto. Penso che me lo sentirei».

Sua madre le rivolse uno sguardo talmente comprensivo che Sofia le avvolse un braccio attorno alle spalle e la strinse forte a sé, la sua piccola mamma, tanto arguta e triste.

«Andrà tutto bene, vero, mamma? Ce la caveremo».

E poi, quando tornarono a casa, ricevettero una bellissima notizia: gli Alleati avevano superato anche la linea Hitler. Si abbracciarono e Sofia lanciò un'occhiata al dipinto di san Sebastiano. Forse, dopotutto, le stava proteggendo davvero.

55

Giugno 1944

C'erano stati feroci combattimenti a sud di Roma e, malgrado il recente ottimismo, Sofia non riusciva a scrollarsi di dosso la sensazione che stesse per accadere qualcosa di terribile. Le strade della zona erano state bombardate in modo talmente implacabile che adesso nessuno osava più spostarsi con i carri o anche solo andare a fare una passeggiata. Giorno e notte, fermamente decisi ad arrestare la ritirata dei tedeschi, piccoli gruppi di cacciabombardieri alleati volavano pericolosamente bassi e sparavano a qualunque cosa si muovesse. Era un lavoro così rischioso, e Sofia stava in pena per quei piloti. Poi, la mattina del cinque giugno, rivide James. Se lo aspettava, perché recentemente i partigiani avevano riportato l'attrezzatura radio al Castello affinché la nascondesse di nuovo nei tunnel.

Ma la sorprese trovarlo in cucina alle otto e mezza del mattino. Sembrava che fosse stato buttato giù dal letto, i capelli scompigliati, gli occhi ancora assonnati. Prima di parlare, sfoderò un sorriso che andava da un orecchio all'altro. «Non hai sentito? Sono corso subito qui».

«Sentito cosa? La mia radio non funziona come si deve».

«Gli Alleati sono entrati a Roma!».

«No! Davvero?». Quando lui annuì, si sentì pervadere dal sollievo e le si riempirono gli occhi di lacrime. «Oh, grazie a Dio. Grazie a Dio. Ma tu come fai a saperlo?»

«Ho una piccola radiolina nascosta a casa». Era così euforico e pieno di entusiasmo che non sembrava in grado di zittirsi. «Ero certo che lo volessi sapere. Le unità partigiane sono pronte».

Sofia fece un respiro profondo ed espirò lentamente. Stentava ancora a credere alla notizia.

«Dai retta a me. Adesso quei bastardi li abbiamo in pugno».

«Era ora. Stanotte non sono riuscita a chiudere occhio a causa del rumore di tutte quelle camionette dirette verso nord».

«Camionette tedesche. Battono in ritirata. Stanno scappando. E noi li stiamo inseguendo. Il vento è cambiato».

Gli lanciò uno sguardo, improvvisamente conscia di essere ancora in camicia da notte. «Senti, sono sicura che sarai affamato. Ti va di fare colazione? Abbiamo delle uova».

«Perfetto, direi».

«Dammi cinque minuti e ti raggiungo. Possiamo mangiare in giardino».

«Guardando le bombe che cadono?».

Sofia sorrise. Anche se quel giorno sembrava quasi una battuta, in realtà non era affatto divertente. «Chiederò a Carla di servirci la colazione all'aperto».

Quando tornò da basso, trovò James seduto al tavolo in giardino con una tazza di caffè d'orzo bollente tra le mani.

«Gli Alleati ci porteranno del vero caffè?»

«Penso che risalendo passeranno più a ovest rispetto a noi, ma mai dire mai. E probabilmente porteranno del tè!».

Sofia rise, poi rimase a guardarlo mentre sorseggiava il suo caffè. «Te ne andrai non appena arriveranno gli inglesi?»

«Già, porteranno l'attrezzatura su a nord».

«E non riuscirai prima a tornare a casa?».

James fece una smorfia. «Ne dubito. Ma forse sì. Per un breve periodo».

«Mi mancherai», si lasciò sfuggire lei, e diceva sul serio.

Rimasero a lungo in silenzio e in quel lasso di tempo ripensò alla loro amicizia e a quanto era stata preziosa per lei.

«Mi dispiace se ti ho dato un'impressione sbagliata», aggiunse, sentendosi un po' in imbarazzo. «È stato… be', quest'ultimo anno è stato molto difficile».

«Lo so».

«Amo molto mio marito e sono sicura che è ancora vivo. Penso che lo sentirei se fosse morto».

«Non ti devi scusare. Non ce n'è bisogno. Anch'io ho una fidanzata che mi aspetta a casa a cui pensare, ma la guerra unisce in modi inaspettati».

«O allontana».

«In entrambi i casi, le emozioni diventano…».

«Amplificate? Ingarbugliate?»

«Più istintive, penso. Nessuno di noi, trovandosi con le spalle al muro, sa come potrà reagire».

Sofia sorrise al ricordo della notte sulla scala della torre. «Letteralmente, nel nostro caso».

«Tu ti sentivi sola e questo valeva anche per me».

Si perse nella gentilezza dei suoi occhi. «Non possiamo semplicemente voltare pagina?»

«Certamente. Mia cara signora, io sono un uomo di parola. Spero tu sappia che innanzitutto sono tuo amico, e lo sarò fino a quando lo vorrai».

Le prese le mani e le strinse tra le sue.

«Ma, secondo *te*, Lorenzo potrebbe essere ancora vivo?», gli chiese.

«Tutto è possibile».

«Ora che gli Alleati sono a Roma, lo sapremo presto?»

«Immagino che all'inizio sarà un po' caotico, ma sì».

Tacquero di nuovo, poi le lasciò andare le mani e rimasero seduti in silenzio per qualche altro minuto.

«Grazie… per tutto», disse lei.

«No, grazie a te».

Fecero una serie di respiri profondi, mettendo la parola fine a quel discorso.

«Ora», fece lui, «passando alle questioni pratiche…».

«Lo so, è sufficiente. Basta esami di coscienza per oggi».

«Dobbiamo inoltrare agli Alleati nuove informazioni dettagliate sui movimenti dei tedeschi in questa zona», continuò James.

«Con la radio?»

«Di nuovo dalla torre, se non ti dispiace. La trasmissione è molto più affidabile da lassù».

Gli disse che andava bene e, dopo che se ne fu andato, vide che la luce era cambiata, che c'era un'atmosfera diversa e più fiduciosa nell'aria. Anche lei si sentiva cambiata e, nell'attraversare il giardino, la leggerezza dei suoi passi rifletteva il senso di trepidazione che iniziava a provare. Sarebbe andato tutto bene. Il timore che stesse per accadere qualcosa di terribile era svanito. Si sentiva affrancata dallo sconforto della guerra e dalla paura per Lorenzo. Se la sarebbe cavata. Il 5 giugno, una data memorabile che segnava l'ingresso degli Alleati a Roma; l'inizio della liberazione della città e il giorno in cui Sofia ricominciò a guardare al futuro.

56

Salite all'ultimo piano, Sofia e Carla videro i caccia bombardieri alleati volare sui convogli tedeschi diretti verso nord ed esultarono quando sganciarono le loro bombe e gli aerei virarono per allontanarsi indenni. Erano coraggiosi, quei piloti, per volare così a bassa quota in un'area che adesso brulicava di truppe e camionette tedesche. Sofia avvertiva una nuova determinazione e, con essa, la convinzione che presto avrebbe avuto notizie di Lorenzo. Per lei la speranza era come un'ombra che non aveva ancora avuto il coraggio di uscire del tutto allo scoperto, ma c'era e ogni giorno si faceva un pochino più avanti.

Nelle due settimane precedenti, la causa dei fascisti era finalmente esplosa come una bolla di sapone. Centinaia di partigiani si erano appostati a sud del borgo per tendere imboscate ai veicoli dei tedeschi che battevano in ritirata. Al Castello non si parlava d'altro che dei ponti fatti saltare in aria, delle linee ferroviarie distrutte e delle strade diventate impraticabili. L'intensa attività partigiana aveva fatto seguito a un comunicato del generale Alexander, nel corso del quale aveva incitato tutti a fare la propria parte nell'arrestare la fuga dei tedeschi. Per le popolazioni delle nazioni occupate come la loro, era questione di proteggere il Paese e le loro case.

Gli scontri iniziati a sud si stavano spostando verso di loro e Sofia trattenne il fiato quando, una mattina all'alba, sentì gli aerei girare in tondo sopra il loro piccolo borgo, il rombo dei motori seguito da colpi di cannone e dal fuoco dell'artiglieria pesante. Quando fecero tremare la casa, due flaconi di profumo caddero dal tavolo da toeletta e il suo Arpège andò in frantumi. L'odore speziato e sensuale della fragranza, con note di rosa, gelsomino e mughetto, riempì la stanza. E in quello stesso istante si sentì stringere dalle braccia di Lorenzo, che le strofinava il viso contro il collo là dove aveva applicato qualche goccia di profumo. Un profumo tanto divino, così in contrasto con il sibilare delle bombe, sembrava quasi inappropriato. Ma la sua mente si affollò di ricordi e rivide Lorenzo porgerle il pacchetto confezionato ad arte. Era il lontano 1927. Da allora era sempre stato il suo profumo preferito. Quando si asciugò le lacrime e si chinò a raccogliere i frammenti di vetro nero, vide che si era tagliata. Rimase in trance a osservare il sangue che le gocciolava dal dito. Negli ultimi diciassette anni non era mai rimasta a corto di una di quelle boccette nere e, adesso che l'ultima si era rotta, lo trovò di cattivo auspicio.

Ciascuno di loro viveva in un costante stato di tensione, giorno e notte, così Sofia chiese ad Anna di andare a bussare a tutte le porte del borgo per dire agli abitanti del posto che, se qualcuno si fosse sentito più al sicuro sottoterra, le cantine del palazzo erano a loro disposizione. Sofia, Anna e Carla impiegarono ore a trasferire di sotto coperte, cuscini e persino vecchi materassi. Portarono giù anche delle brocche d'acqua, quel poco pane che avevano, conserve di frutta e una lampada a olio. Sofia temeva che non fosse sufficiente. Prima del crepuscolo, lei e Anna, sapendo che alcuni scellerati razziavano le case, controllarono tutte le finestre e ne trovarono soltanto una rotta, al secondo piano. Impossibile che qualcuno riuscisse a introdursi da lì, perciò lasciarono correre.

Calata la sera, gli abitanti del borgo iniziarono a sciamare nel palazzo. Sofia legò i cani, poi scese con i suoi compaesani nell'ampio scantinato e li condusse attraverso un labirinto di cunicoli bui, alcove e stanze segrete, fino alla cantina nascosta più in profondità. Più scendevano, più calava la temperatura.

Dalla cantina potevano accedere ai tunnel che fungevano da via di fuga, ma quelli non glieli mostrò. Osservò i loro volti scavati ed esausti e pregò che fossero al sicuro. C'erano anche Sara e Federica con il suo bambino. Alcuni erano solamente andati a dare un'occhiata e uno o due non si erano proprio presentati, come Maria. Quando Carla gliene chiese il motivo, disse che preferiva evitare di essere sepolta viva. Gli altri, giovani e anziani e persino due neonati, si sistemarono come meglio poterono, anche se i più piccoli urlavano a perdifiato, tanto che Sofia accarezzò l'idea di tentare la sorte all'esterno. Gli altri bambini dormivano o giocavano, ma non sapeva come avrebbero fatto a sfamare tutte quelle bocche. Era preoccupata anche per Maxine. Non si era più fatta viva, mancava da giorni, e cercò di rammentare quando fosse stata l'ultima volta che l'aveva vista. Dopo la vittoria a Monticchiello? No, doveva essere il giorno in cui era caduta la città di Cassino.

Nonostante avessero le coperte, la cantina non era soltanto fredda, ma anche umida. Quando due ragazzini, uno di circa tredici anni e l'altro più piccolo, si incamminarono verso la porta di un passaggio segreto, Sofia li richiamò indietro e ordinò a entrambi di non avventurarsi là in fondo. I tunnel si intersecavano sotto il borgo e formavano un vero e proprio labirinto. Se non si conosceva la strada, ci si poteva smarrire per sempre.

Quando sentirono esplodere la prima bomba, i più piccini si misero a piangere, mentre gli adulti presero a tremare e si aggrapparono gli uni agli altri. Sofia sentì Carla intonare una preghiera, probabilmente a san Sebastiano, e sentì crescere l'apprensione per la torre. L'avrebbero distrutta nell'arco della nottata? I piccoli borghi in cima alle colline erano i più a rischio.

Quegli attimi di puro terrore passarono quando uno degli anziani tirò fuori una fisarmonica e cominciò a suonare per provare a coprire il suono delle bombe che sibilavano nel cielo. Altri provarono a cantare con lui, Carla con più voce di chiunque altro, ma gli schianti e il fragore delle esplosioni erano dolorosamente vicini. Sofia si coprì le orecchie con le mani, provò a sprofondare nel silenzio della propria mente, sperando e pregando che le loro case non venissero distrutte dalle bombe o dal fuoco. E in tutto ciò Carla continuava a cantare per infondere coraggio e speranza, per la loro sopravvivenza. Una delle donne più anziane tirò fuori i suoi ferri da calza e continuò a sferruzzare per ore al lume della lampada a olio. Il rumore, in aggiunta all'odore di sudore e paura, muffa e terra, divenne troppo forte per Sofia e, atteso un attimo di tregua, salì di sopra con una piccola torcia con cui illuminarsi il cammino. Aveva bisogno di un po' di aria ma, quando un'altra bomba esplose in lontananza, si fece il segno della croce e tornò giù, dove trovò ad accoglierla una grande concitazione.

I cani stavano abbaiando come pazzi e una donna urlava e si sbracciava. «I miei figli, sono spariti. I miei ragazzi. Devo essermi addormentata. Qualcuno li ha visti?».

Sofia sollevò la torcia ed esaminò a uno a uno i volti tesi e spaventati dei suoi compaesani, ma era chiaro che i due ragazzini che aveva rimproverato ore prima non erano tra loro.

«Sono saliti di sopra?», chiese.

Intervenne una donna seduta a gambe incrociate sui gradini delle scale. «No, li avrei visti».

La madre, fuori di sé, iniziò a piangere, e Sofia andò da Carla e le sussurrò che dovevano andare a cercare i ragazzi.

«Ma, contessa», replicò la cuoca, «e se si spegnesse la lampada? Il livello dell'olio è già basso».

Subire altre perdite era l'ultima cosa di cui avevano bisogno, perciò Sofia prese la torcia e si avventurò da sola in uno dei tunnel.

57

Maxine era tornata a Monticchiello per passare un po' di tempo con Adriana e giocare con il suo bambino, che ormai era tornato a casa e assomigliava moltissimo a suo zio Marco. Rivedeva il suo amato nel modo in cui il bambino sorrideva, nel modo in cui rideva o quando d'un tratto si faceva tutto serio in volto. Marco era sempre nei suoi pensieri. Ricordava ciò che le aveva detto, quanto era stato importante per lei e il lascito che aveva ricevuto da quell'uomo: una capacità di amare di cui non si era mai creduta capace. Con le donne del posto, si era data incessantemente da fare per aiutare i partigiani e adesso, insieme a tante altre di loro, stava aspettando in cima alla strada di Montepulciano, sprizzando eccitazione da ogni poro. Con lei c'erano anche suo cugino Davide e sua moglie Lara.

Dalla folla si levò un grido di giubilo quando i primi soldati della fanteria inglese risalirono le stradine dell'antico borgo fortificato, seguiti dai carrarmati che si fermarono nella piazza principale in cima alla collina. Maxine esultò con il fucile che le aveva fatto avere Davide ancora a tracolla, felice che il ruggito e il fumo della battaglia fossero cessati, almeno lì. Le anziane piangevano senza pudore mentre i bambini si rincorrevano e ogni volta che acchiappavano al volo le caramelle tirate dai soldati lanciavano grida di gioia, con tutta la spensieratezza che era mancata loro per troppo tempo. Le donne più giovani corsero ad abbracciare gli inglesi, li baciarono sulle guance e li accolsero con bicchieri di vino, gli occhi che traboccavano di felicità. Gli anziani si davano pacche sulle spalle, e in giro non c'era neanche l'ombra di un fascista. Maxine aveva passato l'ultima ora a cercarli ma, con l'avvicinarsi degli Alleati, erano tutti fuggiti o avevano improvvisamente voltato bandiera. Questo non li avrebbe salvati nei giorni a venire. Nel tardo pomeriggio, uno dei soldati inglesi le disse che i nazisti avevano razziato qualunque cosa avessero incrociato sul loro cammino: coperte, indumenti, libri, pollame, tutto ciò che era commestibile, per non parlare di preziose opere d'arte. Maxine capì che doveva tornare a Castello de' Corsi e avvisare Sofia prima che fosse troppo tardi. Tutto quello che non potevano portare via, i nazisti lo bruciavano o lo distruggevano. Quindi, poiché la bellissima dimora della famiglia di Sofia era diventata per lei un chiodo fisso, recuperò la sua motocicletta e scese dalla collina, salutando i soldati con la mano. Il Castello, a nord-ovest di Montepulciano, distava soltanto una quarantina di chilometri passando dalla strada principale, ma non poteva rischiare di farsi sparare addosso proprio adesso, così decise di seguire i sentieri meno battuti. Non le restava molto tempo prima che i tedeschi ricominciassero a fare del loro peggio, quindi c'era soltanto da sperare che non si perdesse.

58

La mattina dopo, Sofia si diresse verso la torre per assicurarsi che non fosse stata colpita nel corso della nottata. L'aria era impregnata dell'odore acre del fumo e di Dio solo sapeva cos'altro. Ripensò ai due ragazzini che non erano ancora riusciti a ritrovare. Metà borgo era andato a cercarli nel caso si fossero allontanati nei boschi, mentre Anna e due sue amiche stavano esplorando i tunnel sotterranei con lampade a olio, torce e gessetti con cui segnare il percorso e ritrovare la strada.

A sera, però, non li avevano ancora trovati e Carla era andata a casa della madre dei bambini scomparsi a prendersi cura di quella povera donna, che era fuori di sé dalla preoccupazione. Dato che era tutto tranquillo, Sofia osò sperare che gli Alleati si stessero prendendo un attimo di pausa dai bombardamenti e ci fosse ancora una possibilità di ritrovare i ragazzi. Andò nel suo salottino rischiarato dalla luce di una lampada e prese un libro a caso. Per quanto si sforzasse, però, non riusciva a concentrarsi; alla fine di ogni frase, si perdeva in altri pensieri e doveva rileggerla da capo. Era impossibile calarsi in una storia quando si era sempre in allerta e in attesa del passaggio del prossimo aereo. Decise di lavorare un po' a maglia. A volte tenere impegnate le mani la aiutava, ma era troppo inquieta persino per quello. Continuava a rimuginare sul passato e su ciò che le avrebbe serbato o meno il futuro. Aveva chiuso le finestre a causa del fumo, ma faceva caldo, molto caldo, così ripose il lavoro a maglia nel cestino accanto alla poltrona e andò a spalancare una finestra per affacciarsi ad ascoltare il frinire delle cicale. La temperatura era più mite adesso, e le ricordava le passeggiate con Lorenzo nelle serate di giugno, quando non aveva ancora rinfrescato del tutto prima del tramonto e loro passavano un'ora o due nei campi, costretti a scacciare le mosche ma godendosi comunque quel momento all'aria aperta.

Un colpo di tosse interruppe il suo sogno a occhi aperti. Quando si voltò di scatto, pensando che fosse Lorenzo, sentì il cuore scoppiarle dalla gioia. Finalmente.

Ma non era Lorenzo.

Era il maggiore Kaufmann, che si era appoggiato allo stipite della porta con tutta la noncuranza del mondo.

«Oh», fece lei, frastornata dalla visita inattesa. «Mi stava osservando? Non ho sentito arrivare una macchina. Dov'è il suo autista?».

Lui raddrizzò la schiena e le fece un piccolo inchino. «Perdonate l'intrusione. Avevo bussato».

«Carla non c'è».

«Mi sono preso la libertà di entrare da solo».

Sofia aggrottò la fronte e scrutò quegli occhi celesti che la osservavano con freddezza dietro gli occhiali da miope dalla montatura di corno. «Avrebbe dovuto chiudere a chiave».

«Sono stato fortunato, allora. La mia auto è ai piedi della collina. Sono venuto per una faccenda personale. O almeno spero, se tutto andrà come deve».

«Pensavo se ne fosse andato. Ormai non state battendo in ritirata?»

«Non è esattamente il termine che avrei scelto io. Non appena saremo pronti, prenderemo misure difensive alternative, tutto qua. Ma prima devo risolvere alcune questioni in sospeso».

«Questioni in sospeso? Qua?», domandò lei, cercando di fingersi indifferente quando in realtà era rimasta completamente spiazzata e le si era stretta la gola.

«Già, proprio così». Le sorrise, un sorriso davvero agghiacciante, tanto da non avere alcuna speranza di potergli raggiungere gli occhi.

«Presto arriveranno gli Alleati».

«Forse ha ragione, ma deve mettersi bene in testa una cosa: non possono combattere il potente Reich e vincere». Rise. «È impossibile, capisce».

I loro sguardi si incrociarono e un brivido le corse lungo la schiena. Si domandò se non fosse pazzo. Se non fossero tutti pazzi nella loro incrollabile devozione a Hitler e al Reich. Si fece coraggio e disse: «Ebbene, posso sapere cosa vuole?»

«Ah. Speravo potessimo scambiare un paio di convenevoli prima di passare al sodo, ma visto che me lo chiede... Il mio superiore si è detto sicuro che la radio usata dai partigiani si trovi qui e mi ha incaricato di localizzarla prima di andarmene. La triangolazione indica chiaramente questo luogo».

Passarono un secondo o due, e Sofia si rese conto che non sembrava poi così ben piantato senza il suo cappotto militare. «Non so a cosa si stia riferendo. Non ne ho la minima idea».

«Suvvia, contessa. Non c'è bisogno di essere così arroganti. Sappiamo entrambi che non è vero».

Sofia cercò di non tradire la propria colpevolezza ma, certa che le sue guance avessero preso colore, cominciò ad avvertire anche le prime vampate di calore. Fece un respiro profondo per camuffare la reazione iniziale. Non funzionò. Anzi, l'apprensione di prima stava aumentando e iniziò a contrarle i muscoli della gola finché non temette di essere sul punto di soffocare.

Kaufmann inclinò la testa e fece un passo avanti. Si era fermato accanto al divanetto di chintz e stava facendo scorrere le dita sullo schienale. Aveva unghie pulite e perfettamente curate. «Ecco, vede», disse. «Me ne accorgo sempre quando qualcuno sta mentendo. E penso che *lei* mi abbia mentito. In più di un'occasione».

«Tutto questo è ridicolo», riuscì a mormorare lei. «Cosa ne dovrei sapere di radio e trasmettitori?»

«Ho menzionato un trasmettitore?». Si accigliò. «No… non credo proprio».

«Ha menzionato i partigiani e ha detto che stanno usando una radio, quindi è naturale che abbiano anche un trasmettitore».

«Forse ha ragione», disse lui.

«Dove sono i suoi uomini?».

Kaufmann ignorò la sua domanda e si avvicinò al dipinto di san Sebastiano. «Un piccolo capolavoro», commentò mentre si voltava per guardarla in viso. «Quanta bellezza».

Stavolta Sofia non riuscì a evitare di trasalire dinanzi alla sua fredda disamina. Si stava riferendo a lei o al dipinto?

Il tedesco rise, prendendola in giro. «Parlo del dipinto, ovviamente. Non avrà pensato che mi riferissi a lei, vero?»

«No».

«Ha un'aria piuttosto sciupata, se mi è concesso dirglielo. Ha perso un po' della sua freschezza, credo». Lanciò un altro risolino. «Ma sono sicuro che saremo d'accordo nel dire che questo dipinto è davvero splendido e non invecchia mai, a differenza di una bella donna. Bene, dunque, ecco la mia proposta». Si allontanò di qualche passo, ma poi tacque e si concentrò sull'elaborato motivo delle piastrelle decorate a fuoco.

Ci fu un breve attimo di silenzio che la lasciò confusa. Non aveva la più pallida idea di cosa stesse succedendo.

«Be', dov'ero rimasto?». Tirò su la testa e le lanciò un'occhiata.

«Stava accennando a una proposta».

Abbozzò un sorriso sdegnato. «Trovo che certe pratiche non siano, come dire, al mio livello, ma è chiaro, questo era sottinteso. Comunque, la mia proposta è questa: lei mi dona questo piccolo dipinto e io andrò a riferire che la radio non si trova qui».

Sofia soffocò una risata. Stava scherzando, giusto? Insomma, se solo avesse voluto, lei non avrebbe certo potuto impedirgli di portarsi via il dipinto.

«Non le piace la mia idea? La trova divertente?».

Durò un solo istante, ma si fece scuro in volto per la rabbia. Lo nascose in fretta, ma lei l'aveva notato. Oh, sì.

«No, non è divertente. Il fatto è che non le credo, semplice». Lo guardò dritto negli occhi e lui inarcò le sopracciglia.

«Che razza di discorsi sono questi? Io sono un uomo di parola».

«Perciò io le regalo questo dipinto e lei toglie il disturbo così, come se niente fosse?».

Kaufmann si strinse nelle spalle.

Sofia non sapeva cos'altro dire, ma lui si avvicinò di qualche passo. «È un'offerta allettante… altrimenti spareremo a tutti voi. Per sospetto tradimento, capisce. Io non amo sparare alle donne».

«Per sospetto tradimento?».

Arrivò a un passo da lei e le sollevò il mento per guardarla negli occhi. Poi le scostò i capelli dalla fronte e Sofia dovette resistere alla tentazione di sputargli in faccia.

«Non è una stupida».

«Questo è assurdo», disse lei, indietreggiando e urtando un tavolino. «Non può presentarsi in casa mia e pretendere di portarsi via un dipinto. Se solo lo sapesse, a mio marito prenderebbe un colpo».

Lui scosse la testa e tornò indietro per sfiorare delicatamente la cornice del dipinto. Sofia cercò di ricordare dove avesse messo la pistola. Lo sapeva, certo che lo sapeva… ogni giorno sapeva dove l'aveva messa, ogni ora di ogni santo giorno, ma in quel momento, in quel preciso momento, aveva un vuoto di memoria.

«No», ribadì. Aveva un disperato bisogno di temporeggiare mentre cercava di capire come muoversi. Qualunque cosa avesse fatto, l'avrebbe preso comunque, e in fin dei conti era soltanto un dipinto. Eppure… neanche così sicura del perché lo stesse facendo, si intestardì. Orgoglio, forse, o caparbietà, o magari era talmente stufa che si prendessero tutte le libertà che volevano che per una volta voleva puntare i piedi. Come minimo le avrebbe sparato a prescindere. «È fuori discussione, non lo può prendere. Se glielo permettessi, Lorenzo non me lo perdonerebbe mai».

Kaufmann girò la testa per guardarla. «Ah, ecco. Temo che suo marito non sia più nella condizione di perdonarla o meno».

Le si fermò il cuore. «Cosa intende dire?».

Nell'attimo di silenzio che impiegò per voltarsi del tutto, Sofia sentì che le stavano cedendo le ginocchia. Si irrigidì e riuscì a riprendersi appena in tempo.

«Suo marito, mia cara signora, collaborava con il nemico. Un vero peccato, dico davvero».

Lei lo fissava senza battere ciglio.

«Le faccio un'altra offerta».

Sofia ricacciò indietro le lacrime che le stavano facendo bruciare le palpebre e, in un flash, ricordò esattamente dove aveva nascosto la pistola.

«Non solo riferirò che qua non c'è alcuna radio, ma darò anche ordine ai miei uomini di *non* distruggere questo borgo… e di non toccare niente. Vi lasceremo in pace. Suvvia, questa è un'offerta che non può proprio rifiutare».

«Cos'è successo a mio marito?», sussurrò con un filo di fiato, a malapena in grado di formulare la domanda.

Lui sorrise. «Oh, mia cara signora, quanto ha ballato. Ballano sempre, sa, appesi a quella fune. Sgambettano come matti. Un piccolo balletto, ecco tutto. È piuttosto divertente… comunque presumo che accetterà la mia offerta, vero?».

Le aveva dato di nuovo le spalle e stava staccando il quadretto dal muro. Sofia indietreggiò senza far rumore e, mentre lui mormorava parole d'apprezzamento, recuperò la pistola dal cestino del cucito e la nascose dietro la schiena. Per un attimo si chiese se la stesse stuzzicando, provocando, per vedere quanto poteva reggere.

«Maggiore», scandì abbastanza chiaramente, «circa la sua offerta», e lui si voltò con il dipinto sottobraccio, sicurissimo che avrebbe accettato, e si grattò con noncuranza la base del collo. Era talmente felice di essersi impadronito del dipinto che le fattezze del suo viso sembravano meno crudeli, ma Sofia non poteva permettere che questo la dissuadesse, giusto? E poi le sorrise.

Finché non aveva visto quel sorriso sghembo, quello che poi non era neanche un vero sorriso, non era stata così convinta di poterlo fare. Mentre chiamava a raccolta il coraggio, tutta la sua vita le passò davanti agli occhi come se fosse lei quella che stava per morire. Lanciò uno sguardo alla finestra e quell'istante si prolungò all'infinito, anche se in realtà non potevano essere passate che poche frazioni di secondo. Le vampate di calore aumentarono, scatenandole una collera tale da farle capire che era arrivato il momento.

Prima che Kaufmann avesse tempo di capire cosa stava per fare, portò di fronte a sé la pistola nascosta dietro la schiena, prese la mira e gli sparò due volte al petto. Dovevano essere due colpi. Uno per Aldo e uno per Lorenzo. Il tedesco barcollò all'indietro per la forza dell'impatto, ancora in piedi, gli occhi spalancati dallo stupore. Sofia immaginò di crollare a terra al posto suo e il rinculo le mozzò il respiro, ma fu lui a contorcersi in modo grottesco, a gemere mentre gli cedevano le gambe e poi ad accasciarsi contro il muro, il mento appoggiato al petto coperto di sangue. "Quel muro sarà in condizioni pietose", pensò lei. Dopo un paio di secondi, il tedesco giaceva completamente immobile. «Un piccolo balletto, ecco tutto», sussurrò, «così divertente», e infine chiuse gli occhi. Non aveva il coraggio di guardare per paura che non fosse morto e potesse rialzarsi e strangolarla. A parte quello, non provava niente. Poi riaprì gli occhi, vide la pozza di sangue allargarsi sul pavimento e continuò a non provare niente. Abbassò lo sguardo sulla pistola che stringeva nella mano destra. Non sapeva cosa fare. Era facile uccidere un uomo, molto più facile del previsto. E poi si sentì attanagliare da una strana sensazione che non riuscì più a scrollarsi di dosso: non era la persona che credeva di essere. Non c'erano parole per descriverlo, quell'essere e al contempo non essere. Quando rialzò gli occhi, la luce nel suo salottino si era affievolita ancora di più, un delizioso chiarore dorato entrava dalla finestra alle spalle di Kaufmann, davvero bellissimo, ma poi notò che il loro splendido dipinto su foglia d'oro si stava imbevendo di sangue cremisi. La stanza si rimpicciolì di colpo, dandole le vertigini.

Poi, come se la ragione l'avesse abbandonata, sprofondò in una specie di torpore. Le prosciugò le energie, l'anima... tutto, e si smarrì, come in trance. Continuava a pensare che avrebbe dovuto fare qualcosa, agire, sistemare quel disordine, pulire il sangue, i brandelli di carne che vedeva appiccicati sulla parete, ma in quegli istanti di assoluto silenzio si sentiva incapace di muovere un solo muscolo. Poi due voci dal passato iniziarono a sussurrare nella sua testa, attirando la sua attenzione, insistendo affinché prestasse ascolto a ciò che avevano da dire. E così fece. Prima ascoltò suo padre, poi Lorenzo. Sentirli era di fondamentale importanza, ma le loro voci divennero indistinte e non riuscì a capire cosa volessero. Si allungò verso Lorenzo, voleva toccare la sua pelle, guardarlo negli occhi, ma incontrò soltanto aria. Lanciò uno sguardo alle proprie braccia tese e vide di nuovo la pistola. I due uomini si fusero in un'unica entità. I due uomini che più aveva amato al mondo. Entrambi perduti. E quando le loro voci cessarono, sentì di averli delusi immensamente e il dolore fu insopportabile. Nessuno poteva capire cosa significasse davvero quel vuoto finché non perdeva la persona che per lei era la più cara e preziosa al mondo. Poi sentì qualcun altro chiamarla per nome, anche se la voce era molto lontana. In sottofondo si udiva anche un piagnucolio e si rese conto che era lei. Chi stava piangendo era Sofia.

59

Quando Maxine arrivò a Castello de' Corsi da Montepulciano, era già sera. Grata e oltremodo sollevata per non essere finita sotto il fuoco incrociato, parcheggiò la motocicletta e individuò Carla che si trascinava stancamente in mezzo alla piazza.

«Salendo mi è parso di sentire degli spari», disse. «Sembravano vicini. Non li hai sentiti?».

La cuoca si strinse nelle spalle. «Sparano di continuo. Dimmi quando non lo fanno».

«Allora, cosa sta succedendo? Ho visto una macchina tedesca parcheggiata ai piedi della collina. A bordo non c'era nessuno».

Raggiunsero la porta sul retro e la trovarono socchiusa. Carla aggrottò la fronte. «Avrei dovuto chiudere a chiave».

Maxine inarcò le sopracciglia. «Incauto da parte tua».

«Avevo altri pensieri per la testa», borbottò la cuoca. «Sono scomparsi due ragazzi. Uno è saltato fuori, l'altro no. Suo fratello pensa che si stia ancora nascondendo nei boschi».

Raggiunsero l'atrio in penombra e Maxine alzò la voce: «Sofia? Elsa?».

Non ricevette risposta, ma sentì un leggero singhiozzare che proveniva dal salottino. Lei e Carla si scambiarono uno sguardo preoccupato, poi si avviarono verso la porta. Non appena l'aprì, Maxine rimase a bocca aperta per l'incredulità.

«Buon Dio», sussurrò mentre osservava il massacro, intontita dallo shock.

Elsa si asciugò con foga gli occhi per arrestare le lacrime e si rialzò sulle gambe tremanti. «Non parla. Se ne sta lì a tremare come una foglia e a piagnucolare con la pistola stretta in mano. Non sono riuscita a toglierglielа».

Maxine rabbrividì ma si costrinse ad avvicinarsi al corpo di Kaufmann. «Gesù, quanto sangue».

Elsa lanciò un'occhiata al cadavere. «Ho già controllato. È morto».

Maxine si voltò a guardare Carla e nei suoi occhi vide solo terrore.

Per un attimo l'indecisione pietrificò ciascuna di loro, poi la cuoca sbatté rapidamente le palpebre, si riprese e andò dritta da Sofia. Maxine la vide cingere la padrona di casa con un braccio e condurla fino al divano, dove l'aiutò a sedersi. Poi, con delicatezza e senza dire una parola, le fece sollevare le dita e riuscì facilmente a toglierle la pistola di mano. Elsa andò a sedersi accanto alla figlia.

«Pensi che l'abbia aggredita?», domandò Carla. Il suo viso era il ritratto dell'angoscia. «Non me lo perdonerò mai. Dovevo restare qui con lei».

Elsa scosse la testa. «Non lo so. Avete visto il quadretto sul pavimento? Forse era venuto per quello».

Carla sembrava perplessa. «Non l'avrebbe mai ucciso per un quadro».

«Giusto», osservò Maxine, ritrovando di punto in bianco la concentrazione e prendendo in mano le redini della situazione. «Non ha importanza come sia andata. Dobbiamo sbarazzarci del corpo, e in fretta. Il veicolo che ho visto risalendo la collina era vuoto, perciò è possibile che sia venuto da solo, ma non ci conterei troppo».

La cuoca le lanciò un'occhiata. «In genere non si spostano mai da soli».

«Tu hai visto qualcun altro?».

Carla fece cenno di no con la testa.

Maxine si strinse nelle spalle. «A ogni modo, dobbiamo fare alla svelta».

Nonostante l'insistenza dell'americana, Carla stava ancora osservando il corpo di Kaufmann. «Ma perché c'è quel quadro a terra? È completamente coperto di sangue».

«Ci penseremo dopo. Forza», ribadì Maxine. «Aiutatemi ad avvolgerlo in questo tappeto».

Dopo aver tirato e strattonato il tappeto per avvolgercelo dentro, provarono a sollevare il corpo, una dalle spalle e una dalle caviglie, ma il tappeto arrotolato si piegò a metà, toccando terra.

«Mettilo giù», sibilò Maxine, pratica come sempre malgrado fosse ancora scossa dalla violenza delle emozioni provate. «Abbiamo bisogno d'aiuto. Se lo trasciniamo così lasceremo una scia di sangue per tutta la casa. Dobbiamo essere almeno in tre per sollevarlo».

«Vi aiuto io», disse Elsa, che si stava già alzando dal divano.

«No», intervenne Carla. «Vado a chiamare Anna. Tu devi restare qui con la padrona».

«Sbrigati, allora».

Mentre attendevano il ritorno di Carla, Maxine chiese a Elsa se Sofia avesse detto qualcosa in merito all'accaduto.

«L'unica cosa che ha detto è che l'hanno impiccato».

«Chi? Pensi che si riferisse a Lorenzo?».

Elsa lanciò un profondo sospiro. «Forse».

«Allora non mi stupisce che gli abbia sparato».

«Ha del sangue sulla camicetta».

«Forse gli si è avvicinata per capire se era morto. Dovrà cambiarsi». Diede una rapida occhiata ai propri vestiti. «Dovremo cambiarci tutte».

Qualche minuto dopo, Carla fu di ritorno con Anna, che rimase imbambolata a fissare prima il sangue sulla parete e sul pavimento, poi lo scarpone di Kaufmann che sbucava dal tappeto arrotolato, e infine Sofia. Si fece il segno della croce e iniziò a mormorare: «Madonna santa. Madonna santa».

«Ci siamo?», domandò Maxine dopo un momento.

Anna sbatté le palpebre e tornò in sé. «Nei tunnel, quindi?», chiese. «Non ho molto tempo. Ho lasciato Alberto da solo».

Carla strinse la mano della figlia. «Non gli succederà nulla. Tanto dobbiamo sbrigarci. Non appena ricominceranno i bombardamenti, tutti gli abitanti del borgo andranno a rifugiarsi là sotto».

«Si stanno rifugiando là sotto?», domandò Maxine mentre provavano a sollevare il corpo inerte. «Dio, è più pesante di quanto non sembri».

«Un peso morto», disse Anna, poi si mise a sghignazzare per la propria battuta.

«Silenzio». Carla la fulminò con lo sguardo e scosse la testa.

Maxine lanciò un'occhiata a Elsa, che stava accarezzando dolcemente la mano di Sofia. «Se la caveranno?»

«Per ora», rispose la cuoca. «Darò una pulita a questo macello non appena torneremo indietro, mentre tu, Anna, nasconderai la pistola».

«Speriamo che gli Alleati arrivino in zona prima che i tedeschi si accorgano che Kaufmann è sparito. Dovrò spostare la sua auto, abbandonarla da qualche altra parte», disse Maxine.

«E le chiavi?».

Giunsero tutte alla stessa conclusione nel medesimo istante e Maxine alzò gli occhi al cielo. «Oh, signore! Non possiamo continuare a tirarlo su e rimetterlo giù all'infinito. Non è mica una borsetta!».

«Hai un'idea migliore?», bofonchiò Anna.

«Mettiamolo giù, allora». Quando srotolarono il tappeto, Maxine fece una smorfia e sussultò alla vista degli occhi privi di vita di Kaufmann. Poi si fece coraggio e iniziò a frugargli nelle tasche in cerca delle chiavi.

«Non hai paura? Ti stai sporcando di sangue».

«Dopo brucerò i vestiti».

«Prima o dopo aver spostato la macchina?», chiese Anna.

«D'accordo. Li brucerai tu. Io metterò dei vestiti puliti e andrò a spostare la macchina. E adesso forza! Ho le chiavi. Riavvolgiamo questo bastardo». Sogghignò di fronte alla macabra ironia e all'assurdità di tutto ciò. «Avrei tanto voluto vedere la faccia che ha fatto quando ha premuto il grilletto».

Poi sentirono un rumore improvviso. Stavano bussando alla porta o era un ramo smosso dal vento che picchiettava contro una finestra? Con gli occhi spalancati dalla paura, si scambiarono sguardi attoniti, la tensione alle stelle, e il timore le spinse a immaginare il peggio. Che fossero i tedeschi? Di già?

«Ho chiuso a chiave?». Carla ebbe un fremito al pensiero di non aver chiuso come si doveva dopo essere andata a chiamare Anna.

«Troppo tardi. Ignoriamolo», ordinò Maxine.

«Tranquilla, hai chiuso», disse Anna. «Non ti preoccupare».

Carla fece una smorfia ed ebbe un attimo di esitazione prima di riaprire bocca: «Scusate, ma c'è un'altra cosa. Avremo bisogno di una lampada».

«Oh, per l'amor di Dio, perché non ci mettiamo anche a preparare una torta, già che ci siamo?». Maxine si voltò a guardare Elsa, esasperata. «Ti spiacerebbe venire con noi? Abbiamo bisogno di qualcuno che porti la lampada».

«Ce n'è una in cucina. I fiammiferi sono sulla mensola», aggiunse Carla.

Elsa corse in cucina e tornò con la lampada a olio. Dopodiché, si avviarono in direzione della porta.

«Sta gocciolando sangue», mormorò Maxine dopo aver buttato un occhio sul pavimento. «Il tappeto non è abbastanza spesso per trattenerlo».

Carla gemette. «Ormai è troppo tardi».

Alla fine riuscirono a raggiungere lo scantinato e da lì proseguirono nei tunnel. Carla sapeva esattamente dove andare e proseguirono in modo piuttosto impacciato con quel fardello che urtava e sbatteva contro le pareti del cunicolo.

«Dobbiamo tenerlo nascosto fino all'arrivo degli Alleati. Poi a cosa farne del corpo ci penseranno loro», disse Maxine. «Sono già a Montepulciano. Non ci metteranno molto».

Carla si lasciò sfuggire un gridolino di esultanza.

«Chissà se quel ragazzino è ancora qua sotto da qualche parte», mormorò Anna. «Non dovremmo dare un'occhiata?»

«Sua madre è in condizioni pietose, ma suo fratello sostiene che è andato nei boschi. Comunque, adesso non lo possiamo cercare. Ci sono troppe cose da fare».

Affrontarono il lungo tragitto a ritroso per tornare a casa, pronte ad andare ciascuna per la propria strada: Anna a nascondere la pistola, Carla a pulire il salotto, Maxine a sbarazzarsi dell'auto di Kaufmann ed Elsa a confortare sua figlia. Solo che, quando rientrarono nel salone, Sofia era sparita.

60

Carla andò a prendere un secchio d'acqua, uno spazzolone, qualche vecchio straccio e un bruschino, ma era in pensiero per la padrona di casa. Prima di andarsene, Anna aveva ispezionato tutta la casa, però di lei non c'erano tracce. La porta dello studio di Sofia era chiusa a chiave, perciò avevano dato per scontato che non fosse lì. Carla avrebbe voluto ricontrollare, ma ciascuna di loro aveva compiti più pressanti da portare a termine prima che ricominciassero i bombardamenti, così Elsa aveva ripreso le ricerche da sola, nel caso in cui invece Sofia fosse proprio nello studio. Quando entrò nel salottino, Carla si voltò un istante, temendo che un ufficiale tedesco potesse sopraggiungere e sorprenderla a lavare via il sangue di Kaufmann. Gli Alleati non erano ancora arrivati, mentre i tedeschi erano *decisamente* nei paraggi, quindi tutto era possibile. Come se non bastasse, se Maxine non si sbrigava a portare via la macchina, rischiava di finire sotto il fuoco di una mitragliatrice.

Carla sussultò sentendo il fragore di un'esplosione lontana, si fece il segno della croce e ricominciò a pulire. Doveva darsi da fare prima che gli abitanti del borgo andassero a rifugiarsi negli scantinati, ma, buon Dio, non aveva mai visto così tanto sangue. Più lavorava, più quell'odore dolciastro e nauseabondo le riempiva le narici. Aveva impregnato il tappeto ed era colato anche sul pavimento, perciò iniziò dando lo straccio a terra, correndo a cambiare l'acqua ogni due minuti, ma sulle piastrelle continuava a rimanere un debole alone rosato. Si sbarazzò dello straccio usato e corse a recuperare un tappeto da un'altra stanza per coprire le macchie. Poi si occupò della parete, dove il danno fatto dal sangue era più consistente. Continuò a strofinare e strofinare, ma a volte doveva staccare dei brandelli di carne con le dita. Non sarebbe mai riuscita a togliersi quel sangue da sotto le unghie. Una volta finito, andò a prendere un panno pulito, lo immerse nell'acqua e pulì il dipinto, tamponandolo delicatamente ed evitando di strofinare troppo per non rovinare la foglia d'oro. Il suo amato san Sebastiano. Trovò gli occhiali dalla montatura di corno di Kaufmann e se li mise in tasca per buttarli via in un secondo momento. Poi controllò tutti i pavimenti e lavò via la scia insanguinata che si erano lasciate dietro portandolo fino agli scantinati. Maxine aveva ragione. Il tappeto aveva lasciato passare il sangue, che era sgocciolato dappertutto. Infine si lavò le mani, sfregandole fino a irritarsi la pelle, si tolse il grembiule macchiato e corse nel locale dello scaldabagno, dove Maxine aveva già gettato i suoi vestiti nel fuoco. Rimase pietrificata sentendo il passaggio degli aeroplani e le esplosioni delle prime bombe, per fortuna non troppo vicine, almeno per ora. I suoi compaesani avrebbero bussato alla loro porta da un momento all'altro.

Quella fu la notte peggiore. Ancora non sapevano che fine avesse fatto Sofia, eppure avevano dovuto costringere Elsa ad abbandonare le ricerche e a scendere negli scantinati. Aveva ripetutamente bussato alla porta del suo studio ed era andata in giardino per sbirciare dentro dalle finestre, ma aveva trovato le persiane chiuse. Anna l'aveva sorpresa a girovagare davanti casa. Chiamava il nome della figlia e piangeva.

I bombardamenti proseguirono a tappeto, ma sembrava che si stessero spostando leggermente più a nord. Gli Alleati stavano facendo tutto il possibile per bloccare la ritirata dei tedeschi. Quella notte non ci furono canti, solo preghiere. Nessuno dormì. La madre del ragazzino scomparso voleva andare a cercare il figlio nei tunnel, ma Carla le disse che non c'era più olio per le lampade e che senza non sarebbe riuscita a vedere nulla. Poi si sentì in colpa perché non era del tutto vero, ma non potevano rischiare che incappasse nel corpo di Kaufmann. Lo avrebbe cercato personalmente la mattina dopo, portando con sé i cani ed esplorando tutti i tunnel non appena gli altri se ne fossero andati. Avrebbe controllato anche nei boschi. Era cresciuta lì e conosceva ogni anfratto, ogni nicchia e ogni albero cavo del bosco, tutti nascondigli perfetti per un bambino spaventato.

61

29 giugno 1944

La mattina portò con sé un bagliore rosato che rischiarava tutto il panorama, ma Carla non ottenne alcuna risposta quando bussò alla porta dello studio. Avendo un presentimento, si diresse alla torre, trovò la porta aperta e salì. Prima non ci aveva pensato: dopotutto, a chi sarebbe mai venuto in mente di salire in cima a una torre durante un bombardamento aereo? La stanza in cima era vuota, ma la cuoca salì l'angusta scalinata che portava sul tetto ed ecco che trovò Sofia, raggomitolata sulla dura pietra. Carla rimase pietrificata. Il sollievo per aver trovato la padrona di casa era guastato dall'apprensione scatenata dall'innaturale rigidità del corpo. Temendo il peggio e trattenendo il fiato, si chinò e provò a scuoterla delicatamente. Sofia mormorò qualcosa e la cacciò via, così Carla tornò a casa per recuperare una coperta e un cuscino e risalì in cima alla torre portandosi dietro anche un bicchiere e una caraffa d'acqua fresca. Aiutò Sofia a bere un sorso d'acqua e le avvolse la coperta attorno alle spalle.

«Non appena si alzerà il sole, quassù farà troppo caldo. Non ti andrebbe di scendere nel tuo studio?».

Sofia le permise di prenderla per mano e di guidarla giù per le scale.

«Sei rimasta sul tetto per tutta la notte?»

«Volevo che colpissero la torre».

«Oh, mia carissima contessa, questo non devi dirlo neanche per scherzo».

«L'hanno impiccato», sussurrò Sofia con voce spezzata. «Hanno impiccato il mio Lorenzo».

Carla ebbe un tuffo al cuore. Quindi era vero. Doveva farsi vedere forte se voleva aiutare Sofia, sebbene quella notizia fosse in grado di distruggere persino i caratteri più temprati, quindi figurarsi l'animo gentile della padrona di casa. «Su, vieni», disse prima di aiutarla a sedersi su una sedia perché barcollava. «Siediti qui così ti copro meglio. Pensi di riuscire a mangiare qualcosa?».

Sofia scosse la testa. «Lasciami qui».

«Da sola? Non dovresti restare da sola».

«Ti prego. Non far salire nessuno. Non dire che sono qui. Di' che sto bene e che sto riposando».

«E a tua madre e Maxine?»

«Di' a entrambe che sto bene». Fece una pausa. «Ho ucciso un uomo, Carla. L'ho ucciso a sangue freddo. Ho bisogno di restare da sola».

«Hai fatto la cosa giusta».

«Voleva il dipinto».

«San Sebastiano?»

«Non aveva importanza. Gliel'avrei dato. Anzi, avrebbe potuto prendere qualunque cosa volesse, ma… poi mi ha detto che avevano impiccato Lorenzo».

Carla rimase in silenzio, inorridita, ma Sofia non aggiunse altro.

«Be', scendi quando ti sentirai pronta», disse alla fine, mormorando dolcemente, come se si stesse rivolgendo a una bambina. «Ti lascio qua l'acqua e stasera ti preparerò una bella cenetta, qualcosa di speciale. Adesso dormi, dormi più che puoi».

Sofia annuì.

E Carla, tenendosi dentro un dolore straziante, corse giù dalle scale e si precipitò in cucina. Voleva solo essere altrove. Essere qualcun altro. Una persona che non fosse sul punto di lasciarsi prendere dal panico. Fece un gran respiro per calmarsi, poi si sedette, appoggiò la testa tra le braccia incrociate sul tavolo e pianse a lungo, sfogandosi. Odiava vedere l'amata padrona di casa in quello stato, ma Lorenzo… lo conosceva da quando era un bambino. Se si fosse trovata davanti a Kaufmann con una pistola in mano, anche lei avrebbe sparato. Anzi, quella era stata una morte fin troppo rapida per lui. Si immaginò Sofia, lassù da sola, con gli occhi infossati e lo spirito a terra. Non era giusto.

Ore dopo, risalì senza far rumore le scale della torre e la trovò profondamente addormentata. Non voleva rischiare di disturbarla e decise di fare esattamente ciò che le aveva detto. Si sarebbe fatta venire in mente qualcosa di appetitoso da prepararle con la speranza che scendesse per cena. Ognuno affrontava il dolore in modo diverso. C'era chi aveva bisogno di compagnia. Chi desiderava restare da solo. Avrebbe rassicurato Elsa. Le avrebbe detto che sua figlia si sarebbe ripresa e poi avrebbe cercato il ragazzino scomparso.

Nel tardo pomeriggio, tuttavia, non essendo riuscita a trovarlo, Carla andò ad allertare Maxine; non solo era preoccupata per il ragazzino, ma anche per la contessa, perché Sofia non era ancora scesa. Maxine aveva dormito per buona parte della giornata ma, dopo aver prestato ascolto a Carla, afferrò una vestaglia e se la infilò senza pensarci due volte.

62

La puzza di fumo continuava ad aleggiare nell'aria anche a fine giornata. Impregnava i capelli, i vestiti, persino la pelle, quindi la maggior parte degli abitanti del borgo era rimasta barricata in casa, a dormire o a riposare un po' dopo la lunga notte insonne negli scantinati. Stava calando la sera, l'aria pesante e immota. In lontananza, il rumore delle mitragliatrici non cessava mai, mentre in piazza le uniche voci che si udivano erano quelle delle rondinelle. Poi, però, quando un grosso corvo dalle ali nere spiccò il volo dall'alto della torre merlata, si levò uno schiamazzo assordante. Arrivò un altro corvo. Poi un altro ancora. «Tre corvi», sussurrò Maria. Tre. Non c'erano già stati abbastanza morti? Represse uno sbadiglio e, malgrado fosse una serata mite, si avvolse uno scialle di lana sfilacciata attorno alle spalle.

Il sole, un'enorme palla gialla che continuava a brillare nel cielo azzurro, sarebbe calato a breve. Nonostante le bombe cadute nei dintorni, gli antichi edifici in pietra che circondavano la piazza erano ancora intatti e risplendevano come se i raggi del sole li avessero tramutati in oro puro. Era stato un posto così bello e tranquillo dove vivere prima che scoppiasse la guerra.

Un grido inaspettato riecheggiò in tutta la piazza. Dopo un solo istante, una persiana scura si spalancò e il viso allarmato di Anna si affacciò alla finestra, gli occhi assonnati volti verso l'origine del suono. "E adesso?". Di certo non potevano essercene altri, no? Gli Alleati non erano quasi arrivati? Maria alzò gli occhi, come se già sapesse cos'era successo, ma non c'era niente da vedere a parte qualche piccione che svolazzava verso la cisterna al centro della piazza.

Un alito di vento smosse le foglie piatte di un fico ed era come se l'aria stessa si fosse messa a cantare.

Si udì un altro grido quando il piccolo Alberto entrò di corsa dalla porta della cinta muraria, lanciato all'inseguimento del cagnolino di Gabriella, una crosta di pane stretta tra i denti. Quando girò attorno alla cisterna e scivolò su un fico non ancora maturo, Anna richiamò suo figlio e il cane riuscì a scappare.

Maxine, stretta nella vestaglia blu che le aveva prestato Sofia, uscì di casa e si fermò in piazza, dove si mise a confabulare con Carla. «È rimasta anche troppo da sola. Vai. Sii gentile con lei». Indicò un punto alla sua destra, facendole capire che lei avrebbe usato il passaggio segreto. «Ho le chiavi di riserva della torre, semmai si fosse chiusa dentro. Sia come sia, adesso deve tornare a casa». Non appena ebbe varcato un androne, svanendo nell'oscurità, Maxine si incamminò verso la torre. Sentendo il rumore di un motore ancora distante, si fermò di colpo. Di certo non potevano essere i tedeschi, non ora. Incrociò le dita e proseguì a passo spedito.

Ma in quel momento, un momento che le sarebbe rimasto per sempre impresso nella memoria, udì un grido soffocato provenire dall'alto della torre. Guardò su, proteggendosi gli occhi dal sole, e l'incredulità pervase tutto il suo essere. Sofia si era seduta lassù, sul bordo dello spalto merlato in cima alla torre, e dava le spalle alla piazza. Se ne stava semplicemente seduta lì; non si muoveva, non si guardava attorno, il capo chino come se stesse pregando. Maxine si sgolò per dirle di fare attenzione, poi strizzò gli occhi, confusa e accecata dal riverbero. Passarono alcuni secondi, anche se per lei il tempo si era completamente fermato. Sembrava ci fosse qualcun altro insieme a Sofia, poi la luce cambiò e vide che l'amica era da sola. Era stata soltanto un'ombra, un'illusione ottica causata dal riflesso del sole. Poi vide cadere qualcosa, gonfiandosi, svolazzando, fluttuando sospinto dal vento. Capì che era un foulard e, quando Sofia si sbilanciò leggermente all'indietro, Maxine si mise a correre.

63

Due ore dopo

Lorenzo sedeva a bordo della jeep dell'esercito britannico che stava risalendo la strada che girava attorno a Castello de' Corsi. Stordito dal sollievo e dalla trepidazione, inspirò a pieni polmoni i profumi di casa – il rosmarino, i limoni, la terra stessa – senza poter fare a meno di notare la puzza di fumo che continuava ad aleggiare pesantemente nell'aria. Ma dopo tanti sotterfugi, il pericolo, la fuga, la latitanza e la prigionia, tornare a casa lo riempiva comunque di gioia.

La jeep si fermò davanti alla grande porta ad arco da cui si accedeva alla piazza. Gli inglesi stavano andando a nord, ma avevano accettato di accompagnarlo anche se era un po' fuori mano. Certo era che i duecento e passa chilometri che lo separavano da casa li avrebbe percorsi anche a piedi, ma l'offerta di un passaggio gli aveva fatto risparmiare tempo e adesso non vedeva l'ora di scendere. Giusto per educazione, chiese ai tre soldati se volessero fare un giro del borgo e questi non se lo fecero ripetere, felici di potersi sgranchire le gambe. Superata la porta dell'antica cinta muraria che teneva al sicuro la famiglia di Lorenzo da generazioni e generazioni, entrarono in piazza. Quella sera c'erano nugoli di insetti nell'aria, e i soldati osservarono sbalorditi la bellezza del borgo mentre smanacciavano per scacciare le zanzare.

«Queste non le troverai nello Yorkshire», scherzò uno di loro.

Lorenzo amava il crepuscolo, l'assenza di ombre, gli splendidi edifici che si profilavano contro un cielo immobile, morbido, e il fatto che a quell'ora, insetti a parte, fosse tutto così pacifico. Troppo pacifico, forse? Presto sarebbe calato il buio, però, quindi chiunque fosse uscito a fare una passeggiata doveva essere già rientrato a casa. Immaginava elettrizzato la faccia di Sofia quando, in una profusione di sorrisi, sarebbe corsa a dargli il bentornato. Era passato davvero troppo tempo, così fece fare il giro più breve di sempre ai tre ragazzi inglesi e poi passò ai saluti, dando una pacca sulla spalla a ciascuno di loro e augurando a tutti buona fortuna.

Diedero un ultimo sguardo agli edifici in pietra e alla vista sulla Val d'Orcia, che adesso stava svanendo con gli ultimi sprazzi di luce.

«Posto fantastico, signore», commentò uno di loro, e gli altri confermarono con un cenno d'assenso.

A Lorenzo fece piacere sentirglielo dire e, felice perché almeno all'apparenza non sembrava successo niente di irreparabile, si guardò di nuovo attorno, giusto per stare tranquillo. Tutti gli edifici erano intatti; era un vero miracolo. Poi si incamminò a passo deciso verso la porta di casa, il cuore che gli batteva all'impazzata per l'indescrivibile nostalgia di Sofia. I suoi occhi, il suo sorriso, i suoi lunghi capelli scuri. E quel suo modo di guardarlo all'improvviso, proprio mentre stavano facendo tutt'altro, affinché fosse l'unico a capire quanto teneva a lui. Poi avvertì una fitta di inquietudine, cosa che a volte poteva capitare dopo una separazione tanto prolungata. Si rimproverò da solo e ridacchiò per la propria stupidità. Anche Sofia sarebbe stata felicissima di rivederlo.

Tirò fuori la chiave, aprì la porta, entrò dentro casa e, nella sua impazienza, chiamò subito la moglie. Non ricevette risposta e, avvertendo uno strano senso di nausea alla bocca dello stomaco, intuì che c'era qualcosa che non andava. Non appena si avvicinò al salottino privato di Sofia, sentì dei sussurri concitati. Allertata dal suo richiamo, Carla uscì dalla stanza, paonazza in viso, asciugandosi gli occhi gonfi e arrossati con il grembiule.

«Carla?».

Ma la donna era rimasta a bocca aperta.

«Carla», ripeté.

Continuava a guardarlo ammutolita ma, quando gli indicò la stanza di Sofia, Lorenzo si sentì gelare il sangue nelle vene. Cosa diavolo stava succedendo in quella casa?

Entrò in salotto e vide Maxine inginocchiata accanto a un corpo disteso sul divano.

«Maxine?», fece. All'inizio sembrava quasi che non l'avesse sentito, poi alzò il viso e lo guardò sbalordita, gli occhi sgranati, come se la sua presenza in quel salotto la sconcertasse.

Lorenzo boccheggiò e si avvicinò di qualche passo, poi vide la sua amata consorte distesa sul divano, il viso completamente privo di colore. La paura gli fece salire un groppo in gola, tanto che non riuscì neanche a deglutire, e un senso di oppressione iniziò a schiacciargli il petto.

Maxine si alzò e allungò una mano come se volesse fermarlo. «No. Non è… Sofia non è…», disse.

Poi Sofia spalancò gli occhi e lo guardò con aria incredula. Una sola frazione di secondo ed era già in piedi, le mani tremanti davanti alla bocca, il respiro chiaramente affannoso, quindi parve restare pietrificata, come sotto shock. Vacillò, e Lorenzo corse da lei e riuscì a sorreggerla prima che perdesse i sensi.

La riportò sul divano. Era così leggera, così fragile, e la tenne stretta a sé anche quando riprese conoscenza, deciso a non lasciarla andare. Mai più, mai più. Le baciò le labbra, le guance, la fronte, ma la sua pelle era fredda e bluastra. Sofia lo stava guardando con lo stesso sbigottimento di prima e lui non riusciva a comprendere tanto stupore.

«Per un attimo ho creduto che fossi morta», le disse. «Oddio, non l'avrei potuto sopportare».

Lei allungò una mano per accarezzargli il viso, scuotendo la testa e mangiandoselo con gli occhi. «Sei davvero tu?».

Le sorrise. «Certo che sono io. Perché mi guardi così? Sembra che tu abbia visto un fantasma».

«Perché sei un fantasma». Sbatté rapidamente le palpebre. «Perché è impossibile. Mi avevano detto...». Si morse le labbra, riprese fiato e, quando pronunciò quelle spaventose parole, le si spezzò la voce. «Mi avevano detto che eri stato impiccato».

Mentre erano seduti fianco a fianco e si guardavano negli occhi, Lorenzo sentì il desiderio di urlare tutta la sua rabbia al mondo per l'angoscia che doveva aver provato.

Sofia aveva gli occhi lucidi, ma non piangeva. Dio mio, pensò, quanto era forte. La sua adorata ragazza. C'erano così tante cose da dire, ma l'amore e una gioia incontenibile lo privarono della voce. Le strinse le mani e se le appoggiò sulle gambe, poi le accarezzò e le sollevò di nuovo, baciandole e lasciandole ricadere. Quindi si mise a piangere, annaspando in cerca di ossigeno, le spalle che sussultavano. Vedeva e sentiva le proprie lacrime cadere sulle loro mani intrecciate, lacrime calde, furiose. Sofia se le portò alle labbra e le asciugò con una serie di baci, e rimasero seduti vicini finché non calò l'oscurità.

Maxine rientrò con un caffè e soltanto allora Lorenzo si rese conto che non erano mai stati da soli. La madre di Sofia, Elsa, era rimasta seduta in un angolo, gli occhi gonfi, il dolore impresso in ogni ruga del viso. Sofia si alzò e andò da lei. Si abbracciarono e si cullarono per qualche minuto.

Poi sua moglie tornò da lui, spalancò le braccia, e insieme salirono in camera loro.

Una volta soli, fece distendere Sofia sul copriletto e, ritrovata la voce, le sussurrò tutte le parole che le voleva dire, che aveva sognato di dirle, che le avrebbe ripetuto per il resto della sua vita. Quei pochi secondi in cui aveva creduto di averla persa gli avevano lasciato una ferita davvero molto profonda. Le disse quanto l'amava, quanto gli era mancata, ripetendole all'infinito: «Sei l'amore della mia vita. L'unico amore della mia vita». Dopo un po', quando non ci furono più parole, si tennero solamente per mano e scrutarono il mistero racchiuso nei reciproci sguardi, e a volte scuotevano la testa, di nuovo sopraffatti dal sollievo e l'incredulità. Lei lo strinse tra le braccia, confortandolo, gli occhi grandi e luminosi che brillavano di vita.

«Finalmente ti sei scaldata un po'», le disse lui. «Eri così fredda».

«Ho passato troppo tempo nella torre».

«Perché?».

Sofia scosse la testa e gli premette un dito sulle labbra.

Aveva ragione, pensò lui, un domani avrebbero avuto tempo e modo di parlarne. Ora le uniche cose di cui avevano bisogno erano in quella stanza. L'emozione era talmente immensa da non poter essere descritta o tradotta in parole. Sollievo. Tregua. Liberazione. Una seconda opportunità. C'era tutto questo ma, soprattutto, c'era una profonda gratitudine perché entrambi erano sopravvissuti.

Poi, di punto in bianco, Sofia chiese: «Ti ricordi il primo giorno che ci siamo conosciuti?»

«Ricordo quanto ti si è illuminato il viso quando ho fatto una stupida battuta e il modo in cui hai riso, come se traboccassi di gioia».

E in quel momento di nostalgia per il passato la sentì di nuovo, perché la stessa risata gioiosa e contagiosa di allora ebbe la meglio su entrambi.

64

Settembre 1945

L'8 maggio del 1945, gli Alleati accettarono la resa dei tedeschi. Essendo una delle sopravvissute alla guerra che era stata combattuta in Italia, Sofia, come gli altri abitanti del borgo, aveva visto con i propri occhi le atrocità del conflitto. Avevano patito il dolore più grande, eppure non si erano mai arresi né dati per vinti. La resistenza e gli italiani che avevano spalleggiato i partigiani si erano opposti con intraprendenza e determinazione al fascismo e ai filofascisti venuti dall'esterno. Sofia era orgogliosa di averne fatto parte, anche se Lorenzo era rimasto sbigottito quando gli aveva raccontato tutto quello che aveva fatto. Aveva spalancato gli occhi e l'aveva guardata con tanto amore e ammirazione da farle palpitare il cuore.

Avevano saputo che quando gli ultimi soldati tedeschi avevano lasciato Firenze, i partigiani erano usciti per le strade deserte con uno sparuto gruppetto di soldati alleati al seguito. Avevano intravisto centinaia di occhi che li osservavano in silenzio attraverso le stecche delle persiane chiuse, finché centinaia di mani non avevano cominciato ad applaudire, prima pian piano, poi in un crescendo. I partigiani erano in lacrime, i soldati erano in lacrime, e Sofia era sicura che anche la maggior parte dei cittadini avesse pianto.

E adesso, in quella bellissima giornata soleggiata di settembre, Sofia stava riflettendo sull'accaduto mentre se ne stava seduta in giardino accanto al melograno, e ringraziava Dio che fosse tutto finito. Al rumore della porta che si apriva, voltò la testa.

«Maxine!». Si alzò di scatto e, con un gran sorriso, corse dall'amica. «Sono così felice di rivederti».

Le due donne si abbracciarono, stringendosi forte per un lunghissimo istante.

Sofia si tirò indietro per prima, strinse le mani di Maxine e le scrutò il viso. «Sei stata via così tanto. Più di un anno».

«Lo so. Dovevo tornare a casa. Gli inglesi sono stati fantastici. Mi hanno prenotato i voli e tutto il resto».

Sofia allungò una mano per sfiorarle il viso. «Hai tagliato i capelli».

Maxine sorrise e scrollò il capo per smuovere il caschetto di ricci. «Ti piacciono?»

«Sei stupenda».

«Grazie». Tacque per un momento. «Ti trovo bene, Sofia».

«Carla mi ha messa all'ingrasso. Ma adesso dimmi di te».

«Be', sono appena tornata in Italia e mi sono messa a cercare parenti e abitanti di Santa Cecilia che un tempo conoscevano i miei genitori».

«Avete parlato di Matteo?»

«Un po'. È stata piuttosto dura, te l'assicuro. E prima di venire qui sono passata a trovare la sorella di Marco».

«Come sta? E come sta il suo nipotino?»

«Loro stanno benissimo… ma tu, piuttosto, come ti senti?»

«Io sto bene. Dico sul serio. Vogliamo sederci?». Quando scostò una sedia per l'amica, la osservò con gravità.

«Che c'è?», chiese Maxine mentre si accomodavano.

«Non abbiamo mai parlato. Te ne sei andata via talmente alla svelta… dopo il ritorno di Lorenzo».

«Lo so. Credevo che fosse la cosa giusta da fare. Tu e Lorenzo avevate bisogno di passare un po' di tempo insieme».

Sofia abbassò lo sguardo, aggrottando la fronte, poi tornò a cercare gli occhi di Maxine. «È una cosa terribile da dire, ma ero decisa a farlo, sai?».

Maxine annuì. «Sì, lo immaginavo».

«Non riuscivo a sopportare l'idea di dover vivere senza Lorenzo, non dopo tutto quello che avevamo passato. Penso di aver perso il lume della ragione dopo aver ucciso Kaufmann».

Maxine allungò una mano e Sofia gliela strinse.

«Mi hai terrorizzata a morte», disse Maxine. «Non ho mai corso tanto velocemente in vita mia e avevo le palpitazioni, tanto che pensavo stesse per scoppiarmi il cuore. E poi ecco che ti trovo sulle scale, intenta a scendere con tutta la calma del mondo».

«E mi hai travolta. Mi hai mandata a gambe all'aria!».

Risero tutte e due.

«La tua faccia. Eri scarlatta dopo quella corsa su per le scale».

Maxine scosse la testa. «Mi hai fatto prendere un tale spavento, cara mia. Guarda», e si indicò i capelli. «Bianchi!».

Sofia li osservò più da vicino. «Non ce n'è neanche uno bianco».

«Non hai idea di quanto mi abbia rincuorata vedere che avevi cambiato idea». Maxine prese fiato e abbassò lo sguardo prima di osservarla di sottecchi. «Non ho mai avuto occasione di chiederti perché. Quando siamo tornate in casa, eri talmente pallida e infreddolita che non ho avuto il coraggio di domandartelo. Ti spiace se te lo chiedo adesso?»

«Tranquilla». Sofia lanciò un lungo sospiro. Ripensare al giorno più brutto della sua vita era doloroso e provava una grandissima vergogna per quello che aveva quasi fatto, ma Maxine meritava una risposta. «È stato un insieme di cose», disse. «Non volevo più vivere, la verità è questa, ma ho pensato a mia madre e questo mi ha spinta a fare un passo indietro. A riflettere su quanto l'avrebbe devastata dopo che aveva già perso mio padre. Ho pensato anche a te. Non potevo deluderti, né deludere Carla, o Anna, o i miei compaesani. Abbiamo visto morire persone che avevano così tanta voglia di vivere».

A Maxine si riempirono gli occhi di lacrime. «Marco».

«Sì. Come potevo fargli una cosa simile? O ad Aldo, o a tutti gli altri che avevano combattuto con tanto coraggio. No. Dovevo onorare la memoria di chi era morto continuando a vivere la mia vita, non scappando da essa».

«E non hai scelto di vivere anche per te stessa?».

Sofia annuì lentamente. «Sì, anche per quello, alla fine. Ho scelto la vita. Ma non posso negare di aver sentito il fortissimo impulso di buttarmi, di abbandonarmi all'oblio, di lasciarmi tutto alle spalle».

Maxine si asciugò le lacrime e rimasero in silenzio per un lungo istante. «Grazie per avermelo detto», mormorò alla fine, quando si alzò. «E adesso vogliamo andare a fare una passeggiata?».

Si incamminarono per le stradine del borgo, poi si fermarono a osservare la Val d'Orcia baciata dal sole dopo le ultime piogge. Gli alberi grondavano acqua, le foglie scintillanti. L'estate stava giungendo al termine; la luce meno violenta, i vigneti stracolmi di grappoli profumati. Entrambe sapevano che quella era una sorta di epilogo.

«Una cosa è certa», disse Maxine mentre osservava le colline in lontananza. «Non perdonerò mai Kaufmann per la bugia che ti ha detto. Tra tutte le cose orribili che sono successe, quella è stata la più crudele. Grazie a Dio hai avuto modo di riflettere».

«Io lo ringrazio sempre per questo. Ma si sa, c'è sempre un prezzo da pagare quando uccidi un altro essere umano».

«E sarebbe?»

«Non ne sono ancora sicura. È una cosa che sento dentro. Non riesco a darle un nome».

«Lorenzo cosa ne pensa?»

«Non gli ho ancora detto nulla. Ci vorrà un po'. Per adesso, penso che vogliamo soltanto dimenticare. Nemmeno lui parla mai della prigionia, anche se adesso ha cicatrici sul corpo che prima non c'erano».

«Oh, Sofia».

Lei scosse debolmente il capo. «Non ero costretta a ucciderlo, sai? Potevo semplicemente lasciare che si portasse via il dipinto».

«E magari ti avrebbe fatto sparare comunque».

«Be', è andata così. L'ho fatto. Non avrei mai pensato di esserne capace». Rimasero in silenzio per alcuni secondi, poi Sofia aggiunse: «E tu, Maxine, non mi dici niente?»

«In che senso?»

«Anche tu sei cambiata, no? È come se ti fossi, non saprei dire… ammorbidita un po'».

Maxine sorrise. «Ah, non saprei nemmeno io, ma adesso sento di avere un'identità più definita, questo sì. Secondo te è una sciocchezza?»

«Certo che no».

«Quando sono arrivata qui non sapevo neanche chi ero. Almeno adesso sono a metà strada».

Sofia ricambiò il sorriso. «Io credo di averlo sempre saputo, persino quando non te ne rendevi ancora conto. Sei la donna più coraggiosa e vitale che io abbia mai conosciuto, e mi mancherai più di quanto potrò mai esprimere a parole. Ma, Maxine, sarai sempre la benvenuta qui al Castello».

«Ti ringrazio».

«E, fino ad allora, ti penserò ogni giorno e pregherò per te».

«Preghi adesso?».

Sofia rise. «Meglio tardi che mai».

«Be', mi mancherai anche tu». Maxine tirò su col naso e ricacciò indietro le lacrime.

Sofia la prese per mano. «Almeno adesso le cose stanno migliorando. Mia madre sta dando segno di voler ricominciare a vivere e comincia pian piano a uscire dal periodo più buio».

«E Gabriella ha avuto il bambino?», domandò Maxine.

«Oh, sì. Un maschietto. Carla e Maria fanno a gara a chi è la nonna migliore, o bisnonna nel caso di Maria, e bisticciano per chi deve badare al piccolo Aldo».

Sofia ripensò al giorno in cui aveva scoperto che Maria non

aveva passato al nipote le informazioni ricevute da Gabriella; era stato un tale sollievo scoprire che la ragazza non aveva alcuna colpa. Non avevano mai scoperto chi li avesse traditi. La gente sospettava di Giulia, la domestica che se n'era andata tanto di fretta, ma al di là dei dubbi non potevano dimostrare niente. Il ragazzino scomparso era tornato a casa. Non aveva patito troppo il freddo, grazie al cielo, ma era affamatissimo. Era rimasto nascosto nel tronco cavo di un albero per tutto il tempo.

«Hai mai finito il ritratto di Aldo?», chiese Maxine.

«Sì. Carla l'ha appeso nella sua camera».

«Deve darle conforto».

«Lo spero». Sofia sospirò. «Allora, quando tornerai in America?»

«Salperò la prossima settimana. Mi spiace per la brevità della visita, ma devo tornare dai miei poveri genitori. Come ti stavo accennando, abbiamo parlato di Matteo, ma ci sono ancora così tante cose da dire. Tornerò, però, magari l'anno prossimo, o quello dopo ancora. E questa è una promessa. Prima devo mettere da parte un po' di soldi».

«Ricomincerai con il giornalismo?».

Maxine annuì. «Ho ricevuto alcune offerte e ho persino scritto un paio di articoli non appena sono tornata a casa».

«Sono contenta per te. E quando tornerai, saremo felici di rivederti. Appartieni a questo posto, o almeno una parte di te, e sarà così per sempre».

Mentre tornavano verso casa, tenendosi a braccetto, Sofia capì che nessuna delle due avrebbe mai dimenticato quel giorno di fine giugno: il caldo, la luce intensa, l'arrivo degli Alleati e il sole che sembrava staccarsi dal cielo. Il giorno in cui Lorenzo era tornato a casa, e lei aveva scelto di vivere. Chissà se le generazioni future, o i visitatori futuri, persino, avrebbero mai percepito cos'era successo solo guardando quelle colline ondulate, le valli e i viali fiancheggiati dai cipressi. Cosa avrebbero pensato vedendo la bellezza scintillante della primavera,